# Mika na vida real

# EMIKO JEAN

# Mika na vida real

Tradução de
Mayumi Aibe

Copyright © 2022 by Emiko Jean and Alloy Entertainment, LLC. Publicado em acordo com a Folio Literary Management, LLC e Agência Riff.

**TÍTULO ORIGINAL**
Mika in Real Life

**COPIDESQUE**
Beatriz Araujo

**REVISÃO**
Wendy Usuki

**PROJETO GRÁFICO**
Tai Blanche

**PADRÃO DE CONFETES**
Anastasiia Gevko/Shutterstock.com

**ADAPTAÇÃO DE PROJETO E DIAGRAMAÇÃO**
Juliana Brandt

**ILUSTRAÇÃO E DESIGN DE CAPA**
Vi-An Nguyen

**ADAPTAÇÃO DE CAPA**
Lázaro Mendes

CIP-BRASIL. CATALOGAÇÃO NA PUBLICAÇÃO
SINDICATO NACIONAL DOS EDITORES DE LIVROS, RJ

J47m
    Jean, Emiko
        Mika na vida real / Emiko Jean ; tradução Mayumi Aibe. - 1. ed. - Rio de Janeiro : Intrínseca, 2024.

        Tradução de: Mika in real life
        ISBN 978-85-510-1054-9

        1. Romance americano. I. Aibe, Mayumi. II. Título.

24-87759
                      CDD: 813
                      CDU: 82-31(73)

Meri Gleice Rodrigues de Souza - Bibliotecária - CRB-7/6439

[2024]
Todos os direitos desta edição reservados à
EDITORA INTRÍNSECA LTDA.
Av. das Américas, 500, bloco 12, sala 303
Barra da Tijuca, Rio de Janeiro - RJ
CEP 22640-904
Tel./Fax: (21) 3206-7400
www.intrinseca.com.br

**Para Yumi e Kenzo,**
por me inspirarem a escrever isto.

**Querida Penny,**

Chovia no dia em que você nasceu. Do lado de fora da maternidade, o céu estava cinza e havia uma placa com os dizeres: ANIVERSÁRIOS SÃO NOSSA ESPECIALIDADE. Foquei nela durante o parto, enquanto a médica e as enfermeiras gritavam ao meu redor. Uma delas berrou: "Falta pouco!"
 Estremeci, me concentrei e fiz muita força, querendo que acabasse logo. Gritei. Fiz mais força. A médica puxou. E lá estava você. <u>Lá. Estava. Você.</u> Erguida em um feixe de luz forte.

Um silêncio terrível se seguiu, um segundo angustiante que se prolongou até a eternidade, como se você estivesse decidindo como seria sua chegada ao mundo. Por fim, você abriu o berreiro, tão alto e estridente que até a doutora comentou: "Essa daí já tem um monte de coisas para falar." No fundo, fiquei feliz com a fúria em sua voz. Era um bom sinal, eu acreditava. Você não seria silenciada com facilidade.

A médica cortou o cordão umbilical, então estendi os braços e te segurei com cuidado. Por um instante, esqueci que não ficaria com você. Fiquei encantada com suas mãozinhas, o cabelo preto, sua boca bem desenhada, o nariz que lembrava o focinho de um boi quando as narinas se abriam. Meu corpo tinha um propósito, e era dar à luz você. No intervalo de uma única respiração, eu desmoronei e me reergui.

O que veio depois foi uma sequência de pontos, roupas de cama limpas e muita comida. Hana estava lá, ela esteve comigo desde o começo. Uma enfermeira olhou para mim e para Hana, para nosso rostinho de dezenove anos, percebendo o quanto éramos assustadoramente novas, e fez um som de reprovação com a boca. "Bebês tendo bebês", disse ela. Era fácil traduzir o que ela realmente queria dizer: que meninas burras e irresponsáveis. Ela viu Hana usar o cardápio do serviço de quarto como se fosse uma máquina de vender bebidas e guloseimas, pegar escondido pratos em formato de rim e encher os bolsos de absorventes. Mas não viu Hana me ajudar a tomar banho depois de eu ter ficado tonta ao tentar me levantar. Não me viu chorar no banheiro, enquanto eu murmurava "desculpa" sem parar e Hana ensaboava meu corpo com movimentos circulares, lavava minhas axilas e entre minhas pernas com delicadeza. Também não viu o jeito com que Hana reagiu sorrindo, como se aquilo não fosse nada de mais.

A sra. Pearson, a assistente social que estava cuidando do processo de adoção, entrou no quarto quando eu estava secando meu cabelo. Ela tirou uma papelada da bolsa. Já estava tudo preenchido, eu só precisava assinar. Sinos badalaram, ecoando pelo corredor do hospital. Uma música chamada "Breath of Life" tocava toda vez que um bebê nascia. Assim que peguei a caneta, Hana apertou minha mão. "Tem certeza?", perguntou ela.

Só consegui assentir. Respirar. Passei as páginas e assinei meu nome de qualquer jeito. Ignorei os barulhinhos que você fez enquanto dormia. Ignorei o cheiro de antisséptico impregnado no quarto. Me concentrei na seta rosa-neon indicando o último lugar onde eu deveria assinar. Acima, havia um aviso em negrito: **No ato da entrega, a certidão de nascimento original será cancelada e uma nova certidão de nascimento será emitida** — uma com o nome de seus pais adotivos.

Assinei, me apagando de sua vida. Pronto.

Depois, segurei você pela última vez. Desenrolei o cueiro e beijei seus dez dedinhos, suas duas bochechinhas e seu narizinho. Por fim, pus a mão em seu peito. Você estava quentinha, e senti que me julgava. "Desculpa", sussurrei, pedindo perdão pelo que eu queria, mas não podia fazer. Eu segurei você bem pertinho por mais um minuto. E então deixei que te levassem. Deixei a sra. Pearson levar você embora.

Não consegui olhar. Em vez disso, baixei a cabeça e me agarrei à lembrança da primeira vez que vi você em uma ultrassonografia — barrigudinha, mexendo a mão, o cordão umbilical flutuando —, uma pequena mergulhadora. Me senti como um daqueles filhotes que ficam se debatendo na beira da praia e encalhando todas as vezes, falhando miseravelmente. Não queria que você nadasse em vão. Queria que chegasse ao mar aberto, que mergulhasse fundo — que traçasse uma linha única, reta e perfeita na sua vida.

A porta se fechou. Eu me lembro do estalo baixo, o som de você indo embora. Quando você se foi, o quarto do hospital ficou tão vazio; pensei que fosse morrer de solidão. Outra pessoa ia te ver dormindo. Outra pessoa ia tocar em seu peito para ter certeza de que você estava respirando. Chorei tanto que Hana achou que meus pontos fossem abrir.

É isso. Todos esses momentos ainda vivem dentro de mim. Você ainda vive dentro de mim. A metade de cada respiração minha, um quarto de cada batimento cardíaco meu são seus. Acho que é isso que acontece quando temos filhos: eles levam um pedaço da gente.

Naquele dia, não pensei no futuro. Não pensei nos Calvin, seus novos pais, no quão brancos eles eram. Quem lhe ensinaria a ser um corpo de pele amarela nos Estados Unidos? Não pensei no que lhe diria caso me procurasse e perguntasse: "Por quê? Quem é você? Quem sou eu?" É claro que eu sonhava em fazer parte de sua vida, mas do mesmo jeito que alguém faz um pedido para uma estrela ou faz um jogo na loteria. Nunca imaginei que fosse realmente acontecer. Assim como nunca imaginei que voltaríamos ao mesmo hospital — você, com dezesseis anos; eu, com trinta e cinco — ou que, dessa vez, você estaria na cama, e eu estaria me desculpando mais uma vez.

Me desculpe, Penny. Estraguei tudo. Magoei você.

Não posso prometer que nunca mais vou te magoar. A verdade é que não posso te prometer muita coisa. Mas, *mesmo assim*, o pouco que tenho é seu. Não importa o que aconteça. Se você me perdoar ou não. Quero que saiba que sempre estarei aqui. Como qualquer pai ou mãe, estarei aqui, esperando minha filha voltar para casa.

**Mika**

Sete meses antes...

## Capítulo UM

*Demitida.*

Mika hesitou por um instante.

— Desculpa, o quê? — perguntou a Greg.

Eles estavam no escritório dele, que era tão pequeno quanto uma caixa de fósforo. Na verdade, não era nem um escritório. Era um cubículo construído na grande sala de xérox na Kennedy, Smith & McDougal Advogados. Mas Greg ostentava o cantinho minúsculo como se fosse o escritório da presidência no trigésimo andar. Ele até o decorou — um bonsai no canto da mesa e uma espada barata de samurai pendurada torta na parede. Greg era branco e se autointitulava amante da cultura japonesa. Em mais de uma ocasião, tentou conversar com Mika em japonês, mas ela não quis — ela era fluente, só não queria falar com ele. Então, pois é, esse tipo de cara.

Greg se recostou na cadeira.

— Não deveria ser nenhuma surpresa — disse ele, entrelaçando os dedos e colocando-os embaixo do queixo. — Sem dúvida, você ouviu os boatos.

Mika assentiu, de modo vago. Um sócio sênior que atraía muitos clientes fora trabalhar em outra empresa fazia pouco tempo, então a participação nos lucros diminuiu. Ela gesticulou, inconformada.

— Mas eu ganho vinte dólares por hora.

Uma merreca comparada ao salário dos demais funcionários. Será que os donos achavam que demitir uma assistente faria alguma diferença no bolso deles?

Greg deu um tapinha no ar, despreocupado.

— Eu entendo — afirmou ele. — Mas sabe como essas coisas funcionam, a última pela ordem hierárquica...

A voz dele foi sumindo aos poucos.

— Por favor. — Mika odiava implorar, sobretudo para Greg. — Preciso desse emprego.

Ela gostava de trabalhar na Kennedy, Smith & McDougal. Era fácil. Pagava bem. Dava para arcar com o aluguel e as contas, e ainda sobrava um dinheirinho para fazer o supermercado, que gastava quase todo em variedades de queijos suaves. Além disso, o escritório ficava perto do museu. Ela ia até lá no horário do almoço e, enquanto fazia a digestão, contemplava Monets e passeava pela seção de antiguidades, bem tranquila.

— E Stephanie?

A outra tinha sido contratada depois de Mika.

— Stephanie tem mais experiência como assistente jurídica que você. O fator decisivo foi quem apresentava melhores recursos para a empresa. Olha, tenho certeza de que você vai achar outra coisa. Infelizmente, não vai poder receber o seguro-desemprego, já que está aqui há menos de um ano. Mas vou falar muito bem de você caso precise.

Greg começou a se levantar. Fim de papo.

— Aceito uma redução salarial — soltou Mika.

Em seguida, ficou olhando fixamente para o chão, onde seu orgulho estava. Ela não conseguia se conformar. Lágrimas ameaçaram rolar. Trinta e cinco anos e demitida de mais um emprego. De novo.

Greg balançou a cabeça.

— Não... Sinto muito, Mika. Não vai adiantar. Hoje é seu último dia.

• • •

O cheiro fraco de pipoca velha. As velas que traziam equilíbrio emocional na liquidação. O que havia de especial naquela loja que atraía Mika? Ela parou na seção de itens para a casa e examinou uma almofada bordada com a frase **DINHEIRO PODE COMPRAR UMA CASA, MAS NÃO UM LAR**. Do outro lado da linha, Hana riu.

— Então, deixa eu ver se entendi direito. Ele te chamou para sair enquanto demitia você?
— Logo depois — corrigiu Mika.
Greg havia acompanhado Mika até a mesa dela, observado enquanto ela arrumava suas coisas e, *depois*, perguntado se ela gostaria de ver um filme à noite ou, quem sabe, ir ao Festival das Flores de Cerejeira na universidade, no fim de semana seguinte. O misto de humilhação e raiva foi profundo.
Hana soltou outra gargalhada.
Mika deu um sorrisinho.
— Por favor, não começa. Estou num momento muito vulnerável agora.
— Você está na Target, isso, sim — retrucou Hana.
Mika inclinou a cabeça, contemplando a almofada. O design era de um casal que ficou podre de rico fazendo com que casas novas parecessem antigas. O segredo estava nas paredes revestidas com painéis de madeira. A almofada poderia ser dela por 29,99 dólares.
— Nunca imaginei que seria demitida *e* assediada no mesmo dia. Essa foi novidade.
Mika ignorou a almofada e foi até a seção de vinhos. Sua carteira estava quase vazia, mas ela precisava de uma garrafa de vinho de cinco dólares.
Hana soltou um som de empatia.
— Poderia ser pior. Lembra quando você foi demitida daquela loja de donuts por guardar uns no congelador para comer entre um pedido e outro?
— Isso foi na época da faculdade.
Mika prendeu o celular entre a orelha e o ombro. Após escolher o vinho, foi para a seção de comidas e encheu a cesta de biscoitos de queijo. Muito chique.
— E quando você era babá e foi demitida por botar as crianças para ver *O Iluminado*?
— Elas pediram uma história de fantasma — justificou-se.

— E aquela vez que você escreveu uma fanfic pornô de *O Predador* e deixou o arquivo aberto no computador do trabalho?

Uma expressão de dúvida surgiu no rosto de Mika.

— Isso nunca aconteceu.

Hana riu de novo. Mika esfregou a testa, sentindo como se tivesse caído de uma árvore, batido em todos os galhos durante a queda e parado em um buraco com cobras e ursos.

— O que eu vou fazer agora?

— Não sei. Mas estamos juntas nessa. Hoje de manhã descobri que os caras do Pearl Jam escolheram Garrett para a tour de verão deles. — Hana era intérprete da Língua de Sinais Norte-Americana e trabalhava para bandas de rock, e Garrett, que recentemente saíra do ramo de música alternativa cristã, estava invadindo seu território. — Provavelmente vou fazer um bando de shows do Earth, Wind & Fire. Que desgraçado esse Garrett. Vem pra casa. Vamos comer e beber juntas e afogar as nossas mágoas.

— Estou indo.

Mika desligou e jogou o celular na bolsa. Um minuto se passou enquanto ela perambulava pela loja. O celular tocou. Talvez fosse Hana de novo. Ou a mãe de Mika, Hiromi, que já havia lhe mandado uma mensagem de manhã: *Acabei de passar pela igreja e conheci um novo membro da congregação. O nome dele é Hayato, trabalha na Nike. Passei seu número para ele.*

O celular tocou de novo. Alguns dias, Hiromi ligava duas, três vezes seguidas, o que a deixava apavorada. Na vez anterior, Mika tinha atendido ofegante, enquanto pegava as chaves, pronta para ir até o hospital.

— O que houve?

— Nada — respondera Hiromi. — Por que está tão ofegante? Queria te avisar que o frango está em promoção no mercado...

Mika ouvia, ficando cada vez mais estressada.

— Você não pode ligar tantas vezes assim. Achei que tinha acontecido alguma coisa — reclamara ela.

Hiromi ridicularizara a reação.

— Desculpe se não estou morta o suficiente para você.

O celular continuava tocando. Mika pescou o aparelho na bolsa e olhou para a tela. Número desconhecido.

Curiosa, arrastou o dedo na tela para atender.

— Alô?

Ela franziu a testa. *Merda*, pensou, tarde demais. Poderia ser o cara da igreja, Hayato. Foi inventando logo possíveis desculpas para dar. *Minha bateria está morrendo. Eu estou morrendo.*

— Ai, caramba! Você atendeu! Não tinha certeza se ia atender! — exclamou uma voz jovem, bastante animada. A linha ficou abafada, como se a pessoa tivesse tampado o microfone do celular com a mão. — Ela atendeu. O que eu faço? — perguntou a voz para alguém ao fundo.

— Alô? — falou Mika, mais alto.

— Foi mal, minha amiga Sophie está aqui. Sabe, para dar um apoio moral? Estou falando com Mika Suzuki?

— Sim. — Mika colocou a cesta no chão, ao lado do pé. — Quem está falando?

— Penny. Penelope Calvin. Acho que sou sua filha.

• • •

Mika conseguiu continuar segurando o celular, mesmo quando seus braços ficaram completamente moles. Mesmo quando seu sangue correu mais rápido em suas veias e quando sua vista ficou embaçada e, em seguida, perdeu sua visão periférica. Mesmo quando ela foi transportada ao passado, ao hospital, a Penny recém-nascida. As lembranças daquele dia vieram em lampejos assustadores. Segurar Penny. Beijar sua testa. Pentear para trás seu cabelo com a mão para colocar um gorro fino, listrado de azul e rosa. Tudo tão insustentável e bonito.

— Ainda está aí? — indagou Penny. — Não estou confundindo com outra Mika Suzuki? Entrei num desses sites de rastreamento e fiz uma assinatura. Usei o cartão de crédito do meu pai para ter um teste grátis. Ele vai me matar se descobrir! Mas está tudo bem, vou cancelar antes do dia da cobrança.

Ficou um silêncio. Penny estava esperando Mika dizer alguma coisa. Ela fechou os olhos por um momento, então os abriu.

— Isso foi muito inteligente — murmurou.

Mika tremia. Sentar. Precisava se sentar. Tropeçou em uma cadeira de plástico para áreas externas às suas costas e se apoiou no braço dela para recuperar o equilíbrio, suas juntas ficando brancas. Como ela foi parar na seção de jardinagem?

— Foi, né? Meu pai sempre fala: "Quem dera se você usasse seus poderes para o bem!" — Penny baixou uma oitava na voz para imitar o pai. Mika quase sorriu. *Quase*. — Então, não estou confundindo com outra Mika Suzuki, né? Não existem muitas no Oregon. As outras duas opções eram mais velhas. Quer dizer, acho que poderiam ser minha mãe biológica. Tipo, uma mulher não teve gêmeos aos cinquenta anos? Mas eu tinha quase certeza de que era você... Ainda está aí?

Mika suava, o celular estava escorregando em sua orelha. Ela inspirava e expirava. Inspirava e expirava.

— Estou, sim.

— E você é a Mika Suzuki? Que deu um bebê para a adoção dezesseis anos atrás?

Suas têmporas começaram a latejar.

— Sou. Dei, sim.

A garganta de Mika estava seca. No fundo, ela sonhava com esse momento. O dia em que poderia ouvir a voz da filha. *Falar com ela*. Às vezes, a fantasia beirava o delírio. Ao longo dos anos, achou que tinha visto Penny umas duas vezes. O que era ridículo. Sabia que Penny morava no Meio-Oeste, mas sempre que avistava uma garotinha de cabelo escuro e com uma franjinha escorrida, Mika se enchia de certeza. Sentia um puxão invisível. *É a minha filha*, pensava, mas quando a menina se virava, Mika percebia que o nariz não tinha nada a ver ou os olhos eram verdes, e não castanho-escuros, e a decepção tomava conta dela. Não era Penny. *Era uma impostora*.

Mika soltou a cadeira; as pernas ainda bambas conforme se levantava. Começou a perambular pelos corredores. Precisava se mexer. Isso a ajudava a raciocinar, a mantê-la no presente. Ajudava a exorcizar a torrente de emoções que se formava.

— Que incrível! — exclamou Penny, em um tom estridente.

— Não acredito que você me achou — disse Mika.

Ela ainda estava atordoada. Passou por um mostruário de comprimidos de magnésio que vinham em frascos roxos.

— Não foi difícil. Seu nome é superúnico e maneiro. Eu queria ter um nome japonês.

Penny soltou um suspiro melancólico.

— Ah — respondeu Mika, sem saber o que dizer.

O nome de Penny foi escolhido por ela. Mika fez muita questão de escolher, insistiu que constasse no contrato. *Minha filha pode ser sua, mas o nome dela, não.* Embora a sra. Pearson tenha se esforçado para que a adoção não parecesse muito uma transação, certos aspectos são incontornáveis. Havia advogados. Negociações. Uma burocracia inflexível que favorecia um pouco mais a família adotiva. Mas o nome... O nome pertencia a Mika. No começo, ela pensou em Holly — nome de uma planta que floresce no inverno. No Japão, é uma tradição escolher o nome da criança baseado nas expectativas dos pais em relação a ela. O nome de Mika em kanji significava "bela fragrância". Para Mika, isso dizia muito sobre como sua mãe a enxergava. Um acessório. Algo feito para atrair. Ela não queria isso para sua filha. Assim, Mika acabou escolhendo Penelope, da *Odisseia* de Homero, cujo significado é tecelã. Era um nome forte, resiliente e ambicioso: combinava com a vida que ela desejava para a filha. Com a pessoa que, na visão de Mika, a menina poderia ser. Com a família à qual poderia pertencer.

Ela também esperava que um nome de sonoridade mais norte-americana facilitasse a vida de Penny. Mika tinha anos de experiência com erros de pronúncia ou grafia de seu nome. Já perdera a conta de quantas vezes havia sido chamada de Mickey. Ela queria que Penny passasse despercebida. Mas não parecia a hora certa de explicar tudo isso. Portanto, mudou de assunto.

— Fiquei muito triste quando soube da sua mãe.

Cinco anos antes, quando a sra. Pearson lhe informou que Caroline Calvin tinha câncer terminal, ela implorou para que a colocassem em contato com Penny, jurou que sentia a dor da filha prensando sua pele, como um ferro quente de passar roupa.

— Ela precisa de mim — dissera Mika.

— Vou tentar — respondera a sra. Pearson.

E então Thomas Calvin negou o pedido.

— Sinto muito, Mika — afirmara a sra. Pearson. — Caroline não tem muito tempo. Câncer. Estágio quatro. Tudo muito repentino. Ele quer que sejam só os três nesses últimos dias.

— É. — A voz de Penny ficou mais baixa. — Foi uma época ruim. Faz cinco anos. Nem consigo acreditar que já faz tanto tempo.

O silêncio tomou conta da ligação de novo. Mika continuou andando sem rumo. Dentro dela, havia um misto de sentimentos. Passou pelo corredor dos testes de gravidez. Quase dezessete anos antes, ela revirara o carro de Hana atrás de dinheiro para comprar um teste em uma loja de 1,99; depois, fez xixi no palitinho, no banheiro de um mercado próximo. Mal tinha terminado de se secar quando as duas linhas rosa apareceram, quando seu mundo desmoronou.

Mika se deu conta de que estava calada havia muito tempo.

— Sua mãe escreveu cartas para mim, me enviou pacotes com fotos suas, desenhos que você fez. Ela tinha uma letra bonita — soltou.

Mika não sabia muita coisa sobre o casal que havia adotado Penny. Eles foram escolhidos em meio a dezenas de *scrapbooks* com o perfil das famílias. Ela costumava olhar as fotos dos futuros pais de Penny. Em uma delas, Thomas, advogado especializado em direitos autorais, estava na faculdade com o time de remo. Ela se concentrava nas mãos dele, que envolviam os remos, na testa franzida, nos olhos verdes. *Ele é forte*. Mika se lembrava de pensar isso. Ele defenderia Penny. Em seguida, olhava Caroline, com um moletom da faculdade, estampado de letras gregas, toda sorridente. Era fácil imaginá-la sorrindo daquele jeito para Penny, dizendo coisas maravilhosas, como: "Tenho tanto orgulho de você. Sou tão feliz por ter você. Eu iria até o fim do mundo por você."

— Ela tinha uma letra bonita mesmo. Era perfeita — concordou Penny, de um jeito caloroso. Mika não ficou surpresa. Caroline parecia perfeita em todos os sentidos. — A minha é um garrancho. Sempre quis saber se isso era algo genético... Será?

Mika achava que não, mas ansiava por uma conexão com Penny, por qualquer coisa que possibilitasse um vínculo entre elas.

— Minha letra também é horrível.

— É mesmo?

Um tom de esperança na voz de Penny.

Mika diminuiu o passo e acalmou-se um pouco.

— Gosto de pensar que tenho minha própria fonte. Se chamaria "café e donuts em excesso".

Penny riu. Era um som agradável, encorpado e sincero. *Sua filha*.

— Ou "arrume sua bagunça".

Enfim, Mika parou no corredor do sabão em pó. Não havia ninguém ali. Ela inclinou a cabeça para trás, sentiu o cheiro de roupa lavada. Achava que, com o tempo, talvez a lembrança de Penny, do que aconteceu antes, fosse se esvair, mas só ficou mais nítida em contraste com os borrões de lembranças menos importantes dos anos que se seguiram. A formatura da faculdade, o primeiro emprego, até uma parte da gravidez: o relógio incessante da vida havia aparado todas essas arestas. Mas Penny, a bebê, *a bebê de Mika*, permaneceu, como uma mão marcada no concreto. Quem dera ela soubesse na época o que sabia agora. Que acordaria todos os dias e pensaria em Penny. Em quantos anos a menina tinha. Quais roupas estaria usando. Na pessoa para quem estaria sorrindo. Que seu amor lutaria com unhas e dentes, relutante em se desapegar.

— Está tudo bem?

Uma mãe com duas crianças virou no corredor.

Mika se endireitou na hora.

— Ótimo. Estou ótima.

O menino estava com o rosto todo sujo de chocolate. Ele passou a língua vagarosamente em volta dos lábios. A mãe esperou Mika se mexer para passar.

— Tem alguém aí com você? — perguntou Penny.

— Não. Estou fazendo compras. Na Target.

Mika falou sem pensar direito. Ela teve vontade de dar um soco na própria cara. *Com força*. O que Penny ia pensar? Uma mulher adulta na Target, em uma quarta-feira à tarde. Será que ela ia se questionar por que Mika não estava no trabalho?

Penny xingou baixinho.

— Foi mal. Eu deveria ter perguntado se estava podendo falar. Melhor você ir.

Mika não gostou de ouvir isso. A ameaça de um novo rompimento desse elo ínfimo e tênue. Será que Penny também sentia? Esse fluxo de êxtase, como uma energia entre as duas.

— Não. Não tem problema.

— De qualquer forma, eu preciso ir. Meu pai vai chegar em casa daqui a pouco.

*Não. Continua falando. Eu te escutaria ler até* Guerra e paz. Ela reprimiu a vontade repentina de chorar.

— Claro. Foi legal falar com você.

Mika saiu da loja. O céu estava cinza — primavera em Portland. Dois corvos reviravam o lixo no estacionamento. Ela piscou e, quando fechou os olhos, viu outro par de corvos. De muitos anos antes, brigando pela melancia de um pote jogado fora. Ela afastou a lembrança.

— Se um dia precisar de qualquer coisa. Se um dia eu puder fazer qualquer coisa...

— Na verdade... — Deu para escutar a expiração de Penny. — Eu queria continuar a conversa. Queria te ligar de novo. Talvez até uma videochamada? Seria legal nos vermos.

— Ah — soltou Mika, espantada demais para respirar, nervosa demais para acreditar. Penny a queria. Penny *a* queria. E Mika sentiu um anseio tão grande que teve medo de desmoronar. Então respondeu no impulso, com um desejo devastador. — Sim, claro. Vou adorar.

## Capítulo DOIS

Mika voltou para casa dirigindo, completamente abalada. Não se lembrava de ter colocado a chave na ignição, dado partida no carro, deixado o estacionamento, nem dos postes, da seta dos carros, das curvas, tampouco de ter parado o carro rente ao meio-fio. Então, ficou sentada ali mesmo, no banco do motorista, com o motor desligado. Pingos de chuva salpicavam o para-brisa.

— Penny — sussurrou no silêncio.

Dizer o nome de sua filha em voz alta parecia uma oração, um segredo, um sino tocando, chamando-a de volta para casa, para jantar.

— Penny, Penny, Penny — repetiu, sem parar.

Ao sair do carro, sorria de orelha a orelha.

Várias ervas daninhas e plantas com espinhos despontavam de uma cerca branca, que estava lascada e descascando. Mal dava para enxergar o caminho até a porta. A casa era em estilo *cottage*. Uma das venezianas pendia para o lado, presa por um único prego. *Feia* era um eufemismo para ela. Mika destrancou e empurrou a porta... só que... algo a bloqueava. Depois de resmungar muito, ela entrou empurrando as caixas que estavam ali, afastando-as para longe.

A irritação acabou com a alegria.

— Nossa. Você acordou hoje e falou: "É hoje que vou levar essa merda de acumulação para outro patamar e montar uma barricada até acharem só meu esqueleto daqui a vinte anos"? — reclamou Mika.

Hana continuou vidrada na televisão; em seu colo, havia metade de um pedaço de bolo.

— Que estranho. Foi exatamente isso que falei para mim mesma. Você demorou. — Hana enfiou um pedaço de bolo na boca. —

Comecei sem você. E fiquei aqui pensando... Acho que deveríamos pegar um cachorro e ensinar a ele que "cocô" significa "Garrett". Tipo, em vez de falar "faz cocô", a gente fala "faz Garrett". Aí eu filmo e mando para ele. — Ela levantou o olhar. — Cadê o vinho?
— Sem essa de cachorro. Sem essa de filmar. Sem essa de mandar para o Garrett. E esqueci o vinho.

Mika contornou caixas fechadas e plantas mortas e tirou uma pilha de revistas da cadeira para se sentar. Por um tempo, Hana conseguiu controlar o hábito de colecionar coisas compulsivamente. Ela comprou a casa com a namorada, Nicole. As duas eram felizes e costumavam encher a casa de achados garimpados em brechós e bazares na vizinhança. Até adotaram um cachorrinho. E aí Nicole a traiu. Hana ficou com a casa. Nicole ficou com o golden retriever. Mika, que tinha acabado de terminar com Leif e estava com pouca grana, ofereceu-se para ir morar com Hana. Juntas, afogaram as mágoas em vinho e comida cara de delivery e concordaram que a amizade delas era muito melhor do que a relação que tinham com os respectivos ex-parceiros. Elas se entendiam. Mika não se importava com o fato de Hana fazer compras na internet como se fosse seu dever patriótico. Hana não ligava para o histórico de péssimos empregos de Mika. Ninguém era perfeito. Aceitar os defeitos uma da outra foi o pilar no qual a amizade delas foi construída.

Portanto, Mika não ficou incomodada ao ver Hana no sofá, reclamando de um colega de trabalho e vendo...

— *Monster: Desejo Assassino*? É sério que está vendo *Monster*? Um filme sobre lésbicas serial killers?

Mika encontrou o controle remoto no meio das latas de Red Bull e Mountain Dew. Desligou a TV.

— Ei — exclamou Hana.

— Tem muita coisa para ser analisada aqui. — Ela fez um gesto circular para abranger a sala e aquela situação envolvendo acumulação de coisas, bolo e o filme *Monster*. — E estou sem tempo. Preciso te contar uma coisa.

Hana ajeitou a postura e deixou o bolo de lado.

— Estou curiosa.

Havia um pouco de glacê no cropped de roller derby dela.

— Penny ligou.

— Rá! — Hana deu uma risada. Em seguida, olhando para Mika, disse: — Puta merda. Você está falando sério.

Mika só conseguiu assentir. Sentiu um frio na barriga só de lembrar.

— Ela tem cheirinho de recém-nascido — sussurrara Hana no hospital, enquanto segurava Penny após o parto e a acariciava, com a bochecha encostada na da bebê.

Hana se recostou.

— Caramba. Pesado.

— Nem fala.

Mika abriu a boca para dizer algo, mas seu celular vibrou: uma mensagem. *Penny de novo?*

— É ela?

Hana se aproximou, lendo o pensamento de Mika.

Mika conferiu.

— Não, é a Charlie. — Ela leu a mensagem. — Ela está pensando em comprar um retrato de Lego, em tamanho real, para Tuan.

Tuan era o marido de Charlie.

Hana revirou os olhos.

— Ignora. Como Penny te achou?

Hana pegou uma caixa de madeira na mesinha de centro e a abriu. Havia um saquinho de plástico com maconha dentro e algumas sedas. Ela começou a bolar um baseado com seus dedos longos.

Mika deu de ombros.

— Foi pela internet, Penny explicou. Dá para encontrar qualquer um hoje em dia.

Mas ainda assim... como foi que Penny a encontrou? Mika optou pela adoção sigilosa: sua identidade não deveria ser revelada e, em troca, ela receberia notícias anualmente. Qualquer coisa além disso seria muito doloroso. Ela preferiu ficar com migalhas, ciente de que se empanturraria caso fosse diferente. Ela supôs que não fazia diferença se Thomas Calvin revelara seu nome para Penny ou se Penny se deparara com a informação ao fuçar as coisas dos pais. O importante era o aqui e o agora. A ligação de Penny para Mika. A vontade de Penny de conhecer Mika.

— Verdade.

Hana lambeu a seda e selou o baseado. A melhor amiga de Mika sabia mais do que ninguém quão fácil era encontrar pessoas na internet. Alguns anos antes, rastreara sua ex-professora do ensino fundamental — que dissera que sua pele tinha cor de "café com leite". E era negra, com ascendência também vietnamita, húngara e irlandesa. E infernizou tanto a vida da mulher que ela abandonou as redes sociais.

Hana acendeu o baseado, deu um trago e passou para Mika.

— Como ela é?

Mika pinçou o baseado e mirou o teto. Havia uma rachadura que descia até a parede, dividindo-a. Ela tinha quase certeza de que havia algum problema na fundação da casa.

— Não sei. A conversa foi rápida. Ela é jovem, otimista, positiva. — *Uma força da natureza*. — Pegou o cartão de crédito do pai para usar o teste grátis do site de encontrar pessoas. — Mika deu um sorriso de lado para Hana e levou o baseado até os lábios. — Vai cancelar a assinatura antes que o pai descubra.

Mika devolveu o baseado para Hana.

— Isso me lembra nós duas. — Hana sorriu e deu um trago. — E aí? — quis saber, soltando a fumaça. — O que ela queria?

Mika mordiscou o lábio inferior. A porta de seu quarto estava aberta. A cama, toda bagunçada, e o edredom, na beirada do colchão. Não fazia sentido arrumá-la se ela ia voltar para debaixo das cobertas algumas horas depois. No chão, estava sua camiseta favorita, com estampa do Gudetama — um desenho animado dos mesmos produtores da Hello Kitty. Parecia uma gosma amarela, mas era um ovo preguiçoso.

— Ela quer me conhecer.

Mika olhou ao redor. Avaliou melhor o lugar a sua volta, sua vida, ela mesma, e se arrependeu no mesmo instante.

O que poderia oferecer a Penny? O que havia conquistado? Sua vida amorosa era quase inexistente. Uns namoradinhos, um relacionamento sério com Leif que terminou com uma lixeira em chamas. E sua vida profissional, que era tão instável quanto. Uma série de empregos frustrantes. Todos só para tapar buraco. Já havia pensado em si mesma como uma pedra quicando sobre águas nebulosas. O tempo passando sem consequências, sem reflexões, sem mudanças, enquanto se afastava cada vez mais da margem. Porém, um seixo nunca alcança o outro lado. Acaba afundando. *Quando foi que eu afundei?* Ela sentiu um frio na barriga.

— Falei que poderíamos conversar de novo, mas agora... Sei lá.

Ela se sentiu desconfortável, como naquele dia no hospital.

— Discorra.

Hana apagou o baseado.

Mika desgrudou o olhar da bagunça da casa e se concentrou em seu colo. Quais eram os riscos de criar laços com Penny?

— Ela pode me odiar. Eu posso odiá-la — pensou em voz alta.

Mas Mika não conseguia se imaginar odiando Penny. Nunca. Penny poderia matar alguém, e Mika pegaria uma pá para enterrar o corpo. Sempre daria a Penny o benefício da dúvida. *Acreditaria nela.*

— Com certeza, ela tem perguntas. Muitas perguntas. Parece ser... persistente. Pode ser que queira saber sobre o pai biológico. Ela queria ter um nome japonês — continuou Mika.

Hana inspirou. Escorregou pelo sofá, para perto de Mika.

— É claro que ela está curiosa. Todos nós queremos saber de onde viemos. Mas ela só tem direito de ter essa informação quando você estiver pronta.

Sob pena da lei, Mika assinara um formulário atestando não saber nada a respeito do pai biológico de sua filha, como a idade e o local de moradia, ou a marca de nascença no formato do estado de Maine no peito dele.

— E se ela estiver com raiva de mim? — questionou, com uma voz fraca.

Hana respirou fundo.

— Posso dar um conselho que você não pediu?

— Isso nunca te impediu.

— Na época da traição da Nicole, Charlie sentou comigo e disse: "Há força em ir embora e em ficar." — Hana deu um peteleco em umas cinzas no joelho. — Tenho quase certeza de que ela tirou isso de um desses gurus de autoajuda.

Mika franziu a testa.

— Não estou entendendo.

— Estou querendo dizer que você teria sido forte se tivesse ficado com a Penny, mas também foi forte ao abdicar dela. E, se Penny for tão inteligente quanto está parecendo, não vai ligar para o que você fez, vai ligar para quem você é.

— E quem sou eu?

A pergunta de Mika soou como uma provocação. Ela pensou sobre seu currículo de vida pouco impressionante. Adepta do desemprego. Maconheira. Mãe biológica.

— Primeiro, você é leal — pontuou Hana, contando as descrições nos dedos. — Segundo, se preocupa com o outro. Terceiro, tem um coração maravilhoso. Quarto, é uma artista incrível, que sabe tudo sobre arte, principalmente coisas desinteressantes, como quais cavernas têm pinturas de pinto de homens pré-históricos. Quinto...

— Já está bom. — Mika levantou as mãos para interromper Hana. — Não estou emocionalmente pronta para isso.

Hana sabia a merda que isso poderia dar. Todo ano, perto do aniversário de Penny, uma encomenda chegava. Mika lia a carta de Caroline ou de Thomas, olhava fixamente para as fotos de Penny com a família feliz dela, passava os polegares pelos desenhos feitos pela filha com giz de cera e espalhava tudo a seu redor, em um abraço sufocante. Mika passava o dia inteiro na cama. Hana também. Ela se enfiava atrás de Mika e, sem dizer nada, a abraçava,

formando um casulo de lamento. Elas choravam juntas. Mika, por Penny. E Hana, por Mika.
— Quando é que a gente está preparada? É para isso que existem as emoções. Quanto menos se espera, mais intensas elas são. Essa é a beleza dos sentimentos.
— Que coisa idiota. — Mika encostou a cabeça na cadeira. A situação toda era avassaladora, de inúmeras maneiras. Mas Hana estava ali. Sempre esteve. — Amo sua fuça — disse ela para a melhor amiga.
Aquelas três palavras eram o mantra delas desde que se conheceram, no primeiro ano do ensino médio de uma escola de ensino alternativo, o tipo de instituição para a qual os pais mandam seus filhos quando não têm grandes expectativas sobre eles. Assim que viu Hana, Mika sentiu uma conexão forte. Ambas eram galhos rebeldes crescendo na árvore genealógica de suas famílias.
— Amo sua fuça também.
Mika tateou o assento, procurando o celular. Pouco antes de desligar, Penny tinha passado seu número para ela. E agora Mika escrevia uma mensagem para a filha: *Animada para a videochamada. Que horas você pode?*
Pronto, foi. Colocou o celular longe. Batucou os dedos nas pernas. *Vai ficar tudo bem.* Outra recordação do hospital lhe veio. A de ver Penny pela primeira vez, aninhada nas mãos da médica. Sim, ficaria tudo bem. Como não ficaria? Penny e Mika eram uma história de amor desde o começo.

## Capítulo TRÊS

Uma semana depois, Mika foi à missa com os pais. Espremida no canto do banco da igreja, olhou para a mãe de soslaio. Hiromi Suzuki olhava fixamente para a frente. Seus olhos pretos e pequenos focados no púlpito. Ela também era pequena, com feições delicadas e uma boca que mais se contraía do que sorria. Em casa, tinha um armário repleto de conjuntos esportivos de veludo. Hoje, ela usava um cor de berinjela. Complementava o cabelo curto e escuro com um permanente que formava duas meias cúpulas de cachinhos bem firmes na cabeça, como o da rainha da Inglaterra. Ao lado de Hiromi, o pai de Mika, Shige, cochilava.

Durante o sermão, que tinha algo a ver com amizade, Mika pegou o celular e abriu seu perfil no Instagram. Tinha exatamente cinco fotos. Seus pés na areia, em uma viagem para Porto Rico que ela fez com Leif, pouco antes do término. Outra dela com Leif, nessa mesma viagem, arrumados para saírem à noite. O quintal de Hana, na época em que se mudara para lá — tinham pendurado vários pisca-piscas e tomado margaritas feitas com uma tequila de primeira. Uma foto vestida de madrinha no casamento de Charlie. E uma foto de uma salada de beterraba com queijo de cabra. Só isso. Penny curtiu todas. Haviam combinado a ligação para o dia seguinte, o primeiro encontro das duas por videochamada. Ela saiu do próprio perfil e clicou na lupa — a aba de explorar.

A tela foi preenchida por posts, e o algoritmo exibia conteúdos com base no histórico de cliques e buscas. Havia um monte de mulheres com um rosto simétrico que combinava com a casa perfeita e bege na qual elas moravam. Um anúncio sobre comprar um papel higiênico comemorativo para passar o feriado. Uma celebridade que Hiromi adorava porque ela não tinha uma babá. Que impressionante.

No campo de busca, ela digitou a palavra "adoção". A tela preencheu-se de novas informações. A maioria era de relatos de mães adotivas contando sua jornada. "Finalmente, ele chegou aqui em casa. Mateo (chamamos de Matty!) tem um mês e meio e nunca foi carregado no colo. Para acostumá-lo, estou usando o Ring Sling (não é publi) com ele, o máximo de tempo que der. Minhas costas estão cansadas, e estou cansada no geral — Mateo tem acordado de duas em duas horas. Alguma outra mamãe aí se sentindo um pouco sobrecarregada hoje?" As pessoas comentaram coisas do tipo: "Você consegue!", "Vai dar conta!". Ou até: "Experimente essa receita de smoothie para ganhar uma dose extra de energia." Mika torceu o nariz ao sentir o estômago revirar. Ninguém disse: "Não tem problema parar. Não tem problema reconhecer que não consegue. É algo que exige muito da gente." A ênfase dos discursos era que as mulheres fizessem tudo sozinhas. Que continuassem mesmo se estivessem exaustas, sem ânimo, no seu limite. Ela olhou de novo para a foto da mulher com o filho recém-adotado no colo. Sorrindo como uma heroína. Será que foi isso que Thomas e Caroline pensaram? Que haviam resgatado Penny?

Mika sentiu um beliscão furtivo na pele fina da parte de dentro de seu braço.

— Presta atenção.

O tom na voz da mãe era o mesmo que usava quando mandava Mika para o quarto na época da escola.

— Ai — reclamou Mika.

Ela esfregou o braço e olhou séria para a mãe. *Pelo menos aqui é melhor do que visitá-los em casa.*

Ao pensar na casa onde havia crescido, a ansiedade de Mika começou a despertar. A casa em si não era intimidadora. Tinha só um andar e fora construída nos anos 1970, com todo o charme da época: carpete felpudo verde-musgo, luzes amarelas e escritório com paredes revestidas de madeira. Por fora, era idêntica às demais casas do quarteirão, desprovida de uma arquitetura marcante — sem dúvida, não era digna de nenhuma menção em livros de história da arte. Mas o interior tinha todos os clássicos toques japoneses: pacotinhos de molho de soja e talheres de plástico enfiados nas gavetas, chinelos perfeitamente alinhados perto da porta, um varal no quintal, um pouquinho de pistache com casca torrado que seu pai gostava de comer enquanto via NHK ou o Hanshin Tigers, seu time da liga japonesa de beisebol.

Apesar da bagunça, do cheiro de incenso e da decoração datada, a busca pela perfeição persistia dentro daquelas paredes. Estava no quimono empoeirado que Mika se recusou a vestir após ter largado o odori. Nas molduras vazias onde deveriam ter sido exibidos o diploma de Mika de uma universidade de elite e as fotos de seu casamento. Nas panelas e frigideiras com as quais ela nunca aprendeu a cozinhar.

No quinto mês da gravidez, a barriga de Mika começou a despontar. Ela não conseguia mais esconder, nem queria. Estava limpando a cozinha de azulejos verde-limão com Hiromi quando desembuchou a verdade.

— Estou grávida.

O pai de Mika estava vendo TV no cômodo ao lado. Todas as portas no corredor estavam fechadas — você só via o que Hiromi queria lhe mostrar. Hiromi parou de limpar a bancada. Por um ínfimo instante, não se mexeu. Incapaz de compreender essa nova realidade.

— Ouviu o que eu disse? Falei que estou grávida.

Penny se movia na barriga de Mika — como um leve bater de asas. Os primeiros chutes do bebê, a ginecologista e obstetra da clínica gratuita no campus havia lhe explicado.

Hiromi hesitou. Endireitou-se.

— Quem é o pai? — perguntou, com frieza.

A casa cheirava a sukiyaki — carne e vegetais cozidos com mirin, molho de soja e açúcar. Tinham o hábito de comer esse prato quente e tradicional quando o tempo esfriava. Naquela noite, a previsão era de neve.

— É uma menina — disse Mika.

Hiromi espremeu a esponja na pia.

— Meninas são complicadas.

"Você é complicada", foi o que Hiromi quis dizer. Alguém deu uma risada na televisão.

— Vou dá-la para adoção.

A declaração foi espontânea. Mika não havia decidido. Ela ainda estava processando a gravidez, um pêndulo oscilando entre a incredulidade e um medo absoluto. O que esperava que a mãe dissesse? Mika se deu conta tarde demais de que esperava que ela lhe dissesse para ficar com a bebê. Que lhe prometesse que ajudaria a criar aquele conjunto de células. Mas Mika já deveria saber. O apoio de Hiromi sempre tinha um preço muito alto, e Mika nunca sabia direito como pagar. Mesmo assim, ela não pôde deixar de procurar pela mãe, de dar de bandeja sua carência, de esperar mais dela, de esperar algo melhor, de esperar que ela mudasse — que curasse Mika. A palavra "adoção" foi mencionada como um desafio.

Hiromi abriu a torneira para os restos de comida escorrerem pelo ralo. A água quente escaldou suas mãos até ficarem vermelhas, e o vapor umedeceu a cavidade na base de seu pescoço.

— Provavelmente é melhor assim. O que você sabe sobre criar uma criança?

Mais uma decepção que deu à mãe. Hiromi tentou ensinar Mika a ser uma boa dona de casa, a cozinhar, a receber visitas e a limpar e arrumar a casa. Tudo para prepará-la para quando tivesse sua própria família. Mas Hiromi nunca ensinou Mika sobre métodos contraceptivos, sexo, amor, nem sobre o que fazer ao descobrir uma gravidez do nada. Porque isso era indesejado. E não se falava sobre aquilo que não se queria que acontecesse.

Na cozinha, Mika ficou em choque por um tempo. A decepção a sufocou como uma porção de arroz empapado preso na garganta.

— É isso? Não tem mais nada para me dizer?

Hiromi olhou para Mika, depois se deteve na barriga dela. A expressão em seu rosto era a mesma de quando Mika chegava em casa com roupas de segunda mão de um brechó, na época do ensino médio. Era a moda de antigamente: jeans rasgados, blusa de flanela, cropped.

— O que as senhoras vão pensar na igreja? — questionava Hiromi ao fitar o umbigo de Mika de fora, na época.

— O que mais você quer que eu fale? — respondeu a mãe sobre a gravidez. — Vou falar com seu pai sobre isso. — *Isso*. Hiromi se referiu a Penny assim. Ela virou de costas para Mika, com os dedos contraídos. — Quer levar uma quentinha para o alojamento?

Mika cobriu a barriga com as mãos.

— Não. Não, obrigada.

Ela só reencontrou os pais depois que Penny nasceu, após ter sido reprovada em parte das disciplinas do primeiro e segundo anos de faculdade. *Isso* se tornou um assunto que nunca mais foi discutido, confinado atrás de uma das portas fechadas na casa de Hiromi.

Na igreja, Mika se ajeitou no banco. Do lado de fora dos vitrais, uma bandeira do movimento Black Lives Matter, com uma faixa de arco-íris, balançava ao vento — Hiromi e Shige toleravam os posicionamentos progressistas da igreja e frequentavam a missa aos domingos, mas Mika não tinha certeza de que eles acreditavam em um deus cristão. Tinham estátuas de Buda e pequenos altares, chamados de botsudan, espalhados pela casa. Eles iam lá para tomar ocha, socializar com os fiéis 99% japoneses e arranjar encontros para Mika.

— Precisamos de alguém para cuidar das nossas redes sociais — anunciou a pastora Barbara, do púlpito. — Para atualizá-las com as novidades.

Branca, mas fluente em japonês, a pastora Barbara era uma mulher robusta, de voz doce. Gostava de segurar ambas as mãos da pessoa enquanto conversava com ela. Atrás dela, havia um Jesus asiático, feito sob encomenda — o carpinteiro usou somente troncos de madeira caídos em terras que não pertencessem a nenhum grupo indígena e plástico recolhido em bolsões de lixo flutuante no Oceano Pacífico.

Contudo, quem deveria ser aplaudida pelos hábitos sustentáveis era a mãe de Mika. Fazia vinte anos que a mulher usava o mesmo pote de sour cream como Tupperware. Ela também levava a sério a tarefa de reutilizar papel de presente. Por cinco anos consecutivos, o presente de aniversário de Mika foi embalado no mesmo papel com estampa do *My Little Pony*. Sobreviventes da Segunda Guerra Mundial no Japão, os pais de Hiromi haviam crescido em uma época na qual frutas eram uma mera lembrança. Suas vidas foram moldadas pela guerra e pela fome. Eles ensinaram Hiromi a guardar todos os pedaços de papel, a refogar capim, a recuperar o solo escurecido por ataques de bomba e torná-lo fértil de novo.

— Também estamos precisando de voluntários para fazer comida para o bazar anual — continuou a pastora Barbara. — Mas o que mais precisamos são de tocadores de taiko e dançarinas para a apresentação. Se tiver um talento, agora é a hora de brilhar!

Todo ano, na primavera, a igreja organizava um evento beneficente. Armavam barraquinhas no estacionamento. Marinavam frango em potes com molho teriyaki. Cozinhavam yakisoba em frigideiras wok. Do lado de fora, vendiam comida de rua japonesa. Na parte interna, produtos artesanais ficavam expostos em mesas: pegadores de panela feitos de crochê, bonecas kokeshi, marchetaria yosegi. À noite, os membros da congregação apresentavam números de dança e música.

Mais um beliscão da mãe.

— Você deveria fazer isso. Ajudar com a comida ou dançar na apresentação.

Hiromi deu uma cotovelada em Shige, que acordou assustado.

— Lembra como Mika dançava?

Antes de Shige roubar seu coração, antes de se tornar esposa dele, a mãe de Mika passou por um treinamento como maiko, uma aprendiz de gueixa. Quando eles se mudaram para os Estados Unidos, Hiromi procurou uma sensei para ensinar Mika. Já que Hiromi não podia ser maiko, Mika se tornaria dançarina.

Hiromi queria que a filha fosse uma extensão dela. Mika queria ser livre.

Ele assentiu, confuso.

— Lembro, lembro, é claro.

Mika foi se afastando até ficar no fim do banco. Não disse uma palavra. A recusa estava na seriedade de seus lábios. Mika só voltaria a dançar quando Hiromi usasse um micro-ondas. Ou seja, nunca.

— Todas aquelas aulas. Que desperdício...

Hiromi estalou a língua. Escola. Tarefas. Dança. Houve uma época em que o mundo de Mika era uma maquete de palitos de fósforo na palma da mão de sua mãe.

Após a missa, Mika escapou para a mesa de comes e bebes. Empilhou em um pratinho vários dorayakis, quadradinhos de bolo de pão de ló e bolo de matcha... tudo isso enquanto tentava não derramar uma xícara de chá na outra mão. Suas têmporas latejaram. A versão que havia contado era que se tratava de uma dor de cabeça, não de uma ressaca causada pelo vinho na noite anterior.

Mika enfiou um bolo de batata-doce na boca.

— Pai, o que andou fazendo nesses últimos dias?

Shige se virou para ela.

— Vi um documentário sobre o sistema de correio dos Estados Unidos.

— Ah, é?

Mika fingiu estar interessada. Sua mãe deu uma olhada no ambiente, curvou-se diante de uma amiga e continuou o que estava fazendo. Ela não conseguia disfarçar que estava procurando alguém.

O pai deu um gole no chá, servido pela mãe de Mika. Hiromi não era mais maiko, era uma sengyō shufu, uma dona de casa profissional. Esse era seu ikigai, sua motivação para viver, entreter e cuidar. Mika não conseguia se lembrar de uma refeição ou um lanche que seu pai tivesse feito para si mesmo.

— Sabia que dá para enviar pássaros pelo correio?

Shige sorriu, com um charme que desarmava qualquer um. Na infância e na adolescência de Mika, ele era gentil com ela, mas não se envolveu em sua criação. Mika compreendia. Hiromi Suzuki era uma força que Shige escolheu não confrontar. Infelizmente, isso fez com que Mika encarasse sozinha as tormentas da mãe. Quando andava no carro da família, Mika costumava escrever "socorro, fui sequestrada" no vidro embaçado, na esperança de que alguém os mandasse encostar.

Mika também sorriu, contagiada pelo bom humor dele. Por ora, sua mãe estava distraída por causa da sra. Ito, que mostrava fotos da viagem dela ao Japão. Hiromi e a sra. Ito eram melhores amigas e inimigas mortais. Haviam feito da maternidade uma competição. Ou melhor, uma guerra. Sendo o julgamento a arma preferida de tortura. De qualquer forma, aquele era o momento perfeito. Tinha a atenção do pai, e não da mãe.

— Otōsan... — começou Mika. — Tive um imprevisto esses dias.

O rosto de Shige vincou.

— De novo, não.

Mika nunca foi muito boa em economizar. Ela vivia de forma impulsiva, gastava o salário inteiro todo mês. Seu lema era: "Dessa vida não se leva nada." O dinheiro ia rápido. Em questão de dias, sua situação ficou complicada. O aluguel estava atrasado. As contas também. O plano A, arranjar um emprego para ontem, não tinha dado certo. O plano B, deixar de comer, durara um total de quatro horas. Então, chegara a hora do plano C, pedir dinheiro aos pais, e Mika precisava confessar que havia sido demitida. Era uma grande merda. Ela lambeu os lábios e continuou:

— Estou mandando currículos que nem uma doida. Tenho certeza de que vai aparecer algo logo. Só preciso de uma ajudinha para passar o mês. Desculpa — disse ela.

Era uma desculpa por tudo — por todos os empréstimos, pelo pedido de dinheiro em um local público. Não suportava a ideia de visitá-los e ter que fazer o pedido em casa.

— O que está acontecendo?

Hiromi chegou apressada, após terminar a conversa com a sra. Ito.

O pai de Mika ficou um tempo sem dizer nada. Olhou em volta com cuidado, para ter certeza de que ninguém os escutaria.

— Mi-chan pediu dinheiro — contou, muito baixo, quase de forma inaudível.

Hiromi assumiu um semblante frio. Mika conhecia aquela expressão impassível; os olhos diziam tudo. Aquela decepção velada a atingia em cheio. Mas havia medo também. *Quem é essa mulher imatura que criei? Tão ignorante. Tão desconectada do seu passado, como ela pode ter um futuro? Eu me arrependo de tanta coisa.* Envergonhada e sentindo-se diminuída, Mika olhou para seu prato.

— De quanto você precisa? — perguntou Shige.

Mika alisou o prato com o polegar.

— Uns dois mil. Vou pagar depois.

Hiromi descartou a possibilidade.

— Vai. Você sempre fala isso.

Mika ficou calada. Ela havia prometido a si mesma que nunca mais pediria dinheiro aos pais. Quantas vezes tinha quebrado aquela promessa?

O olhar de Hiromi se acendeu ao ver alguém.

— Deixa esse prato aqui.

Ao dar a ordem, a mãe torceu o nariz para a quantidade de comida no prato de Mika. A sra. Ito comentava com frequência que Mika era boa de garfo.

— Estou vendo o novo fiel.

Hiromi estudou as roupas de Mika: calças e uma blusa com um botão faltando, as duas últimas peças de roupa limpa no armário dela.

— É assim que você se veste para vir aqui?

Mika ficou séria.

— Não quero conhecer ninguém. — Quando terminou com Leif, Hiromi disse a Mika: "Como você vai sobreviver?" — E o empréstimo...?

— Shhh — disse Hiromi. — Todo mundo vai ver você discordando de mim. Você vai conhecer essa pessoa. — Hiromi olhou muito rápido para Mika. — E seu pai vai lhe dar um cheque.

Mika estava esperando por essa parte, a de sentir o cheirinho do dinheiro.

Sair com alguém que sua mãe aprovava era tão convidativo quanto uma pessoa revistando suas partes íntimas.

— Kaasan...

— Escute sua mãe. Nos mostre que está disposta a mudar — pediu o pai. Na hora de escolher um lado, Shige sempre escolhia o da esposa. — Precisa começar a levar sua vida mais a sério, e isso inclui procurar a pessoa certa.

Mika engoliu em seco e deixou o prato de lado.

— Tá bem.

Hiromi sorriu, feliz da vida, e conduziu Mika até o novo integrante da congregação. Ele estava conversando com a pastora.

— Mika-san. — A pastora segurou as mãos dela. Seu sorriso era amistoso. — Como vai?

— Vim apresentar Mika ao nosso novo integrante.

Hiromi sorriu com doçura. Apertou o braço de Mika como se ela tivesse acabado de dar a sorte grande.

— Ah, é claro! — exclamou a pastora, ao soltar as mãos de Mika. — Esse aqui é Hayato Nakaya. Acabou de ser transferido da Nike Japão para nossa bela cidade.

Hayato se curvou.

— Como vai?

Ele era magro e mais alto que Mika, o que não era muito difícil. Mika tinha, no máximo, 1,58 metro. *Ele tem um sorriso bonito*, pensou ela.

— Pastora, preciso falar com você sobre o bazar — afirmou Hiromi, séria. — Esther Watanabe quer fazer de novo a receita dela de tempura. Fiquei me perguntando se não conseguiríamos convencê-la a mudar de ideia.

— Claro, claro.

A pastora assentiu, e elas se afastaram, deixando Mika a sós com Hayato.

— Nossa, que constrangedor — comentou Hayato, em um inglês impecável.

— Você cresceu no Japão? — perguntou Mika por educação.

— Não, na Califórnia. Em Los Angeles.

Ele balançou o corpo para a frente e para trás.

— Minha mãe é nipo-americana, de primeira geração. E a sua?

— A minha também. Eu nasci em Daito, no subúrbio de Osaka.

Mika tinha vagas lembranças de sua casa no Japão. O telhado inclinado com telhas onduladas. A lona de plástico em volta da varanda. O quintal enlameado, fazendo fronteira com uma fazenda de batata-doce. A cômoda tansu, deixada pelo antigo dono, que a mãe adorava, mas custava uma nota para transportar para os Estados Unidos.

— A gente se mudou quando eu tinha seis anos.

Ela se lembrou do dia em que haviam chegado aos Estados Unidos. A pequena família de três pessoas toda amarrotada e irritada após um voo de quase quinze horas. Que dia era mesmo? Que horas? Não dava para saber do corredor sem janelas da alfândega. Os ventiladores estavam ligados, mas o ar estava abafado por causa da aglomeração de passageiros. Um homem com uniforme azul, atrás de uma divisória de acrílico, examinou o passaporte deles, enquanto Shige falava de seu emprego, como conseguiu o visto de trabalho e o apartamento. Hiromi encarou o agente como se estivesse olhando para o cano de uma arma. E Mika deu uma escapulida. Ela se lembrou dos passos. Um. Dois. Três. Como se estivesse andando em uma corda bamba, até se deparar com uma parede e olhar para cima.

Para um retrato a óleo de Louis Armstrong.

Foi como se uma porta no céu tivesse se aberto, e Mika estivesse espiando outro mundo. Ela teve de engolir o choro. Algo dentro dela ganhou vida. *Um milagre*, Mika se lembrava de ter pensado conforme acompanhava com o olhar cada pincelada. *É um milagre.* Foi nesse dia que seu mundo desmoronou e se reergueu. Estradas eram linhas a serem desenhadas. Árvores eram cores a serem pintadas. O sol era luz a ser usada. Possibilidades infinitas. O amor de Mika pela pintura era instintivo, anterior à linguagem. Muito parecido com o seu amor por Penny. Mika deixava de ser uma pessoa — virava a pincelada, um pote de tinta, uma tela em branco à espera.

— Imaginei. Sei como é essa coisa de ter uma mãe tentando te juntar com alguém, na esperança de que você encontre o amor e gere uma cria japonesa.

O comentário de Hayato transportou Mika de volta ao presente.

Mika forçou um sorriso.

— Sei que minha mãe te deu meu número outro dia. Mas não estou querendo sair com ninguém agora. Não me leve a mal.

— Imagina. Aliás, só tenho interesse em sair com homens. — Hayato abriu as mãos e apontou os polegares para si. — Supergay.

Dessa vez, o sorriso de Mika foi genuíno.

— Então é isso.

— Então é isso — repetiu Hayato, em um tom caloroso.

Eles conversaram mais um pouco e combinaram de marcar alguma coisa. Talvez Mika o convidasse para o open house de Charlie dali a umas semanas. Depois da missa, seu pai assinou um cheque no estacionamento.

— Se for sair com ele — disse Hiromi, referindo-se a Hayato —, use um vestido. Um perfume, quem sabe. Nada muito pesado.

— Ele não está interessado — afirmou Mika.

Ela puxou o cheque da mão de Shige.

— Como assim não está interessado? O que você fez?

A voz de Hiromi foi ficando esganiçada, como o som de gaivotas brigando por um peixe estragado.

Mika endureceu o tom.

— Eu não fiz *nada*.

— Você precisa despertar o interesse dele — insistiu Hiromi.

— Não é não — rebateu Mika, com firmeza.

— Hummm...

Shige coçou a testa.

— Será que vocês duas conseguem ficar cinco minutos sem brigar? Parecem fogo, sempre queimando e destruindo tudo ao redor.

Mika cerrou a mandíbula, mas permaneceu calada. Dobrou o cheque e o guardou no bolso, murmurando baixinho um "obrigada" antes de ir embora.

## Capítulo QUATRO

Uma videochamada.

A ficha de Mika só caiu minutos antes de ligar para Penny: ela ia rever a filha depois de dezesseis anos. Mika recebia as fotos que Caroline enviava com as cartas todo ano, mas eram imagens estáticas, momentos congelados no tempo, presos em um âmbar espesso. Mika não podia ver os tiques faciais de Penny. Nem os gestos que fazia com as mãos quando estava animada, triste ou com medo. Muito menos ouvir sua voz durante uma conversa, as mudanças de entonação. A interação mais real que havia tido com Penny fora quando ela era bebê.

Ela se sentou à mesa da cozinha. Hana se retirou depois de ajudá-la. Mika ligou a câmera e ficou se olhando. O suéter tinha um furinho na manga. Hana o escolheu, após vasculhar as roupas de Mika, em busca de uma peça que a agradasse.

— Vai ter que ser esse aqui — afirmou ela.

Hana pegou a peça de tricô azul-marinho e entregou para Mika. Em seguida, deixou Mika sozinha com a tela, com o coração acelerado e a palma das mãos suada. Faltava um minuto. Marcaram a ligação para quatro da tarde, ou seja, sete horas da noite no fuso horário em que Penny estava. Mika digitou as informações de login e, em seguida, o número de Penny. Tocou uma vez. E lá estava ela. *Lá estava ela*: a filha de Mika. Contemplou as maçãs do rosto dela, o nariz imperioso, o cabelo brilhoso. *Eu a fiz*. Sentiu algo semelhante ao que sentira no dia em que pariu e segurou Penny nos braços pela primeira vez. Um sentimento de espanto e fascinação. Um pedaço da alma de Mika se reconhecendo.

Mika sorriu para Penny como se fosse uma amiga de longa data.

— Oi.

— Nossa!

Penny abriu um sorriso de orelha a orelha, com todos os dentes à mostra. Mika já havia sorrido assim. Quando tinha dezesseis anos. Quando temos o mundo na palma da mão e somos donos do tempo. Não ter nada a perder era um sentimento especial.

— Você parece tão nova — comentou Penny.

— É... Sabe como é, japonês não envelhece.

Penny riu.

— É estranho, mas tudo que consigo pensar agora é: "O rosto dela é igual ao meu, é igual ao meu!"

O sorriso de Mika se abriu mais. As duas acabaram ficando em silêncio. Estava quase anoitecendo onde Penny se encontrava. Os últimos e preciosos raios de sol entravam por uma janela e lançavam sombras em seu rosto, dependendo do movimento que ela fazia. Se fosse um tempo antes, quando Mika pintava, talvez tivesse tirado uma foto e feito um esboço a lápis de Penny, no qual usaria a ponta mais afiada para fazer a curva voltada para cima de sua boca sorridente. Em vez disso, Mika pensou no tempo lá fora, na chegada da noite, no tamborilar da chuva nas janelas, na estranheza de estar com Penny anos antes e naquele momento. Em ambas as ocasiões, sentia como se fosse a primeira vez.

— Sempre quis saber sobre você — confessou Penny, como se fosse um segredo cabeludo.

Penny estava no quarto dela. No fundo, havia um papel de parede de flores de cerejeira cor-de-rosa. Quando Mika estava grávida, Caroline prometeu que integraria a cultura japonesa na vida deles. Assim, chegou uma carta descrevendo um quarto de bebê com tema de flores de cerejeira e falando da aula para aprender a fazer sushi, na qual o casal se matriculara. Mika tinha quase certeza de que a maior parte do conhecimento dos Calvin sobre o Japão vinha de uma página na Wikipédia.

— E aqui estou eu. Seus... Thomas e Caroline te contaram alguma coisa sobre mim?

Fora do enquadramento da câmera, havia dois lenços amassados que Mika acabara de passar debaixo das axilas.

— Pouca coisa.

Penny deu um gole em uma caneca fumegante. Café? Não, chá. Mika desejou ter pegado um copo de água. Perto de Penny também havia uma tigelinha com pretzels e um caderninho com uma caneta. Ela estava mais preparada.

— Você era supernova. Dezenove anos. Estava no comecinho da faculdade e não queria um filho.

*Queria?* Não era que ela não quisesse Penny. É que não poderia ficar com ela. Mika queria que Penny vivesse e crescesse com uma família melhor do que a dela. *Melhor que eu*, pensava ela. Mika amava Penny e ficou envergonhada por não conseguir cuidar dela. Por não ser o suficiente para a filha. *O que você sabe sobre criar uma criança?* O fantasma das palavras de Hiromi a assombrava.

— Enfim... — continuou Penny, abaixando a caneca. — Eles nunca tentaram esconder isso de mim. Até porque, né?

Ela apontou para o próprio rosto.

— Era meio óbvio. Uma criança com descendência japonesa. Pais brancos. Aliás, por um tempo, eu achei que todas as crianças fossem adotadas.

Penny deu uma risadinha.

— Como se tivesse um lugar onde os pais iam e escolhiam um bebê. Mas aí minha amiga Sophie, que conheço desde o jardim de infância, falou que tinha os pés virados para fora, uma coisa esquisita que puxou do pai. Voltei para casa e perguntei o que eu tinha puxado dos meus pais. Eles explicaram coisas como o senso de humor, bondade etc.

Penny fechou as mãos e deu um soquinho na mesa. Mika se endireitou. Será que tinha todo aquele autoconhecimento aos dezesseis, dezoito anos? Ela se lembrava de ficar empolgada, de se sentir vulnerável, sozinha. Despreparada. Não, Penny havia sido criada de um modo diferente. Ela era muito... segura de si.

— Mas eu fiquei, tipo... não, *fisicamente*, o que eu tenho que veio de vocês? Aí eles me explicaram tudo. Não tínhamos o mesmo tipo sanguíneo. Nem o mesmo formato de mão. De pé, nada. Outra pessoa no mundo possuía meu DNA. Desde aquele dia, sempre pensei nisso. Que uma parte de mim talvez existisse em outro lugar. Quer dizer, quem sou eu?

Mika apertou os joelhos. *Quem sou eu?* Não tinha como responder isso pela filha. Não sabia nem a resposta sobre ela mesma. Mais um defeito seu.

— Ufa — finalizou Penny. — Acho que só eu estou falando. Foi mal. Estou acostumada a ser o centro das atenções.

Ela apontou para si mesma.

— Filha única, sabe como é.

— Não tem problema — garantiu Mika. Não tinha o menor problema. Ouvir e ver Penny era como se Mika houvesse sido resgatada do fundo do oceano e voltasse a sentir o calor do sol. — Gosto de saber mais sobre você.

— Que bom. — Penny se animou. — Também quero saber tudo sobre você.

Mika refletiu. Ela colocou uma mecha de cabelo atrás da orelha. Viu os pratos na pia, as pilhas de caixas, a carta na bancada informando que a conta de celular estava atrasada.

— Não tenho muito o que falar. Na verdade, acho que sou meio que entediante.

— Ainda mora no Oregon?

Mika assentiu.

— Em Portland.

Uma cidade que ostentava uma quantidade de boates de striptease per capita como nenhuma outra. Mas também possuía uma loja de donuts que vendia bombas de chocolate em formato de zumbi e o maior comércio de rua dos Estados Unidos. As pessoas iam até lá para comprar maconha e bijuterias e para comer nas barraquinhas de rua. Um em cada quatro carros tinha o seguinte adesivo no para-choque: MANTENHA PORTLAND ESTRANHA.

— Moro no bairro de Alberta.

Uma região bem típica de Portland.

— Tem algumas lojas por aqui. Estúdios que oferecem aulas de ioga com cabras, com seus donos hipsters barbudos que vendem café orgânico e sustentável, não prejudicial aos orangotangos. Esse tipo de coisa.

— Que maneiro! — Penny deu um sorriso. — Sua casa é superbonita.

*Super*. Penny usava bastante aquele prefixo, e até que combinava com ela. Em relação a tudo. Tinha uma personalidade forte.

— Bem, pelo menos o jardim. Só dava para ver essa parte no Instagram.

Pela janela, Mika conseguia ver o quintal, a cerca caída, a grama alta, os móveis da área externa tombados e as garrafas de cerveja vazias, cheias de lesmas. Então, se deu conta de que Penny dissera "sua casa". Como se a casa fosse de Mika. Tentou corrigi-la:

— Na verdade, não é...

— Não vejo a hora de ter minha própria casa — comentou Penny, interrompendo-a. — Vou tentar todas as faculdades, em tudo quanto é canto na Costa Oeste e na Costa Leste. Nada no Meio-Oeste. Não me leve a mal. Quer dizer, adoro morar em Dayton, em Ohio. Mas é uma cidade bem pequena, sabe? Sophie e eu vamos dividir um quarto, seja lá aonde formos.

Até que enfim, uma semelhança. Aos dezesseis anos, Mika e Hana haviam trabalhado em uma filial da Taco Bell. Escutavam hip-hop enquanto despejavam pacotes de carne no aquecedor de alimentos, conversavam sobre o futuro e ficavam cada dia mais próximas ao compartilharem suas experiências como pessoas de origem asiática nos Estados Unidos — "De onde você é?" era uma pergunta que ouviam incontáveis vezes.

— Um dia, vou viver viajando e pintando — dizia Mika, com um ar sonhador.

Fazia vários planos. Viajar de moto pela América do Sul. Flutuar pelos canais de Veneza em uma gôndola. Comer croissant de chocolate em Paris.

— O que mais?

Penny batucou com os dedos.

— E o seu trabalho? E, ai, meu Deus, aquele era seu namorado na foto?

Ela se referia a Leif. Fazia dois anos que Mika não o via. Dizer que as coisas terminaram mal era como afirmar que Van Gogh era só um pintor.

— Ele é bonitinho. Você também viaja? Estudou em qual colégio?

Penny parou. Respirou fundo. Estava se preparando para disparar mais perguntas, sem dúvida.

Mika riu. Ela levantou a mão. Mudando o rumo da conversa.

— Calma. Peraí. Quero saber mais sobre você.

Penny franziu a testa. Mika tinha uma foto dela fazendo aquela exata expressão. Era uma de suas favoritas. Caroline enviara um retrato de Penny segurando uma casquinha vazia, enquanto duas bolas de sorvete derretiam na calçada. Ela usava um vestidinho branco, com flores bordadas à mão, e o cabelo esvoaçava na brisa de verão.

— Pratico cross-country. Leio muito. Mas nada muito, sabe, supermarcante ou importante. Só que, recentemente, meu pai me deu um livro, *A solidão do corredor de longa distância*. Acho que ele só comprou por causa do título, e achei que seria supertriste. Mas até que eu gostei. Tinha toda uma temática contra o sistema.

— Nunca li.

— É bom. Você deveria ler. Como foi o ensino médio pra você? Queria muito saber.

Mika deu uma puxada na orelha. Tinha sido uma jovem desajustada e solitária. O vazio fora preenchido por Hana e pela arte. À noite, ela fugia do mundo, ao se aconchegar debaixo do edredom com uma lanterna, um lápis e um caderno de desenho. Começou fazendo esboços da própria mão, depois das mãos de outras pessoas, explorando as veias sinuosas nos dedos da mãe e as marcas de idade nos do pai. Para Mika, arte era como respirar. Seu ikigai. Ajudava-a a passar pela escuridão, rumo ao amanhecer. Mas Mika havia parado de pintar. Aquilo tinha sido *antes*. Para que tocar nesse assunto?

— Fiz em uma escola de ensino alternativo. Era para alunos que não se adaptavam às metodologias de ensino tradicionais.

A maioria dos alunos dormia nas aulas, e os professores deixavam por isso mesmo.

— Eu amava a Geração Beat quando era mais nova: Jack Kerouac, Gary Snyder, Neal Cassady.

Penny fez outra anotação, conforme balbuciava as palavras "Geração Beat".

— Minha grande amiga, Hana, estudou comigo nessa escola. Aliás, ela estava lá quando você nasceu.

— Estava?

Penny se animou.

— Estava.

Penny não disse nada. Mika hesitou em acrescentar mais alguma coisa. O que ela poderia dizer? "As enfermeiras nos odiaram porque não parávamos de pedir comida. Até hoje, sempre sai um pouco de xixi quando rio muito. Meus peitos parecem dois fantoches de meia. Sofro todos os dias." Acabou escolhendo outra informação.

— Ela segurou você. Quer dizer, depois de mim.

Penny pensou por um instante.

— Será que posso ver uma foto dela?

— Claro. Não tenho nenhuma aqui agora.

Havia uma no porta-retrato na cornija da lareira, escondido atrás de uns vasos cabaça. Mas elas estavam fantasiadas de enfermeira para o Dia das Bruxas, com um bong em cima de uma mesa entre as duas.

— Mas vou te mandar uma.

— Legal!

Penny sorriu para Mika.

Mika retribuiu o sorriso.

— Onde você trabalha? — perguntou Penny, enfim.

— Não tenho nada muito certo no momento.

Diante da resposta, Penny mordeu o lábio — por um momento, Mika flagrou no rosto da filha um olhar de esperança de que sua resposta fosse algo mais interessante. Mika imaginou a expressão de Penny mudando, transformando-se na que sua mãe sempre exibia na sua frente. Uma decepção gritante. O que fazia uma mãe ser perfeita? Ser uma mulher perfeita? Seja lá o que fosse, Mika reconhecia que era o oposto do que ela era.

— Quer dizer, saí do meu emprego faz pouco tempo, para me dedicar aos meus projetos.

Ela fechou os olhos. Tinha trinta e cinco anos. Um terço de sua vida se passara. Já era para ter feito alguma coisa da vida àquela altura. Onde que ela tinha se metido? Abriu os olhos. A mentira tropeçou, escapulindo de sua boca.

— Eu amo arte e... estou procurando um espaço para transformar em uma galeria, para que, assim, eu possa ir atrás de artistas para representar e abrir meu próprio negócio. Ainda está numa fase bem inicial...

Penny ficou radiante, sem dúvida nenhuma.

— Que incrível!

Mika corou. Sentiu-se constrangida e insegura demais para confessar a verdade. Além disso, queria que Penny continuasse a olhando daquele jeito. Como se ela fosse uma pessoa boa, gentil, especial. Uma mentirinha inocente não fazia mal a ninguém.

— É, acho que sim...

Elas fizeram perguntas uma à outra durante um tempo. Jogaram conversa fora. Penny era medalhista de ouro de cross-country, do tipo que ganha uma bolsa de estudos. A amiga Sophie também corria e tinha seis irmãos.

— Mórmons, sabe? — disse Penny.

Mika não sabia. Mas sorriu como se soubesse. Elas nem se deram conta de que havia passado uma hora. A conversa esfriou.

— Podemos conversar de novo? — indagou Penny.
— Eu adoraria — respondeu Mika, falando a verdade.
No começo, suas expectativas eram baixas. Ela só queria saber se Penny era protegida e amada. Que não havia estragado a vida de Penny. Mas agora não conseguia conter o desejo de falar com a filha de novo. Faz parte do ser humano sempre querer mais.
— A gente vai se falando — disse Penny.
E levantou o dedo indicador, quando Mika estava prestes a desligar a ligação.
Ela se deteve, sem entender o movimento.
— O que é isso?
— É uma coisa que minha mãe...
Penny olhou para baixo; os cílios projetaram sombras em formato de lua crescente em suas bochechas. Depois, ela levantou o olhar, observando Mika com atenção.
— Uma coisa que a gente costumava fazer. Aproximávamos o dedo indicador até encostar. É besteira....
— Não é besteira.
Mika engoliu em seco. Pressionou o dedo na tela. Penny imitou o gesto.
— A gente vai se falando, Penny.

**ASSISTÊNCIA SOCIAL**
Escritório Nacional
Avenida 57, nº 56.544, sala 111
Topeka, KS 66546
(800) 555-7794

## Querida Mika,

Espero que esteja tudo bem. Em anexo, seguem os itens exigidos pelo acordo entre você, Mika Suzuki (a mãe biológica), e Thomas e Caroline Calvin (os pais adotivos) para a adoção de Penelope Calvin (a criança adotada). O material contém:

- Uma carta anual dos pais adotivos, a respeito do desenvolvimento e do progresso da criança adotada;
- Fotos e/ou outras recordações.

Me ligue se tiver qualquer dúvida. (Desculpe se o parágrafo acima soar formal, um jargão de advogado, sabe?)

Um abraço,

**Monica Pearson**
Assistente social

### Querida Mika,

Nem acredito que já faz seis anos desde que Penny entrou em nossa vida. O tempo voou. Ela está tão grande. É uma criança preciosa e tem inclinação para os esportes. Outro dia, quase ganhou do Thomas em uma corrida! Se projetássemos o cérebro dela em uma tela, acho que só veríamos a palavra "já!".

No mês passado, ela deu um susto na gente. Não respondia mais quando chamávamos seu nome. O pediatra nos encaminhou para um audiologista. Passamos uma tarde inteira no hospital pediátrico. Fizeram uma bateria de exames, colocaram um fone de ouvido enorme nela e pediram que apertasse uns botões ao escutar determinados sons. Depois, esperamos pelos resultados em uma salinha. O nervosismo foi grande. Thomas não parava de balançar a perna e cogitou ir até a Califórnia com ela. Estava pesquisando especialistas no celular quando o audiologista apareceu. "Segundo os exames, está tudo bem com Penny. Parece que sua filha tem uma audição seletiva", anunciou ele, com ênfase no "seletiva".

No estacionamento, fizemos nosso melhor para ficarmos sérios e ter uma conversa com Penny sobre a importância de prestar atenção, e que era um assunto muito sério. Nós explicamos que daria para ter evitado todos aqueles testes. No carro, Thomas começou a rir, e eu também. Não conseguíamos parar. Uma coisa é certa: nunca ficaremos entediados com Penny em nossa vida. Como sempre, seguem as fotos. Incluindo um autorretrato que Penny criou com mostarda e uns pedacinhos de pão.

Um grande abraço,
**Caroline**

## Capítulo CINCO

Ao longo de três semanas, Mika e Penny se falaram sem parar. Conversavam até tarde todas as noites, e seus papos seguiam um rumo labiríntico. Penny mandava uma mensagem: *Pode falar agora?* E Mika respondia: *Claro!* Não era que ela não tivesse nada para fazer. Era que não estava fazendo nada.

Comemoravam as conquistas uma da outra, Penny abrindo garrafas de sidra de maçã e Mika, de champanhe. Penny venceu uma grande corrida, e Mika fingiu que havia encontrado um espaço perfeito para a exposição que ela queria montar com os trabalhos de um novo artista. A inauguração aconteceria dali a algumas semanas — algo muito empolgante, ela não via a hora. Na realidade, estava se candidatando para vagas que pagavam um salário melhor, mas ainda não recebera nenhuma resposta. Ela via o dinheiro sair aos poucos da conta, com um pânico resignado. Penny terminou com o namorado, Jack, porque ele só queria estar com ela quando tinha um colchão por perto. Quando Penny perguntava sobre Leif, Mika dizia que ele a levara para um jantar romântico, para uma trilha, para uma exposição...

A cada mentira, Mika pintava a vida perfeita: uma carreira bem-sucedida, um namorado dedicado. Ao longo daqueles dezesseis anos, parecia que tinha sido exilada. Mas depois que Penny apareceu, Mika desembarcou de sua vida e subiu a bordo de outro navio, navegando rumo a um destino com o qual sempre sonhou, mas jamais conseguiu alcançar. Próxima parada: amor, carreira, família, lar. Uma vida que poderia ter sido a dela, antes de ter Penny, antes de largar a pintura. Isso fazia Penny se sentir bem — e Mika também. Era muito mais fácil falar das coisas como gostaria que elas fossem. Pela primeira vez em muito tempo, Mika estava contente. Realizada.

— Credo, parece que Charlie deixou Tuan fazer a playlist de novo.

Hana resmungava em frente à porta recém-pintada de Charlie. Era o dia do open house de Charlie e Tuan.

O casal tinha se mudado havia um mês. Mika e Hana ajudaram a arrumar a casa para a festa: opinaram sobre temas importantes como qual quadro pendurar em cima da lareira, qual deveria ser a disposição dos móveis e, certo dia, fizeram uma limpeza com sálvia em todos os cômodos após a luz da cozinha ficar piscando. Tuan chegou mais ou menos na hora em que estavam defumando os cantos da sala.

— Conferiram o bulbo da lâmpada? — perguntara ele.

— Claro que conferimos, Tuan — responderam. — Acha que não foi a primeira coisa que a gente fez, Tuan? Não somos burras, Tuan.

Quando ele saiu para andar de bicicleta, Charlie trocou a lâmpada, e elas prometeram guardar segredo.

Pela porta, Mika conseguia ouvir os sons baixinhos de R&B, ou seja, *jams* lentos — o tipo de música que Tuan gostava de tocar em festas e de escutar depois, enquanto fazia amor, segundo Charlie. Mika poderia passar a vida inteira sem saber determinadas coisas. Também dava para ouvir o burburinho e o tilintar dos brindes. A festa estava a todo vapor, e, como sempre, Mika e Hana haviam se atrasado.

As duas escutaram sons de passos na calçada atrás delas.

— Mika. Oi. Foi mal, me atrasei. O trânsito estava horrorível. Mas o de Los Angeles consegue ser pior.

Hayato usava uma camisa e calça sociais, e o crachá do trabalho ainda estava pendurado no pescoço. A logo icônica preta se destacava em cima de seu nome e cargo. Levava uma garrafa de vinho debaixo do braço.

— Você veio!

Ela e Hayato vinham trocando mensagens desde o encontro na igreja. Passaram um sábado inteiro compartilhando histórias sobre suas mães japonesas e suas características em comum: a recusa em usar o lava-louça, os bentos caprichados para o almoço… esse tipo de coisa. Então, Mika abraçou Hayato e se dirigiu a Hana.

— Hayato, Hana. Hana, Hayato.

Hayato e Hana trocaram um "tudo bem?".

— Engraçado.

Ele apontou para a planta nas mãos de Hana. O presente de Mika e Hana para a casa nova era um agave parryi, em um vaso no qual estava escrita a frase: PARABÉNS PELA CASA NOVA, CENOURITA.

Hana franziu a testa.

— Aposto vinte paus que Charlie vai colocar no quarto de hóspedes.

— O quarto de hóspedes é para onde os presentes ruins vão e ficam lá até morrer — explicou Mika para Hayato.

Os itens populares eram: um retrato de 30×35 centímetros de Tuan bebê, dado pela sogra; uma cruz gigantesca de cristal e recipiente para pot-pourri, dada pela mãe de Charlie; e um violão, que Tuan se deu de presente. Além disso, havia um coelhinho de pelúcia enfiado no armário, cujas orelhas eram as mais macias do mundo. Charlie o encontrou em uma loja infantil. Nesse dia, ela deu de ombros e murmurou: "Quem sabe um dia." Hiromi a adorava. Charlie fazia tudo certo e na ordem certa. Assim que se formou na faculdade, foi direto para o mestrado na área de educação. No dia em que conseguiu um emprego, Tuan a pediu em casamento. Casaram-se no ano seguinte. Um ano depois, compraram aquela casa e, agora, estavam planejando ter filhos.

— Por que você não pode ser como sua amiga Charlie? — dizia Hiromi, com frequência.

O verbo "ser" e suas conjugações era a palavra que Hiromi mais gostava de usar quando estava perto de Mika. "Seja boazinha", ordenava Hiromi assim que Mika começava a chorar quando era criança. "Seja dançarina", afirmava Hiromi, ao apertar o obi em volta da cintura de Mika até ela quase ficar sem ar, nos preparativos para o odori. Seja. Seja. Seja. Seja por mim. Seja qualquer coisa, menos você mesma.

Hayato riu e olhou para a porta com a aldraba de metal. Ele tirou o crachá e enfiou no bolso.

— Essa é a casa da sua amiga? É bonita. Tem certeza de que não tem problema eu ter vindo?

A casa era linda. Construída em 1909 em um terreno de esquina, fora totalmente modernizada por dentro e por fora. O alpendre contornava a casa, com cadeiras de madeira da Adirondack, e janelas originais de vidro dominavam a fachada. Charlie e Tuan tinham passado horas desenvolvendo o paisagismo do jardim, escolhendo plantas nativas do Noroeste do Pacífico: relva alta, bordos e samambaias frondosas.

— Claro que não tem problema — respondeu Hana. — Charlie é muito legal. Tuan, o marido dela, é um amor. São totalmente apaixonados.

Hana girou a maçaneta. Uma luz se lançou sobre a varanda. Ela parou e sussurrou:

— Prestem atenção. Se ficarem com fome, trouxe uns sanduíches na bolsa.

— Trouxe sanduíches para o open house da sua melhor amiga? — indagou Mika, no mesmo tom baixo.

Ela entrou com Hana, e Hayato vinha logo em seguida. A porta se fechou atrás deles.

— Você sabe que sempre tem pouca comida nessas coisas —argumentou Hana.

Hayato sorriu com os olhos.

Loira e de olhos castanhos enormes, Charlie cruzou a sala.

— Vocês chegaram.

Hana e Mika haviam conhecido Charlie no primeiro ano de faculdade. Charlie gostava de se aproximar dos excluídos, o que explicava seu encanto por Hana e Mika. E lógico que as duas se apegaram a ela como dois filhotinhos de lobo.

Charlie morava no quarto da frente e, assim como a maioria dos estudantes do alojamento, era fascinada por Mika, que ficou grávida na faculdade e morava no campus. No dia seguinte à alta do hospital, Mika começou a produzir leite. Charlie flagrou Hana e Mika no banheiro, enchendo, desesperadas, o sutiã de Mika com papel higiênico.

Mika foi burra ao achar que, assim que assinasse a papelada da adoção, tudo passaria e as coisas voltariam ao normal. Pelo contrário, só pioraram. O leite era uma reação do corpo. Dar o filho não era um processo natural.

— Não consigo fazer isso parar — reagira Mika, aos prantos.

— Você deveria comprar absorvente para os seios — sugerira Charlie, com calma, segurando uma nécessaire. — Minha irmã teve um filho no ano passado. Ela usava isso.

Então, Charlie ligou para a irmã e descobriu o que fazer para que Mika parasse de lactar.

Agora, sendo ela a distribuidora de abraços que era, Charlie deu um abraço apertado em Mika, depois em Hana e depois em Hayato.

— Você é o amigo da Mika da igreja? Ela comentou que você acabou de se mudar pra cá — disse Charlie, espremendo Hayato.

Ela era pequena, mas tinha uma força surpreendente. Três aulas de spinning por semana e duas de krav maga fazem isso com o corpo.

— Está interessado em adquirir uma grande cruz de cristal, que também dá pra fazer de pot-pourri? Talvez fique legal na sua casa.

Hayato deu uma tossida, com a mão na boca.

— Não é bem o tipo de estética que gosto, mas obrigado.

— Droga.

Charlie fez beicinho.

— Foi mal — disse Mika para Hayato.

Charlie deu de ombros, como quem diz "não custa nada tentar".

— Parabéns pela casa nova.

Hana entregou a planta.

Charlie a examinou, enquanto Mika analisava a ilha central de mármore. Muita bebida acompanhada por um bufê de aperitivos sem graça: mini-hambúrgueres com pão de brioche, espetinhos de frutas, umas verduras, uns legumes e molho. Mika sabia que havia uma lata de Pringles sabor creme e cebola e sobremesas com uma quantidade irresponsável de manteiga escondidas na despensa para quando todo mundo fosse embora. Então, as três se aconchegariam no sofá. Tuan resgataria o violão do quarto de hóspedes e tocaria a única música que conhecia, "Stairway to Heaven".

— Tuan — chamou Charlie. — Vem ver o presente que Hana e Mika deram pra gente.

Tuan se juntou ao grupo. Ele era vietnamita, um pouco alto, com porte de corredor, e seu cabelo preto tinha um franjão que vivia jogando para trás com a mão.

— E aí? Tuan.

Ele apertou a mão de Hayato, se apresentando.

Charlie dava tapinhas em seus lábios com o dedo, pensando.

— Já sei o lugar perfeito para isso. O quarto de hóspedes precisa de uma planta, não acha? — perguntou para o marido.

— Sei lá. — Ele ajeitou o cabelo. — Talvez em cima da lareira?

Charlie lançou um olhar para Tuan, do tipo "quero dar um chute no seu saco". Tuan deu um sorrisinho e beijou o nariz de Charlie.

— A casa ficou bonita — comentou Mika.

— Obrigada!

Charlie abriu o maior sorriso do mundo. O conceito era de um ambiente aberto. A cozinha ostentava aparelhos de aço inox, tão polidos que chegavam a brilhar, e bancadas de mármore. Um sofá cinza, em formato de L, era o elemento mais imponente na sala. A lenha queimava na lareira. Dava para controlar a intensidade da luz pelo interruptor, para criar uma atmosfera — eis a estética daquela noite: luz fraca e aconchegante, um clima romântico. Vinhos e cervejas apresentavam lugares do mundo inteiro. Antigamente, Mika tomava cerveja. Mas depois da faculdade, nunca mais bebeu. Aqueles tempos de barris de chope e copos vermelhos de festa haviam ficado para trás. Ela passou pelas garrafas marrons e se serviu de uma generosa taça de vinho, cheia o bastante para exterminar qualquer lembrança ruim.

● ● ●

Duas, três, quatro taças de vinho depois — quem estava contando? —, Mika estava compenetrada em uma conversa com Hayato. Eles se sentaram no sofá, bem próximos. A um metro dali, Hana dançava uma música lenta com uma colega de trabalho de Tuan. Enquanto balançava a taça e fazia o vinho girar, Hayato falava do trabalho dele, que consistia em fazer o material de marketing e os designs dos tênis da Nike.

— Você trabalha com o quê? — perguntou ele.

Mika fez um gesto com a mão.

— Infelizmente, estou desempregada.

— Puxa.

Como seu tom foi solidário, ela quis explicar.

— Está tudo bem. Tudo bem mesmo.

Tinha o dinheiro dos pais.

— Para onde tem mandado currículo?

Mika deu um gole no vinho, o Chardonnay, que esquentava cada vez mais, porque ela se recusava a largar a taça.

— Para nenhum lugar incrível.

Nas poucas semanas em que procurou vagas, não encontrou nada minimamente interessante.

— Mas decidi encarar isso como uma oportunidade. Sabe, quando uma porta se fecha, outra se abre.

— Gosto desse jeito de pensar— afirmou Hayato. — Dê uma olhada na Nike e veja se tem algo na sua área. Será um prazer te indicar lá.

— Nossa. Obrigada, isso seria ótimo — disse ela.

Sentiu-se grata, embora não conseguisse nem imaginar aquela situação. Um silêncio se seguiu. Ela apoiou a cabeça no encosto do sofá e encarou o teto. Pensou em Hana, com sua carreira, em Charlie, com seu casamento. A pedrinha das amigas alcançara a outra margem do rio.

A voz de Charlie atravessou o ambiente até chegar a ela.

— Só para avisar — comunicou a Mika. — Seu celular não para de tocar.

Charlie jogou o aparelho para Mika, bem na hora que ficou mudo. Havia três chamadas perdidas de Penny.

— Dá licença um minutinho? — pediu a Hayato.

Em seguida, levantou-se e saiu pela porta dos fundos. Penny deixara duas mensagens na caixa postal. Mika sentiu um calafrio na noite fria de primavera e pressionou o celular na orelha para ouvir o primeiro recado de Penny. "Oi, sou eu. Me liga quando escutar essa mensagem. Tenho uma surpresa para você."

Ouviu a segunda. "Então, não consegui esperar. Não estou me aguentando. *Não mesmo*. Lembra que te contei que meus avós me deram um cheque pelo meu aniversário de dezesseis anos? Tipo, quinhentos dólares, e que ainda estava pensando no que fazer com esse dinheiro?" Houve uma pausa. Provavelmente, para Penny respirar. Era comum Mika se sentir esbaforida depois de uma ligação com Penny. "Eu ia usar para comprar um celular novo, mas tive uma ideia genial! Vou te visitar nas minhas férias!"

Mika se escorou na cerca, para manter o equilíbrio. Não havia muitos terremotos em Portland, mas ela teve certeza de que um tremor havia sacudido o chão.

Penny continuou: "Vamos nos ver oficialmente daqui a duas semanas! Nem acredito que comprei a passagem. Ai, meu Deus, meu pai vai se arrepender amargamente de ter me dado um cartão de débito. Não se preocupe, vou contar para ele hoje à noite. Nem acredito que vou até aí te ver! Não vejo a hora de ver sua casa e sua galeria. Vou super estar aí para a grande inauguração. E quero conhecer o Leif!" Ela estava eufórica. Muito eufórica. "Estou muito animada."

Mika escutou a mensagem mais três vezes. As palavras não mudaram. Mas foram assimiladas até a deixarem meio enjoada. Ela sentiu um aperto no peito, seu coração mentiroso doía de culpa. Ai, meu Deus, Penny ia vir para Portland. Penny, que ela amava. Penny, que achava que Mika era uma pessoa totalmente diferente. Ela olhou para o céu. Esperou para ver se nuvens carregadas se aproximavam. Se lá de cima viria uma debandada de homens sem camisa, montados em cavalos enormes. Nada. Ok. Não era o fim dos tempos. Ótimo saber que ela era a única pessoa fodida em um nível astronômico.

## Capítulo SEIS

Mika saiu correndo pela casa. Primeira parada, Hana.
— Com licença.
Ela puxou o braço de Hana com toda a força, interrompendo a melhor amiga, que dançava com uma mulher de cabelo azul ao som de uma música lenta.
— Ei. — A mulher ficou séria. — Você me disse que era solteira.
— E sou — explicou Hana, constrangida.
Mika sentia um frio na espinha, pois estava em pânico. As palavras de Penny passavam em sua cabeça como placas de trânsito na beira de um penhasco. *Vou te visitar nas minhas férias!*
— É uma emergência. Alerta vermelho. Preciso de você.
Hana ficou espantada.
— Estou curiosa. Lily...
— É Lola.
A mulher de cabelo azul fechou a cara mais ainda. Hayato ainda estava na sala, em uma conversa animada com Tuan e outros dois caras.
— Lola — repetiu Hana, ao lhe fazer uma saudação. — Foi real o que a gente teve.
E elas se foram. Mika as conduziu em direção ao quarto de Charlie. Após entrarem, ela fechou a porta, o que abafou o som da festa.
— Escuta isso.
Mika aumentou o volume do celular, deu play na mensagem de Penny e colocou o aparelho na cama king. A voz doce de Penny encheu o quarto pouco iluminado. Enquanto elas ouviam o recado,

Mika sentiu um frio na barriga. Ela deveria ter imaginado que aquilo ia acontecer. As coisas sempre iam muito bem, e, de repente, dava tudo errado. Nada na sua vida era uma certeza.

— Penny vai vir te ver. Isso é ótimo! — exclamou Hana. Em seguida, diante da expressão de Mika, corrigiu-se: — Isso não é ótimo? — Hana estava confusa. — Peraí. Ela falou "sua galeria"? E que história é essa de Leif?

Mika se sentou na cama. Na verdade, desabou. Ela abraçou os joelhos, alongou os dedos. Não ajudou.

— É por isso que preciso da sua ajuda. Talvez eu tenha dado uma incrementada na verdade durante as nossas conversas. — Ela aproximou o dedo indicador do polegar. — Só um pouquinho.

Hana semicerrou os olhos, desconfiada.

— Um pouquinho quanto?

— Ah... — Mika limpou uma sujeira imaginária na manga da camisa, e começou a suar de novo. — Disse que me formei em história da arte.

Houve uma época, muitos anos antes, em que ela sonhava em terminar a faculdade de arte e fazer um mochilão pela Europa e pela América do Sul. Mas acabou se formando em administração. Levou sete anos para se formar em um curso que se fazia em quatro.

— Tá.

Pelo semblante de Hana naquele momento, parecia que a situação não era tão ruim assim.

Ela mordeu as bochechas por dentro.

— Talvez com louvor.

Hana riu, *a safada*.

— O que mais você falou?

— Sei lá. Que tinha minha própria galeria e minha casa, que viajei pelo mundo, que namoro um cara bem-sucedido. Acho que cheguei a falar que vou de bicicleta para qualquer lugar.

Hana ficou mais surpresa.

— Então você é a rainha da mentira?

— Vou repetir. Prefiro o termo "incrementar a verdade".

Hana torceu o nariz.

— Mas por quê?

Para Hana, era difícil entender, pensou Mika. Tirando o fato de que ela não sabia como cuidar de uma casa, não tinha nada a esconder. O emprego dela era ótimo. As mulheres se jogavam a seus pés. Como Mika poderia explicar?

— Não vai me julgar? — indagou Mika.

— Você sabe que não — respondeu Hana, de imediato.

— É quem eu quero ser. Quem eu pensei que poderia ser... antes de tudo isso.

Havia esperança na ficção, certa segurança. As possibilidades eram infinitas. Uma vida diferente. Uma cronologia mais otimista. Quem dera. Quem dera... Além disso, ela queria dar a Penny o que precisou terceirizar dezesseis anos atrás para Caroline: uma mãe boa, uma mãe competente.

— Mika.

Hana suspirou. Ela, enfim, se levantou e se aproximou da porta, como se fosse embora.

O pânico atravessou Mika, como a lâmina de uma faca sontoku.

— Aonde você vai?

Hana se virou.

— Vou chamar Charlie. Vamos precisar de reforço.

● ● ●

Uns minutos depois, Charlie, Mika e Hana estavam sentadas no banheiro da anfitriã — porque era ali onde Hana tinha as melhores ideias.

— Você falou para ela que estava nos bastidores na estreia de *Hamilton*? — perguntou Charlie.

Sentada na tampa do vaso, Charlie havia aberto o laptop e uma planilha no Excel. Ela decidiu classificar as mentiras de Mika em categorias — escola e carreira, hobbies, vida amorosa etc. —, porque esse era seu jeitinho.

Mika estava séria.

— Não falei que *era* da produção. Só que Leif me levou para Nova York e me fez uma surpresa, porque conseguiu um acesso ao backstage, que nos deixava conhecer o elenco na noite da estreia. Hana se esparramou na banheira com pés de ferro fundido, enquanto segurava uma taça de vinho.

— Que esquisito, isso é bem específico.

— O diabo está nos detalhes — respondeu Mika.

— Vou colocar em hobbies — decidiu Charlie.

Alguém gritou na sala. Pelo visto, os jogos de tabuleiro já estavam rolando.

— Tem certeza de que não deveria estar lá fora com seus amigos? — questionou Mika, dirigindo-se a Charlie.

— Vocês são minhas amigas — respondeu Charlie, enfática. — Além do mais, está tudo bem. Tuan está fazendo sala para mim. Ele é muito compreensivo.

— Tuan é demais.

Mika gostaria de ter um parceiro assim. Uma vez, Tuan havia participado de uma corrida de bicicleta que cruzava a Califórnia. Estava em uma posição boa, com ótimas chances de ganhar uma bela grana, mas decidiu abandonar a competição porque estava com "uma saudade do caramba" de Charlie. *Imagina ser amada assim*, pensou Mika, com um pingo de melancolia. Ela já havia achado que estava apaixonada — no primeiro ano da faculdade. Era meio boba naquela época, muito ingênua. Era fácil se aproveitar dela. Mika balançou a cabeça para afastar uma imagem do pai biológico de Penny. Não, ela não gostava de se lembrar dele.

Charlie fez um gesto com a mão, desdenhando.

— Você não está perdendo nada. Sempre que ele passa por mim quando saio do banho, fala: "Peitos."

Ela ergueu as mãos, como se estivesse segurando dois melões.

— Aí fico o maior tempão tentando acertar as partes íntimas dele com seu próprio braço.

Ela abriu um sorrisão de boba apaixonada.

— Foco.

Hana relaxou de novo na banheira.

— O que mais?

Mika fez um esforço para lembrar. Mais uma hora se passou e a festa foi chegando ao fim. Elas conseguiam ouvir o barulho da porta de entrada da casa se abrindo e se fechando. Tuan bateu na porta do banheiro e disse que estava indo com Hayato ao bar ali na rua. A lista aumentou.

**ESCOLA E CARREIRA**
Diploma em história da arte
Estágio em um museu de arte da cidade
Contratada em um museu de arte da cidade
Cresceu aos poucos na área até virar curadora
Juntou dinheiro para abrir uma galeria de arte
Grande inauguração (daqui a duas semanas!)

**HOBBIES**
Viagens (já esteve em vários países da Europa e da América do Sul)
Andar de bicicleta

**VIDA AMOROSA**
Namorado: Leif, empresário
Leif sempre a pede em casamento, mas Mika ainda não está pronta

Charlie se ofereceu para fazer um tipo de fluxograma. Mika recusou. Por fim, Charlie respirou bem fundo e fechou o laptop com um clique decisivo.

— Ao meu ver, temos duas opções.

— Ok — falou Mika, em um tom sério.

— Uma é você contar a verdade para Penny. Jogar limpo.

Mika cogitou essa opção por menos de um segundo.

— Sei. Essa aí não me anima muito.

— A outra é criarmos essa vida para você.

— Prossiga — disse Mika.

Ela sentiu um nó se formar na garganta. Um vazio cresceu no peito, fazendo-o doer. Desde o dia em que entregara Penny para adoção, Mika sonhava em encontrá-la pessoalmente. Deixava-se levar pela fantasia e se imaginava a caminho de um destino fabuloso, talvez para a instalação de sua primeira obra de arte no Met, com uma parada rápida em Dayton. O tempo necessário para almoçar e ver o rosto de Penny, radiante de orgulho por ser filha de Mika — por ser feita dela. Penny jamais olharia para Mika daquela maneira se soubesse que sua vida estava mais para uma torre de Jenga, nos estágios finais do jogo.

Hana interveio:

— Como é que a gente faria isso?

Charlie estufou as bochechas.

— Bom, a maior parte parece viável. Tipo a casa...

— Mika mora comigo — rebateu Hana, prestativa.

Mika fechou os olhos e viu a casa de Hana. O gramado com ervas daninhas e a variedade de plantas espinhosas. O interior da residência, lotado de caixas e pilhas de revistas empoeiradas. A geladeira que tinha um cheiro esquisito. O nível de vergonha de Mika atingiu um novo recorde.

— É, você mora em uma casa. — Charlie pronunciou devagar as palavras. — Ou quase isso. Uma construção condenada ainda pode ser considerada uma casa?

— Rá-rá-rá. Muito engraçado — respondeu Hana, inexpressiva.

Mika apoiou a bochecha na banheira fria. Isso a lembrou de quando deslizava as mãos pelos lençóis gelados do hospital, no dia em que entregou Penny. O toque tem uma memória, pelo visto. Ela se concentrou em outra coisa. Naquele momento, naquele lugar. Nas argolas douradas de Hana. No aparelho de barbear de Tuan, equilibrado na beira da pia. Em Charlie balançando a cabeça.

— Enfim — anunciou Charlie. — É uma casa. Só precisamos dar uma arrumadinha. Quanto aos hobbies, Tuan anda de bicicleta, e tenho quase certeza de que ele pode te dar umas dicas, quais termos usar, essas coisas.

Charlie sempre foi otimista.

— E a galeria? — questionou Hana.

Ao contrário de Charlie, Hana era mais pessimista.

— Não sei — disse Charlie. — Mas a gente pode dar um jeito. Agora, sobre Leif...

Charlie comprimiu os lábios, enquanto pensava. Penny viu fotos de Leif. Não fazia sentido Mika contratar um acompanhante, mesmo se tivesse dinheiro para isso, o que não era o caso. Charlie inspirou como se fosse invocar um demônio do passado.

— Você deveria ligar para ele — concluiu.

Todos os músculos no rosto de Mika se contorceram.

— Nem pensar.

Leif não sabia da existência de Penny. Ela fora cautelosa e não compartilhara aquela parte de sua vida. Teria que contar para ele. Teria que revê-lo. Ela preferia passar o resto da vida sem falar com Leif.

— Moleza — afirmou Charlie.

Uma palavra definia muito bem a relação entre Mika e Leif: guerra. Todos os amigos deles sabiam que não deveriam entrar nesse território hostil; caso contrário, seriam atingidos.

— Tuan fala com ele toda hora.

Mika não disse nada sobre a amizade de Tuan com Leif. Sabia que os dois continuavam amigos. Tuan fazia amizade com a mesma facilidade com que uma calça se enche de pelinhos.

— Ele está indo muito bem desde a legalização da maconha — continuou Charlie. — Abriu uma loja e tudo.

Mika comprimiu os lábios. Ela esperava que Leif estivesse indo bem na vida da mesma forma que esperava pegar verrugas genitais. Nesse instante, o celular dela tocou. Um número desconhecido surgiu na tela.

— É de Ohio — sussurrou Mika, reconhecendo o código de área.

— É Penny? — indagou Hana.
— Não.
Mika salvara o número de Penny nos contatos.
— Não atende — disse Hana.
— Atende — contrapôs Charlie.
Mika arrastou o dedo na tela para atender a chamada e colocou no viva-voz.
— Alô?
— Alô. Mika Suzuki?
— É ela — respondeu.
Começou a sentir um embrulho horrível no estômago.
— Aqui é Thomas Calvin. O pai de Penelope.
Sua voz era grave, um pouco intimidadora. Muito severa, *séria*. Um antídoto para a vivacidade de Penny. Tinha sido *aquele* homem que havia criado a filha de Mika?

Mika não disse uma palavra. Levantou-se de forma abrupta. Derramou vinho da sua taça e lambeu os dedos para limpá-los, enquanto equilibrava o celular na palma da mão.
— Alô? Está aí? — perguntou Thomas.
— Estou — confirmou Mika, com as bochechas quentes.
— Está podendo falar? É uma boa hora? Parece que está em um túnel. Tem um eco.
— Estou na minha galeria.
Hana fez um sinal de joinha com as duas mãos para ela. Charlie cobriu o rosto com as mãos.
— Olha, desculpa por ligar assim, do nada. Penny me informou que está planejando te visitar. Eu nem sabia que vocês duas vinham conversando. Nem que ela sabia seu nome.

Mika se encolheu. *Ai, Penny, o que você aprontou?* Jamais lhe ocorrera perguntar o que o pai adotivo de Penny sabia, o que ele achava de as duas estarem conversando. Os papos eram focados exclusivamente nelas. Em suas similaridades, no fato de ambas descontarem tudo na comida — felicidade, tristeza, tédio; tudo isso merecia um pedaço de torta. Em como amavam cachorro, mas tinham alergia a todas as raças. Elas bloqueavam o restante do mundo e só existiam uma para a outra.

— Me desculpa, mas estou assustado. Ela não é de esconder coisas de mim. E agora comprou uma passagem para Portland. Eu... Bem, estou preocupado, porque talvez ela não tenha pensado direito.

— E no que ela precisa pensar? — perguntou Mika, automaticamente na defensiva.

As bochechas dela ficaram ainda mais quentes por causa das inseguranças. Thomas estava questionando Mika? Quem ela era? Se era capaz de ser uma boa influência na vida de Penny, de ser uma boa mãe?

— Em tudo — respondeu ele, com firmeza. — Ela gastou todo o dinheiro que ganhou de aniversário com a passagem. Era para ter investido na poupança para a faculdade.

Ele parou de falar; as palavras ficaram pairando no ar.

— Vou só... Vou falar para Penelope que nós conversamos e que não é uma boa hora para ela ir até aí. Tudo bem?

— Sim — disse Mika.

— Ótimo — afirmou Thomas.

Em seguida, calou-se.

— Quer dizer, não — falou Mika, de repente, surpreendendo a si mesma.

— Oi?

Era evidente que as pessoas não costumavam discordar de Thomas.

— É só que minha agenda está livre — explicou Mika, em um tom alegre.

Penny queria ir para Portland. E Mika queria ver Penny pessoalmente.

— Eu adoraria ver a Penny. Conhecê-la melhor pessoalmente.

— Está falando sério?

— Claro.

— Srta. Suzuki...

— Mika, por favor.
— Srta. Suzuki, agradeço por estar querendo ajudar. Mas, com todo o respeito, você não conhece minha filha. Penelope é impulsiva. Ela precisa de orientação. Tinha outros planos para as férias, outros planos para esse dinheiro... Como já disse, só acho que ela não pensou direito.

"Você não conhece minha filha" foi a única coisa que Mika ouviu. E isso a golpeou lá no fundo. Ela se esforçou para fingir que as palavras não a machucaram, para manter o tom neutro.

— Sabe, quando as pessoas correm em direção a algo, significa que estão correndo de algo.

— O que está querendo dizer com isso?

Ela esticou o braço.

— É só uma observação geral sobre a vida. Talvez seja mais que impulsividade. Quem sabe Penny esteja passando por algumas coisas.

Mika se lembrava de seus dezesseis anos. Desenhava, passava tempo com Hana, procurando uma vida melhor. Não era isso o que todo mundo fazia? O que os pais de Mika tinham feito quando se mudaram para os Estados Unidos? O que Mika fazia na faculdade? Ela já havia ansiado por mais. Penny também ansiava. E Mika compreendia quão emocionalmente atraente era fazer algo grandioso, quão irresistível poderia ser.

Ele suspirou, suavizou o tom de voz.

— Pode ser. Ela... Eu pensei que estivesse tudo bem. Mas a mãe dela... — Mika engoliu em seco ao ouvir a palavra "mãe". — Escreveu uma carta para que ela lesse no seu aniversário de dezesseis anos. Ela não me deixou ler, mas, desde então, vêm agindo de um jeito diferente. Essa viagem... ver você, te encontrar, pode levantar bem mais perguntas que respostas.

— Thomas. Posso te chamar de Thomas?

Mika começou a caminhar pelo banheiro apertado. Três passos para a frente. Meia-volta. Três passos na direção contrária.

— Obrigada por se preocupar. Mas não vou negar isso a Penny.

— Se ela for até aí. — O tom dele mudou. — Ela não estará sozinha. Vou acompanhá-la.

— Maravilha — disse Mika, sentindo-se irracionalmente bem e ostentando um brilho de indignação no olhar. — Quanto mais gente, melhor. Por favor, mande um beijo para Penny. Não vejo a hora de ver vocês dois. Tenho que ir agora. — Mika estava suando. Pingando de suor. — Muito bom falar com você.

— Espera...

Ela desligou.

— Uou — exclamou Charlie.

— Puta merda — comentou Hana.

— Então, vamos de segunda opção? — perguntou Charlie, alisando as teclas do laptop.

— Segunda opção — confirmou Mika, ainda olhando para a tela do celular.

Hana ergueu a taça de vinho.

— Um brinde então.

## Capítulo SETE

Aconteceu muita coisa nas quarenta e oito horas seguintes. Penny enviou os detalhes do voo. Depois, mandou uma mensagem: *Droga, meu pai também vai. Mas tenho certeza de que vamos conseguir despistá-lo. Ele quer seu e-mail. Posso passar pra ele? Ele é MUITO exagerado. Foi mal.*

Mika concordou em passar seu e-mail para Thomas. O que ela poderia fazer? Pouco depois, Thomas enviou uma confirmação de que estaria no mesmo voo que Penny. Ele até incluiu uma sugestão de itinerário e acionou a ferramenta de controlar alterações do Word, para discutirem, isto é, negociarem, a programação. Malditos advogados.

Chegaram a um acordo.

Dia um (domingo): chegariam no voo 3021, às 10h21. Levariam cerca de quinze minutos para ir do terminal de desembarque até a esteira das bagagens, onde Mika os buscaria. Já com as malas em mãos, iriam direto almoçar. "Penny insistiu nos food trucks?" Thomas escrevera, perplexo com tal ideia. Após o almoço, Penny e Thomas passariam a tarde no hotel para descansar e jantar, pois, pelo jeito, ele era um velho rabugento no corpo de um homem mais jovem e rabugento.

Dia dois (segunda-feira): visitariam o Museu de Arte de Portland, onde a Mika de mentira tinha feito estágio, e jantariam na casa de Mika, na companhia do namorado charmoso da Mika de mentira, Leif.

E não parava por aí. Dia três (terça-feira): jantar em um restaurante de Portland com estrela Michelin. Dia quatro (quarta-feira): almoçar com Hana. E, para fechar, dia cinco (quinta-feira): a abertura da galeria de mentira de Mika. Aquela sobre a qual divagou para Penny:

— Tenho o melhor artista de todos. Um gênio. Nem acredito que outra galeria não o pegou primeiro. Sou muito sortuda, né?

Mika oscilava entre o pânico e a empolgação. Catorze dias, não, *doze dias*. Tinha menos de duas semanas para falsificar sua vida. Menos de duas semanas para reencontrar Penny. A contagem regressiva já havia começado.

Charlie e Hana tinham prometido que estariam ali para tudo. Cancelaram todos os seus compromissos à noite e nos fins de semana para ajudar Mika a se preparar. Charlie até planejava pedir ao cara de sua escola, que manjava de photoshop, que fizesse umas montagens de Mika viajando pelo mundo. A casa. Os hobbies. Tudo estava sob controle. Ou estaria sob controle. Ainda faltavam duas coisas. A galeria e Leif. Dessas duas, Leif parecia a mais fácil. Era a fruta no galho mais baixo.

Mas Leif não atendia as ligações nem respondia às mensagens de Mika. *Desgraçado*. Ela havia tentado umas seis vezes. Nada. Ele tinha lido as mensagens. Ela sabia que sim. O balãozinho com três pontinhos aparecia e desaparecia, como se ele estivesse pensando no que dizer e, por fim, optasse pelo silêncio passivo-agressivo. Não havia mais o que ela pudesse fazer, a não ser ir até a Avenida Northwest 23, uma rua cheia de lojinhas caras e descoladas. Quando Tuan lhe deu o endereço, ela ficou surpresa. Pensou que a loja de Leif seria em um cafundó na zona norte de Portland, perto de uma espelunca de striptease, com um nome tipo Buraco do Pirata. A fachada não dava a entender que era uma loja de maconha. As janelas estavam tampadas com persianas de um tom bege. Um letreiro de madeira com uma iluminação suave por baixo anunciava o nome, Maconha Vinte e Três — pouco criativo, pensou Mika, presunçosa. Mika suspirou e abriu a porta. *Que se dane*.

Um sujeito branco enorme, com tatuagens no pescoço, estava parado perto da entrada.

— Identidade.

Mika sacou a carteira de motorista da bolsa.

— Vim falar com Leif.

Ele iluminou a identidade, observou-a, examinou o documento e o devolveu.

— Vê com Adelle.

Ele apontou para uma garota branca, estilosa, com um corte de cabelo à la Bettie Page.

— Ela organiza a agenda dele. Se quiser comprar alguma coisa, só aceitamos dinheiro. Tem um caixa eletrônico ali no canto.

— Obrigada.

Mika enfiou o documento de volta na carteira e andou em direção a Adelle. Leif era dono daquele lugar? Daquela mistura de Apple com spa? Estava tocando new age. Enya, talvez. Balcões de vidro com moldura de madeira clara exibiam todo tipo de parafernália: ervas, bálsamos, docinhos e afins. A loja estava movimentada. Havia um burburinho — conversas girando em torno das diferentes formas de onda.

— Quer algo fraco? — Ela ouviu um atendente perguntar.

— Isso — respondeu o garoto, usando um casaco de moletom da Universidade de Portland. — Só pra dar uma relaxada.

Adelle segurava uma prancheta e fazia anotações. Quando Mika se aproximou, ela tirou os olhos do papel.

— Posso ajudar?

No seu crachá, estava escrito "gerente".

— Vim falar com Leif.

Adelle inclinou a cabeça, mascou o chiclete.

— Tem horário marcado?

— Hum, não.

— Desculpa. Leif só fala com quem tem horário marcado. De qualquer forma, ele não está no momento.

Ela voltou a olhar para a prancheta. Tinha uma carpa koi e uns kanjis tatuados no braço.

— Que maneira sua tatuagem. O que significa?

— Ah! — Adelle ergueu o olhar. — "Destemida".

Negativo. Mika fez dez anos de caligrafia. Era o kanji para "doninha".

— Olha, sei que Leif está aqui. A caminhonete que ele adaptou para ser movida a óleo vegetal reciclado está estacionada lá atrás. — Mika ajeitou a postura, sentindo-se corajosa e assertiva. — Por favor, diga que a mulher que já depilou as costas dele está aqui.

Adelle abriu e fechou a boca. Ela fez uma bola com o chiclete. Em seguida, pegou o telefone e apertou um botão.

— Oi, sou eu. Desculpa incomodar. Tem uma pessoa aqui querendo falar com você. — Ela analisou Mika. — Asiática, baixinha e um pouco irritada... Claro. — Desligou o telefone. — Pode ir por ali. — Indicou uma porta branca com uma placa que dizia: ACESSO RESTRITO PARA FUNCIONÁRIOS. — A sala dele é a última à direita.

Mika ajeitou a alça da bolsa no ombro.

— Prazer te conhecer.

Passou pela porta antes que Adelle pudesse responder.

A porta da sala de Leif estava entreaberta. Mika não se deu ao trabalho de bater. Ele não se deu ao trabalho de se levantar. Primeiro, ela deu uma olhada no escritório. Não tinha muita coisa para ver. Era bem simples, com uma mesa branca, um computador gigante, e sem janelas. Então, sem mais nada para ver, seu olhar se voltou para Leif.

Ele se inclinou para trás na cadeira, ajeitando aquele corpo grande dele. Seu corpo grande, novo e *mais magro*. A pancinha e o rosto redondo haviam sumido. Agora, suas bochechas tinham uma angulação acentuada na sombra da barba. Ele havia cortado o longo cabelo loiro e adotado um penteado propositalmente bagunçado. O coração dela parou por um instante. Antes do primeiro beijo deles, ele lhe pedira permissão. Com as mãos delicadas, que cultivavam plantas, tocara as bochechas dela.

— Quero te beijar agora. Posso? — dissera na época.

— Ora, ora, ora. — A voz dele atravessou as lembranças de Mika. — Olha só quem resolveu dar o ar da graça.

— Dale. — O nome verdadeiro de Leif. Ele odiava. — Que bom te ver.

Ele esboçou um sorriso sacana, o que revelou dentes mais brancos do que Mika se recordava.

— Mik. — Ela odiava esse apelido. Parecia "Mickey". — Pena que não posso dizer o mesmo.

Ela deu um sorriso forçado. Ele deu um sorriso forçado. Era praticamente um duelo. Mika deu um passo para entrar na sala, determinada. Ela se acomodou em uma cadeira.

— Fique à vontade — bufou Leif.

— Ficou legal o lugar — comentou ela, seca.

— Eu mesmo construí. — Leif se gabou um bocado. — Com os painéis solares no telhado, a conta de luz não passa de cem dólares. Também não produzimos nenhum lixo. Fazemos compostagem de quase tudo.

— Nossa. Que evolução, para quem dormia em um *futon* e jogava disc golf o dia inteiro.

Ela fez uma pausa. Empinou o nariz.

— Estava tentando falar com você.

— Estou sabendo. Estava te evitando de propósito.

Ele se reclinou mais na cadeira e abriu as pernas. *Babaca*. Aquele não era o Leif dela. O Leif que ela conhecia via *A Bruxa de Blair*, chapado, de cueca. Seus três princípios eram: não ter vínculo com nenhum banco, morar em uma casa minúscula e fazer embaixadinhas com uma bola de meia. O Leif que ela conhecia odiava Ronald Reagan. Comia burrito na hidromassagem e tinha um amigo chamado Bigode, cujo nome verdadeiro ele não sabia. O Leif que ela conhecia sempre conferia se a porta e as janelas estavam trancadas — principalmente pelo receio de que alguém roubasse suas drogas. Mas isso fazia Mika se sentir segura. E ele não se importava que ela gostasse de deixar a porta do quarto aberta quando transavam. Uma das manias dela, Leif sempre pensava, tipo o fato de ela odiar "Return of the Mack" — quem não gosta dessa música? Além disso, quando Mika era demitida de um emprego, o Leif que ela conhecia colocava roupas apertadas demais para dançar pelo apartamento, cantando "um gordo de casaquinho", daquela cena do filme *Mong e Lóide*. Aquele ali era um novo Leif. O novo Leif usava calças jeans justas, colecionava braceletes de couro e tomava suco verde. Provavelmente, o novo Leif passava boa parte do tempo malhando, enquanto afiava sua raiva da ex, como se fosse uma faca.

Ela suavizou o tom.

— Preciso de um favor seu.

Leif não acreditou.

— Não.

Ela esperou que ele dissesse mais alguma coisa. E continuou esperando. Ou seja, não ia sair nada dali.

— Tenha um bom dia.

Ele pegou o celular da mesa e começou a arrastar o dedo na tela.

— Leif. — Mika se esforçou para manter a voz firme. — Você me deve uma. Por causa de Porto Rico.

Ele largou o celular e levou a mão ao belo peito, coberto pela camiseta. Então Leif tinha ganhado peitorais musculosos?

— Te devo uma? — A voz mais alta fez Mika estremecer. — Como assim?

Mika sentiu a raiva percorrer o corpo dela, como um choque.

— Transportei drogas para você — chiou ela.

Quando chegaram no aeroporto, ele deixou Mika responsável pela pequena embalagem plástica, com um brilho no olhar, como quem descobrira algo novo e completamente desconhecido, que mudaria o rumo do planeta.

— Só coloca aí na sua bolsa, amor. Por favor, isso pode alavancar minha empresa... uma nova variedade. Podemos ficar ricos.

E ela aceitou. Suou durante o voo inteiro e na fila da alfândega.

— Sementes — corrigiu Leif, dando a entender que estava ofendido e que ela estava exagerando. — Eram sementes.

Ele passou a mão no cabelo, balançou a cabeça e se recompôs.

Naquele dia, ao chegar em casa, Leif ficara mal-humorado, emburrado.

— Você nunca me apoia em nada — afirmara.

— Mas levei as sementes para você — respondera Mika, perplexa.

Leif passou para a petulância pura e simples.

— Mas você não queria. Acho que não posso ficar com alguém que não fique do meu lado.

— Está falando sério? — rebatera Mika, atordoada. — Vai terminar comigo porque eu não queria ter transportado drogas para você?

Em seguida, a coisa ficou muito feia, muito rápido. Talvez ela tivesse acusado os pais dele de serem primos de primeiro grau. Quando isso não o abalou o bastante, ela disse que os sonhos dele eram idiotas.

— Por que você tem esse tesão todo por casas minúsculas? — perguntara enquanto enfiava suas roupas em sacos de lixo, com uma força fenomenal.

Depois, ela ligara para Hana e pedira que a amiga a buscasse.

— Você nunca vai abrir uma loja de maconha — dissera a Leif na época. — É um absurdo. Trinta e dois anos na cara e ainda tem sonhos idiotas.

— Pelo menos, eu tenho sonhos — rebatera ele.

Na saída, ela enfiou no bolso as sementes de Leif e, mais tarde, gravou um vídeo jogando-as no vaso e dando descarga. Enviou o vídeo para ele, que lhe mandou uma resposta de apenas uma palavra: *Vadia*. E a dela foi: *Vai pra puta que pariu agora e pra sempre, Leif.* E essa foi a última vez que eles se falaram.

O rosto de Mika estava vermelho de vergonha. Ela acariciou os joelhos.

— Olha, desculpa por ter insinuado que seus pais eram primos de primeiro grau e... por todo o restante. Hoje vejo que a gente não combinava.

O relacionamento deles foi como um acidente bobo de trânsito. Após um bater na traseira do outro, eles criaram uma ligação, mesmo que sem querer. Não era um casal que ia durar. Leif estava chapado na maior parte do tempo (às vezes, também tomava comprimidos). Mika havia se fechado emocionalmente. Leif não sabia de Penny, mas ela sempre esteve presente, como uma placa de vidro entre eles. De tempos em tempos, ele sentia. Quando Mika andava calada. Quando encarava inexpressivamente a comida queimando na panela ou na frigideira. Mas ela não conseguia criar coragem para lhe contar. Para permitir que ele visse aquele lado obscuro dela. O que ele pensaria? De qualquer forma, Leif queria se anestesiar; Mika já estava anestesiada. Ela não se sentia viva desde... Bom, fazia muito tempo.

— Nisso você tem razão. Nossa...

Ele balançou a cabeça, parecendo ter mil arrependimentos.

Ficaram parados por um instante. Um silêncio, denso e pesado, instaurou-se no ambiente.

— Preciso da sua ajuda — declarou ela, enfim.

Era a vez dela de implorar por algo. Sentiu um frio na barriga. Estava na posição que ele queria, derrotada, levantando uma bandeira branca para se render. Se ele dissesse não de novo, ela voltaria para casa e inventaria uma história para contar para Penny. *Leif sofreu um acidente de barco no mar. Foi dado como desaparecido, estão presumindo que ele está morto. É triste, mas vou superar. Conhece algum solteiro de trinta e poucos anos?* Mas ela realmente queria que Penny a visse com Leif. Que visse que Mika era amada por alguém. Que era digna de afeição.

— Há dezesseis anos tive uma filha e a entreguei para a adoção.

As palavras foram proferidas antes que ela pudesse voltar atrás.

Ela o encarou e tentou ler sua expressão. O músculo da mandíbula dele estava cerrado. Por fim, ele se levantou de forma repentina e pegou as chaves na mesa.

— Por favor, Leif.

Mika ficou parada, bloqueando o caminho.

Ele a observou.

— Bora, Mika. — A voz dele estava mansa e gentil até demais.
— Ainda não almocei. Vamos comer alguma coisa. Eu pago.
Mika ficou sem palavras. Não sabia o que fazer com aquele novo Leif. Não sabia o que fazer com ela mesma.
— Ok — disse, indecisa.
Ele esboçou um sorriso, uma mistura de libertino com o antigo Leif.
— Sabia. Você nunca recusa comida de graça.
Ela odiava quando ele tinha razão.

● ● ●

Leif levou Mika para uma lanchonete ali na rua. Ela pediu duas porções de panqueca, acompanhadas de bacon. Ele escolheu uma salada, sem molho, e pareceu estranhar quando lhe disseram que não tinha caldo de ossos. Entre uma mordida e outra, ela contou para Leif sobre Penny e as mentiras. Não escondeu nada. Quando terminou, Leif pegou o copo de água e deu uns goles, enquanto a observava por cima da borda do copo.
— E aí? — perguntou ela.
Mika rasgou o guardanapo, fez bolinhas com os pedaços e as alinhou ao longo da beirada da mesa, como se fossem soldadinhos.
Ele botou o copo na mesa e passou a mão no rosto.
— Nossa, peraí. Fui bombardeado com muita informação. Mas sempre achei que você escondia alguma coisa. — Leif estava processando tudo em voz alta. — Pensava que talvez você não gostasse de mim, e sim da Hana...
Mika ficou perplexa. Ele estava falando sério? Não podia estar falando sério.
— É sério? Essa foi sua conclusão? Era isso que achava esse tempo todo? — Típico dos homens fazer esse tipo de suposição. *Ela não está a fim de mim, então deve ser lésbica.* — Por favor, me diga que seu ego não é tão frágil assim.
As bochechas dele ficaram levemente rosadas.

— Tem razão. Foi mal. Mas não era tudo coisa da minha cabeça, né? Você não era a fim da Hana, mas confiava nela de uma forma que nunca confiou em mim.

— Isso é verdade, eu acho.

Mika recorria a Hana nos momentos difíceis. Todos os anos, perto do aniversário de Penny, Mika arrumava a mala.

— Viagem das meninas — dizia ela.

E passava a semana na casa de Hana, ignorando as ligações de Leif e remoendo as injustiças da vida. A dor inexplicável.

— E quanto ao...? Quer dizer, posso perguntar do pai biológico da Penny? Ele sabe?

— Ele não tem o direito de saber — rebateu ela, enfática.

— Ok — reagiu Leif, com cautela.

— A questão não é ele — explicou Mika, rápido. — A questão é Penny. Ela vai vir pra cá e acha que você é meu namorado, apaixonado por mim.

— Mika.

A tristeza era tão evidente na expressão de Leif que Mika precisou desviar o olhar, para não ficar arrasada. A garçonete trouxe a conta. Leif sacou um bolo de dinheiro da carteira e pôs na bandeja.

— Preciso tomar um ar — anunciou.

E saiu. Mika conseguiu segurar a porta e ir atrás dele, que continuou andando. Aquela parte da avenida não era muito movimentada. Um ciclista passou com tudo. Uma mãe caminhava devagar com uma criança.

— Leif — chamou Mika, quando ele parou na esquina. — Não vou conseguir fazer isso sem você. — Ela engoliu em seco. — Preciso de você... Preciso *disso*.

Durante cinco segundos agonizantes, ele a encarou, com a cabeça inclinada e os olhos atentos.

— Está bem — afirmou, embora, pelo tom, tenha dado a entender o contrário. — Eu faço.

Mika sorriu de orelha a orelha.

— Sério?

— Só para constar, não acho isso certo. Mas já que significa tanto para você...
— Sim, significa tudo para mim.
— Então me fala o que tenho que fazer.
Ela lhe informou a data e a hora, e ele anotou no celular.
— Vá de terno, ou algo do tipo. Vou te mandar um resumo de tudo que já falei para a Penny. Mas os pontos principais são: somos loucamente apaixonados um pelo outro, vou abrir uma galeria e você trabalha com agricultura, só não especifiquei. — Ela fez uma pausa. — Depois vou dando desculpas para você durante o restante da estadia deles.
Ele suspirou.
— Tudo bem. Combinado.
— Outra coisa: você me levou para ver a estreia de *Hamilton*. — Mais uma pausa. — A gente conheceu o elenco.
— Nossa.
— Foi super-romântico. Você me fez uma surpresa e, depois, nos beijamos na Times Square.
— Estou impressionado comigo mesmo.
Ela semicerrou os olhos.
— Vai dar tudo certo.
Leif girou as chaves no dedo.
— Tem 50% de chance dessa mentirada toda vir à tona. — Ele pensou um pouco. — O que vai fazer com a galeria?
— Não sei ainda. Pensei em falar para Penny que está em reforma, algo assim.
— Ela vai querer ver.
— Sei lá. — Mika fez um gesto com mão. — Posso dizer que tem amianto, qualquer coisa do tipo.
Mentir tinha ficado fácil. Fácil demais. Ela se consolou ao pensar que as mentiras não eram significativas, e sim o amor entre ela e Penny. Aquilo, sim, era verdadeiro. Era o que mais importava.
— Talvez eu tenha um espaço para você. É um imóvel meu na região norte de Portland... Um armazém. Pensei em usá-lo como es-

tufa. Mas aí um bando de artistas começou a abrir estúdios na mesma rua, por causa do aluguel barato. Decidi aceitar o que o universo estava me dizendo e transformei o armazém em vários estúdios.

Mika ficou sem palavras. Uma zona industrial que tinha virado um antro de artistas.

Leif coçou a nuca.

— Enfim, um camarada meu é artista e está usando o espaço. Provavelmente deixaria você mostrar o trabalho dele, se quiser.

Sem pensar, Mika se jogou em Leif e o abraçou.

— Obrigada.

Ela pressionou o rosto no peito dele. Leif ainda usava o mesmo sabonete. Mas não tinha mais a gordurinha em volta da cintura. Ela sentiu falta daqueles pneuzinhos. Uma vez, Leif confessou que as crianças o zoavam na escola. Beliscavam e cutucavam sua barriga. Ela deveria ter dito que amava o corpo dele. Que o sexo era sempre melhor quando o parceiro não era perfeito. Isso a deixava menos inibida. Ela não ligava que Leif visse seu corpo não malhado.

— De nada.

Ele retribuiu o gesto, com um braço só.

Mika deu um passo para trás e semicerrou os olhos diante da claridade.

— Ei, lembra daquela vez no Whole Foods? Que você pediu para o caixa digitar o código de barra, porque não queria laser encostando na sua comida?

— Lembro.

Seus olhos brilharam, felizes.

— Foi sua época mais irritante.

Ele se afastou dela.

— Vou pedir para a Adelle te mandar uns artigos sobre lasers e manipulação de alimentos.

— Pode pedir. — Mika já tinha andado um bom trecho quando se virou e gritou: — Aí aproveita e fala que o kanji no braço dela significa "doninha". — Ela deu um "tchau" animado para Leif.

— Me avise sobre a galeria.

## Capítulo OITO

— Acorda, dorminhoca.
No sábado seguinte, Mika estava de pé, ao lado da cama de Hana, segurando duas canecas.
Hana resmungou:
— Sai daqui.
— Levanta, tem coisa à beça para fazer hoje — falou, animada. — Tenho que falsificar uma vida inteira em apenas... — Mika conferiu o pulso, onde não havia nenhum relógio — Oito dias. Eu. Estou. Enlouquecendo. E seu peito está aparecendo.
Hana resmungou e se sentou, enquanto ajeitava a blusa para se cobrir.
— Vou colocar uma tranca na minha porta. Está usando um macacão?
— Gostou?
Mika fez uma pose.
— Não — respondeu Hana. — Temos que dar um jeito no seu guarda-roupa antes de Penny chegar. Acho que essa moda Walmart não vai ser muito convincente.
Mika entregou uma caneca à amiga.
— Não precisa se preocupar. Charlie vai me deixar parecendo uma professora do primário com as melhores roupas de trabalho dela. Ou seja, meu pesadelo virando realidade. A roupa bota uma mulher lá em cima. Ou acaba com ela. Bora. Estamos prestes a embarcar em uma viagem com tudo pago para faxinar a casa inteira.
Hana deu um gole na bebida e cuspiu de volta na caneca.
— Que porra é essa?

— É kombucha morno de maçã. Comprei no estúdio de ioga com cabras aqui da rua.

— Que nojo...

— É isso que a Mika 2.0 toma. Ela curte probióticos e uma vida saudável. Ama andar de bicicleta, principalmente naquelas que têm um banco fininho que entra no rabo. São as favoritas dela.

Mika apoiou a caneca no espacinho entre a caixa da máquina de fazer pão e quatro plantas mortas.

Ela se inclinou, pegou uma camiseta e deu uma sacudida.

— Essa camisa está cheirando a fumaça e decisões ruins. — Jogou-a para Hana. — Veste.

— Por favor, pare de se referir a si mesma na terceira pessoa.

Hana escondeu os olhos com o braço.

— Hana — disse Mika, fingindo seriedade. — Está na hora de botar pra torar.

— Ai, meu Deus, nunca mais use essa expressão.

— Bora. Os donuts que comprei estão na cozinha.

A informação fez Hana se levantar. Ela foi perambulando para fora do quarto, só de camiseta. Apoiou-se na bancada e deu uma mordida em um donut com cobertura de xarope de bordo.

— Qual é o plano?

— Charlie e Tuan estão vindo de carro. Hayato também, porque ele não tem nada melhor para fazer. Vamos começar... — Mika buscou a melhor maneira de dizer. *Com um exorcismo? Queimando tudo?* — Desentulhando a casa. Depois, de tarde, arrumamos um pouco o quintal. Não vai dar para fazer tudo hoje.

Hana deixou o doce no pires que havia comprado em um bazar numa casa do outro lado da rua. Tocou uma caixa, passou a mão em uma pilha de revistas de arquitetura e pegou uma. Estava com o nome de sua ex-namorada, Nicole.

— Não sei — falou.

Havia um tom de teimosia em sua voz.

Com delicadeza, Mika soltou os dedos de Hana da pilha de revistas.

— A gente pode começar com algo pequeno, tipo os sapatos no forno?

Hana inspirou pelo nariz.

— Tá bem, tá bem.

Mika a convenceu a vestir uma calça, e, vinte minutos depois, Charlie e Tuan chegaram em uma caminhonete verde-clara com os dizeres: TRALHAS E CARGAS DO BJ. Hayato chegou logo depois e disse que mudança era a pior coisa do mundo. Ninguém o corrigiu. Hana morava naquela casa havia anos.

Eles trabalharam o dia inteiro. Limparam a geladeira e jogaram fora um bolo de carne petrificado, leite coalhado e kimchi solidificado. Abriram caixas e tiraram as coisas que havia dentro, limparam a mesa da cozinha e colocaram lá o que ia ficar. O que ia ser jogado fora foi colocado na caminhonete que Tuan pegou emprestada. Ficou tudo mais bagunçado que antes. Tuan instalou um suporte para bicicletas e Charlie comprou roupas para Mika, inclusive umas de ciclismo.

— Penny não vai mexer nas minhas gavetas — argumentou Mika, enquanto Charlie enchia a cômoda com camisas de ginástica e shorts de lycra.

Ela segurou um punhado de roupas.

— Essa lycra é pra te dar confiança.

Quando a casa ficou quente e abafada demais, eles passaram para o lado de fora. Charlie logo colocou luvas de jardinagem e começou a arrancar ervas daninhas. Tuan e Hayato podaram o carvalho gigante do jardim da frente — no outono, os vizinhos reclamavam da quantidade de folhas que caíam e da sujeira.

Mika zanzou pelo quintal, à procura de Hana.

— Charlie quer ir rapidinho até a loja de jardinagem comprar umas plantas da estação... Pelo menos, acho que foi isso que ela disse. Acho que estava se referindo a flores. Quer ir também? O que está fazendo?

De costas, Hana segurava uma mangueira. A grama seca estalou com os passos de Mika, que parou de frente para a amiga e disse:

— Tenho quase certeza de que essa árvore está morta.
Hana regava um bordo pequeno, marrom e malnutrido.
— Nicole e eu que plantamos. Foi a primeira coisa que fizemos quando nos mudamos para cá.
Mika olhou para o bordo, meio cabreira.
— Não sei se dá para salvar.
Uma ruguinha entre as sobrancelhas de Hana. Tristeza.
— Não, vou amá-lo tanto que vai reviver.
Charlie andou a passos pesados até elas.
— Esqueçam a loja de jardinagem. — Ela tirou as luvas. — Estou morta. Alguém está a fim de tomar um drinque?
Hana largou a mangueira.
— Vou pegar as taças.
No fim do dia, Mika estava sentindo dor em músculos que nem sabia que existiam. Ela se deitou na cama e acompanhou as voltas lentas do ventilador de teto. Não teve energia nem para tirar os sapatos — sua mãe morreria se visse aquilo. A cozinha e a sala estavam uma bagunça, mas todas as caixas haviam sumido. Era um progresso.

Seu celular vibrou, e ela procurou o aparelho na cama. Duas mensagens. A primeira era de Leif. Tinha um endereço e, embaixo:

*Stanley falou que não tem problema você apresentar o trabalho dele, mas ele está trabalhando lá essa semana, então não dá para ir lá por enquanto.*

A outra era de Penny:

*Muito empolgada para te ver, falta pouco mais de uma semana. Bora de FaceTime amanhã?*

Mika respondeu:

*Sim, FaceTime amanhã. Também estou superempolgada. Passei o dia arrumando a casa para você conhecer.* Mika fechou os olhos.

O celular vibrou. Penny de novo:

*Espero que não esteja te dando trabalho.*

Só restava a Mika dar umas risadas.

● ● ●

Depois de cinco dias exaustivos, Hana, Charlie e Mika se reuniram para jantar na casa limpa. O chão tinha sido esfregado. As paredes, pintadas. A grama, cortada. E flores ladeavam o caminho até a porta. Tuan até havia consertado a rachadura no teto. Eles arrumaram os móveis em volta da lareira e, na cornija, dispuseram fotos de Mika em viagens pelo mundo — forjadas pelo cara da escola de Charlie. Havia uma poltrona aconchegante na qual dava para se imaginar lendo um livro em um dia chuvoso. No quarto dela, colocaram um edredom branco e, na mesinha de cabeceira, uma pequena luminária de cristal e um pratinho para colocar joias.

As bancadas da cozinha foram liberadas, e o ambiente estava arejado e luminoso, com a ajuda da janela ampla que dava para os fundos. Penduraram as luzinhas de volta, pintaram com um spray a antiga mesa de madeira e a enfeitaram com velas brancas dentro de vasos longos de vidro, para recriar a foto de Mika no Instagram. Pequenos eletrodomésticos, tão novos que chegavam a brilhar, davam um charme à bancada de granito. Tudo graças às compras que Hana havia feito de madrugada no canal de televendas.

— Eu estava montando um lar para Nicole — comentara ela, enquanto ligavam os aparelhos na tomada.

Uma samambaia delicada e uma orquídea branca adornavam o centro da mesa de jantar. Tudo tinha um clima de pão quentinho saindo do forno, noites em frente à lareira e geleia caseira em dias ensolarados. Mika sentiu um calorzinho no coração ao olhar tudo. Ela poderia ter criado uma criança ali. Poderia ter voltado para aquela casa após viajar o mundo ou depois de um dia longo de trabalho em sua galeria. O processo fez Mika se lembrar da época de escola. Ela costumava comprar quadros no brechó, pois não tinha dinheiro para comprar telas novas. Arrancava o tecido ou pintava por cima. Criava algo novo. Algo melhor.

— Nada mal, nada mal.

Charlie se jogou no sofá. Elas iam jantar pad thai e pho. Última farra antes da chegada de Penny.

Entre uma garfada e outra de macarrão, Mika colava fotos no álbum que estava fazendo para Penny. Charlie e Mika haviam espalhado os retratos na mesinha de centro, para fazer a seleção. Ao longo daquela última hora, Hana havia ficado distante, estranha, concentrada no vinho, que acabou virando seu jantar.

— Ah! Você tem que colocar essa.

Charlie passou a foto para Mika.

A imagem brilhosa era ela na idade de Penny. Dezesseis anos, em frente a um cavalete, no qual havia um esboço feito com carvão. Mika esfregou a ponta dos dedos, lembrando-se da textura áspera do material. Da sensação gostosa que era criar. Como se fosse explodir. Mika pôs a foto de volta na mesinha. Hiromi havia analisado o desenho de perto, olhado o papel e o cheirado.

— Você desenhou isso? Não traçou por cima? — perguntara.

Mika passou boa parte da infância convencendo a mãe de que sabia desenhar. Depois, no primeiro ano da faculdade, tentou convencer Hiromi de que ela merecia continuar desenhando.

— Essa não — respondeu Mika a Charlie.

A amiga estranhou.

— Tá... — disse, com cuidado. Para Charlie, era um mistério... Por que Mika tinha parado de pintar? Somente Hana sabia a verdade. — Você era muito boa.

*Era*. A palavrinha mágica. Tudo aquilo, a pintura, as viagens, tornara-se uma vida fantasma. Algo que poderia ter acontecido, mas que não era para ser.

— Tem alguma dos meus pais? — perguntou Mika.

Hana encheu de novo sua taça.

— Aqui.

Charlie passou outra foto. Essa era de Mika aos seis anos, com Hiromi e Shige, posando ao lado de uma televisão novinha em folha. Shige a comprou para ver Kristi Yamaguchi patinar no gelo nos Jogos Olímpicos. Três anos depois, eles assistiram naquela tela aos ataques terroristas da Verdade Suprema no Japão — Hiromi tinha virado a noite ligando para os parentes, chorando com eles. Na imagem, Mika se encontrava com as mãos na frente do corpo, de um jeito comportado, e seu cabelo exibia o corte de cuia, tradicional nas crianças asiáticas. Atrás dela, Hiromi usava uma mom jeans, com uma lavagem dos anos 1980, e uma armação rosé gold, e agarrava o ombro de Mika, como quem a avisava: "Não saia de perto de mim." Mika incluiu a foto no álbum.

— Perfeito.

Talvez Penny perguntasse sobre os avós biológicos. Mika inventaria uma desculpa: "Eles estão em um cruzeiro, você pode conhecê-los numa próxima vez." Só que Mika sabia que, o que quer que estivesse passando pela cabeça de Penny, não haveria uma próxima vez. A filha ia viajar para encontrar a mãe biológica, obter respostas e, depois, ficaria ocupada com a vida real dela e se esqueceria de Mika. Ela se conhecia o suficiente para saber que tinha sido feita para ser amada durante uma estação, não pela vida inteira.

Havia muitas fotos de Hana e Mika no ensino médio. Uma delas mostrava as duas no centro da cidade, Hana de braços dados com Mika, na frente de manifestantes, segurando um cartaz que dizia: SÍ SE PUEDE. Elas tinham matado aula para ir a uma manifestação dos trabalhadores rurais. Mika não sabia ao certo o objetivo — era mais coisa de Hana —, mas gritar lhe fazia bem. Berrar em coro. Criar um motim. Hana ajudou Mika a conseguir se expressar. Foi barulhento e poderoso. Ela colou a foto no álbum.

Em seguida, Mika escolheu uma polaroide sua que Hana havia tirado. Era do primeiro dia de faculdade, e ela sorria como em uma manhã de Natal. Hiromi achava que a filha estudaria administração e moraria com ela, mas Mika sempre preferiu artes e o alojamento estudantil.

Após preencherem juntas a papelada relativa ao auxílio financeiro e à moradia, Hana e Mika receberam uma bolsa do governo. Um dia antes de se mudar para o alojamento, Mika ficou de olho no relógio, esperando dar nove horas da noite, a hora que Hiromi ia se deitar. Hora na qual sua mãe estava mais cansada. Menos disposta a brigar. Quando o pai desligou a televisão, Mika criou coragem e anunciou que ia se mudar e se formar em artes. De punhos cerrados, estava pronta para ir atrás de seu sonho.

— Ingrata — dissera-lhe Hiromi.

Ela estava de roupão. Shige não olhava para Mika.

— Essa menina acha que vai ser pintora — reclamara Hiromi para Shige. Então, voltou sua ira para Mika. — Você nunca vai ser artista. Vai jogar seu futuro no lixo. Pode ir.

Hiromi sacudira a mão para a filha. A vibração da raiva da mãe foi tão forte que poderia ter arrancado um dente de Mika.

— Já que você odeia tanto esse lugar, vá embora. Quem sabe eu finalmente consiga dormir.

Mika fez sua mala e passou a noite na casa de Hana. Choveu. Mika enxugou as lágrimas e se consolou ao pensar que não queria continuar naquela casa de jeito nenhum, nem desperdiçar mais um segundo vivendo com uma mulher que não a apoiava. Tinha grandes aspirações. Era uma garota problemática, que ia se livrar de seus problemas.

A primeira vez que Mika se sentiu uma artista de verdade foi no quarto do alojamento: as paredes desbotadas, o chiado do aquecedor, o guarda-roupa lotado de roupas pretas. Sempre chegava com cinco minutos de antecedência em todos os compromissos. Ela se lembrava até de ficar com os olhos grudados no relógio, esperando sua vida começar. Mika prestava muita atenção nos minutos e nas horas. Aliás, sabia a hora exata em que Penny tinha sido concebida. Havia virado a cabeça e olhado o relógio da mesinha de cabeceira: 00h03. Os números digitais eram da mesma cor vermelha que a mira usada por um atirador de elite para marcar seu alvo. Mas Mika não dava mais tanta importância ao tempo. Deixava-o passar, sem esquentar muito a cabeça. Ela pressionou a foto no álbum e, com um suspiro, deixou a marca da digital do polegar em cima de seu semblante radiante.

A última foto que acrescentaram foi a de Mika grávida de sete meses de Penny. Ela sorria e estava aconchegada em uma poltrona, como um animalzinho. Usava um penteado com dois coques no topo da cabeça.

Hana fez o vinho girar na taça, e um sentimento se expandia pelo seu rosto.

— Licença — pediu e, então, sumiu pela porta dos fundos.

Lógico que Charlie e Mika foram atrás dela. Pela janela, viram Hana ir, determinada, até o bordo ressecado, o que plantara com Nicole. Ela se curvou, segurou o tronco com as mãos e puxou. Ele não saiu do lugar.

— Acha que deveríamos pegar uma pá para ela? — sussurrou Charlie.

— Não, acho que ela precisa viver esse momento — respondeu Mika.

Hana caiu num choro esquisito, triste. Posicionou as mãos em volta do tronco de novo e puxou com toda a força, até as raízes mortas enfim arrebentarem e cederem. Depois, caiu de bunda no chão com a mesma força que aplicara à puxada. Ficou sentada por um tempo. A respiração estava pesada; as bochechas, coradas; e o olhar, melancólico. Depois, levantou a cabeça e encontrou os olhares de Mika e Charlie, do outro lado da janela.

Charlie ergueu a taça de vinho. Mika também. Elas brindaram, em silêncio.

— A novos começos — disse Charlie.

— A grandes expectativas — completou Mika.

## Capítulo NOVE

No domingo, Mika aguardava no aeroporto de Portland, ao lado das esteiras. Já tinha conferido a hora cinco vezes, enquanto monitorava o voo de Penny e Thomas. Fazia vinte minutos que o avião pousara, antes do previsto. Mas nenhum sinal deles ainda. E se Penny tivesse mudado de ideia? E se Thomas a tivesse convencido a mudar de ideia? Ela passava os olhos pela multidão. Um garotinho, cujos pais vinham sorridentes atrás dele, correu em direção a um casal de idosos.

— Vovô, vovó! — exclamou.

Um rapaz magro largou a mala de mão no chão e abraçou um sujeito de gorro. Uma garota de cabelo escuro caminhava saltitante ao lado de um homem alto, bonito. Uma chavinha virou em sua mente com a revelação chocante.

*Penny e Thomas.* Eles haviam chegado. Finalmente.

Mika sorriu mais ainda. Uma sensação agradável se espalhou dentro dela; um pico de serotonina. Penny viu Mika e começou a correr. Mika pensou nos filmes a que assistira nos quais a criança dá os primeiros passos, enquanto os pais seguram seus bracinhos. Penny parou perto de Mika, e elas ficaram olhando uma para a outra. *Deveria estar tocando outra música,* pensou Mika. Um piano. Uma canção de amor. De repente, o dia ganhou um ar difuso e delicado, como em um sonho.

Penny foi a primeira a falar:

— Posso te dar um abraço? — perguntou, tímida.

— Pode, por favor.

Mika abriu os braços, Penny deu um passo em sua direção. Ela a tocou com delicadeza, apesar da vontade de esmagá-la, de abraçar forte, de nunca mais soltá-la, de morar ali. Mika foi preenchida por um desejo tão intenso de amar que talvez fosse explodir.

Thomas se aproximou devagar das duas, e foi como se uma nuvem cinza tivesse tampado o sol.

Penny se afastou. Thomas deu uma cutucada na filha.

— É a primeira vez que vejo você ficar sem palavras — comentou, em um tom carinhoso.

Quem sabe ele não fosse tão chato assim, no fim das contas. Mika se forçou a fazer contato visual com ele. Deveria ter se preparado para aquilo. Maçãs do rosto acentuadas. Olhos verde-claros. Cabelo escuro bagunçado na parte mais longa, mas com um corte impecável, permeado por pouquíssimos fios grisalhos. Thomas era atraente. *Sexy*. Não, mil vezes não. Negativo. Jamais. Mika se repreendeu. Ficou muito desconfortável e sentiu uma quentura no rosto.

— Thom, prazer em conhecê-lo. Mika.

Ela estendeu o braço.

— Thomas — corrigiu ele.

Aquele carinho todo por Penny se esvaiu de sua voz. Eles deram um aperto de mão, firme e seguro da parte dele — da parte de Mika, pegajoso e molenga, como um peixe morto.

— Estou tão nervosa e emocionada nesse momento. Nem sei por onde começar — disse Penny, as unhas curtas pintadas de rosa-choque.

Ela girou o anel que usava no dedo médio. Mika voltou a prestar atenção na menina, ainda sentindo os olhos de Thomas nela.

— Vamos pegar a bagagem de vocês e comer alguma coisa. O que acham?

— Perfeito — respondeu Penny.

Mika sorriu. Penny retribuiu. Era como olhar no espelho e ver a si mesma aos dezesseis anos, jovem e sonhadora. Ver o seu *antes*.

● ● ●

— Tem certeza de que não quer ajuda?

Thomas se mexia impacientemente no estacionamento. Havia barulho de alarme de carro, de motor sendo ligado. Um cheiro tênue de cansaço pairava no ar. Porém, o tempo estava bonito, fazia sol. Era um daqueles dias difíceis de ficar de mau humor. Bem, difícil para algumas pessoas. Pelo visto, Thomas conseguia a proeza de ficar quieto e sério, independentemente do clima. *Meio rabugento.*

— Não, pode deixar.

Mika se atrapalhou com a chave. Ela havia pegado o carro de Charlie emprestado, um Volvo, para andar com Penny e Thomas pela cidade — um upgrade em relação ao carro dela, um Corolla enferrujado, cujo retrovisor fora remendado com fita isolante após uma colisão infeliz com uma árvore. Só teve um problema: o chaveiro ficou sem bateria, então ela precisou fazer as coisas do jeito tradicional; ou seja, usar a chave manualmente. Mika conseguiu destrancar as portas, mas não achava a alavanca para abrir a mala.

— Está tudo bem — completou ela.

— É. Já é a sexta vez que você diz isso.

Thomas se mexeu de novo.

— É que eu nunca uso o porta-malas, só isso — justificou Mika, com metade do corpo para dentro do carro, debruçada no banco da frente. Tinha total ciência de que estava com a bunda para cima e que tanto Penny quanto Thomas a observavam. — Peraí, acho que estou quase conseguindo.

Na verdade, havia pegado o celular para mandar uma mensagem para Charlie: *Como é que abre a porra desse porta-malas?*

— Aqui, deixa comigo.

A voz de Thomas estava mais perto. Mika virou a tela do celular para baixo e se ajeitou. Eles ficaram um de frente para o outro, quase se encostando. Thomas torceu a boca no estacionamento mal iluminado.

— Posso?

— Hum, pode, claro — disse Mika.

Era evidente que ela estava envergonhada, então foi para o lado de Penny, perto da mala.

Thomas curvou o corpo comprido e deu uma espiada no carro.

— Achei — afirmou, rápido até demais.

Pelo vidro traseiro, Mika o observou puxar uma alavanca. O porta-malas se abriu.

— Ele sabe tudo de carro — observou Penny.

Thomas voltou, sorrindo, exalando superioridade.

Ele levantou o tampo da mala.

— Você não disse que nunca usa o porta-malas? — perguntou ele, devagar.

— Quê?

Mika se aproximou dele, com o cuidado de deixar uns centímetros de distância entre os dois. *Ótimo*. Charlie havia se esquecido de tirar as coisas da mala, que consistiam em: um kit para emergências na estrada, roupas que ela buscara na lavanderia, uma caixa cheia de CDs indicados como "para doação".

Thomas pegou um CD no topo da pilha. "Batidas lentas, música para fazer amor", dizia a capa. Ele inclinou a cabeça, olhando para Mika e semicerrando levemente os olhos. Ela arrancou o CD da mão dele, o jogou de volta na caixa e fechou o porta-malas.

— Melhor botar as malas de vocês no banco de trás.

Um vinco minúsculo de aborrecimento se formou entre as sobrancelhas de Thomas.

— Botar a bagagem no banco de trás? As rodinhas estão sujas.

— Não tem problema as malas irem no banco de trás. Eu vou atrás. Caibo certinho em espaços apertados — afirmou Penny.

Ela e Mika trocaram um sorriso. Tinham a mesma altura, pouco menos de 1,60 metro. Mika não sabia a altura de Caroline, mas Thomas tinha 1,80 metro, no mínimo. Nessa hora, foi a vez de Mika de se vangloriar. *Eu lhe dei essas coisas, a altura, a estrutura física pequena*, pensou ela.

Thomas pigarreou.

— Ótimo.

— Ótimo — repetiu Penny, enquanto Thomas começava a colocar as malas no banco traseiro. — Vamos almoçar. Que fique claro, estou seguindo um plano alimentar cruel e vou dar uma trégua. Vou chutar o balde hoje. — Ela esfregou as mãos e sorriu com cara de quem ia aproveitar. — Se preparem para o que vão ver.

• • •

Thomas visivelmente estremeceu quando Mika encostou o carro rente ao meio-fio, estacionando perto da Cartlandia, a meca dos food trucks. A reação dele fez o índice de felicidade dela subir alguns pontos. *O prato preferido dele deve ser pão normal, sem torrar.*

— Acho que tem opção para todo mundo aqui — afirmou Mika, enquanto saltavam do carro.

Havia um misto de cheiros no ar: curry, missô e carne assada. Mais de trinta food trucks tinham um lugar fixo ali, complementados por tendas brancas e mesas dobráveis.

Penny e Mika foram andando na frente, enquanto Thomas as seguia, de braços cruzados — uma indicação de seu protesto pacífico. Concordaram em dar uma volta para ver as opções e sondar o que havia de bom. Quando não estavam lendo o menu, Penny e Mika conversavam, felizes da vida. Mika descobriu que Penny tinha *odiado* Jack Kerouac. Havia baixado uma cópia de *On the Road: Pé na estrada* e começado a ler no avião.

— Foi mal — disse ela. Pararam em frente ao food truck Ball-Z, que servia pratos de outros países. — Quer dizer, entendo por que você deve ter gostado. Mas é supermachista. A representação da mulher é horrível, tirando as partes que ele fala da mãe, por quem parece ter respeito.

— Mas não gostou da energia nas palavras? Ele escreveu o romance em três semanas. Não é incrível? É muito visceral. Me bateu um arrependimento de todas as vezes em que fiquei em casa sem fazer nada. — *On the Road* fez Mika ter vontade de explorar o mundo. De se arriscar e correr atrás de seus sonhos. — Foi o que me inspirou a viajar e estudar arte.

— Só achei pouco inclusivo. A Geração Beat era, basicamente, um bando de homens brancos vivendo um bromance.

— Entendo seu ponto.

— Mas que bom que funcionou pra você.

— Cumpriu seu propósito.

Elas seguiram em frente. Thomas vinha um ou dois passos atrás. Mika se lembrou de um desenho que viu certa vez, no qual uma nuvem de chuva seguia o protagonista. Ao retornarem ao ponto de partida, Penny batucou o dedo nos lábios.

— O ramen é bom?

— Ah, é o melhor que tem. Eu como sempre. Vou pedir isso também. Que tal eu fazer os pedidos, e vocês pegarem uma mesa? Thomas, o que você vai querer?

— O que você recomendar.

Pois bem, ela ia recomendar algo para Thomas. Com o ramen, não tinha erro. Mas talvez ela pedisse dois ajitsuke tamago, um ovo de gema mole banhado em mirin. Era uma delícia, mas a gema cremosa poderia não agradar Thomas. Ele se mexeu para pegar a carteira no bolso de trás e oferecer duas notas novinhas de vinte dólares para Mika.

Ela ergueu a mão.

— Hoje é por minha conta.

Nem pensar que ia deixar Thomas pagar para ela. O dinheiro ficou ali, suspenso, entre os dois. Mika achou que Thomas fosse enfiar o dinheiro na mão dela.

— Faço questão. — Mika suavizou o tom e deu um sorriso exagerado. — Já volto.

Saiu andando rápido.

Ela fez o pedido e entregou o cartão de crédito. Não tinha condições de bancar aquela refeição e quase conseguia ouvir o barulhinho do dinheiro sumindo de sua conta bancária. *Deveria ter aceitado o dinheiro do Thomas.* Não seria a primeira vez que faria algo contra sua vontade.

A comida ficou pronta rápido, e Mika equilibrou tudo em uma bandeja. Thomas e Penny acharam um lugar debaixo da tenda e estavam de costas para ela. Mika parou fora do campo de visão deles, mas perto suficiente para escutá-los.

— Está sendo legal, né? — perguntou Penny para Thomas, com a voz bem trêmula.

Mika reconheceu o tom: aquele que usamos com nossos pais quando estamos desesperados pela aprovação deles. Ela o havia usado com Hiromi diversas vezes.

— Mamãe, desenhei uma lagarta pra você. Gostou? — perguntara Mika, aos sete anos.

— Hum, acho que está parecendo mais uma minhoca — respondera Hiromi.

— Estou gostando do tempo que estamos passando juntos — disse ele, sereno.

— E dos food trucks?

— O que quer que eu diga? Tenho certeza de que as rodas são para que eles fujam rápido quando a vigilância sanitária bater aqui. Aposto que na internet dá para ver a classificação de segurança alimentar de cada um.

Penny deu uma risadinha.

— Por favor, não faça isso. — Ela hesitou. — Ainda está bravo comigo?

Thomas abaixou o celular e batucou na mesa com os dedos compridos. Nenhuma aliança na mão esquerda, notou Mika.

— Não, não estou bravo. Antes eu também não estava bravo. Só gostaria que não tivesse mentido para mim.

— Mas, tipo, eu te magoei?

— Não é responsabilidade sua se preocupar com meus sentimentos. É responsabilidade minha me preocupar com os seus. — Bem, até que aquilo tinha sido bacana. — O que acha dela?

Ela, ou seja, Mika.

— Gosto muito dela. E isso é legal. Gostamos das mesmas coisas.

Ao escutar isso, Mika ficou radiante com a promessa de um sonho que se realizou de repente. Ela queria ser amiga de Penny. Era o que queria de sua mãe também. Aconchego. Companheirismo. Um lugar para relaxar, um lar para onde poderia sempre voltar.

— Então ela é tipo uma menina de dezesseis anos? — questionou Thomas, irônico.

Mika apoiou seu peso na outra perna. A bandeja estava ficando pesada, mas não queria interrompê-los. Sentia-se uma intrusa — observando-os de fora.

— Pai...

Thomas pigarreou.

— Desculpa. Pode continuar.

— Sei lá. A gente conversa sobre livros, garotos, nossos sonhos.

— Quero conversar com você sobre essas coisas.

— É que não é a mesma coisa. — Penny ficou inquieta. — Olha, uma mãe morreu, a outra me colocou para adoção. Tenho sérias questões. Preciso de algo... De alguém.

— Você me tem — afirmou Thomas.

Penny fez um movimento rápido com a mão.

— Coisa de homem, achar que um pênis resolve tudo.

Thomas tossiu, com a mão fechada próxima à boca, e deu uns soquinhos no peito.

— Penny, por favor.

— Só tenta pegar um pouco mais leve. Relaxa.

— Acho que estou sendo muito simpático. Mas não achou estranho ela não saber abrir o porta-malas do carro?

— Prontos para comer?

Mika os interrompeu. Pôs a bandeja na mesa, e Thomas deu um sorrisinho.

Mika colocou as tigelas de ramen fumegante na frente de cada um. Penny olhou hesitante para o garfo e para os hashis de madeira. Por fim, escolheu o garfo e ficou claramente envergonhada. Mika franziu os lábios e soltou o hashis para optar pelo mesmo talher que Penny.

— Sempre entra farpa no meu dedo quando uso esses aí.
— Ah, é?
Penny fitou Mika meio contida e com um brilho no olhar, depois se concentrou em sua tigela. Tinha sardinhas no dorso do nariz, que se espalhavam até as maçãs do rosto. O pai de Penny tinha sardas nos braços.
— Pois é, esses hashis baratos são péssimos.
— Hashis? — perguntou Penny.
— Palitinhos, em japonês.
Penny ficou toda contente com a explicação.
— Hashis — repetiu ela.
Thomas flexionou os dedos, as veias saltaram.
— Quer saber? Acho que mudei de ideia. Vou pedir um curry também. Que mal tem, né?
Ele se levantou.
— Pen, que tal um cookie de aveia e gotas de chocolate, seu favorito?
Penny assentiu.
— Claro, é uma boa.
— Já volto.
Thomas apertou o ombro de Penny, depois se inclinou e deu um beijo no cabelo escuro e brilhoso dela.
Ela deu um empurrãozinho nele.
— Pááára.
— Quer alguma coisa? — perguntou Thomas para Mika.
*Muitas e muitas coisas*, pensou ela. Porém, Mika respondeu de forma mais sucinta.
— Estou de boa. Não quero nada, obrigada.

**ASSISTÊNCIA SOCIAL**
Escritório Nacional
Avenida 57, nº 56.544, sala 111
Topeka, KS 66546
(800) 555-7794

**Querida Mika,**

Faz muito tempo que conversamos. Espero que você esteja bem. Mais uma vez, seguem em anexo os itens exigidos pelo acordo de adoção entre você, Mika Suzuki (a mãe biológica), e Thomas e Caroline Calvin (os pais adotivos) para a adoção de Penelope Calvin (a criança adotada). O material contém:

- Uma carta anual dos pais adotivos, a respeito do desenvolvimento e do progresso da criança adotada;
- Fotos e/ou outras recordações.

Como sempre, estou aqui caso tenha qualquer dúvida.

Um abraço,

**Monica Pearson**
Assistente social

### Querida Mika,

Dez! Penny está com dez anos, e tenho quase certeza de que nossa garotinha da quarta série tem um propósito na vida, que é instaurar o caos. Dois meses atrás, ela decidiu andar de costas em todos os lugares. E agora, mais recentemente, decidiu aprender a fazer doces e bolos. Inspirada, tenho certeza, por um reality show que viu, o *The Great British Baking Show*.

    Ela manda o Thomas ir ao mercado com uma lista, com o sonho de fazer de tudo: torta de chocolate com crosta crocante, biscoitinhos amanteigados de noz-pecã, e até um crumble de maçã e caramelo, acredita? Ela quer fazer todas as receitas que você possa imaginar. À tarde, assim que chega da escola, ela preaquece o forno e separa as tigelas na bancada. No fim, fica uma pilha de louça enorme na pia e uma camada de farinha no chão. Avaliamos o que ela faz como os jurados no programa. "O bolo ficou bom, um pouco mole no meio, mas a apresentação está excelente, e o sabor, ótimo." Preciso confessar: Penny é uma *péssima* confeiteira. Mas comemos tudo o que ela faz e sorrimos tanto que as bochechas ficam doendo. O que posso dizer? Sou puxa-saco da Penny. Quero que ela sempre siga os sonhos dela. Aí vai uma foto da última invenção dela. Acho que era para ser um bolo em formato de porco-espinho?

Um grande abraço,
**Caroline**

## Capítulo DEZ

Na manhã seguinte, Mika esperou por Penny e Thomas no lobby do hotel em que eles estavam hospedados. Parada em pé ao lado de um sofá de veludo, provavelmente mais caro que a prestação da casa de Hana, ela foi se dando conta do esmalte descascado nas unhas e do cabelo que sabia-se lá quando tinha sido cortado pela última vez. O elevador fez um barulho, as portas se abriram. Penny e Thomas apareceram.

— Oi — disse Penny, alegre.

Ela saltitou em direção a Mika.

— Bom dia.

Thomas se aproximou devagar. Ele e Penny usavam casaco de moletom, calças jeans e tênis.

— Prontos? — Mika fechou bem o casaco e foi em direção à porta. — Pensei em irmos andando até lá. A previsão diz que só vai chover à tarde — comentou. Mas a verdade é que não tinha dinheiro para a gasolina e não queria pagar duas vezes pelo estacionamento. — O museu fica a poucos quarteirões daqui.

Enquanto passava pela porta giratória, seu celular tocou. Mika conferiu quem estava ligando. *Hiromi*. Recusou a ligação e enfiou o celular de volta no bolso.

— Aqui é muito bonito — comentou Penny, após saírem do hotel e andarem um pouco. — Um vento cortante soprou, vindo do rio Willamette, e os três se viraram, deixando-o bater em suas costas. — Saí para dar uma voltinha ontem à noite, e tem várias árvores iluminadas com luzinhas na praça.

Thomas ficou sério.

— Você saiu do hotel?

— Só para ir até o shopping do outro lado da rua — explicou Penny, tranquila.

— Penny... — começou Thomas.

— Comprei essas meias. — Penny parou em frente a um prédio art déco, com portões de ferro de aparência mítica. Ela levantou a bainha da calça. Uma meia azul com carinhas de gato enfeitava seu tornozelo delicado. — Fofas, né?

— Muito fofas — concordou Mika, sorridente.

Thomas lançou um olhar fulminante para Mika, mas se dirigiu a Penny.

— Gostaria que você me avisasse na próxima vez que decidir sair do hotel.

Penny não se abalou. Ela ajeitou a calça.

— Sim, senhor — falou.

E bateu continência para Thomas, o que o fez olhar para o céu, como quem clama a Deus que lhe dê paciência. Eles retomaram a caminhada. Os tijolos vermelhos do Museu de Arte de Portland despontaram no horizonte.

Alguns quarteirões mais adiante, ficava a faculdade onde Mika havia estudado. Ela conseguia avistar o prédio de artes, mas não tinha muito o que ver. Era um cubo cinza, mas também um lugar onde coisas lindas aconteciam. E Mika quis tanto fazer parte daquilo que chegava a sentir uma dor física. O tempo estava parecido — céu cinzento e estático, ar úmido — com o do dia em que havia conhecido Marcus Guerrero, um professor de belas-artes. Ela batera na porta da sala dele, com um formulário amarelo na mão. Ele atendeu. A camiseta azul-clara tinha manchinhas de tinta, o cabelo escuro preso em uma bandana vermelha. Ele estava impregnado com um cheiro de fumaça e café.

— A reitoria disse que preciso de autorização para pular Pintura I e II.

Mika estendeu o braço, com o documento na mão, balançando para a frente e para trás. Era mais corajosa naquela época. Obstinada. Disposta a fazer qualquer coisa. O que fosse preciso.

Marcus a encarou por tanto tempo, de forma tão intensa, que ela começou a se virar para ir embora. Ele tirou a mão da maçaneta, andou sem pressa até sua mesa e se sentou em uma cadeira antiga de escritório, de couro verde e braços de madeira — era provável que estivesse ali desde a fundação da faculdade, nos anos 1940. Ele se reclinou até demais.

— Certo. O que tem para me mostrar?

Mika engoliu em seco.

— Quê?

— Seu portfólio.

Um sotaque sutil esculpia sua fala. Marcus era uma lenda entre os alunos de artes. Rolavam boatos sobre ele. Era veterano da Guerra do Golfo e tinha uma medalha Coração Púrpura na mesa. O pai era um construtor naval famoso, que o criara em iates no Mediterrâneo. Mas a verdade era que vinha de uma família pobre, de imigrantes dedicados ao cultivo de frutas. Tinha crescido na Flórida e colhido bananas na juventude.

— Não tenho portfólio.

— Então pinta alguma coisa.

Ele indicou um canto do escritório. Havia um cavalete espremido entre duas prateleiras lotadas de paletas, tubos de tinta, potes com pincéis, terebintina.

— Agora?

Mika se recordava de ter contraído os dedos e sentido um enjoo. Ele se alongou e apoiou a cabeça nos dedos entrelaçados.

— Agora.

— Nossa. — A voz de Penny trouxe Mika para o presente. — Você estagiou aqui?

Impressionada, ela admirava o prédio.

Mika emitiu um som não muito comprometedor, que se passou como uma confirmação. Depois, comentou:

— Assim que entrei na faculdade. Não foi por muito tempo. E já faz muitos anos. Com certeza, todo mundo que trabalhou comigo não está mais aí.

— Então, você me teve no primeiro ano de faculdade — afirmou Penny, juntando as informações da cronologia falsa de Mika. — Depois, fez estágio no museu e se formou. É muito impressionante. Uma garota da minha turma, Taylor Hines, teve mononucleose no primeiro ano do ensino médio e precisou repetir. Mas você teve uma filha e, mesmo assim, conseguiu estudar e ter uma carreira.

Mika enrubesceu com o elogio. O que Thomas e Penny achariam se soubessem da verdade? Mika havia demorado oito anos para se formar. Tinha sido reprovada no primeiro e perdido a bolsa de estudos, então precisou voltar rastejando para seus pais para pedir ajuda.

— Boas notícias — anunciara ela, pouco depois de tudo ter acontecido. — Troquei de curso, de artes para administração. Podem me dar dinheiro?

A sociedade aplaude quem faz o impossível. Quem se esforça. Vence com o próprio suor. É o estilo de vida americano. Mas Mika não dava conta. Além disso, havia uma expectativa de que sua vida seria melhor sem Penny. De que o sacrifício teria valido a pena.

Na bilheteria, tanto Mika quanto Thomas sacaram a carteira.

— Você pagou o almoço ontem, e hoje vamos jantar na sua casa. Faço questão.

Ele se calou e ficou esperando, encarando Mika até ela concordar. Aquilo não funcionava com Penny, Mika tinha observado, mas com ela funcionou muito bem.

— Hum, claro. Obrigada.

Ela guardou a carteira, sentindo certo alívio. Ainda estava desempregada.

Thomas comprou os ingressos, e eles receberam um mapa do museu, embora Mika não precisasse daquilo. Ao entrar, se sentiu acalentada pelo cheiro, que não sabia identificar direito, mas era característico de construções grandes como aquela. Ia ao museu com frequência. Era tão silencioso... Não exatamente um lugar para fugir dos próprios pensamentos, mas transmitia uma sensação de segurança. Lá podia se lamentar ou sonhar, e, então, deixar tudo para trás. Ter Penny junto de si naquele espaço sagrado fez Mika se sentir completa.

Eles subiram os degraus de mármore até a parte de arte europeia, passando pela de arte asiática, cujas obras, como sempre, ficavam espremidas nos cantos — em geral, os museus dão preferência a homens brancos mortos.

Ela guiou Thomas e Penny em um tour rápido, que passou por uma pintura de Ícaro. Mika costumava contemplar o mortal que voou tão próximo ao sol que suas asas de cera derreteram. Ela se perguntava: se soubesse qual seria seu destino, Ícaro teria feito aquilo, teria voado tão alto? A queda teria valido a pena?

Quando pararam em frente a um Monet, Mika explicou o Impressionismo.

— Estão vendo as pequenas pinceladas, finas, quase invisíveis? É uma característica do Impressionismo. Monet pintava em ambientes externos. Isso se chama pintura ao ar livre, um método de capturar a luz e a essência da paisagem em um momento único.

A grade da faculdade de artes incluía disciplinas de história da arte. Só o talento não bastava. Para ser artista, era necessário ser também um tipo de guardião. Estudar os grandes, aprender as técnicas deles. Era muito parecido com o jazz, com dominar a arte antes de começar a improvisar. E, como Hiromi tinha feito com seu jardim após a última geada do inverno, Mika havia se dedicado com afinco, só para desistir depois, do nada, enquanto aprendia Impressionismo, antes mesmo de saber que estava grávida de Penny.

— Está rachado.

Penny torceu o nariz.

Mika sorriu.

— *Craquelure*. É por causa do ressecamento do verniz. Acontece com o tempo.

Penny perambulou e parou em frente a um Degas. Olhando para cima, ela contemplou o pastel no papel, fungou, passou a mão no nariz. Thomas continuava hipnotizado pelo Monet. Mika foi até Penny.

— Está tudo bem? — perguntou, baixinho.

Penny não se mexeu.

— Tá. Tudo bem. É só que minha mãe... Ela costumava me dar vários apelidos bobos. Dizia: "Ei, fada açucarada", "patinha bebê" ou "pequena bailarina". Isso me fez lembrar dessas coisas.

O Degas era o quadro de uma bailarina, que, com dedos ágeis, ajustava a saia de tutu na cintura.

— Que legal.

Degas foi o ponto em que Mika abandonou os estudos; "pequena bailarina" era como Caroline chamava Penny. Mika refletiu sobre o significado daquilo. Um fim e um começo. Se tudo já estava destinado a acontecer. Ou se ela estava apenas buscando um sinal... agarrando o ar, como Ícaro enquanto caía.

Penny deu um sorrisinho triste de canto de boca.

— É idiotice minha chorar por isso.

— Não acho — sussurrou Mika. — Pode falar sobre ela. — Sobre Caroline, ela quis dizer. — Não tenha medo. Pode falar comigo sobre qualquer coisa.

*Sempre vou ouvir. Sempre vou estar aqui. Sempre vou acreditar em você.*

— Valeu.

Penny saiu andando e encontrou um banco para se sentar, ao virar no corredor. Mika se juntou a ela. Qualquer um que passasse por ali as identificaria como mãe e filha, pensou Mika. A culpa a golpeou por dentro. Caroline e Thomas haviam corrido a maratona com Penny, enquanto Mika ficara na plateia.

— Ela era muito incrível. Gostava de Khalil Gibran e E. E. Cummings. Na aliança de casamento dela, está gravado: "Carrego seu coração no meu." — Penny tirou o anel que usava para que Mika pudesse ver o lado de dentro, a fonte Edwardian. Ela pôs a aliança de volta no dedo. — Mas foi difícil ter pais que não se pareciam comigo, e sinto que não posso falar isso perto do meu pai, porque ele ainda está muito triste com tudo o que aconteceu.

Mika sentiu um frio na barriga. Thomas e Penny ainda estavam de luto.

— Foi difícil ser adotada por um casal branco?

Com essa pergunta, Mika focou mais no primeiro tópico, não no último.

Penny chegou para trás e levantou os pés, para se sentar de pernas cruzadas no banco.

— Sei lá. Meus pais tentaram fazer coisas da cultura japonesa comigo. Me matricularam numas aulas, e íamos aos festivais em Dayton. Mas sempre tinha uma falta de conexão. Acho que eles ficavam desconfortáveis quando as pessoas faziam perguntas sobre nós. Tipo: "Como adotaram ela?" — Penny parou de falar e roeu a unha. — Muitas vezes, as crianças zoavam meus olhos na escola. Cantavam aquela música de *A Dama e o Vagabundo*, "A canção dos gatos siameses", e puxavam os olhos.

A dor que Mika sentia por dentro aumentou. Ser mãe é padecer no paraíso. Sentir as emoções do filho como se fossem nossas.

— Imbecis.

Penny deu um sorrisinho.

— Tem horas que Dayton parece tão pequena, e me sinto tão grande. Faz sentido?

— Faz — respondeu Mika, sem hesitar.

Ela se via na menina, em sua filha. Mika também se sentia assim no ensino médio. Morria de vontade de ir logo para a faculdade e morar no campus, de ficar longe do controle da mãe, do perfeccionismo destrutivo de Hiromi. Ela queria alertar Penny. *Vá em frente, mas devagar. Não dê passos tão grandes. Não é uma corrida. Você não precisa saber tudo da vida agora.*

— Tem outra coisa — contou Penny. — Todo lugar que eu vou em Dayton, tem algo que me faz lembrar dela, deles dois, de nós como uma família. Mas não somos mais uma família. Quer dizer, ainda somos, mas é muito diferente, e fico sem entender o que isso tudo significa. Sei lá.

Penny arrastou o pé no chão brilhante. Um grupo de mulheres, todas com chapéu roxo, passou por ali, conversando sobre um Picasso no espaço adiante.

— Ouvi dizer que ele era um mulherengo terrível — comentou uma.

Mika as observou irem embora, observou Thomas virar o corredor.

— Ei. Vocês sumiram — disse ele, parando na frente delas. — Está tudo bem, filhota?

Ele franziu a testa.

— Está, sim. — A expressão de Penny, o sorriso, estavam radiantes, ofuscantes. *Convincentes*. — Estou bem. Aliás, ótima. — reforçou ela.

Ela sorriu para Mika. O coração de Mika martelava.

Penny olhava para ela com tanta ternura, tanta gratidão, que algo partido dentro de Mika se fundiu. Algo que talvez tivesse ficado quebrado durante muito tempo. Quem dera ela pudesse falar para os cientistas ao redor do mundo: "Parem de estudar, descobri o segredo para a fusão." Está no vínculo entre uma mãe e seu filho.

## Capítulo ONZE

Seis horas depois, atarefada na cozinha, Mika abriu o forno e conferiu o macarrão com queijo que ela mesma estava fazendo. Leif espiou por cima do ombro dela.

— Caramba, quanto queijo colocou aí?

O molho bechamel tinha acabado de começar a borbulhar.

— Mais de quinhentos gramas de queijo cheddar e gruyère.

Outra despesa. Por incrível que parecesse, fingir uma vida custava caro. Mika fechou o forno e desviou de Leif para pegar um pote de salada na geladeira.

— Peguei a receita da Martha Stewart.

Leif coçou o contorno de seu bíceps.

— Lembra quando Martha Stewart e Snoop Dogg eram amigos?

Mika preferiu não responder. Ela passou a salada para uma travessa prateada. Ele pegou um limão decorativo da fruteira.

— É de mentira — murmurou.

Pôs de volta no lugar e se virou para Mika.

— Acha que eu deveria ter vindo mais arrumado?

Ele estava usando uma camisa social para fora das calças jeans.

Mika arrumou os pegadores de salada. Como se não bastasse seu nervosismo, Leif estava piorando a situação.

— Leif.

— Eita. Há quanto tempo eu não ouvia esse tom de voz. Me faz voltar no tempo.

Ele fingiu que estava tendo um calafrio.

Mika olhou fixamente para ele, séria.

— Você está chapado?

Leif respondeu irritado:

— É claro que não. Agora que sou um profissional, não posso usar a droga que eu vendo.

Mika grunhiu.

— Essa é a última vez que você vai mencionar drogas nessa noite.

— Foi você que tocou no assunto — retrucou ele.

Ele se abaixou e apoiou as mãos nos joelhos, para ficarem cara a cara.

— Vai dar tudo certo, prometo. Decorei os detalhes que me mandou. E você está ótima. Bem Julia Child, prestes a assar um frango.

A tensão nos ombros de Mika diminuiu.

— Obrigada.

Em seguida, ela deu uma olhada no relógio do forno.

— Eles vão chegar em vinte minutos.

— E aí, como eles são? — Leif ajeitou a postura, pegou um limão de mentira da fruteira e o rolou de uma mão para a outra, com suas palmas gigantes. — Como ela é pessoalmente?

Mika não precisou pensar na resposta.

— Incrível. Ela é incrível. — Deu um sorriso, deslumbrada com a filha. — Na verdade, estou animada que você vai conhecê-la.

Penny era uma pessoa que Mika tinha vontade de apresentar para os outros. Talvez fosse assim que Hiromi se sentia na época que Mika dançava, com uma necessidade louca de chamar as pessoas, de se vangloriar do ser que havia gerado. *Tudo que meu filho faz é por MINHA causa.*

— E o pai?

Mika murchou após Thomas ser mencionado.

— Ele é difícil. Não consigo entender se ele não gosta de mim ou se simplesmente não gosta de ninguém. Mas é visível que ama Penny.

Ela pensou nele em meio aos food trucks, com as mãos sujas de cookie de aveia com gotas de chocolate e seu jeito cuidadoso de observar a filha, como se não pudesse suportar a ideia de um dia ela se machucar.

A campainha tocou.

— Merda, chegaram mais cedo.

Mika olhou para Leif, como se ele soubesse o que fazer.

— Ainda preciso terminar a salada.

— Vai atender a porta. Eu termino.

Ele a enxotou dali, e Mika correu em direção à entrada, depois se forçou a diminuir o passo pouco antes de chegar ao batente da porta. Ela ajeitou o cabelo atrás da orelha e estampou na cara um sorriso radiante antes de abrir a porta.

Thomas e Penny estavam de pé no degrau da entrada; atrás deles, o Uber que pegaram ia embora. Thomas estava com um terno azul-marinho, sem gravata; Penny, com uma saia e uma blusa.

— Droga — exclamou Penny. — Sabia que não era para a gente ter se arrumando tanto... Eu te falei — afirmou, enfática, para o pai.

Thomas deu um sorriso largo; parecia um vilão em seu terno. Olhou de cima a baixo as calças jeans e a camiseta de Mika.

— Melhor estar arrumado demais do que de menos.

— Vocês estão ótimos. — Mika abriu um sorriso forçado e escancarou a porta. Thomas hesitou. — Podem entrar. Leif está na cozinha, e o jantar está quase pronto.

— Chegamos cedo demais? — indagou Penny, dando um passo para entrar na casa. — Falei para o meu pai para a gente dar uma volta no quarteirão ou algo do tipo.

— Vocês chegaram na hora certa — respondeu Mika.

Por fim, Thomas entrou. Andando com as mãos no bolso, ele deu uma olhada no ambiente. Parou bem abaixo da rachadura que Tuan havia consertado. Mika teve uma visão súbita do gesso se rompendo e caindo.

— Leif, essa é Penny... e Thomas — apresentou ela, levando os dois até a cozinha, como quem guia um rebanho.

Leif largou a faca com a qual cortava as verduras, limpou as mãos e estendeu o braço para Thomas. Primeiro, ele apertou a mão de Thomas, depois, a de Penny.

Penny, com a energia e a exuberância de um esquilo, sacudiu a mão de Leif para cima e para baixo.

— Que maneiro. Ouvi falar muito de você.

— Eu também. — Leif sorriu e se dirigiu a Mika, soltando a mão de Penny. — Por que vocês não vão lá para fora? Como a noite está gostosa, pensamos em comer no quintal. Eu levo a comida.

— Você leva? — perguntou Mika, espantada.

A única comida que Leif lhe servira na vida tinha vindo em um saco de papel.

— Claro. Podem ir. Se cozinha é lugar de mulher, também é lugar de homem.

Mika sorriu para Penny e Thomas e se dirigiu a Leif:

— Dá uma segurada — pediu, enquanto tossia com a mão na boca para disfarçar.

Ela conduziu Thomas e Penny pela sala.

Penny parou para olhar as fotos na cornija da lareira.

— Todas as suas viagens — comentou, amigável.

Mika ficou ao lado dela, ombro a ombro com Penny. Lá estava Mika, ou pelo menos seu avatar, sorridente nas ruínas de Pompeia, na Vila dos Mistérios. Atrás dela, havia um afresco com uma tinta vermelha peculiar: cinabre. Na foto seguinte, estava no Louvre, sorrindo em frente à *Mona Lisa*.

Thomas meteu o bedelho e observou as imagens bem de perto. Ele conseguia ver o que Mika via? Que havia algo errado com a luz? Que as sombras e os realces violavam as regras da física?

— Vamos lá pra fora — sugeriu Mika.

Ela os conduziu até a porta; o rosto ficou levemente corado.

No quintal, as luzinhas que Mika havia pendurado refletiram nos olhos escuros de Penny e os iluminaram.

— É igualzinho à sua foto no Instagram!

Thomas deu um bico no chão, no lugar onde Hana arrancara a árvore.

— Tem roedores por aqui?

— Oi? — Mika franziu a testa, na hora em que o rubor estava começando a passar. — Não. Só estamos fazendo uma manutenção no jardim. Sabe como é com casa, sempre tem alguma coisa para fazer.

— Você deveria colocar um pouco de terra aqui. Alguém pode tropeçar e torcer o tornozelo — aconselhou Thomas.

— Que legal aqui, né, pai? — indagou Penny. — Ainda está nevando lá onde a gente mora. Não sabia que fazia tanto calor em Portland na primavera.

Mika engoliu em seco.

— É raro. Mas a previsão é de calor para os próximos dias. Pelo visto, você trouxe o sol com você.

Ela fitou Penny com afeição e tentou controlar sua felicidade. Estar ali com a filha lhe dava uma sensação de que estava tudo certo. De conforto.

Eles se acomodaram em volta da mesa de madeira. Leif apareceu com o macarrão com queijo e a salada. Todos se serviram. Mika havia acendido as velas nos vasos de vidro e, por um instante, comeram em silêncio à luz de velas.

— Então, como vocês dois se conheceram? — perguntou Thomas, limpando a boca.

— Como a gente se conheceu? — repetiu Mika, com um olhar rápido para Leif, e uma porção de macarrão que ela havia acabado de pôr na boca ficou presa em sua garganta.

*Merda*. Eles não tinham combinado a versão falsa do início do namoro. Na verdadeira, Hana foi comprar drogas com Leif, os três ficaram chapados e Mika transou com ele. O sexo casual foi virando um hábito, e Mika praticamente começou a morar com Leif. Ocorreu a Mika como ela teve pouquíssimo controle da própria vida nos anos recentes. Como o fato de que, quando via, já estava em outro emprego. E namorando Leif. E assim ia levando a vida.

Leif abaixou o garfo.

— Mika conta melhor que eu. Conta aí.

Ele sorriu para ela, seus olhos castanhos a desafiando.

— Bem. — Mika segurou a beirada da mesa. Seu estômago se revirou, ela começou a sentir um calor. — Saí para jantar com uns artistas amigos meus da... — Ela se interrompeu, pensou em um lugar, um destino, *qualquer coisa*.

— Grécia — interveio Leif, casualmente. — Eram da Grécia, né?

— Isso. E Leif também estava lá? Mas por que mesmo? Não lembro.

Ela torceu o nariz e encarou Leif.

Leif deu um gole no vinho antes de responder:

— Eu estava lá a trabalho.

— Você trabalha com quê? — perguntou Thomas a Leif. — Penny falou alguma coisa sobre agricultura, mas não soube explicar muito bem.

— Trabalho com agricultura. Mika acha chato, então, com certeza, foi por isso que ela não entrou muito em detalhes. Atuo na área de bioquímica. Dou consultoria como freelance para universidades, tenho um contrato ou outro com o governo, esse tipo de coisa. — Mika soltou o ar. Ele se saiu bem. Soou plausível. — E você?

Thomas apoiou o garfo e a faca na mesa.

— Sou advogado, atuo na área de direitos autorais. Tenho um escritório de advocacia em Dayton. Nada a ver com o bombeiro que eu queria ser quando tinha dez anos — brincou ele.

— Nem todo mundo pode trabalhar com o que gosta. Mas acho importante se arriscar. Por exemplo, a Pedalada Pelada de Portland...

— Penny — disse Mika, um pouco alto demais. — Quase esqueci o presente que fiz pra você.

— Que presente?

Penny ficou radiante.

— Já volto.

Mika entrou na casa, pegou o álbum de recordações e voltou, colocando-o na frente dela.

— Leif, pode trazer a sobremesa?

Mika encarou Leif, enquanto Penny tocava os cantos do álbum.

— Claro — afirmou Leif.

Ele deu uma batidinha na mesa e se levantou. Mika articulou um "obrigada" com os lábios, sem emitir som.

— Não é nada de mais — comentou ela, conforme Penny alisava a capa revestida de linho. — Só umas fotos minhas quando tinha sua idade...

Thomas ficou calado por uns instantes.

— Isso é muito legal da sua parte — disse, por fim.

Penny ergueu o olhar radiante.

— É.

Ela folheou as fotos. Até que parou em uma de Mika aos dezesseis anos. Mika se pronunciou:

— Nossa, eu era tão esquisita com dezesseis anos. Minha confiança não chegava nem perto da sua. Agradeça aos seus pais por isso. — Thomas olhou para Mika e esboçou um sorriso genuíno de gratidão com o canto da boca. Mika pigarreou. — Convenci meus pais a me deixarem fazer um permanente. Só que a gente não tinha dinheiro para fazer no cabelo todo, então fiz só na franja.

Penny deu uma risada e se recompôs.

— Tem foto dos seus pais? — indagou, baixinho, como se estivesse receosa, mas não conseguisse resistir.

— Tem, sim — respondeu Mika, feliz por ter incluído uma. — Mais para o fim, eu acho.

— Eles moram aqui perto? — questionou Thomas.

Sua voz grave assustou Mika.

— Moram, mas... Hum.... estão fazendo um cruzeiro — falou para Penny.

Penny assentiu, mas continuou virando as páginas, uma de cada vez, enquanto assimilava tudo. Parou em uma, e Mika se levantou para ver o que havia chamado a atenção dela. A foto de Mika grávida.

— Estou aqui dentro — afirmou Penny, contornando o barrigão de Mika com o dedo. — Como é que foi? Ficar grávida de mim?

Thomas olhou para Mika na mesma hora, e o coração dela acelerou.

— Como é que foi? — repetiu Mika.

Ela batucou com os dedos nos lábios, fingiu estar puxando as lembranças na memória. Embora fosse desnecessário. Elas estavam sempre vivas dentro de Mika, entrelaçadas em seus ossos, prestes a afundá-la. Por todos aqueles meses, um bebê crescia em sua barriga, sem que ela soubesse se ia odiá-lo ou amá-lo. Jamais deveria ter tido qualquer sombra de dúvida. Na última força que fez para Penny sair, foi amor à primeira vista, fluindo tão naturalmente quanto o sangue no cordão que as ligava. Mas como ia contar isso para Penny? Na frente de Thomas ainda por cima?

— Bem, eu tinha quase certeza de que você estava tentando me matar. — Ela injetou uma dose de humor no jeito de falar. — A comida não parava no meu estômago no primeiro trimestre. Aí, no segundo, tive uma azia tão forte que parecia que eu tinha engolido um vulcãozinho. Só conseguia dormir sentada. E, no ato final, o terceiro trimestre, só de pensar em me inclinar para calçar o sapato já ficava exausta.

Não havia nem uma parte sequer do corpo de Mika que Penny não houvesse dominado.

Penny riu, e Thomas estava muito sorridente.

— Você sempre teve o gênio forte — comentou com a filha.

Penny deu outra risada. Mika também; seu rosto se voltou para a lua crescente. Ela tentou dizer a si mesma que aquele momento não significava tanto assim. Que seu coração não estava quentinho como um verão interminável. Que não era como se ela tivesse dezoito anos e estivesse só começando sua vida. Quando tinha o mundo a seus pés. Quando sua vida era camadas grossas de tinta, cores vibrantes e pinceladas ousadas.

## Capítulo DOZE

Na noite seguinte, Mika correu para se encontrar de novo com Thomas e Penny no hotel. Eles haviam marcado de jantar em um restaurante ali perto. Ela conseguiu achar uma vaga na rua e estacionou pouco antes de o mundo cair e começarem a cair gotas grossas de chuva. Entrou patinando pela porta do lobby, com seu cabelo ensopado.

— Cheguei — disse, andando rápido até Thomas e dando uma escorregada. — Desculpa, me atrasei. O trânsito estava horrível, não conseguia achar um lugar para estacionar. Cadê a Penny?

Mika olhou ao redor, procurando-a.

— Ela já deve estar descendo. — Nesse instante, o celular de Thomas tocou. — Um minuto. É ela. — Ele atendeu a ligação. — Oi, filhota. Mika está aqui. Não vai demorar, né? — Escutou o que ela dizia, bem atento, durante um minuto. — Ah, é? Trouxe alguma coisa? Não, claro que não. Não tem problema, você sabe. Vou correndo lá na loja. Quer mais alguma coisa? Tá bem, já volto. Segura aí. Ei, está tudo bem, está tudo bem. Sim, vou explicar para ela. Sim, vou me *comportar* — concordou, em um tom um pouco mais baixo. Enfim, desligou. — Bem, Penny não vem. Está naqueles dias.

Mika franziu a testa.

— Dias? Ah! — E então lhe ocorreu. — *Naqueles* dias.

Ele coçou a nuca.

— Ela quer que eu passe numa loja.

— Hum, tem uma Target por aqui, a um quarteirão à direita. Eu te mostro onde é.

Pegaram dois guarda-chuvas emprestados com o concierge. Dez minutos depois, estavam na mesma Target em que Mika fazia compras quando Penny ligou pela primeira vez. *Estou falando com Mika Suzuki? Penny. Penelope Calvin. Acho que sou sua filha.* Thomas examinava as prateleiras, decepcionado com a variedade de produtos.

— Licença.

Ele fez sinal para um funcionário de camisa vermelha e perguntou se eles tinham uma tal marca de absorvente. Noturno. A pessoa disse que ia ver e saiu andando rápido.

Thomas enfiou as mãos no bolso e balançou o corpo para a frente e para trás.

— Penny é bem específica.

Mika precisava admitir que tinha ficado um pouco encantada por aquela cena que acontecia diante dela.

— É?

— É — confirmou ele, encolhendo os ombros. — Ela gosta de uma marca específica. Se não tiver aqui, talvez a gente precise ir até uma farmácia ou outra loja. O que foi?

Ela estava com os olhos arregalados.

— É só que... Estou surpresa. Meu pai nunca foi à farmácia comprar esse tipo de coisa pra mim.

Hiromi comprava e passava esses itens para Mika em uma sacola plástica escura, como se fossem duas criminosas fazendo uma negociação. Uma vez, ela pediu a Leif que comprasse. Ele fez uma videochamada com ela, e começaram uma discussão infinita sobre as opções biodegradáveis. Ela desligou na cara dele, feliz por estar sangrando no sofá do namorado. Bem feito para ele.

Thomas coçou o rosto.

— Não é motivo para ter vergonha. Não quero que ela sinta vergonha do próprio corpo. — Ele parou de falar, como se estivesse pensando se diria mais alguma coisa. Por fim, decidiu continuar: — Quando ela ficou menstruada pela primeira vez, fiz uma festa da menstruação para ela.

— Desculpa, quê?

Ele riu, olhando fixamente para os próprios sapatos.

— Pois é. Ela ficou menstruada um ano após a morte da Caroline, então eu pesquisei na internet. Acho que joguei no Google assim: "Pai solteiro, filha ficou menstruada pela primeira vez", ou algo parecido. Apareceu um monte de sugestões sobre uma festa de boas-vindas à idade adulta. Chamei umas amigas dela para uma festa surpresa.

— E ela gostou?

Mika morreu de vergonha quando começou a menstruar — ficou constrangida e confusa. Hiromi nunca tinha conversado sobre aquilo com ela, então foi, no mínimo, uma surpresa para Mika.

— Não... Ela não gostou. Não quis sair do quarto. Falei para as amigas voltarem para casa. Depois de um tempo, ela desceu e pediu que eu nunca mais desse uma festa da menstruação. Acho que, talvez, o bolo e a serpentina tenham sido um pouco demais.

Ele arrastou o pé para lá e para cá.

O funcionário da Target voltou com os absorventes certos. Eles pagaram e voltaram andando para o hotel. No décimo primeiro andar, bateram na porta do quarto de Penny.

— Filhota — chamou Thomas.

Penny abriu a porta, usando um roupão. A televisão gritava ao fundo, sintonizada em um reality show sobre mulheres ricas.

— Não estou muito a fim de falar com ninguém — avisou Penny, ao estender o braço. Thomas colocou a sacola na palma da mão dela. — Vão jantar vocês dois. Não deixem de aproveitar por minha causa. Provavelmente vou devorar os chocolates e os biscoitos aqui do quarto.

Em seguida, bateu a porta na cara deles.

— Podemos deixar o jantar para outro dia — sugeriu Mika, no elevador. — Acho que vou voltar para casa.

Thomas apoiou a mão no outro braço e coçou o queixo.

— Minha companhia é tão ruim assim?

— Não, claro que não.

Mika engasgou, pega desprevenida.

Ele a encarou.

— Que tal um drinque? No lobby? Acho que seria uma boa nós dois conversarmos, nos conhecermos melhor. Pela Penny.

O elevador chegou ao lobby, e as portas se abriram. Mika ficou pensando em uma desculpa, pensou em ser cara de pau e sair correndo — mas esta opção parecia muito humilhante.

Thomas a esperou sair do elevador também.

— Mika — disse ele, com pouca emoção na voz.

— Thomas.

— Por favor, tome um drinque comigo.

— Está bem. — Mika inspirou e passou por Thomas. — Um drinque.

Eles cruzaram o lobby, em direção ao bar do hotel. Mika prestou atenção nas pinturas, como sempre fazia. Quadros abstratos, típicos de hotéis, com curvas monocromáticas, escolhidos pela estética. "Arte de sofá." Marcus, seu professor, costumava chamá-los assim.

Thomas parou em frente a uma mesa pequena no canto e puxou uma cadeira para Mika. Ao ouvir o arrastar das pernas de madeira no piso, Mika se lembrou outra vez do escritório de Marcus. No dia em que o conheceu, o cavalete fez um barulho parecido quando ela o arrastou para apoiar uma tela em branco guardada no armário.

Estava de costas para ele e se virou para perguntar:

— O que é para eu desenhar?

Raios de sol entravam pela janela e iluminavam partículas de poeira.

— Se precisa me perguntar isso, não está apta para as aulas de pintura avançada — respondeu ele.

Ela assentiu sutilmente, foi até a prateleira e escolheu um bastão de carvão de videira. Encostou o material na tela, desenhou uma curva e estremeceu. Muita força. Traço muito largo. Sem propósito. Apagou com a mão e, ao recomeçar, invocou seus conhecimentos sobre anatomia, adquiridos nos livros que costumava pegar na biblioteca. Marcus fumava enquanto ela desenhava. Lá pela metade, ele pôs uma música, uma balada folk suave. Uma hora depois, ela terminou. Os dedos estavam pretos, dormentes, doloridos.

Marcus pausou a música.

— Quem é? — questionou.

— Minha mãe.

Mika achou uma toalha e limpou as mãos. Ela havia desenhado Hiromi. O cabelo penteado em um coque baixo, os olhos brutais e impiedosos, linhas duplas encurvando a boca em uma expressão de decepção.

— Nunca mais pergunte a alguém o que você deve pintar.

Um barulhinho de papel, e Marcus lhe entregou o formulário assinado.

— Se inscreva no meu curso de Pintura III. Vou te ensinar.

Mika pegou o documento e saiu da sala dele. Sentou-se em um banco por um tempinho. Havia sido a primeira vez que alguém lhe dissera que tinha potencial. Sentiu-se poderosa. Totalmente viva. Ela lembrava dele como uma pessoa importante, influente.

No hotel, Mika se acomodou na cadeira; Thomas, perto dela. Ele fez um gesto para o garçom e pediu um uísque puro. Lógico que tinha pedido — qualquer coisa que fizesse crescer mais pelo em seu peito. Mika ficou nervosa e pediu uma taça de Cabernet Sauvignon. Um silêncio constrangedor se seguiu, enquanto esperavam pelas bebidas.

— Penny vai ficar bem? — perguntou Mika.

Thomas se encostou na cadeira e esticou as pernas.

— Vai, sim. O primeiro dia sempre é pior para ela.

— Que bom...

Ocorreu a Mika que havia muitas coisas que ela não sabia sobre Penny. Muito tempo antes, tinha se convencido de que seria tranquilo nunca conhecer sua filha de fato. Bastava saber que Penny estava viva e bem. Que burrice da parte dela... Agora, Mika estava insaciável e com inveja de Caroline e Thomas, de todos os momentos que tinham vivido com Penny. Ela tentou controlar a inveja, mas o sentimento se recusava a continuar aprisionado. A ideia de nunca mais voltar a ver Penny, de não fazer parte da vida dela, como Mika achava que ia acontecer, lhe parecia inaceitável agora. O garçom voltou. Com um floreio, dispôs dois guardanapos chiques, nos quais apoiou os drinques.

Eles deram um gole na bebida e ouviram a música que um pianista tocava: uma sonata famosa de Mozart.

— Me conta mais sobre a Penny?

Mika brincava com a base da taça, girando em um sentido, depois no outro.

Thomas inclinou a cabeça. Havia uma vela pequena na mesa, que formava sombras vindas de baixo das angulosas maçãs do rosto dele.

— Mandamos cartas todo ano.

Os pacotes enviados por Caroline eram lotados de fotos e desenhos; um até viera com um prato de cerâmica feito por Penny no ensino fundamental. As cartas eram longas e descritivas. Mika não tinha dificuldade de imaginar a vida de sua filha, de pensar que ela estava ótima e era muito bem cuidada. E as palavras de Caroline sempre a confortavam, escritas com a intimidade de uma mãe para a outra. Mas, então, Caroline morreu. As cartas de Thomas eram breves, diretas ao ponto — um compilado de informações dosadas.

— Mandaram — reconheceu ela, cautelosa. — Mas tenho certeza de que não deu para escrever tudo.

Thomas inspirou, pouco à vontade.

— Bem, já sabe da festa da menstruação, que deu errado. O que mais? — Ele se mexeu na cadeira, enquanto pensava. — A fase em que ela escrevia cartas.

— Fase em que escrevia cartas?

Mika ficou interessada e se inclinou para a frente.

— Levei ela num psicólogo depois que Caroline morreu. E ele sugeriu que Penny escrevesse cartas para expressar seus sentimentos. Ela escrevia coisas como: "Hoje estou triste, estou com saudade da mamãe." — Thomas levou o copo até a boca. Mika o observou engolir, o movimento do pomo de adão. — Depois, eu escrevia para ela de volta: "Sinto muito, filhota. Também estou com saudade dela." Era um espaço no qual podíamos falar sobre tudo sem nos sentirmos julgados. Usamos essa técnica por uns dois anos, com algumas pausas. Era muito eficiente. Um dia, acho que ela tinha treze anos, mandei Penny tomar banho e arrumar o quarto dela. Nada de mais. — Ele esperou até Mika demonstrar que concordava. — Ela me procurou uns minutos depois, com uma carta que dizia algo do tipo: "Estou muito brava e triste agora, então por favor me deixe em paz até segunda ordem."

Ele parou para dar um gole no uísque.

Mika sorriu.

— Você a deixou em paz?

Thomas sugou o ar por entre os dentes.

— Provavelmente, era a coisa mais inteligente a se fazer. Mas segui o conselho do psicólogo e respondi com um bilhete. Algo tipo: "Obrigado por se comunicar comigo. Não tem problema se sentir brava ou triste de vez em quando. Estou aqui se quiser conversar."

Ele sorriu com os olhos ao se lembrar de algo engraçado. Então, esboçou um sorriso.

— Não funcionou? — perguntou Mika.

— Nem um pouco. Penny saiu impetuosa do quarto. Juro que ela estava reunindo forças ocultas para soltar em cima de mim. Ela deu um tapão na mesa com a carta na mão. Tinha feito uma revisão. — Ele parou por um instante. — Tinha sublinhado o "muito" e riscado o "brava" para mudar para "furiosa". E, por cima de tudo, escreveu com uma caneta permanente: "Me deixa." Em letras maiúsculas.

— Nossa.

Foi tudo que Mika falou, em voz baixa. Às vezes, aquilo tudo, a gravidez, o parto e até agora, podendo ver Penny, parecia surreal. Como se Mika estivesse assistindo ao desenrolar da vida de outra pessoa. De certa forma, estava de fato fazendo isso, supunha ela. Não conseguia processar direito que era *sua* vida.

Thomas virou o restante da bebida.

— Pois é, ela sempre foi assim. Pequena, mas intensa, brigona. Apostaria nela numa briga. Como você era mais nova?

— Eu? — Mika ajeitou a postura. Pensou na Mika de *antes*. Hiromi dizia que a filha era sensível demais. Ela via Mika como uma estranha, uma pessoa de fora, e considerava uma traição as diferenças entre as duas. — Eu era tímida, eu acho, mas sonhava alto. — Ela queria ser alguém importante um dia. — Quando conheci minha melhor amiga, Hana, comecei a me arriscar mais.

Ela se sentia invencível. No ensino médio, as duas iam a festas na casa dos outros no fim de semana. Ficavam bêbadas com os alunos e os pais, que adotavam a filosofia do "se meu filho vai beber, que seja debaixo do meu teto". Depois, na faculdade, isso foi multiplicado por dois. Perdeu a virgindade na primeira semana, com um cara cujo sobrenome não gravou. Ela se divertia e gostava de transar, da sensação de ter um corpo colado no seu.

Mika ficou quieta.

Marcus apareceu de novo em sua visão periférica. Eles estavam sozinhos na sala de aula, a porta fechada. Já havia passado metade de seu primeiro ano de faculdade. Além de pintura e história da arte, ela se inscrevera em filosofia. Nessa época, mergulhou no existencialismo. Sartre e Kierkegaard — "A vida só pode ser compreendida olhando-se para trás, mas só pode ser vivida olhando-se para a frente". E estudava as artes dos gregos, dos romanos, do Império Bizantino ao fim da Antiguidade. Ícones. A Virgem Maria. Sob a orientação de Marcus, aprendeu técnicas tradicionais: esfregaço, molhado sobre molhado, efeito "glaze", claro-escuro.

— Falta vida nas suas pinturas — dissera Marcus.

Ele mergulhara um pincel na tinta preta e fizera um traço por cima do estudo dela de uma laranja.

— Não tem uma história. Qual é a sua história?

Decepcionar Marcus a deixava agoniada.

— Olha só para o quadro do Peter. — Ele apontara para uma tela encostada na parede, de seu aluno da pós-graduação, um retrato de um artista pop segurando uma maçã no Jardim do Éden. — Não é nada original, mas mesmo assim tem uma narrativa. Não entende? A história é o seu poder.

— Penny não tinha nem um pingo de timidez — comentou Thomas. Isso trouxe Mika de volta ao presente. — Ela...

— Quê?

Mika se inclinou para a frente. De alguma forma, acabaram ficando tão próximos que o joelho deles se esbarrou.

— Tinha esquecido, mas, quando era pequenininha e estava aprendendo a usar o penico, ela gostava que a gente a visse fazendo cocô. — Mika caiu na gargalhada. Thomas respondeu com um sorriso. — Sei lá. Provavelmente era porque a gente fazia a maior festa. Caroline leu um livro que dizia que os pais deveriam comemorar quando os filhos conseguissem usar o penico. A gente vibrava muito. Mas Penny ficava toda séria quando precisava cagar e gostava de ficar olhando nos olhos de um de nós. Ela dizia: "Olha, olha." — Ele abriu outro sorriso. — Acabou virando toda uma coisa, e chegou uma hora que Caroline já estava tipo: "A gente precisa dar um basta nisso. Senão vamos continuar nessa de vê-la fazendo cocô até quando estiver na faculdade." Penny odeia essa história, mas é uma das que eu mais gosto.

Com os cotovelos apoiados na mesa, Mika descansou o queixo na mão e observou Thomas relaxado.

— O que mais?

— Bom, na quarta série, ela começou a praticar ventriloquia, levava a sério. — Ele fingiu que havia sentido um calafrio. — Era horripilante. Ainda bem que essa fase passou. Logo depois, ela passou para a mágica.

— Normal — comentou Mika. Os dois sorriram ao mesmo tempo, um sorrisinho. Ela suspirou. Estava enganada quanto a Thomas. Ele não era tão sensível quanto uma batata. — Vocês foram bons pais. Você é um bom pai.

Ela não teve a intenção de dizer isso, mas as palavras lhe escaparam. Thomas abafou um riso.

— Obrigado. Passei um tempo sem manual. Penso naquela época logo depois da morte de Caroline e sinto vergonha da quantidade de coisa que eu não sabia. Eu dependia de Caroline para quase tudo nessa coisa de ser pai. Quando ela se foi, fiquei tão perdido...

Mika sentiu um aperto no peito.

— Foi muito ruim?

Ele franziu a testa.

— Fiz um penteado nela. Para uma primeira vez, não ficou tão ruim. Ela chorou no fim do dia quando fui tirar os elásticos, então usei uma tesoura e acabei cortando um pedaço do cabelo dela. Precisei levá-la ao cabeleireiro para ajeitar. Ela deu um ataque quando sugeriram cortar curtinho para acertar os lados. Então, prometemos que ficaria curto na frente, mas longo atrás.

Mika fez uma careta.

— Isso está com cara de um...

— Mullet — confirmou Thomas, ao fitá-la com os olhos claros.

— Fiz um mullet na minha filha.

## Capítulo TREZE

— Então, o que você falou de mim para ela? — indagou Hana.

Era uma quarta-feira, véspera da inauguração da galeria de Mika. Thomas e Penny estavam planejando conhecer Hana. Mika escolheu a Lardo, uma hamburgueria descolada em Hawthorne que não ia prejudicar tanto sua conta bancária.

Mika deu um sorrisinho malicioso, enquanto observava a multidão em busca de uma mesa livre.

— Ah, você sabe, o de sempre. Que no primeiro ano de faculdade você se apaixonou pela professora de inglês e tinha conversas longuíssimas com ela sobre *Smallville* e o fato de Kristin Kreuk — que interpretava Lana Lang, uma das protagonistas, de olhar inocente — carregar a série nas costas.

Hana esboçou um sorriso.

— Ah, a sra. Sampson. Sempre que eu falava com ela, tinha que me segurar para não começar a cantar. O que será que ela anda fazendo?

Uma família de quatro pessoas vagou uma mesa, e Mika correu para pegar o lugar. Elas se sentaram para esperar Thomas e Penny chegarem antes de pedir.

— O que mais você falou de mim para ela?

Hana batucou os dedos na mesa.

Mika olhou para o letreiro de neon na parede perto da mesa delas. Dizia: COMA COMO UM BOI.

— Que somos amigas desde o ensino médio, que fomos para a faculdade juntas e que você estava presente no parto dela. Provavelmente, ela vai querer saber como foi. — Mika pegou um guardanapo do suporte e começou a rasgá-lo. — Tenho certeza de que ela vai perguntar tudo sobre nós e sobre essa época, então pega leve e não conta tudo que a gente fazia, tá? A quantidade de festas que a gente ia, as vezes que a gente matava aula.

— Mika — replicou Hana, com um suspiro. Seu olhar demonstrava compreensão.

— Quero que ela sinta orgulho de onde veio. Quero ser um exemplo para ela.

*Quero ser quem eu era antes, só que melhor*, pensou Mika. Talvez aquela fosse a chance dela de se redimir. De ser absolvida. Um jeito de voltar no tempo e fazer tudo certo. Era uma lógica deturpada, mas lá estava: a oportunidade de recuperar o tempo perdido.

— Não quer que ela saiba que você quase se cagou quando fez força para ela sair? — indagou Hana, em um tom seco.

— Ai, meu Deus, você prometeu que a gente nunca mais falaria sobre isso.

Hana deu de ombros.

— Amo sua fuça — disse Mika.

— Amo sua fuça também — respondeu Hana. — Apesar de ser toda errada e mentirosa.

— Por favor, não piora as coisas para o meu lado.

Mika já se sentia muito mal por mentir para Penny, mas era melhor do que a verdade. Ela havia prometido que sempre protegeria Penny. Esse era seu jeito de protegê-la.

— Foi mal — disse Hana. — Só queria que visse quão incrível você é.

Mika abriu a boca para responder, mas os sininhos da porta soaram. Thomas e Penny estavam parados na entrada.

— São eles.

Mika levantou a mão e acenou para os dois. Pai e filha sorriram ao mesmo tempo. Hana assobiou baixinho.

— Alerta de pai gostoso na área.

— Hana — repreendeu Mika.

Suas bochechas iam ficando mais quentes conforme Thomas e Penny se aproximavam.

— O quê? — Hana levou a mão ao peito. — Sou lésbica, mas tenho total capacidade de apreciar homens bonitos, de forma objetiva.

— Oi. — Thomas deu um sorriso simpático para Mika e ofereceu um aperto de mão para Hana. — Thomas.

Depois disso, seguiram-se as apresentações, e cada um escolheu seu lugar: Mika e Hana se sentaram de um lado; Penny e Thomas, do outro.

— O que tem de bom aqui? — perguntou Thomas.

— Sem dúvida, as Batatas Fritas Dirty Bastard — afirmou Hana. — São cortadas na hora e fritas em gordura de bacon, depois finalizam com ervas fritas e parmesão.

Depois de todos escolherem, Thomas foi até o balcão fazer o pedido. Quando voltou, bateram um papo. A maior parte foi sobre Hana e o trabalho dela como intérprete de língua de sinais para bandas. Penny estava toda sorridente. *Muito impressionada e impressionável*, pensou Mika. Isso a fez pensar em como ela era com Marcus: como era nova, ansiosa pela aprovação dele, agindo feito um gato se enroscando nas pernas do dono — aquilo ainda lhe embrulhava o estômago, aquele seu desespero. Agora, eles se empanturravam de batata frita e sanduíches de carne de porco. Thomas limpou a boca e amassou o guardanapo.

— Não consigo mais comer nada — declarou.

E esfregou a barriga chapada. A camiseta subiu, revelando um pedacinho de pele. Mika achou uma mancha na parede na qual focar.

Hana se inclinou para a frente, com o cotovelo na mesa e o queixo apoiado na mão, e olhou para Penny.

— E aí? — disse ela.

— E aí — repetiu Penny.

— O que você quer saber? — perguntou Hana.

Penny corou com a objetividade.

— Você estava lá no dia em que eu nasci.

— Ah, sim. Eu estava bem na zona de respingo — disse Hana.

Mika fez uma careta ao visualizar a cena e reavaliou sua escolha de melhor amiga.

Penny tamborilou com os dedos.

— Me conta... Me conta sobre o dia em que eu nasci?

Ela olhou para Hana e para Mika, ao direcionar a pergunta para ambas.

Mika se recostou no assento. A comida no estômago revirou. Era difícil se lembrar daquele dia. Era ainda mais difícil falar sobre isso. Sobre como a gravidez devastou sua vida. Sobre todo o amor que sentiu quando Penny nasceu e como seu coração foi partido logo em seguida. Sobre como ela chegou ao fundo do poço. Era doloroso revirar o passado.

— Penny — disse Thomas, baixinho. — Talvez seja melhor deixar essa conversa para outro dia.

Penny murchou.

— Claro, tudo bem. Entendo totalmente.

Mas estava na cara que não entendia. Por debaixo da mesa, Hana apertou o joelho de Mika, para tranquilizá-la.

— Acho que chovia no dia.

A melhor amiga de Mika começou com cautela.

— É, acho que sim — confirmou Mika.

Sua voz estava fraca, baixa. Na véspera daquele dia, tinha ido à ginecologista e ficara muito triste.

— Só quero ela fora da minha barriga — afirmara, vermelha, chorando. — Só quero que isso tudo acabe. Quero minha vida de volta.

Parecia que Penny se agarrava ainda mais a Mika, ciente de que logo seriam separadas à força.

— Deram uma peridural na Mika — prosseguiu Hana. Ela cutucou a amiga. — Se lembra da sugestão da enfermeira, de que era cedo demais para uma peridural, que você devia tentar respirar?

Mika deu um sorriso quase imperceptível.

— Ela ficava me oferecendo gelo, mas eu queria uma granada.

— Depois disso, foi bem entediante. A gente dormiu um pouco — contou Hana.

Mika se lembrava de Hana ao pé da cama do hospital, do corpo afundado em uma cadeira.

— Hana dormiu — corrigiu Mika. — Eu me revirei para todos os lados, não conseguia achar uma posição confortável.

Ela havia chorado. De exaustão, de dor, das emoções viscerais.

— Aí, de manhã cedo, Mika começou a fazer força — explicou Hana.

Nos intervalos, Mika dissera:

— Não quero segurá-la.

Então, mudara de ideia.

— Quero segurá-la, não deixe que ninguém a leve antes que eu a segure.

— Mika te segurou primeiro, mas eu te peguei logo depois — continuou Hana. — Seu rosto estava todo vermelho e amassado.

— Uma lindeza, pelo visto — comentou Penny, rindo.

— Era. Era mesmo — afirmou Mika.

E essa era a verdade. Ela desviou o olhar para Thomas. Ele esboçava um sorriso de canto, assim como Penny.

— A gente estava lá fora, na sala de espera do hospital — observou Thomas.

E Mika sentiu certo conforto por saber que Penny havia sido criada por pais adotivos. Não houve um momento em que ela não foi amada e cuidada.

— Eu sei — disse Penny. — A mamãe escreveu sobre isso na carta.

A carta que Caroline escrevera para o aniversário de dezesseis anos de Penny. A carta que dera início à busca de Penny pela mãe biológica.

— Foi, é?

Thomas franziu a testa. Então Mika lembrou: Penny não deixou Thomas ler as últimas palavras de Caroline para a filha.

Penny fez um gesto com a mão, ignorando o pai.

— Agora, mudando de assunto... Estou louca para conhecer sua galeria — falou ela para Mika, com um brilho intenso nos olhos escuros. — Podemos ir amanhã? Faz um tour comigo antes da inauguração?

*Ah*, pensou Mika.

— Ah! — disse Mika.

Leif havia lhe enviado o endereço no dia anterior. Disse que Mika poderia ir lá no seguinte, a qualquer hora. Ela liberou a agenda para ir conferir o espaço, deixar tudo nos conformes, mas não esperava companhia. Olhou para Hana. A amiga estava se divertindo, com um sorrisinho no rosto.

— Claro! — concordou ela.

Tinha sido colocada contra a parede. Arranjaria uma desculpa depois.

— Odeio ter que ir embora. — Hana afastou a cadeira da mesa. — Mas tenho uma partida de roller derby.

— Roller derby? — repetiu Penny.

— Vocês querem ir? É um esporte violento e sanguinário. Talvez seja a sua praia — comentou Hana, e o rosto de Penny se iluminou, como uma árvore de Natal. — Depois, tem patinação livre.

Penny agarrou a mesa.

— Sim, sim, com certeza absoluta.

• • •

Vinte minutos depois, Thomas, Penny e Mika se sentaram na arquibancada e assistiram a Hana entrar patinando no rinque. Thomas analisou as mulheres, cujo traje era composto por shorts curtos, regatas, patins, capacete e óculos para proteger os olhos.

— Em Ohio, não tem campeonato de patinação — murmurou ele.

— O que é que Hana está fazendo? — indagou Penny.

Mika encostou no assento da arquibancada.

— Ela é a *jammer*, então vai começar atrás do time dela — começou Mika.

Em seguida, explicou que os pontos eram marcados quando uma *jammer* ultrapassava alguém do time adversário. Durante uma hora e meia, eles torceram por Hana. Toda vez que ela levava uma cotovelada, eles se retraíam e faziam uma careta, e quando um árbitro lhe deu uma falta, eles o vaiaram. Depois que o time de Hana, o Invasão Asiática, derrotou o rival, Carne Nova, Penny pulou em seu assento. Hana chamou Penny para descer até a pista, e ela levantou na hora para participar da patinação livre.

— Quer assistir lá do bar? — perguntou Mika.

Ela apontou para o fim da pista, onde havia mesas de piquenique e um bar numa área aberta.

Thomas passou as mãos nos joelhos.

— Devo me preocupar com isso? Ficar com a carteirinha do plano de saúde na mão?

Na pista, Hana equipava Penny com um capacete e duas joelheiras.

— Não — falou Mika. — Ela vai ficar bem. Hana só vai mostrar uns movimentos e apresentá-la às meninas.

Pouco depois, estavam no bar, na área externa: Thomas com uma cerveja IPA geladinha, e Mika com um copo de sidra. Assistiram a uma moça com o braço fechado de tatuagem e que usava um alfinete como brinco mostrar a Penny como se bloqueava.

Thomas limpou a borda do copo com os polegares.

— Sabe, eu estava com medo dessa viagem.

— Não me diga.

Mika fez a provocação com um sorriso no rosto. E deu um gole na bebida.

O olhar de Thomas ficou mais sério.

— Desculpa. Fui um idiota. Esses últimos anos... Ah, merda, sei lá, esses últimos anos foram ruins. Achava que Penny estava lidando bem com tudo. Somos só nós dois há muito tempo. Inclusive, ela nunca tinha perguntado sobre você. Caramba, foi um choque quando ela contou que tinha te achado e que estava planejando te visitar. — Ele coçou o peito. — Acho que ainda não me acostumei. Além disso, tem a carta que Caroline escreveu e Penny não me deixa ler. Estou tentando respeitar a vontade dela, mas, puxa, sinto que ultimamente a única coisa que Penny faz é guardar segredos de mim.

Thomas ficou olhando para a cerveja. Mika torceu o canto da boca, hesitante.

— Então Penny está guardando segredos e tentando conhecer a si mesma sem sua ajuda. Típico de uma adolescente para mim. — Ela levou a mão ao peito. — Falo por experiência própria.

Thomas ficou pensativo. Suas sobrancelhas se aproximaram ainda mais.

— Bem, que merda. Não estou gostando nada disso.

— Ela é uma menina boa. Uma pessoa boa, sua filha.

Ele assentiu, reflexivo.

— Eu sempre achei que Caroline era a melhor coisa que tinha acontecido na minha vida, mas aí Penny chegou, e me senti culpado, porque ela... Bem, porque ela *é* a melhor coisa que já aconteceu na minha vida.

Mika não disse nada. Mas pensou: *na minha também*.

— Ela está crescendo. É só isso, eu acho — afirmou Thomas.

— Está. Mas também está tomando as decisões certas. Tipo o jeito como lidou com aquele namorado...

A voz de Mika foi diminuindo por causa da expressão confusa no rosto de Thomas.

— Que namorado?

— Merda. — Mika mordeu a parte de dentro da bochecha. — Eu não deveria ter falado nada. Por favor, não conta para ela que eu te falei.

Thomas cruzou os dedos na altura do coração.

— Não vou abrir a boca.

Mika tentou se lembrar da conversa por telefone sobre ele.

— Jack ou James, agora não tenho certeza.

— Jack — confirmou Thomas. — Ela fala dele às vezes.

— Bem, acho que eles estavam juntos, mas ela terminou com ele. — Mika se aproximou e sussurrou: — Porque ele só queria ficar com ela quando tinha um colchão por perto.

Thomas franziu os lábios e cerrou o punho.

— Aquele filho da mãe.

Mika apoiou a mão na dele, depois recolheu o braço. Um calor subiu por seu pescoço.

— Calma, deixa a mãe dele fora disso. Penny tem a cabeça no lugar.

"Quero alguém que me ache bonita pelo meu cérebro", comentara Penny após terminar com o menino. Thomas flexionou os dedos e relaxou.

— Bem, então tudo bem. — Ele virou a cerveja. Meio que soltou uma risada. — Não estou acostumado com isso. É difícil ter que dividi-la.

— Consigo imaginar — afirmou Mika.

Seu tom indicava um incômodo ínfimo. Ela sempre precisou dividir Penny com outras pessoas.

— Verdade. Desculpa.

Thomas sorriu para Mika, sem graça. Ele estava usando um casaco de moletom com os dizeres "Equipe de remo de Dartmouth". Parecia mais jovem que seus quarenta e seis anos.

— Se importa se eu fizer uma pergunta?

Mika terminou a sidra.

— Pode fazer.

— Você se arrepende? — questionou Thomas.

Mika inclinou a cabeça.

— Me arrependo do quê?

— Penny — disse ele, após um segundo. — Quer dizer, de tê-la dado para a adoção.

Mika ficou sem palavras.

— Rendição. O ato de se entregar a forças maiores que você — dissera a sra. Pearson.

— Foi a decisão certa na hora certa, e até hoje... não ia querer que ninguém mais tivesse criado Penny. Ela é exatamente quem deveria ser. — Mika ficou em silêncio por um instante. — Mas, sim. Sempre tem uns arrependimentos, né?

O olhar de Thomas ficou perdido em pensamentos.

— Tudo isso faz parte da experiência de ter um filho — afirmou ele.

Após Thomas fazer alusão ao fato de Mika ter gerado Penny, um calor percorreu o peito dela. Nesse momento, Penny chegou de patins. O rosto estava corado, os olhos, radiantes. Ela segurava uma camiseta da loja de lembrancinhas.

— Vou supercomprar isso.

Ela ergueu a peça para mostrar. A estampa no peito, em fonte de inglês antigo, dizia: ESSA AQUI VAI ABALAR O SEU MUNDO.

Thomas riu, mas logo ficou sério.

— Não. De jeito nenhum. Essa não vai rolar.

Penny fez beicinho.

— Mas...

*Outra coisa que eu não tive*, pensou Mika. Ela teve a oportunidade de escolher quem criaria sua filha, mas não as roupas que ela usaria, os brinquedos com os quais brincaria ou a roupa de cama na qual dormiria. Ao longo dos anos, parava nas lojas de roupas infantis para tocar nos sapatinhos de bebê, maiôs de criança ou camisetas estampadas. Nessas horas, pensava no que Penny estaria usando. Havia tantas coisas que Mika não tivera. Tantas coisas que perdera.

Mika interveio:

— Bora, te ajudo a escolher outra coisa.

Hora de recomeçar.

## Capítulo CATORZE

Às oito da manhã, Mika estava acordada, mandando mensagem para Penny:
*Tem certeza de que quer ir ver a galeria hoje? Está uma bagunça.*
Uma pitada de vergonha atingiu Mika, mas ela rapidamente a enfiou de volta no buraco de onde saíra e digitou:
*Prometo que vai estar lindo quando você aparecer lá hoje à noite!*
Penny respondeu praticamente na mesma hora:
*Não faz mal. Posso até te ajudar a arrumar as coisas. Não me importo em botar a mão na massa. Me manda o endereço?*
Derrotada, Mika suspirou e encaminhou as informações, mas pediu que Penny chegasse mais tarde. Mandou uma mensagem para Leif para confirmar que Stanley, o artista, estava a esperando. Ele respondeu com um joinha.
No caminho, o celular de Mika vibrou ao receber uma mensagem de Hana:
*Penny é incrível. Sabe o que mais é incrível?*
Mika fora dormir antes de Hana chegar em casa, depois saiu antes de ela acordar. Em geral, as duas tinham a mesma rotina de dormir tarde e acordar tarde. Porém, naqueles últimos dias, Mika estava acordando mais cedo, principalmente para aproveitar o máximo de tempo com Penny, enquanto ela estivesse em Portland.
Quando o sinal ficou vermelho, Mika digitou uma resposta:
*Vamos ver se adivinho. Cheesecake no café da manhã? Calças de moletom? Dança interpretativa?*
O sinal abriu, e o celular tocou. Ela deu uma olhada na tela. Sua mãe estava ligando. *De novo.* Sentiu o coração gelar. Sem dúvida, Hiromi queria saber se Mika já havia arranjado um emprego. Ela

recusou a ligação. Pouco depois, o aparelho se acendeu ao receber uma notificação de mensagem na caixa postal. Mais um sinal vermelho, e Hana respondeu a sua mensagem:

*Sim, todas essas coisas, e outra: Garrett está com diarreia crônica. Ele vai ter que desistir da turnê para se tratar da síndrome do intestino irritável.*

Em seguida, ela mandou dois emojis: carinha triste e chapéu de festa.

*Ou seja, vou participar da turnê do Pearl Jam.*

Mika respondeu:

*Primeiro, nunca mais me fale sobre os movimentos intestinais do Garrett. Segundo, estou muito feliz por você.*

Hana exclamou:

*Já sei! Você podia ir comigo, como meu animal de apoio emocional. Hotéis de graça, refeições, acesso ao backstage... O que acha? A gente viajaria daqui a duas semanas.*

Mika encostou o carro e estacionou em frente a um galpão comum. Uma placa fazia propaganda do evento que acontecia toda primeira quinta-feira do mês, quando as pessoas iam lá tomar vinho em copos de plástico e passear pelos estandes e salas, para ver uma prévia do trabalho de artistas promissores, mas, em sua maioria, falidos.

Ela entrou por uma porta pesada. Na parede, havia uma lista dos artistas residentes: CRIAÇÕES DE DAPHNE, SALA UM. PRODUTOS ZEN, SALA DOIS. STANLEY WOLF, SALA DEZ.

Mika subiu a escada e bateu na porta da sala dez antes de entrar.

— Olá — chamou ela.

Estava tocando Metallica em um aparelho de som antigo, o que fez seus ouvidos doerem. O cheiro lembrava o dia em que Mika tinha deixado uma panela queimar dentro do forno. Por todo lado, havia amontoados de sucata retorcida: vergalhões, fitas de aço e barras de ferro. Uma luz natural, que entrava por quatro janelas amplas, preenchia o espaço. No canto, um homem segurava um maçarico, que soltava faísca conforme ele trabalhava em uma escultura. O maçarico foi desligado. O sujeito levantou a máscara e desligou a música.

— Olá, olá! Você deve ser a Mika, né? — Ele cruzou a sala e retirou as luvas. — Stanley.

Estendeu o braço para que Mika apertasse sua mão. Era branco, tinha olhos azul-claros e uma mecha grossa de cabelo tingida de preto. Além de uma orelha furada, da qual pendia um brinco de pena.

Mika apertou sua mão e sorriu. Em seguida, afastou-se para observar a escultura, de mais de dois metros. Era difícil decifrar o que era para ser aquilo. Um homem, talvez? Mas as costas estavam arqueadas e retorcidas.

— Que interessante... Tem uma carga emocional bem forte.

Stanley corou.

— Leif me disse que você quer fazer desse espaço uma galeria.

Mika adentrou mais a sala.

— Quero. E, se você topar, acho que vai dar supercerto.

O espaço esbanjava potencial. Havia mais meia dúzia de esculturas agrupadas em um canto, os corpos curvados um em direção ao outro, como amantes que se refugiam debaixo da marquise durante um temporal. Se tirasse o equipamento de Stanley dali, as esculturas iam se destacar na vastidão do ambiente, iluminadas pelos spots de luz no teto. Ela olhou de relance para Stanley.

— Tem certeza de que está de boa com isso? Comigo exibindo seu trabalho, tomando as rédeas do seu estúdio hoje?

— Tenho.

Stanley jogou as luvas em cima da mistura eclética de materiais, que englobava um conjunto de tintas a óleo e um cavalete. Mika olhou as tintas e cerrou o punho para controlar o tremor, um misto de medo e anseio. Ela avistou um frasco de terebintina e ficou paralisada por um instante. Absolutamente imóvel, como se uma fera a estivesse seguindo na floresta.

— Já fiz o que precisava fazer. É todo seu. Tem umas latas de tinta e uns rolos ali no canto. Leif achou que talvez você quisesse passar uma demão nas paredes. Vou te deixar à vontade — anunciou Stanley.

Um tanto deslocada, Mika deu um sorrisinho e se ouviu murmurar um "obrigada" para Stanley. A porta bateu. Ela engoliu em seco, balançou a cabeça e arregaçou as mangas. Hora de trabalhar.

● ● ●

Após duas horas de muito trabalho, Penny enviou uma mensagem para dizer que havia chegado de Uber ao local. Mika desceu correndo as escadas para encontrá-la.

— Oiiiii — disse Penny, cantando, ao cumprimentá-la rápido. — O que acha?

Ela abriu os braços. Usava uma jaqueta jeans e, por baixo, a camiseta nova que Mika havia comprado para ela. Elas trocaram a do ESSA AQUI VAI ABALAR O SEU MUNDO por uma da Invasão Asiática — a logo eram dois palitinhos enfiados em uma porção de arroz.

— Eu gostei — disse Mika.

Ver Penny feliz a deixava feliz. Penny torceu o nariz.

— Ontem à noite, tentei convencer meu pai a comprar tinta de cabelo pra mim. Acho que esse look ficaria bem melhor se eu tivesse uma mecha azul aqui.

Ela pegou uns fios que contornavam seu rosto.

— Não faça isso sozinha. Descolori meu cabelo quando estava na escola, e levou um ano para voltar ao normal. Se decidir que realmente quer fazer isso, seja responsável e procure um profissional.

Penny assentiu, séria.

— Boa dica.

— Você dormiu bem? — perguntou Mika.

Ela subia a escada com Penny, para levá-la até a galeria.

— Como uma princesa — respondeu Penny. — Estou muito animada para ver sua galeria.

Mika mexeu na orelha.

— Ainda tem muita coisa para fazer... Não crie muita expectativa. — Ao ver a expressão preocupada de Penny, ela soltou outro comentário: — Só estou sentindo a pressão de não poder fazer nada errado. A inauguração é hoje.

— Eu entendo. Também fico assim antes de uma corrida. Ansiosa e animada, querendo que tudo saia perfeito.

— Exato.

Mika abriu a porta para Penny entrar.

— Caramba! — exclamou Penny.

Ela passou por Mika.

— O quê?

*É tão ruim assim?* Ela tentou imaginar o espaço pela perspectiva de Penny. Apesar de seu esforço nas horas anteriores, continuava uma bagunça. O equipamento de soldagem estava entulhado em uma pilha no chão, no meio da sala, ao lado de vários apetrechos de arte.

— Precisa dar uma arrumada — afirmou Penny.

Ela deu uma volta no espaço.

— Pois é — concordou Mika, um pouco cabisbaixa.

Penny encarou Mika por uns instantes.

— Bem. — Penny bateu palma. — Cá entre nós, acho que conseguimos limpar tudo em uma ou duas horas.

— Certeza que não liga?

— Claro que não! — exclamou Penny. — Quer começar por onde?

Mika pensou um pouco.

— Vamos tirar todos esses equipamentos daqui.

Mika atravessou a sala para abrir o que presumia — *esperava* — ser um armário. Deu uma olhada lá dentro. Um espaço vazio, empoeirado. Escancarou a porta.

Juntas, elas trabalharam incansavelmente durante as duas horas seguintes, levando equipamentos de soldagem e sucatas para o armário. Suor brotava na testa das duas.

— Isso também vai para o armário? — perguntou Penny.

Aos seus pés, estavam os materiais de pintura. Mika flexionou os dedos, na tentativa de dispersar um tremor. Concentrou-se em dois lápis de grafite grosso. Marcus fazia desenhos a lápis. Um pedaço de cerâmica quebrada em que, se você inclinasse a cabeça do jeito certo, via um coração pulsando. Um cacho de bananas apodrecidas. Um tinteiro seco. Perto do fim do ano, Marcus ganhara um prêmio pelo desenho da cerâmica.

— Parabéns — dissera Mika, abrindo um sorrisão para Marcus, um pouco ofegante por ter corrido pelo campus para falar com ele depois da aula de história da arte.

A turma havia terminado de ver Virgem Maria e agora estava estudando o Renascimento, época na qual mulheres eram postas em cima de uma cadeira, pintadas posando na metade de uma concha ou voando nas nuvens, com uma luz que destacava os quadris, as coxas, os seios — prontas para serem servidas como o banquete e devoradas. Mika estava na sala dele e lhe entregou um presente: um apontador elétrico, enrolado em um laço vermelho. Era uma piada recorrente entre eles o fato de Marcus usar um apontador antigo, a manivela.

— Obrigado — respondera ele com um leve sorriso, tocando a fita.

— O que você vai fazer com o prêmio? Acho que deveria pendurá-lo perto da sua mesa.

Mika apontara para a placa que ele tinha ganhado do Southwestern Institute of Art.

— Sei lá. Provavelmente vou acabar usando de cinzeiro.

Ele coçou a barba.

— Bem, você, sem dúvida, devia comemorar — completou Mika.

— Na verdade... — Marcus examinou Mika. — Vamos beber no apartamento do Pete hoje à noite. Eu não queria fazer nada, mas ele insistiu. Por que você não vai?

Mika ficou toda vermelha e sorriu. Na mesma hora, pensou no que poderia vestir.

— Eu adoraria. Obrigada.
— Mika?
Penny estava diante dela. Mika tentou forçar um sorriso.
— Desculpa, estava pensando em outra coisa. Pode colocar isso no armário?
Penny apenas assentiu, recolheu as tintas e entrou no armário. Mika quebrou um lápis com o calcanhar e o chutou para o canto. Caminhou até as esculturas e as classificou mentalmente, para decidir onde deveriam ser posicionadas, em qual sequência. Escolheu uma, a mais corcunda, e a empurrou para perto da entrada. Ela estava na quarta quando Penny terminou de guardar os materiais de pintura.
— Nossa. — Penny inspirou. — Que diferença...
Mika deu uns passos para trás e enxugou o suor da testa. Cada escultura era levemente mais curvada que a anterior, como um filme composto por uma sequência de fotografias da mesma figura retorcida, que se revelava aos poucos até ficar de pé.
— Acho que ficou legal também.
Dessa vez, o sorriso de Mika foi genuíno. Sentia-se orgulhosa e muito feliz. Elas moveram as últimas esculturas, exceto a que estava coberta por uma lona pesada.
— Acho que Stanley ainda está trabalhando nessa aqui — explicou Mika, enquanto limpava as mãos nas calças jeans. — Vou falar com ele mais tarde para confirmar onde é melhor deixá-la. A gente forma um bom time. — Penny sorriu ao ouvir isso. — Quer beber alguma coisa? Vi uma máquina de bebidas lá no corredor.
— Acho uma boa — respondeu Penny.
Após usarem moedas guardadas em um copo no carro de Charlie para comprar água e uns pacotes de batata chips, elas se sentaram de pernas cruzadas no chão da galeria.
— O que seu pai está fazendo hoje? — indagou Mika.
Enquanto isso, ajeitava a comida ao redor de Penny, como se fosse uma oferenda.
— Não sei. Deve estar trabalhando, ou sei lá... Na verdade, pedi a ele que não viesse.

— Pediu?

Penny mordeu o lábio, com os dedos dentro do pacote de Doritos.

— É. Pensei que seria legal se fosse só a gente. Amo meu pai, mas... ele pode ser um estraga-prazeres.

Mika sorriu.

— Não vou discordar. — Em seguida, porém, ela pensou em Thomas na pista de patinação, acompanhando Penny com uma devoção, uma admiração e um orgulho imensos. — Mas ele parece ser um ótimo pai.

Penny esboçou um sorriso.

— Ele é. Principalmente quando eu era mais nova. Ele lia para mim toda noite. Era tipo uma coisa nossa. Eu adorava a história da Cachinhos Dourados, e ele sempre lia a parte sobre o cabelo longo, bonito e *escuro* dela, que brilhava no sol, depois me olhava e dizia que era igual ao meu. Quando fiquei mais velha, folheei o livro e reli essa parte. Ele trocou "claro" por "escuro" e pintou o cabelo dela nas imagens com caneta permanente.

— Que fofo! — disse Mika, emocionada.

— Mas ultimamente não estamos tão próximos... — admitiu Penny, ao limpar um farelo do joelho. — Não tenho certeza se sou eu que estou mudando, se é ele ou se são os dois. Provavelmente, sou mais eu. Às vezes, só me encaro no espelho e penso: "Quem é você? Quem é você?"

*Quem sou eu?* De novo, aquela pergunta. Uma vez, Mika tinha visto um documentário que falava sobre crianças adotadas, como a vida delas poderia ter sido diferente se tivessem sido criadas pelos pais biológicos, uma reflexão sobre aquilo que somos e aquilo que aprendemos a ser. O que fazia Penny ser Penny? Até que ponto suas características já estavam estabelecidas ao nascer e até que ponto haviam sido definidas ao longo dos anos? Quais aspectos Mika dera à filha? E Thomas? Caroline? O pai biológico? E que diferença isso realmente fazia?

— Sabe... — falou Mika, devagar. — Se serve de consolo, acho que as pessoas não sabem quem elas são. Passei minha vida inteira tentando descobrir.

Penny levantou o queixo.

— Serve, sim. Pelo menos, me sinto um pouco menos sozinha, eu acho.

— Você não está sozinha.

Mika esticou o braço e apertou a mão de Penny.

As duas ficaram à vontade no silêncio que se seguiu, até Penny se levantar do nada.

— Não acredito que a viagem está quase acabando.

— Nem eu — concordou Mika.

Ela também ficou de pé. O tempo tinha voado. No dia seguinte, Penny e Thomas iriam embora. Mika imaginou o que ia acontecer após a partida deles: Penny ligaria mais algumas vezes, faria um esforço para manter contato. Porém, as ligações iriam ficar menos frequentes, de forma gradual, lenta, até caírem no esquecimento. E aquele navio-fantasma no qual Mika estava navegando e acreditando ser sua vida chegaria ao porto. Ela voltaria para a vida real. Mas quem era Mika na vida real? E quem era ela agora com Penny? Sem Penny?

— Queria que a gente tivesse mais tempo — afirmou Mika.

Ao dizer aquelas palavras, um misto de emoções se alojou em sua garganta — um alívio pelo fim da farsa e uma tristeza por ter que deixar Penny ir embora mais uma vez. Ela só tinha certeza de uma coisa: na vida real, Mika era muito, muito triste.

— Engraçado você falar isso — comentou Penny, de um jeito casual. — A Universidade de Portland tem um ótimo curso de verão para atletas de atletismo. — Ela fez uma pausa, enquanto encarava o chão. — E fiz minha inscrição ontem à noite.

— Você se inscreveu?

Mika manteve o tom de voz estável, apesar de estar sentindo várias coisas ao mesmo tempo. Estava surpresa. Apavorada. *Empolgada*.

— Pois é. Gostei de Portland. — Penny olhou para Mika, estudando seu rosto. — E gosto muito de você. Sinto que tudo aqui tem a ver comigo.

— Não tinha cogitado que você ia querer voltar.

A cabeça de Mika começou a girar em um círculo vertiginoso. Ela queria que Penny ficasse ali para sempre. Seria seu sonho se realizando. *Ficar com ela. Nunca mais deixá-la ir a lugar nenhum.* Mas e as mentiras? A galeria? O namorado? Talvez conseguisse sustentá-las. Penny estaria ocupada com a faculdade. Elas se encontrariam à noite, em um fim de semana ou outro. Se Penny quisesse conhecer os avós, Mika mentiria, diria que eles estavam em outro cruzeiro ou visitando parentes no Japão. *Eles fazem isso todo verão.* Ela imaginou as explicações. *Compram as passagens no início do ano, não tem reembolso.* E quanto a sua relação com Penny... ela continuaria construindo, nutrindo, criando esse laço. Ela focaria no que era genuíno: compartilhar seus pensamentos e sentimentos com a filha. Apoiá-la, ouvi-la, amá-la.

— O que seu pai acha disso?

Penny respirou fundo.

— Na verdade, ele está de boa. Bem, está fingindo que está de boa. Falei que era por um mês e meio e que os alunos ficavam no alojamento do campus. Ele ficou tenso, mas depois, tipo, deu pra ver que fez um esforço para relaxar. — Mais uma pausa. — Então, teria problema pra você? Eu voltar para cá? Quer que eu volte?

A pergunta de Penny estava carregada de intenção.

— Claro que eu quero que você volte.

A resposta de Mika foi automática; seu coração assumindo o controle de qualquer pensamento racional.

— Posso só dizer uma coisa? — pediu Penny, com a voz esganiçada. Mika assentiu e se perguntou quando foi que meninas aprenderam que precisavam pedir permissão para falar. — É que estou muito feliz por estar aqui com você. E faz muito tempo que não me sinto feliz.

Mika sentiu um quentinho piegas no coração.

— Também estou muito feliz.

## Capítulo QUINZE

Mais tarde, naquela noite, segurando várias garrafas de vinho e copos de plástico, Mika abriu caminho para voltar ao estúdio de Stanley.
— Aqui, deixa eu te ajudar.
Leif se apressou para aliviá-la daquele peso.
Ela o acompanhou até os fundos, onde uma mesa dobrável comprida foi montada e coberta com um tecido branco. Ele arrumou as garrafas de vinho e começou a abri-las.
— Leif. Nem sei como te agradecer.
Ao observar o trabalho dela e de Penny, Mika ficou impressionada e orgulhosa. As esculturas tinham passado a contar uma história. Só faltava a última obra de Stanley, ainda envolta pela lona, no centro da sala.
— Você ainda não viu a melhor parte. Dá só uma olhada.
Leif lhe mostrou um pequeno suporte de acrílico, com cartões de visita impressos com seu nome: GALERIA MIKA SUZUKI. Depois, vinha o número do celular dela. Em cima da mesa, havia um banner com o mesmo texto, mas sem o número de telefone.
— Adelle me ajudou a fazer. Ela saca muito de design.
— Caramba...
Mika pegou um cartão, passando o dedo no canto pontiagudo. Ela nunca estivera tão perto de seu sonho. Antigamente, quando pintava, era louca para ver o próprio nome em uma exposição — imaginava seus trabalhos sob os holofotes. Os apertos de mão dos admiradores. As conversas sobre como usava a luz para capturar o tema. E, embora aquilo fosse um tanto diferente, ver seu nome em um estúdio, ao lado da palavra "galeria" era algo... Bem, foi algo que a emocionou. Ela olhou para Leif; as palavras ficaram presas na garganta.

— Leif... Obrigada. Não sei como vou te retribuir.
— Tá tudo certo.
Ele pousou o dedão no lábio inferior, na tentativa de conter um sorriso.
— Não está, não — afirmou Mika. Ela prosseguiu. — Eu não deveria ter falado o que falei quando a gente terminou. Desculpa por ter dito que seus sonhos eram idiotas. Não são.
— Também fiz umas merdas que não foram legais. Não deveria ter te pedido para levar as sementes para mim. — Ele abriu os braços. — Um abraço para selar a paz?
Ele imitou a voz de Chris Farley.
— Sim — confirmou Mika.
Eles trocaram sorrisos e se abraçaram. A porta abriu e Mika se desvencilhou de Leif. Thomas, Penny *e* Stanley entraram com calma na galeria. Ela andou rápido na direção deles. Thomas estava com o terno da noite anterior, e Penny ainda usava a camiseta de patinação.
— Isso é muito legal. Demos uma volta lá fora e vimos os artistas montando os estandes deles. É um clima de criatividade, de alegria — contou Penny. — E acho que, em homenagem a essa exposição, eu deveria tomar uma taça de vinho.
— Não vai rolar — declarou Thomas.
Quando ele olhou para Mika, ela conseguiu perceber em seus olhos claros que ele tinha achado aquilo engraçado. De repente, deu um branco nela. Os dois fixaram o olhar um no outro, e o silêncio prolongou-se até ficar desconfortável, até Leif entrelaçar os dedos nos de Mika e apertá-los com força.
— Oi. Bom te ver de novo. — Leif deu um aperto de mão em Thomas, de um jeito que pareceu meio superprotetor. — Legal você ter vindo dar uma força para a Mika.
Stanley bateu palma.
— Bem, agora que estão todos aqui... Estão prontos para ver a *pièce de résistance*?
O sotaque dele era tenebroso. Mika escapuliu da mão de Leif.

— Sim, por favor. — E sussurrou para Thomas e Penny: — Estou ansiosa. Stanley é muito talentoso.

Stanley andou até a escultura e arrancou a lona com um movimento ligeiro. Mika semicerrou os olhos, ainda na dúvida do que estava vendo. Metais retorcidos para formar a cabeça de um cachorro, porém no corpo de um homem? Isso. E... um pênis. O cérebro de Mika girou como numa roda para hamster. Ela só conseguia enxergar aquilo: um pênis grande e ereto.

— Penny, fecha os olhos — murmurou Thomas.

— Nem pensar — reagiu Penny.

— Bom, o que acharam? — Stanley ficou parado ao lado de sua novíssima escultura. — Estou quebrando o estigma em relação à forma masculina.

Leif sorriu de orelha a orelha.

— Adorei, Stanley. Você se superou.

Mika tentou disfarçar a surpresa. Ela engoliu em seco.

— É, consigo ver isso. — O que mais ela poderia dizer? — O trabalho de soldagem é fenomenal. Dá para sentir a força do animal, de verdade. Não acha?

Mika não sabia muito bem para quem estava perguntando, mas seus olhos encontraram os de Thomas. Ele ficou inquieto e enfiou as mãos no bolso. Ele não conseguia disfarçar a vontade de rir.

— É, muito... — Nem isso ele conseguiu. Tossiu para disfarçar.

— Desculpa. — Deu uma batida no peito. — Acho que vou pegar uma bebida.

Penny foi até Mika. Entrelaçou o braço no dela e a puxou para perto.

— Não entendo muito de arte, mas achei ótimo. Se você amou, eu amei — afirmou Penny, de forma incondicional.

— É mesmo? — perguntou Mika, suavizando o tom de voz.

— Claro. Tudo isso existe por sua causa — disse Penny.

E elas deram um abraço de lado.

A noite prosseguiu. O trabalho artístico de Stanley recebeu bastante atenção. Fosse bom ou ruim, estava ali para ser visto. Hana passou por lá, mas saiu para dar uma volta pelos estandes. A galeria foi ficando quente e cheia e, em pouco tempo, acabou o vinho.

— Tem mais no meu carro — falou Mika.

— Eu te ajudo — disse Thomas.

Ele havia tirado o paletó e arregaçado as mangas da camisa. Desceu as escadas com Mika e a acompanhou até o estacionamento, onde foram recebidos pelo ar gelado do anoitecer, e Mika diminuiu o passo por uns segundos, para senti-lo em seu rosto quente. O sol estava se pondo, e um brilho avermelhado projetava-se nas fileiras de estandes de comerciantes e artistas. Havia um indício de chuva e um burburinho no ar.

— Que sensação gostosa — comentou Mika, abanando as bochechas.

— É. — Ele caminhava devagar ao lado dela, com as mãos no bolso. — Sei lá, alguma coisa em relação a toda essa arte...

Sua voz foi diminuindo. Mika olhou de relance para ele, atenta. Seus lábios formavam uma linha reta.

— O quê?

— Me cutucou com vara curta.

Ele esboçou um sorriso, seus olhos brilharam.

— Muito engraçado.

— Desculpa. — Thomas ergueu as mãos. — Não consegui me conter. Que *dureza*...

— Pode rir à vontade, meu amigo. Vai ser só mais um pepino para eu resolver com você.

Mika deu um sorriso irônico. Ele tapou a boca com a mão e riu. Mika gostou do som, baixo e rouco.

— Tem razão. Vou tentar não me meter muito.

Eles chegaram ao carro, e ela abriu a porta traseira.

— Já esgotou todas as piadinhas?

— Não... Na verdade, tenho conteúdo para mais uma hora. Para minha surpresa, duas piadas falam de fantasmas.

— Quem diria que um advogado de direitos autorais poderia ser tão engraçado? — Ela pegou uma garrafa de vinho. — Talvez tenha magoado meus sentimentos, mas sei que tudo isso é fruto da sua falta de conhecimento sobre as belas-artes.

— Ui. — Thomas se encolheu. Ele envolveu a mão na base da garrafa, e então ambos ficaram segurando o vinho. — Eu te magoei?

— Não. — Mika sentiu que estava ficando vermelha. — Claro que não. Stanley é um ótimo soldador, só precisa aprimorar os conceitos dele.

Ou apenas queimá-los. Tem coisa que não precisa ver a luz do dia. É melhor começar do zero.

— É uma bela exposição, Mika — disse Thomas, com a voz rouca.

O coração de Mika quase parou. Nenhum dos dois falou nada por um minuto. Thomas semicerrou os olhos. Se ela tivesse piscado, talvez houvesse perdido aquele momento. O ardor no olhar dele. A veia saltando no pescoço. Os sinais reveladores de desejo. O que aconteceria se Mika acabasse com o espaço entre eles? O ar estava carregado de possibilidades. Ela tentou afastar os pensamentos. *Que coisa mais ridícula.* Ela era ridícula por imaginar os lábios de Thomas nos dela. Mika soltou a garrafa, a carga de eletricidade diminuiu, e ela deu um chutinho no cascalho do chão.

— Obri... Obrigada — gaguejou. Seu olhar se desviou para o banco traseiro do carro, para as garrafas de vinho. — Hum, tenho mais umas seis, a maioria é vinho tinto, mas... — Estava com a garganta seca. — Mas acho que só nós dois conseguimos levar tudo.

— Claro. Tudo bem.

Thomas se afastou. Eles pegaram as bebidas e começaram a voltar para a galeria.

Enquanto caminhava, ela olhava furtivamente para Thomas e analisava o rosto dele, sereno. Teria sido coisa da cabeça dela? O fogo no olhar dele? *Com certeza.* Ele foi gentil, só isso. Quando ela ia aprender? Fez algo semelhante com Marcus. Projetou seus sentimentos, interpretou seus sorrisos mais do que deveria, a gentileza dele. Confundiu luxúria com amor. Deixou seu desejo ofuscar a realidade. Permitiu que se perdesse.

Na noite da festa de Marcus, ela havia chegado cedo. Após bater na porta, avaliou o look. A meia-calça, a saia xadrez e o suéter fino de gola alta faziam com que ela se sentisse mais velha, mas, na verdade, era só uma menina brincando de se arrumar. Peter, o aluno de pós-graduação que estava dando a festa, atendeu a porta; Marcus estava atrás dele, no apartamento vazio.

— Cheguei cedo — dissera ela, virando-se para ir embora. — Volto mais tarde.

Marcus abriu um sorrisão, agarrou o braço dela e a puxou para dentro. Seus olhos estavam avermelhados e turvos. Bêbado, já naquela hora.

— Chegou bem na hora — respondera, segurando sua mão para que ela desse uma voltinha.

Apoiou a mão nas costas dela e dançou no ritmo da música. Ela descansou a mão no ombro dele. Foi a primeira vez que o tocou. Lembrava-se de sentir com os dedos a rigidez dos músculos dele, o calor ardente da pele atravessando o tecido da camisa. Logo depois, chegaram mais umas pessoas: estudantes de pós-graduação, uns dois colegas de Marcus.

Peter levou uma bebida para Mika, algo forte em um copo de festa vermelho. Em seguida, Mika voltou a dançar com Marcus. Ela ria. Sentia a atenção dele como uma força física, uma rocha rolando em sua direção, uma mão a conduzindo por um novo caminho. Desde o início, ela estava encantada, caindo no feitiço dele. Pensando no conceito de "koi no yokan": conhecer uma pessoa e ter a sensação de que é inevitável se apaixonar por ela.

Uma brisa gelada obrigou Mika a voltar para o presente. Ela abaixou a cabeça, tomada por uma vergonha fugaz.

— Então — começou, com dificuldade de enxergar no escurecer. — Penny me disse que se inscreveu em um curso de verão aqui.

— É — disse Thomas, em um tom monótono. — Ela me avisou hoje de manhã.

— Disse que estava tudo bem por você.

Thomas soltou uma risadinha.

— Acho que não tenho muita escolha. — Eles diminuíram o passo. — Mas eu concordei. Acho que isso tem feito bem a Penny. — Ele ficou mais pensativo. — A nós. Além disso, você vai estar aqui — completou.

Mika não conseguiu conter um sorriso, que tomou seu rosto. Thomas confiava em Mika para cuidar de Penny.

— Vou cuidar bem dela.

Os dois entraram no galpão, e Mika usou as costas para empurrar a porta. Subiu a escada com passos pesados, ciente de que Thomas vinha atrás dela. Deixaram as garrafas de vinho na mesa, e Leif começou a abri-las.

— Vocês estão vermelhos — comentou ele.

Mika sentiu um frio na barriga.

— Está quente aqui dentro.

Desconfiado, Leif observou Mika e, em seguida, Thomas, que estava parado bem ao lado dela.

— Enquanto vocês estavam lá fora, encomendaram uma arte de Stanley.

— É mesmo?

Mika serviu uma taça de vinho generosa para si mesma.

— Um hipster aí quer uma escultura dele mesmo como centauro — explicou Leif.

Mika quase engasgou com o gole que havia tomado. Deu umas batidinhas no peito.

— Meu Deus.

Penny se juntou a eles.

— Acho que temos que fazer um brinde a essa noite. Leif, pode me servir um copo desse cabernet?

— Penny. Não — insistiu Thomas.

— Não custava nada tentar — reagiu Penny.

— Mi-chan.

Mika balançou a cabeça. Ela podia jurar que tinha ouvido sua mãe chamá-la, mas era impossível. O que Hiromi estaria fazendo ali?

— Mika.

Seu nome, de novo; dessa vez, inconfundível. O medo percorreu Mika, conforme ela ajeitava a postura e virava devagar.

Lá estava Hiromi, com o cabelo penteado para trás, formando um coque impecável, uma saia na altura dos joelhos e uma bolsa pendurada na dobra do braço.

— Mãe — disse ela, surpresa. Pasma, na verdade. — O que você está fazendo aqui?

O falatório na galeria deu lugar ao silêncio. Foi como se, de repente, estivessem em uma bolha: Leif, Penny, Thomas, Mika e Hiromi.

— O que *você* está fazendo aqui? — devolveu Hiromi.

— Oi. — Thomas se intrometeu. — Sou Thomas Calvin. O pai de Penny.

Thomas estendeu a mão, e Hiromi o ficou encarando até ele desistir. Penny também se aproximou, com um sorriso hesitante no rosto. Mika não conseguiu fazer nada além de observar, conforme Hiromi e Penny se entreolhavam, *se viam* pela primeira vez na vida. Notou que a maçã do rosto delas era idêntica, assim como o nariz pequenininho e o arco do cupido bem desenhado. Que as mãos delas também eram parecidas: finas, com dedos longos, que terminavam em unhas ovais. Que, caso avançassem o tempo em algumas décadas, Hiromi poderia ser um retrato envelhecido de Penny, de Mika — porque o fruto não cai longe da árvore. Mika percebeu o momento em que a ficha de Hiromi caiu. Os lábios da mãe se abriram. Os olhos pequenos e pretos ficaram marejados. Não parava de olhar fixamente para Penny.

Para sua neta.

— Que maneiro! Pensei que você estivesse num cruzeiro — exclamou Penny.

Ela não teve nenhuma inibição. Por que teria? Penny estava acostumada a ser amada, a amar e ser correspondida pelas pessoas. Não sabia que Hiromi não queria que Mika a tivesse, não sabia que, em vez de "bebê" ou "ela", Hiromi se referiu a Penny como "isso".

— Cruzeiro? — Hiromi uniu as sobrancelhas pretas. — Nunca fiz um cruzeiro.

— Ei, filhota — sussurrou Thomas, chamando Penny para perto dele.

Mika sentiu um soco no estômago, como uma mão de ferro a atingindo.

— Mãe. — Ela não conseguia pensar em nada para dizer. — Como soube que eu estava aqui?

— Segui você. Não está retornando minhas ligações. Eu estava preocupada. O que está acontecendo?

Hiromi prestou atenção nos cartões de visita na mesa. Em seguida, no cartaz acima da mesa. GALERIA MIKA SUZUKI.

— É com isso que você gasta o dinheiro que lhe dei? — questionou ela, fazendo um gesto para a galeria, incluindo as terríveis obras de arte. — Era para você estar procurando um emprego.

Mika viu as dúvidas se formando no rosto de Thomas. Viu o sorriso de Penny se dissolver. Viu as perguntas se formando no olhar deles.

— Okāsan — disse Mika, ao se aproximar, com o braço estendido para tirar a mãe dali. — Vamos conversar lá fora.

Hiromi se esquivou de Mika.

— O que ele está fazendo aqui? Achei que tivesse terminado com ele.

Ela encarou Leif e torceu o nariz, com uma cara de quem comeu e não gostou.

Mika coçou a testa. Sentia tudo desmoronar ao seu redor. Como conseguiria recolher todos os pedaços com apenas duas mãos?

— A gente terminou. Mas...

Ao escutar isso, Thomas arregalou seus olhos claros.

— A gente está tentando se acertar — interveio Leif, para tentar ajudar, da pior maneira possível.

Hiromi bufou. Aquele som já dizia tudo.

— E quem é essa? — Ela fez um movimento rápido com a mão, na direção de Penny, e pareceu que a filha de Mika o sentiu como um golpe físico. Penny se retraiu. — Mi-chan? — insistiu Hiromi.

Ela sabia exatamente quem era Penny. Não tinha como não saber. Mas aquele era o jeito de Hiromi, o que ela achava ser correto. Recusar-se a reconhecer que Mika tivera uma filha. Empunhar as palavras como uma tesoura de jardinagem. Cortar Mika até só restar o caule.

— Mika? — insistiu Thomas.

Mas Mika não tinha uma resposta. Ela não sabia o que responder. Diante da perspectiva de mentir de novo ou contar a verdade, a mente de Mika chegou a um impasse absoluto. Perdera controle de seu mundo. Um frio se espalhou por seu corpo, pelos pés, pelas mãos, pelos ossos. Por tudo. Ela estava paralisada.

Thomas pigarreou.

— Está é Penny. Mika é a mãe biológica dela. — Ele pausou, envolveu Penny com o braço e a puxou para perto. — Me parece que você e sua filha precisam conversar, e acho que é melhor deixá-las a sós.

Thomas fez um movimento para ir embora, mas Penny se soltou do pai e avançou até Mika.

— Procurando um emprego? Por que procuraria um emprego? Você pediu demissão para abrir a galeria. Seu trabalho é *isso aqui* — afirmou Penny, séria. — Estou muito confusa. Você falou que pegou um empréstimo empresarial para a galeria. Mas pegou dinheiro emprestado com seus pais? Mentiu sobre isso? Por que mentiria sobre uma coisa dessas?

A voz de Penny falhava, suplicava. Os ombros de Mika arquearam de tanta tristeza, com o peso do passado que acabara de alcançá-la. Ela se arrependia de muitas coisas naquele momento. Diante do olhar inquisidor de Penny, o que mais poderia fazer, a não ser contar a verdade?

— Não pedi demissão — sussurrou. — Fui demitida. — Penny ficou imóvel, mas, pela sua expressão, estava aberta, esperançosa, torcendo para que tudo aquilo fosse um mal-entendido. Mika pigarreou. — Peguei dinheiro emprestado com meus pais para pagar as contas.

— Não... Ainda não estou entendendo — disse Penny.

Mika esfregou os lábios um no outro.

— Hummm... É que não te contei a verdade sobre muitas coisas. Não tenho um diploma em história da arte. Me formei em administração, mas por pouco não consegui, levei oito anos para terminar a faculdade. Desde então, pulei de emprego em emprego. A galeria é de Stanley, Leif aluga para ele. Eles me emprestaram para hoje. E Leif e eu não somos um casal. A gente era, mas terminamos faz dois anos. — Mika abriu as mãos, sorriu, impotente, para Penny. — Nada na minha vida dura muito tempo.

— Mika — chamou Leif, baixinho, triste.

— Então você é uma mentirosa? — soltou Penny, com o olhar furioso.

Thomas, Penny, Leif e Hiromi, todos eles fitaram Mika, que desviou o olhar, enjoada. Ela não podia dizer em voz alta, então afundou o queixo, em uma confirmação silenciosa. *É, sou uma mentirosa.*

— Bora, filhota — falou Thomas. — Acho que não temos mais nada para fazer aqui.

Mika olhou de relance, conforme Thomas retirava Penny dali e a aninhava de novo debaixo do braço.

— Por que ela fez isso? — sussurrou Penny para o pai.

Uma lágrima escorreu por sua bochecha.

— Não sei — respondeu Thomas. — Mas vamos voltar para o hotel. Lá a gente conversa.

Thomas fez contato visual com Mika. Assentiu uma vez, com um olhar severo e impiedoso.

— Tchau, Mika.

Penny se deixou conduzir pelo pai, e Mika ficou ali, plantada. Observou os dois saírem da galeria, da vida dela. No dia em que ela teve alta do hospital depois de ter Penny, uma enfermeira a empurrou na cadeira de rodas até um banco logo na saída da ala da maternidade. Hana estava ao seu lado, com a mochila delas. Ficaram sentadas ali por um tempo. Mika olhava fixamente para o nada, abrindo e fechando as mãos vazias. Médicos e enfermeiras passavam para lá e para cá. Uma mãe de primeira viagem saiu, com seu bebê na cadeirinha e balões amarrados na alça. O pai encostou na calçada e os ajudou, com calma, a entrar no carro.

Todo mundo estava tocando a própria vida. *Não tem nada para ver aqui.* O mundo daquelas pessoas continuava a girar, enquanto o de Mika parara. Ela tinha ficado grávida, dado à luz algo vivo e maravilhoso, segurado-a por poucas horas preciosas, e então ela se foi — sua filha. E, para Mika, não restou nenhuma recordação, a não ser as dores abdominais e o sangramento.

— Se não formos daqui a pouco, vamos perder o último ônibus — insistira Hana, em um tom doce.

Sua voz saiu fraquinha, oscilante. Uma lufada de vento bateu em seu cabelo. A luz despejava do céu.

— É, tá bem — murmurara Mika.

Agora, também estavam rodeadas de pessoas. Que observavam a arte como se nada daquilo estivesse acontecendo em um canto da galeria. Como se o coração de Mika não estivesse se partindo outra vez. Ela olhou para Hiromi. Embora aquilo já devesse ter sido tirado dela, o instinto de Mika ainda era procurar a mãe.

Hiromi abriu a boca, estalou a língua.

— Mi-chan.

O tom era de uma decepção tão profunda que fez Mika se fechar ainda mais, em um lugar onde ninguém conseguiria achá-la.

Alguém apertou seu ombro, provavelmente Leif, mas Mika não conseguiu senti-lo por meio de todas as camadas de dor. Mika queria gritar. Queria correr atrás de Penny, agarrar-se a ela como uma planta trepadeira. Mas Mika não se moveu nem um centímetro sequer. Não emitiu nenhum som. Fez o que haviam lhe ensinado. Engula a dor. Fique quieta. Não faça escândalo.

**ASSISTÊNCIA SOCIAL**
Escritório Nacional
Avenida 57, nº 56.544, sala 111
Topeka, KS 66546
(800) 555-7794

**Querida Mika,**

Já tentei ligar, mas não consegui entrar em contato com você. Caroline Calvin faleceu. Tenho certeza de que é uma notícia difícil para você. Quero lhe garantir que Penelope está sob os melhores cuidados, com Thomas. Eles têm muitos parentes ao lado deles neste momento. Você se lembra de ter visto fotos dos pais de Caroline? Eles moram perto. Por favor, me ligue se precisar de alguma coisa ou se só quiser conversar. Estou aqui.

Um grande abraço,

**Monica Pearson**
Assistente social

**Obs:** Estou enviando também um panfleto do velório, com palavras lindas de Thomas a respeito de Penny.

# Caroline "Linney" Calvin 1972-2016

*Dayton, Ohio*

Caroline Abigail Calvin faleceu em 21 de janeiro de 2016. Nascida em 19 de setembro de 1972, Caroline cresceu em Dayton, Ohio. Em maio de 2000, ela se casou com seu amor de infância, Thomas Preston Calvin, advogado especializado em direitos autorais. Atuou como enfermeira pediátrica e era conhecida pela forma como tratava seus pacientes. Eles falavam com frequência a respeito da gentileza e da disponibilidade dela para se sentar e bater um papo. "Ela sempre tinha um tempo para nós", disse a mãe de um paciente.

Caroline sonhava em ter uma família e realizou esse sonho quando ela e Thomas adotaram a filha deles, Penelope, em 2005. Então, Caroline deixou de trabalhar como enfermeira para criar Penny. Ao ser informado sobre o diagnóstico dela, de câncer terminal, Thomas tirou licença do trabalho. Os três viajaram, mas passaram a maior parte do tempo com a família, que era a coisa mais importante para Caroline.

Palavras de Thomas: Caroline amava comer hambúrguer malpassado, fazer colchas de tricô, cuidar do jardim e ler poesia. Ela também era obcecada em procurar pelo preço mais barato de algo — nunca recusava um desconto. Mas, acima de tudo, amava nossa filha, Penelope, que a fez sorrir até o fim. Desde que adotamos Penny, vivenciamos um amor imensurável; ao menos, era isso que Caroline sempre dizia. É impossível contar quantas vezes ela olhou para mim e disse: "Estou tão feliz." Nos últimos momentos de vida, Caroline me garantiu que seu coração estava em paz. Em suas últimas palavras, ela pediu a Penny e a todas as pessoas que estivessem de luto por ela que soubessem que, independentemente de qualquer coisa, o amor sempre retorna.

## Capítulo DEZESSEIS

Mika estava em casa, na cama, dormindo — *sonhando*. Tinha dez anos, usava um quimono, em cima do palco, iluminada por uma única luz. Havia poltronas vermelhas no auditório, que estava vazio, exceto por dois lugares na primeira fileira, ocupados por seus pais. Houve uma explosão nos fundos do auditório, estilhaços de madeira voando, como se uma bomba tivesse explodido. Não uma bomba, mas uma tempestade. Um furacão, rodopiando e levando tortas de maçã, copos de festa vermelhos, tubos de tinta, lascas de cerâmica. Mika gritou, e sentiu como se estivesse caindo pelo túnel da própria garganta.

O sonho mudou para a vida real, para uma lembrança.

Ela estava de volta ao apartamento de Peter, na festa de Marcus. Corpos se espremiam em um espaço apertado. Mark Morrison tocava na caixa de som, "Return of the Mack". Encostada na parede, Mika via Marcus se esfregar, no outro lado da sala, em uma aluna de pós-graduação. Seus olhos e seu corpo estavam pesados. Ela achou que fosse de tristeza, mas depois se deu conta de que era outra coisa. Piscou, sentiu as pálpebras pesadas e caídas. Quando abriu os olhos, Peter estava bem na sua frente.

— Oi — disse ele, com um sorriso de predador. — Peguei outra bebida para você.

Ele havia reabastecido o copo dela a noite inteira e o levou até a boca de Mika. Como ela virou o rosto, a cerveja entornou na bochecha, encharcando a frente do suéter preto.

— Não estou me sentindo bem — disse ela.

Peter a agarrou pela cintura e prometeu levá-la para um lugar silencioso. Ela tropeçou e se apoiou nele. Em seguida, os dois estavam no quarto dele. Ele deitou Mika na cama, e ela observou o borrão dele fechar a porta. Trancá-la. Os ruídos da festa foram abafados. Ela adormeceu. E acordou com Peter em cima dela, prendendo-a no colchão.

Ela tentou empurrá-lo, mas seus movimentos eram lentos, como lodo escorrendo pela parede.

— Não — disse ela. Depois, falou mais alto: — Não.

A mão dele cheirava a terebintina e tapava a boca de Mika, apertava as bochechas dela, provocando lágrimas quentes em seus olhos. Ela só conseguia vê-lo como um borrão, o rosto dele fragmentado, uma pintura cubista. Em cima dela, não era Marcus, e sim Peter. Não estava certo. Não era o que ela queria. Ela acompanhou o tempo passar no relógio na mesinha de cabeceira dele, o tique-taque dos ponteiros: 00h01, 00h02, 00h03, a hora exata em que Penny foi concebida. Depois, seu olhar se desviou para o teto. A cama rangia, fazendo um barulho como *craque, craque, craque...* partes dela ruindo. Em um único momento, sua vida se bifurcou, duas metades idênticas do antes e do depois.

Mika acordou em um sobressalto, ofegante. Seus dedos buscaram seu pescoço, tremendo em cima do pulso acelerado. A memória passou, e ela fechou os olhos. Respirou fundo, forte. Estava segura. Aquilo tinha acabado. Os pensamentos se embaralharam, a realidade foi pinçada no miasma de sonhos e lembranças — pesadelos. Penny. Thomas. A galeria de arte. Uma nova onda de pânico envolveu seus pulmões como uma corda e deu um nó apertado. *O voo deles sai às onze e quinze.* Talvez ela conseguisse alcançá-los no aeroporto. Pôs as calças e o casaco de moletom que estavam jogados no chão. Quando saiu do quarto, encontrou Hana na cozinha. Mika não falou nada enquanto procurava sua chave, desesperada.

— Bom dia para você também — falou Hana, dando um gole em seu café.

Mika continuou procurando. Debaixo de uma pilha de papéis. No sofá. Onde estava a porra da chave dela? Seu queixo tremeu.

— Penny e Thomas vão embora hoje, e eu estraguei tudo. Tenho que ir até o aeroporto e tentar achá-los, mas não consigo encontrar a porra da minha chave.

Mika apertou os olhos fechados com a palma das mãos até ver brilhinhos.

— Está falando disso aqui?

Foi nessa hora que ela percebeu que havia uma terceira pessoa na cozinha. Uma garota magra, baixinha, de cabelo castanho, ergueu o braço, com a chave pendurada no dedo. O metal reluzia na luz clara da manhã.

— Aliás, me chamo Josephine — afirmou ela.

Ela sorriu, e uma covinha surgiu em sua bochecha esquerda. Hana também abriu um sorriso largo.

— Valeu.

Mika pegou a chave e enfiou os pés nos sapatos perto da porta.

— Quer que eu dirija para você?

Hana foi até a porta, onde Mika estava.

— Não. — Ela gesticulou para dispensar a oferta. — Está tudo bem. Vai ficar tudo bem.

O caminho até o aeroporto passou como um borrão. Cortadas nos veículos, várias buzinadas. Seu coração batia muito rápido, como se ela estivesse se afogando no mar. Estacionou na fila exclusiva para desembarque e saltou do carro. Estava escrito em placas por todos os lados: "EXCLUSIVO CARGA E DESCARGA. PROIBIDO ESTACIONAR". Um segurança com um colete amarelo apitou.

— Senhora, não pode parar seu carro aqui.

Mika não ouviu. Estava absolutamente focada em achar um homem alto de cabelo escuro e olhar pensativo. Eles não estavam ali fora. Ela passou correndo pelas portas automáticas de vidro, com uma vaga lembrança da companhia aérea pela qual iam viajar. *Alaska*. Andou depressa até o balcão da empresa e examinou as filas. Nada de Penny. Nada de Thomas. Que horas eram? Viu um relógio digital atrás do balcão: 10h35. Foi rápido até o painel com os voos, mas não conseguia se lembrar do número do deles. Contudo, associou o voo ao destino. Lá estava. Em letras garrafais: "EMBARQUE IMEDIATO". Uma mão segurou seu bíceps e a puxou.

— Senhora, não pode largar seu carro lá.

Ela desvencilhou o braço. Sentiu um aperto no peito. O que estava acontecendo naquele momento pareceu inevitável. Uma sequência relâmpago de acontecimentos definidos dezesseis anos antes. Ela só conseguia pensar no momento em que vira a sra. Pearson levar Penny embora no hospital. As mãos dela segurando o pequeno embrulhinho. Sua filha. E fim. Penny tinha ido embora. *Outra vez*. Desolada, sentiu os joelhos cederem. Uma onda fria de tristeza percorreu seu corpo.

— Penny — murmurou.

— É sério, senhora — afirmou o segurança. — Vou rebocar seu carro e chamar a polícia. — Mika ficou parada, sem expressar nenhuma emoção. Seu corpo não reagia. O segurança se aproximou e sacudiu a mão em frente ao rosto dela. — Vamos, não me obrigue a chamar a polícia. Meu turno acabou de começar. Se você voltar para o carro agora, a gente esquece que isso aconteceu.

Enfim, Mika assentiu, impassível, e foi cambaleando. Sua alma saindo de seu corpo. Bem parecido com o dia em que foi embora do apartamento de Peter, na manhã seguinte à festa. Ele estava dormindo, e Mika acordou com seu braço em cima dela. Livrou-se dele, sentou-se na beirada da cama e se examinou da cintura para baixo — o estrago. Um animal se autoavaliando — para ver se tinha condições de correr ferido. Ela ainda estava de saia, mas a meia-calça e a calcinha haviam sumido. Suas coxas doíam, e nelas haviam hematomas pretos e azulados causados pelos dedos dele. Ao ficar de pé, suas pernas vacilaram, mas ela deu um jeito de ir andando na ponta dos pés até a porta. O coração acelerava com qualquer barulhinho. Temia acordá-lo. Perséfone passando por Cérbero.

Ela respirou fundo pela primeira vez enquanto saía às pressas do prédio. Depois, tropeçou pelo campus. Coxas dilaceradas. Pele dilacerada. Alma dilacerada. Seu corpo virou um apocalipse de pequena dimensão. Tinha lembranças vagas do restante. Um traço irregular e amarelo, de um raio de sol débil, pálido. Um vento tão cortante que formou ondulações na grama curta, castigou suas bochechas e açoitou suas coxas nuas. Dois borrões pretos — corvos disputando a melancia em um pote jogado fora. Um clarão azulado vindo da luz em cima de um telefone no meio do campus. Se Mika tirasse o fone do gancho, alguém viria escoltá-la até um local seguro. Cogitou fazer isso, mas descartou a ideia com a mesma facilidade com que se descartava um papel de chiclete. *Quantos parceiros sexuais você já teve?* A polícia talvez perguntasse, embora aquilo não fosse da conta de ninguém. E Mika diria oito, sendo que não se lembrava muito bem de dois deles. Mas de Peter ela se lembrava. Lembrava-se de ter dito não. Mesmo assim, quem acreditaria nela? Uma jovem que perdia seu tempo pintando, que passava as noites em festas de fraternidades e que, certa vez, fez sexo oral em um cara em um quintal. Quando foi que a decisão de uma mulher de transar tornou-se um indicador de que ela estava mentindo? Mika não sabia a resposta. Só sabia que acontecia.

A buzina de um carro soou, e Mika levou um susto. Ela estava de volta ao aeroporto. O cara de colete amarelo a analisava da calçada. *Vai*, ele disse, articulando os lábios e apontando para a saída.

Ela dirigiu até o estacionamento para carregar o celular e deu um soco no volante, depois desabou em cima dele. Estava perdida mais uma vez. Perdida e sozinha.

Por que tudo sempre dava tão errado?

Ela se recostou no banco. Tinha mentido para Penny com boas intenções. Mas isso não importava. O que importava era que Penny estava magoada. Justamente a última coisa que Mika queria. Não fora assim que tudo aquilo começara? Ela só queria proteger Penny da verdade, de Peter, dela mesma, do mundo, que pode ser um lugar tão horrível e cruel. Quis mostrar a Penny que a adoção valera a pena para as duas. Penny tinha ganhado uma família amorosa. Mika, realizado seus sonhos.

Ela abriu os vidros, deixou a manhã resfriar as lágrimas em seu rosto. Sentiu o cheiro de chuva e grama recém-cortada. Então, pegou o celular e, antes de se dar conta, já estava ligando para Penny.

"Você ligou para Penny. Deixe sua mensagem", atendeu a secretária eletrônica. Provavelmente, Penny já estava no avião naquele momento.

— Penny. — A voz de Mika falhou. Havia uma tensão nas cordas vocais. — Sou eu. É claro que você sabe que sou eu. Me desculpa. Desculpa — repetiu ela, e fez uma pausa para se recompor. — Eu te devo uma explicação. Quando você entrou em contato depois de ver meu Instagram...

Ela agarrou o banco, e o couro virou flanela. Sentia na palma das mãos o toque áspero do cobertor de Penny no hospital, enquanto a segurava firme e lhe dava de mamar. Mika continuou falando, deixando a verdade sair. Falou sem parar, sobre a surpresa que teve ao receber a ligação de Penny. Sobre o fato de ter repensado sua vida e visto que nada tinha dado certo. E de como tudo virou uma bola de neve após isso. Um minuto se passou, mas pareceu uma hora, e Mika finalizou com outro "me desculpa". Estava preparada para pedir desculpas pelo resto da vida.

— Não sei com o que eu estava na cabeça. Eu só... Acho que eu só queria que você sentisse orgulho de mim. Por favor, me liga. *Por favor*.

Ela clicou no botão de encerrar a gravação. Uma voz robótica lhe orientou a pressionar o número um para enviar a mensagem. Ela hesitou; a maldita da verdade parecia mais arriscada que as mentiras. Aproximou o dedo do botão, uma faca diante da ferida, prestes a perfurá-la. Apertou o um e se afundou no banco.

*Agora já foi.*

Uma brisa bagunçou seu cabelo, e ela afastou os fios dos olhos. Ficou sentada mais um tempinho, enquanto contemplava o céu cinzento e ouvia o som dos aviões decolando, com a sensação de ter viajado no tempo.

Ela digitou uma mensagem para Hana:

*Preciso de você.*
Hana respondeu praticamente na mesma hora:
*Estou aqui. Te esperando. Josephine já foi embora. Vem pra casa.*
Mika engatou a primeira e voltou para casa. Para Hana, para um lugar onde ela sempre se sentira inteiramente amada. Conforme prometido, Hana estava aguardando, de braços abertos. Mika se deixou cair naquele abraço, encontrando aconchego no ombro ossudo dela. Elas tinham o mesmo biotipo, e o encaixe era perfeito: uma preenchia os espaços vazios da outra. Era aquilo que desejava ter com Hiromi. Mas sua mãe era uma pessoa muito fria. Olhar frio e insensível, mãos frias e calejadas, simplesmente fria. Talvez este fosse o segredo para criar os filhos: é impossível evitar que eles se machuquem, mas é possível lhes proporcionar um lugar confortável para que eles se recuperem.

Hana a guiou rapidamente para dentro e a levou para o sofá.

— Vai, me conta tudo. Vou fazer uma omelete para você.

— Acabou o ovo — avisou Mika.

E caiu em prantos de novo. Ela se cobriu com a manta e assoou o nariz no tecido macio.

Hana fez Mika tirar as mãos do rosto, a abraçou e fez carinho no cabelo dela.

— Está tudo bem.

Ela ficou repetindo aquilo até Mika se acalmar.

— Fica sentada aí. Vou buscar uma coisa para te acalmar... e uns lenços de papel — falou Hana.

Vinte minutos depois, pôs uma tigela com sopa de macarrão nas mãos de Mika. Esperou a amiga comer um pouco, depois a incentivou a tomar um golinho do caldo.

— Agora me conta o que aconteceu — pediu ela.

Mika explicou como tudo viera à tona. Contou que Hiromi apareceu na inauguração da galeria e a expôs. Que ela própria tinha ido atrás de Penny e Thomas no aeroporto e que gravou uma mensagem de voz cheia de divagações.

— Acha que eles vão entrar em contato? — perguntou Hana.

Mika deu de ombros, resistindo à tentação de conferir o celular para ver se tinha alguma ligação ou mensagem de Penny. Lógico que ela não ia responder tão rápido. Naquele momento, Penny e Thomas estavam no voo.

— Para ser sincera, não sei. Não sei o que é melhor: a verdade ou as mentiras.

Ela rodou a tigela com sopa devagar. Hana franziu a boca.

— Quer que eu fique aqui e não vá na turnê do Pearl Jam?

A viagem dela seria em três semanas.

— Quê? Não — afirmou Mika, limpando o nariz. — Não seja boba. Você precisa ir, sem dúvida. Não faz sentido sermos duas fracassadas.

— Mas você precisa de mim...

— Não. De jeito nenhum. Inclusive, te proíbo de cogitar isso. — Mika pôs a tigela na mesinha de centro. Ela ainda sentia uma dor em seu abdome, mas a ignorou. — Agora chega de falar de mim. Me conta sobre Josephine.

Hana sorriu e enrubesceu.

— Não tem muito o que falar. Eu a conheci ontem à noite, no Sheila's. — Um barzinho gay e hipster. — Ela é artista. Faz umas coisas com técnicas mistas e com as mãos que você nem ia acreditar.

Hana mexeu os dedos.

— Muita informação — replicou Mika, fazendo um gesto de desdém com a mão, embora um sorriso largo tenha aparecido em seu rosto.

— Só estou comentando. — Hana deu de ombros. — Sei lá, essa coisa toda de arrumar a casa foi um divisor de águas para mim, eu acho.

— Você está feliz — falou Mika.

— Estou feliz — confirmou Hana.

— Que bom — disse Mika. — Amo sua fuça.

— Pois eu amo mais a sua — disse Hana. Em seguida, sussurrou: — Não vou se você não quiser.

Mika balançou a cabeça, mas não conseguiu pronunciar um "não", por causa do nó na garganta. Ela sabia que Hana estava falando de coração. Que ficaria mesmo. E o coração de Mika ameaçou explodir de felicidade diante daquela simples promessa.

## Capítulo DEZESSETE

Mika não saiu de casa. Por setenta e duas horas, sobreviveu à base de delivery de comida tailandesa, Coca-Cola Diet e uma maratona de *Law & Order: SVU*. A cada piscar de olhos, via a inauguração da galeria. *Pisca*. O rosto de Penny quando Hiromi estendeu o braço e perguntou: "Quem é essa?" *Pisca*. Thomas abraçando Penny, enquanto ela afundava o queixo no peito — encolhida, triste, decepcionada. *Pisca*. Penny levantando a cabeça para olhar o pai, lágrimas escorrendo por suas bochechas quando ela lhe perguntou por quê — por que Mika mentiu? As imagens, a dor, não melhoravam.

Conferia o celular e o e-mail a cada cinco minutos, mais ou menos: nenhuma mensagem de Penny nem de Thomas. Tentou esquecê-los, mas percebeu que seus pensamentos se voltavam para eles quando ela se distraía. Sentia falta do sorriso de Penny, da energia dela. Sentia falta de Thomas também, de seu jeito rabugento encantador, do amor dele por Penny. Um navio atracou na costa que ela compartilhou com Penny e Thomas. Veio buscar Mika e levá-la de volta para o exílio, para onde era seu lugar.

Hana apareceu na porta do quarto dela, colocando uma argola dourada na orelha. Ela ia sair de novo com Josephine. Era a terceira vez naquela semana.

— Mais *Law & Order*?

Mika se mexeu no sofá. Usava uma camiseta velha do Grateful Dead que havia roubado de Leif e uma calça de moletom larguinha. Seu celular estava na mesinha de centro, em meio ao lixo composto por embalagens de delivery, latinhas de refrigerante e sacos de batata chips — na noite anterior, Mika estava no fundo do poço e beliscou um pacote de cereal enfurnado no armário da cozinha, uma relíquia herdada do ex-proprietário.

— Sim. Décima primeira temporada, o episódio que Stabler e Benson suspeitam que um sugar daddy cometeu assassinato depois que o corpo de uma jovem foi encontrado dentro de uma mala.

— Ah, essa história é mais velha que minha avó. — Hana jogou um pó compacto na bolsa. — Tem certeza de que não quer ir comigo?

— Até parece — reagiu Mika. — Nem sonhando que eu vou estragar seu encontro.

— Então esse é seu plano para a noite: ver televisão e pedir comida?

Hana pegou uma embalagem da mesinha de centro e a cheirou. Mika se virou para observá-la.

— Isso, e refletir sobre um monte de coisas que me fazem perceber a banalidade da minha existência.

Hana devolveu a embalagem para a mesa.

— Bem, enquanto fica aí enrolada nas cobertas, será que poderia comer algum vegetal?

— Pad thai tem vegetais — rebateu Mika, soando levemente ofendida.

Hana bufou e abriu a porta.

— Vou dormir na casa da Josephine. Te vejo amanhã de manhã.

Mika fez um joinha com as mãos. Ela ouviu o carro de Hana partir e ficou deitada de lado encolhida. Seu celular vibrou com a chegada de uma mensagem, e seu coração acelerou. Esperança era assim, como um balão de hélio enroscado em galhos, recusando-se a descer. Nas últimas vezes em que aquilo acontecera, os remetentes tinham sido Hiromi, Leif, Charlie ou Hayato. Ela deu a todos a mesma oportunidade de serem rejeitados e recusou a ligação. Mesmo assim, pegou o celular, já à espera da decepção.

*Penny.*

O nome dela iluminou a tela. *Ouvi sua mensagem. Quando podemos conversar?*, dizia a mensagem.

Mika logo se endireitou e desligou a televisão. *Agora?*, respondeu para Penny. Ela se levantou e começou a andar de um lado para outro, com o celular na mão. Após cinco minutos angustiantes, o aparelho tocou. Atendeu no mesmo instante.

— Oi — disse Mika.

— Oi — respondeu Penny.

Não tinha o brilho que lhe era característico. Ela havia feito aquilo. Mika tinha apagado a luz de Penny. Em grande parte, a autoestima de Mika dependia de como sua filha se sentia a respeito da vida, a respeito dela.

— Então... — começou Penny.

— Então, você ouviu minha mensagem.

Mika manteve um tom de voz equilibrado, delicado. Como quem diz: "Vai, pode me punir e me bater se quiser, eu aguento."

— Pois é. Ouvi assim que a gente chegou em casa. — Havia três dias? Já fazia três dias que Penny ouvira a mensagem? — Levei um tempo para entender tudo o que eu estava sentindo.

Um nó se formou na garganta de Mika.

— Eu entendo.

— Eu não entendo — rebateu Penny, de forma incisiva.

— Tudo bem — falou Mika. Ela caminhou até a cozinha e pegou um copo no armário. Quando tinha sido a última vez que havia bebido água? Ela segurava o celular entre o ombro e a orelha.

— O que você não entende?

— Por que você não ficou comigo?

A desesperança deixou as palavras dela mais afiadas. Mika foi surpreendida pela pergunta; não esperava aquilo. Mas imaginou que, uma hora, chegariam àquele momento. O assunto sempre havia pairado entre elas.

— Eu não podia — disse Mika.

Saiu da cozinha para se sentar na beirada do sofá, pensando em como não tinha recursos na época. Ela se lembrou de postagens que viu no Instagram. Todas aquelas mulheres, mães de primeira viagem com seus filhos. A sessão de comentários ficava repleta de um aparente apoio otimista. "Você consegue!" "Que mãezona forte!" "Vai com tudo!" Uma encorajando a outra a ir além dos próprios limites. Aquele tipo de mensagem circulava de forma onipresente. Uma boa mãe não abandonaria seus filhos. Não abandonaria seu dever biológico. Se abandonasse, era porque havia algo de errado com ela. Ou com a criança. Penny se sentia assim? Que havia um problema com o DNA dela?

Penny completou um minuto de silêncio.

— Você me queria?

— É *claro* que queria. — Mika inspirou. Expirou. Ela sempre quis Penny, apesar de Peter. Apesar de Hiromi. Apesar da insatisfação silenciosa da mãe. — Eu queria você. Mas queria que você tivesse outras coisas. Coisas melhores. Queria que você tivesse uma casa grande, uma família, parentes, primos, avós. Queria que você frequentasse uma escola boa, que tivesse roupas e materiais novos. Queria que você tivesse tudo que eu nunca tive e que não seria capaz de proporcionar. Isso era o quanto eu queria você.

Para Mika, dar Penny para adoção fora um ato derradeiro de amor. Ela merecia uma vida melhor. Penny continuou calada do outro lado da linha, mas Mika conseguia ouvir a respiração dela, cada expiração e inspiração, como um metrônomo.

— Sei que tudo isso é muito confuso. Menti para você e vou me arrepender para sempre disso — continuou ela. — Se... Se conseguir, de algum jeito, me deixar fazer parte da sua vida de novo, prometo que nunca mais vou mentir para você.

Outro instante de silêncio implacável.

— Foi porque você sentia vergonha de mim? — questionou Penny, enfim.

Mika se endireitou.

— Não! — exclamou ela. *Como Penny poderia pensar uma coisa dessas?* — Pelo contrário. Não queria que *você* sentisse vergonha de *mim*.

Mika sentiu o peso das repressões da maternidade. Ser forte suficiente. Inteligente suficiente. Ser suficiente. Mas não conseguia explicar para Penny o vazio, o desamparo, que sentia dentro dela.

— Minha vida não é nenhuma maravilha. É uma grande merda. — Isso rendeu uma risada discreta de Penny. Mika aproveitou a deixa. — Quer dizer, deixo um saco de gotas de chocolate aberto na bancada da cozinha só pra pegar um pouco toda vez que passo por lá.

Penny riu de novo, mas logo ficou séria, triste, quase melancólica.

— Alguma parte foi sincera?

A culpa e o sofrimento percorreram Mika com a rapidez de uma matilha de cães de caça. Para Mika, tudo fora sincero. Os abraços. Os sentimentos calorosos. A vontade. O amor. Tudo fora sincero. Mas ela conseguia enxergar o que havia feito. Com as mentiras, Mika fez a relação delas perder o sentido, pelo menos para Penny.

— Falando sério, eu meio que misturei as coisas, mesclei a verdade com a ficção. Hana é minha melhor amiga e gosta mesmo de roller derby. Mas não moro sozinha. Moro com Hana porque não posso bancar um lugar sozinha, e ela é uma acumuladora terrível, ou pelo menos era... Na verdade, ela melhorou bastante. Leif é meu ex-namorado. Não se formou em bioquímica, mas de fato é apaixonado pelo assunto, e aplicou seu conhecimento no cultivo de maconha. Ele tem uma loja de maconha medicinal em Portland. A maioria das roupas dele é de fibra de cânhamo, e ele não acredita em bancos.

— Isso até que faz bastante sentido.

O tom de voz de Penny foi mais caloroso.

— Quando a gente namorava, ele usava um cristal como desodorante. — Mika ficou em silêncio. — Não funcionava — sussurrou, como se estivesse falando um segredo no ouvido de Penny, que soltou uma risadinha. Mika deitou de costas e brincou com a cordinha da calça de moletom. — O que mais você quer saber? Vou responder a todas as suas perguntas.

Penny ficou quieta.

— Tem uma coisa. — Ela hesitou. — Queria te perguntar aí em Portland, mas parecia que nunca era o momento certo.

— Manda — afirmou Mika.
— Meu pai... Quer dizer, meu pai biológico. Você... o conhece? Tipo, o nome dele ou qualquer outra coisa.

Dessa vez, Mika ficou quieta. Ela cogitou contar a Penny sobre Peter, sobre o estupro. Estremeceu ao pensar na palavra. *Estupro*. Um termo horroroso. Tinha dificuldade de usá-lo associado ao que havia acontecido com ela. Embora seu corpo se lembrasse da violência, sua mente se recusava a reconhecer. *Comigo, não. Isso não pode ter acontecido comigo*. Não era só ela que tinha problemas em usar a palavra. A mídia, os meios de comunicação, tinham uma preferência por "violência sexual". Soava melhor, mais leve, sabe-se lá como. E, lá no fundo, Mika era assombrada por sua falta de ação naquela noite. Por seu "não" insignificante. Pelo fato de ter permanecido deitada, inerte. De não ter agido para se salvar. Como poderia explicar aquilo para Penny? Ela separou a filha do acontecimento. O fato de Penny não parecer com Peter tinha ajudado naquele sentido? Havia puxado mais Mika. Ela teria reagido de outra maneira se a pele de Penny fosse mais clara, se os olhos fossem menos amendoados e mais verdes, se o cabelo fosse castanho, e não preto? *Não*, pensou Mika, certa disso. *Eu a teria amado do mesmo jeito*. Ela costumava contemplar seu barrigão e sussurrar uma promessa: *Ele nunca vai te conhecer*.

— Ainda está aí? — indagou Penny.
— Só estou pensando — respondeu Mika. — Eu...

Ela engoliu em seco. De vez em quando, stalkeava Peter na internet. Ele era artista e morava em Nova York, tinha uma família. Era confuso para Mika como ele conseguia ser gentil com os outros, sendo que a havia dilacerado como se ela fosse uma fruta estragada. Ele ainda não havia estourado, mas conseguia viver daquilo como freelancer, recebendo uma ou outra encomenda de paisagem.

— É difícil falar sobre algumas coisas do meu passado.

Mika percebeu que Penny também era vítima de Peter. Ambas tinham fardos para carregar. Mas a filha ainda não precisava passar por aquilo. Um dia, talvez ela contasse para Penny. Mas, até lá, ia falar o tempo todo quão boa ela era, como era incrivelmente forte, como era *amada*.

Penny entenderia que, apesar de essa ser sua origem, seu destino era outro.

— Por enquanto, você já sabe de tudo que precisa saber. Sei que não é justo eu pedir isso, mas vai ter que acreditar que vou te contar as coisas quando eu estiver pronta e respeitar o que eu ainda não conseguir falar.

Mika sentiu neste instante. A mudança sutil na relação delas, de amizade para... o quê? Não tinha certeza. Mas era algo mais. Um reconhecimento de que Penny só tinha dezesseis anos e que Mika tinha trinta e cinco. Quase vinte anos de experiência de vida as separavam. Mika não usaria aqueles anos a mais para ser pedante com Penny, e sim para, no mínimo, protegê-la.

Ela escutou Penny respirando fundo para se acalmar.

— Tá bem — disse ela, por fim. — Eu entendo.

Mika suspirou, aliviada.

— Espero que você consiga me perdoar um dia. Imagino que ainda esteja com raiva, mas não tem problema...

— Estou — a interrompeu Penny. — Mas... não estou com raiva a ponto de nunca mais querer falar com você. Eu ainda... Ainda tenho muitas perguntas. Quero confiar em você, mas não tenho certeza se vou conseguir.

— Tá bem. Você precisa de tempo. Eu entendo — afirmou Mika, ecoando as palavras de Penny. — Também espero que você me perdoe por ter dado você para adoção.

Melhor falar tudo logo.

— Ah — disse Penny. — Da minha parte, não tem nada para perdoar. É tipo querer que você peça desculpas por o céu ser azul, por eu ser japonesa ou por ter nascido mulher. Tem coisas que simplesmente não dão para mudar. É uma parte de mim.

Lágrimas brotaram nos olhos de Mika.

— Obrigada — afirmou ela.

— É... — disse Penny. Um segundo se passou. — Acho que é melhor eu ir. Já está tarde aqui.

Mika se sentou e esfregou o nariz.

— Claro, claro. Você acha que... A gente pode conversar de novo em breve, um dia desses?

— Quer me ligar na semana que vem? — perguntou Penny.

— Quero — respondeu Mika.

Mika tentou não parecer ansiosa ou desesperada demais. As duas se despediram. Ela continuou sentada por um tempo, repassando a conversa em sua cabeça e, em seguida, sua vida. Depois de Peter, depois de Penny, ela não pensou muito sobre o futuro. Não conseguia mais imaginar a vida e suas infinitas e maravilhosas possibilidades. Mas agora... *agora* ela foi até a cozinha e pegou a lata de lixo que ficava debaixo da pia. Com um único movimento do braço, varreu para dentro da lixeira tudo que estava na mesinha de centro. Pegou a manta na qual vinha hibernando e a dobrou para colocar no sofá. Feito isso, sentou-se de novo e encarou o celular. Com todas as chamadas perdidas de Hiromi. Como ainda não estava pronta para falar com sua mãe, retornou a ligação de outra pessoa.

Hayato atendeu no terceiro toque.

— Oi.

— Oi — falou Mika, em um tom alegre. — Tudo bem?

— Tudo. Estou bem. E você?

Dava para escutar a TV ligada ao fundo, transmitindo a voz de um famoso âncora de jornal.

— Tudo certo. — Mika sorriu. — Estava querendo te chamar para tomar alguma coisa e conversar sobre uma vaga.

# Capítulo DEZOITO

— Qual é o seu filme favorito?

Foi a pergunta de Penny na semana seguinte. A necessidade de dizer algo mais refinado fez a língua de Mika coçar — *Um Sonho de Liberdade*, *A Lista de Schindler*, *O Poderoso Chefão* —, mas ela decidiu citar um que tinha visto inúmeras vezes com Hana.

— *Debi & Lóide* — respondeu.

Penny resolveu ver o filme pela primeira vez no fim de semana. Na ligação seguinte, ela questionou Mika:

— Por que é o seu filme favorito?

— Não sei. É engraçado, não é? — disse Mika.

Encostou-se na bancada da cozinha. O celular estava colado na orelha. Ela tinha acabado de fazer sua primeira entrevista na Nike e ainda não havia tirado a camisa polo e a saia-lápis, só os sapatos. Enquanto tomavam drinques, Mika tinha desabafado com Hayato e lhe contado sobre Penny, a adoção, as mentiras, a ruína financeira, depois pediu ajuda para arranjar um emprego. Ele aceitou de bom grado. E, seguindo o conselho dele, ela entrou na seção "trabalhe conosco" do site da Nike e se inscreveu na primeira vaga cujos pré-requisitos cumpria, a de assistente administrativa II. Hayato a ajudou, colocando seu currículo no topo da pilha.

— É hilário — concordou Penny.

Mika pensou mais na pergunta de Penny.

— Era tipo uma válvula de escape para mim. Não tive uma infância fácil. Meus pais são muito conservadores, e não tinha muito espaço para o humor lá em casa.

— Eles ficaram bravos quando você engravidou de mim? — indagou Penny.

— Na verdade, eu não sei.

Veio-lhe à mente o rosto de Hiromi. Ela continuava sem falar com a mãe. O que não era muita novidade. As duas passavam dias, semanas, até meses sem se falar. Mas, no fim, Mika sempre voltava. Tinha uma lembrança do colapso de Hiromi em cima de um cacho de bananas, logo após a mudança para os Estados Unidos.

— Pare de comprar tanta banana — dissera Shige, olhando para as frutas apodrecendo na bancada.

— Não consigo. Não entendo por que eles vendem em quantidades tão grandes. Quem é que precisa de uma dúzia de bananas?

No Japão, os clientes não podiam tirar as bananas do cacho, e Hiromi presumiu que a lógica fosse a mesma nos Estados Unidos. Decidiu reclamar com o gerente da loja. Em um inglês muito básico, implorou por quantidades menores. Ele riu e disse que ela mesma poderia fazer isso. Hiromi achou que o sujeito estivesse tirando sarro dela. Mas Mika entendeu e mostrou para a mãe como fazia. Era o que mantinha Mika presa a Hiromi. A ideia de que talvez elas ficassem perdidas se não tivessem uma à outra.

— Minha mãe ficou decepcionada — contou Mika para Penny. Ela se calou por um instante. Sentiu o desprezo da mãe, queimando-a como o sol de um deserto escaldante. *O que você sabe sobre criar uma criança?* — Muito decepcionada.

— Às vezes, isso é pior — comentou Penny.

— Pois é — disse Mika, soltando o ar.

Um tempo se passou. Mika fez uma segunda entrevista na Nike. Penny estava terminando o segundo ano do ensino médio. Ia a festas e a bailes com os amigos. Elas fizeram uma videochamada no último jogo de roller derby de Hana antes de ela viajar para a turnê do Pearl Jam. Mika foi contratada na Nike e participou de um tour estonteante do campus, conduzido por uma funcionária do RH, muito competente, porém acelerada. Naquela noite, mandou uma foto de seu crachá para Penny e escreveu: *Agora é oficial.* Quando Mika fingiu que havia encontrado uma galeria, fizeram um brinde pela tela, em meio a risadas, após cada uma abrir uma garrafa. Dessa vez,

Penny respondeu com um emoji de chapeuzinho de festa e um de serpentinas. Só isso. Penny estava mais contida com Mika. A relação delas não era mais uma casa em chamas, e sim uma sendo reconstruída com muito cuidado — o que acontece depois do incêndio.

Duas semanas depois, Mika passou sua calça de alfaiataria e deu uma olhada na última mensagem enviada por Penny:

*Feliz primeiro dia no trabalho. Me liga depois?*

Mika respondeu:

*Não sei que horas vou chegar em casa, mas te dou um toque.*

Ela enfiou o cabelo atrás da orelha, sentindo-se um tanto perdida por estar no meio da sede internacional da Nike. Mais de um milhão de metros quadrados. Setenta e cinco prédios. Milhares de funcionários. Coisa simples. O celular tocou. Após reconhecer quem estava ligando, ela atendeu, sorridente e aliviada.

— Oi.

— E aí, está conseguindo se localizar? — perguntou Hayato. — Posso dar uma saída e te levar até o Prédio Serena Williams.

— Estou de boa — prometeu ela.

— Ótimo. Estou muito feliz que deu tudo certo — comentou Hayato.

— Pois é, obrigada mais uma vez pela ajuda. Não sei como vou te retribuir.

— Paga meu almoço e, quem sabe, uns martínis de chocolate, e estamos quites. — Ele fez uma pausa. — Só é uma pena não estarmos no mesmo departamento. Mas vamos almoçar juntos hoje. Podemos nos encontrar ao meio-dia, no refeitório... Sabe onde fica? Lá no Prédio Mia Hamm, conhece?

Ela sabia onde ficava o refeitório, mas não tinha a menor ideia de quem era Mia Hamm.

— Te encontro lá.

— Combinado. Bom primeiro dia. Não vejo a hora de ouvir todos os detalhes — disse Hayato.

Eles desligaram, e Mika partiu para o Prédio Serena Williams — aquela ela conhecia. O dia voou, cheio de apresentações, e configuraram seu computador. Ela foi almoçar com Hayato. Tomaram Coca-Cola Diet e comeram salada. Hayato lhe mostrou o escritório dele, que tinha um conceito de espaço aberto, com grandes mesas de desenho. Havia várias telas em cavaletes montados: imagens de tênis com uma estampa floral e o símbolo icônico da Nike.

— Nossa coleção de verão para o ano que vem — explicou Hayato, ao enfiar as mãos no bolso. — Estou encarando essas renderizações há dias. Mas tem algo de errado no design. Era para usarmos o trabalho de um artista que faz fundos floridos atrás de retratos de pessoas famosas.

— São as cores — analisou Mika, na mesma hora.

— Como assim?

De repente, Hayato concentrou-se nela. Mika deu um passo à frente. Ela sabia quem era aquele artista. Estava em ascensão quando ela estava na faculdade. Depois, foi só sucesso.

— Conheço o artista. — Ela enrubesceu. — Bem, não pessoalmente. Ele usa cores tradicionais em retratos modernos. Por exemplo, quando pintou o retrato de uma refugiada da Coreia do Norte... Sabe, aquela que fugiu com o bebê dela? Ele usou as mesmas cores de uma pintura do século XIV, *A fuga para o Egito*, de Giotto, para evocar... Acho que não preciso me aprofundar tanto. Mas, enfim... cores antigas, ideias novas, problemas iguais.

Hayato assentiu, pensativo.

— A gente deveria usar umas cores retrô da Nike.

— Vocês podem tentar.

Hayato pegou um kit de lápis de cor em uma gaveta de materiais de arte em sua mesa. Escolheu três e rabiscou a tela. Mika sentiu algo subir dentro dela. Inveja. O desejo de desenhar e permitir que aquilo a engolisse. Ela se perguntou se Hayato conseguia enxergar o apetite imenso no olhar dela. Depois de Peter, todas as cores com as quais já havia pintado se foram. Com medo de esbarrar com ele, Mika largou o curso de arte e trocou de área. *Perdi tudo. Tempo. A mim mesma. Meu futuro.* Como não sentir que algo lhe fora roubado? Em primeiro lugar, seu corpo. Depois, sua arte. E, por último, sua filha.

— Tipo assim? — perguntou Hayato.

Seu olhar brilhava, inspirado.

— Isso aí.

Ela deu um sorriso para incentivá-lo.

— Você me tirou desse bloqueio, de verdade. Como sabe essas coisas?

Ela deu de ombros.

— Qualquer um saberia.

— Não. Não qualquer um. Mas obrigado.

— Claro. É sempre um prazer ajudá-lo a explorar a arte para obter lucro — comentou, brincando. Então, se deu conta de que soou um tanto cruel. Será que havia evitado por tanto tempo aquilo que amava que acabou ficando amargurada? — Desculpa.

Ele balançou a cabeça, meio confuso.

— Não... Tá tudo bem. — Deu uma risada, levando na brincadeira. — Vamos almoçar juntos de novo amanhã? — perguntou, levando Mika até a porta.

Ela aceitou. Depois do trabalho, passou no mercado para comprar umas coisas. Perambulou pelos corredores e conferiu sua conta bancária. O almoço com Hayato tinha feito um estrago considerável. Decidiu que dava para comprar ramen e talvez umas caixas de cereal, mas abriu mão do vinho.

Já em casa, ligou para Penny.

— Oi — disse Penny. — Como foi lá?

Mika tirou as sapatilhas e desabotoou a calça.

— Foi bom. O trabalho é basicamente fazer planilhas e marcar reuniões para o meu chefe.

O chefe de Mika era um cara legal chamado Augustus, cujo apelido era Gus. Tinha o rosto redondo e a pele rosada, e um leve sotaque sulista. Era casado com uma mulher que amava e que preparava uma marmita para ele todos os dias. E não tocou no assunto de Mika ser japonesa, mas fez questão de pronunciar corretamente o nome dela.

— Então — começou Penny. — Tenho uma novidade. Recebi hoje uma carta de admissão da Universidade de Portland.

Mika parou. O curso para o qual Penny tinha se inscrito durante sua visita à cidade. Mika havia lembrado, mas foi cautelosa e não perguntou. Não queria que Penny se sentisse pressionada.

— É mesmo? — perguntou, mantendo o tom baixo, mas depositando a dose certa de curiosidade na entonação.

— É — confirmou Penny. — E acho que quero ir.

— Que incrível! — Mika se esforçou para soar casual. Calma. — Seu pai ficaria de boa com essa sua volta para cá?

Thomas era um tópico que não surgia muito nas conversas delas. Embora soubesse que as duas tinham voltado a se falar, Penny garantira a Mika. O que será que Thomas achava de Mika depois de tudo aquilo? Ela se lembrava da noite de inauguração da galeria, da garrafa de vinho entre os dois. Do jeito com que ele falou com ela, uma voz tão áspera quanto veludo molhado. *Tem feito bem a Penny. A nós.*

Ela perdera o respeito de Thomas, a confiança que conquistara com muito suor. E ele não parecia ser o tipo de homem que perdoava fácil, ainda mais algo relacionado a Penny. Ao mesmo tempo, Mika admirava essa característica dele. Tinham isso em comum. Mas ela odiava ser o motivo da decepção dele, do desprezo.

— Ah, é... — respondeu Penny, bufando. — Ele disse que a decisão era minha. Mas do mesmo jeito que disse "vai lá" quando eu quis andar de bicicleta sem rodinha pela primeira vez. Como se não quisesse que eu fosse, mas não tivesse uma maneira de me impedir.

— Quando começa o curso? — perguntou Mika.

— Na terceira semana de junho. Tenho duas semanas entre o fim das aulas aqui e o começo das daí. Devo chegar um dia antes, por aí, para ajeitar minhas coisas e, quem sabe, passar um tempo com você?

— Sim. Com certeza. — Mika calculou de cabeça quantos dias faltavam. Estavam no fim de maio. — A gente pode ir no supermercado asiático. Talvez em outra partida de roller derby. Você pode conhecer meus outros amigos, a Charlie e o Tuan.

— Seria ótimo — disse Penny. Houve uma pausa antes de ela prosseguir. — Você acha... que daria para eu conhecer sua mãe e seu pai?

Uma nova tristeza se assentou no peito de Mika.

— Não sei, Penny... Vou falar com eles, mas não quero prometer nada. Minha mãe e eu... temos problemas.

A infelicidade de Hiromi pairava como uma nuvem carregada sobre a maior parte da infância de Mika. Como ela poderia, de forma consciente, empurrar Penny para debaixo dessa mesma sombra?

— Não tem problema — garantiu Penny. Pelo tom de sua voz, Mika sabia que tinha, sim. — Eu entendo. Quer dizer, ela mal olhou para mim na inauguração da galeria.

Mika mordeu o lábio.

— Vou conversar com minha mãe. Ver o que posso fazer.

— Tá legal — falou Penny, desanimada. — Não tem muita importância.

Mas Mika percebeu que tinha. Jurou que faria aquilo acontecer. Penny não sabia disso? Mika faria qualquer coisa por ela.

• • •

Mika telefonou para a mãe dois dias depois. Era uma tarde de sexta-feira quando se sentou no sofá e ligou para Hiromi.

Abaixou o volume da televisão, enquanto chamava.

— Mi-chan — disse Hiromi. — É minha filha que está falando? Eu estava em dúvida se ainda tinha uma filha.

— Okāsan. — Mika coçou a testa. — Tudo bem?

Sua mãe começou a discorrer sobre uma tempestade que estava a caminho e sobre algo desagradável que seu pai tinha comido.

Óbvio que elas não conversaram sobre a inauguração da galeria de arte nem sobre o que aconteceu naquela noite. No segundo ano do ensino médio, Mika foi pega furtando em uma loja de roupa. Ela havia pegado uma peça da linha de uma estrela do pop, uma artista branca, que usava quimono e delineava os olhos com kajal — com o argumento de que não era apropriação, e sim admiração. Mika podia até não querer pertencer ao Japão, mas ela acreditava que o Japão também não pertencia àquela cantora. De qualquer forma, Hiromi a buscara na sala de segurança. A volta no carro foi totalmente silenciosa. Assim como o jantar naquela noite e os três dias seguintes. Aquela era a raiz do problema delas. O silêncio. Insanável, do tipo que te destrói emocionalmente.

Mika se recostou no sofá, fechou os olhos e se lembrou da promessa que tinha feito a Penny.

— Okāsan — a interrompeu Mika. — Arranjei um emprego e voltei a conversar com a Penny.

O outro lado da linha ficou mudo. Mika deu uma conferida para ver se a ligação não tinha caído. Não tinha. Ela levou o celular à orelha de novo e falou:

— Ela vai voltar para cá em junho, para treinar cross-country. Ela corre, já ganhou várias medalhas e vários prêmios — contou, entusiasmada. — E ela quer conhecer você.

Mika contemplou o teto texturizado, enquanto aguardava a resposta da mãe.

— Preciso ir — disse Hiromi, por fim. — Seu pai está precisando de mim.

*Clique.* Ela desligou, e pronto.

● ● ●

Finalmente, junho chegou.

— Não aguento mais esperar. Faltam duas semanas — comentou Penny, alegre, em uma conversa por telefone à noite. — Comprei um monte de roupa de corrida. Vou dividir o quarto com uma menina muito legal da Califórnia, chamada Olive.

— Olive, tipo a árvore? — perguntou Mika.

Ela estava em casa. Havia uns dias que saía cada vez menos. Preferia uma refeição caseira, em vez de jantar fora. Água, em vez de vinho. Tudo para conseguir juntar um dinheirinho a mais na poupança. Porque, pela primeira vez depois de muito tempo, Mika fazia planos para o futuro. Vivia para Penny.

— É. Peraí. — Houve um arrastar de pés, e Penny falou com alguém que estava lá com ela. — Pai, estou no telefone. — Então era Thomas. Mika ouviu com atenção, mas não conseguiu escutar a resposta dele, só o som abafado de sua voz. — Estou falando com a Mika. Tá, entendi. O dinheiro está na bancada. Vai, eu vou ficar bem. Vou pedir uma pizza, algo assim. Desculpa. — Penny voltou para a ligação. — Parece até que nunca fiquei sozinha em casa.

Mika só conseguiu imaginar Thomas de terno, prestes a sair para um encontro. Com que tipo de mulher ele sairia? Seria ele uma espécie de super-herói viúvo e louco por sexo, que se disfarçava de um ótimo pai durante o dia?

— Ele vai voltar, tipo, daqui a umas duas horas. Tem um depoimento importante amanhã e precisa ver umas coisinhas, mas tenho certeza que vai me ligar três vezes. Uma para me dizer que chegou no escritório, depois para dizer que está quase terminando e, por último, para dizer que já saiu de lá e está a caminho de casa.

— Beleza, então Thomas não era um super-herói viúvo e louco por sexo. Só estava trabalhando até tarde. — Enfim, o que eu estava falando mesmo? Ah, é...

Penny continuou falando, e Mika foi toda ouvidos.

No sábado, Mika estacionou em frente à casa dos pais e buzinou. Sua mãe abriu a porta no mesmo instante, e seu pai a seguiu, devagar. O céu estava azul-claro, sem nenhuma nuvem.

— Mi-chan — repreendeu Hiromi, enquanto vinha pelo caminho de cimento e abanava um pano de prato como se isso fosse diminuir o barulho.

Mika saiu do carro e deu a volta pela frente, com um papel na mão. Ela o entregou à mãe.

— Toma.

— O que é isso? — indagou Hiromi.

Ela observou o papel.

— Um cheque. — Mika o preenchera naquela manhã, no valor de cem dólares, ou seja, 5% da dívida adquirida com os pais na igreja. — Vou te dar mais quando receber de novo.

Hiromi foi ríspida, mas enfiou o cheque no bolsinho de seu avental.

— E o que é isso? — perguntou novamente, apontando para a traseira do carro de Mika.

Os vidros estavam abaixados, e, no banco de trás, havia ramos de folha de bordo saindo pela janela.

— Uma árvore que vou plantar no nosso quintal. — No buraco do qual Hana arrancara a árvore morta e sem nutrientes. — Quero acompanhar o crescimento de alguma coisa.

Ela abriu um sorriso para a mãe, para o dia, para sua vida.

— Tem que regá-la todo dia — avisou Hiromi.

Mika revirou os olhos.

— Eu sei.

— Vinte minutos, no mínimo.

— Pode deixar.

Mika contornou o capô de novo. Não a convenceriam a entrar, de jeito nenhum. Já podiam deixá-la ir. *Por favor*.

Hiromi esfregou uma folha com o dedo indicador e o polegar.

— Essa aqui está com umas pintinhas brancas. Pode ser fungo.

— Não tem problema.

Mika abriu a porta do carro e se sentou no banco do motorista. Ligou o motor, e Hiromi deu batidinhas na janela. Ela abriu o vidro. Sentia falta de dirigir o carro de Charlie, com os vidros elétricos e o ar-condicionado. Quem sabe dali a um ou dois anos ela conseguisse comprar um carro seminovo.

Hiromi deu uma espiada dentro do carro, depois olhou para Mika.

— Seu pai e eu queremos conhecê-la, sua bebê.

Ela falou mais baixo, como se o assunto fosse um tabu. Mika encarou a mãe por uns instantes, confusa. Ela abriu e fechou a boca. Penny, ela quis dizer Penny. Mas Penny não era mais um bebê. Aquela bebê que Mika tinha dado não existia mais. Procurou afastar aquele pensamento, não estava pronta para pensar naquilo.

— Querem conhecer Penny?

Hiromi assentiu uma vez.

— Pode trazê-la para jantar aqui.

— Ou podemos ir a um restaurante — sugeriu Mika.

Fazia anos que ela não entrava na casa dos pais.

— Não, é muito caro — insistiu Hiromi, decidida. — Traga ela aqui. Eu vou cozinhar.

— Está bem.

Só restava a Mika concordar. E ela o fez por Penny. Era Penny que queria conhecer os avós biológicos. Penny que queria ver o lugar onde Mika havia crescido.

— Vou falar com ela. Ela vai ficar muito feliz.

Hiromi permaneceu séria.

— Não se esqueça de regar a árvore.

# Capítulo DEZENOVE

Na semana anterior à chegada de Penny, Thomas enviou uma mensagem para Mika.

Ele começou com um "Oi". Mika estava no trabalho e olhou o celular, ao lado do teclado. Deu uma conferida no escritório. Todos estavam ocupados, mexendo em arquivos ou tamborilando no teclado. Lógico que não dava para eles perceberem que o pai adotivo da filha de Mika estava mandando mensagem, nem que os dois não se falavam desde o dia da inauguração da galeria, quando Hiromi tinha feito o mundo de Mika desmoronar a sua volta.

*Oi*, digitou ela, se abaixando e se escondendo em sua estação de trabalho.

*É o Thomas*, escreveu ele.

*Sim, eu sei*, respondeu ela.

Surgiram na tela três pontinhos dentro de um balão cinza:

*Certo. Desculpa. O voo da Penny vai chegar no domingo. Você pode ir buscá-la? Prefiro que ela não tenha que pegar um Uber nem um táxi sozinha*, explicou ele.

Ela se endireitou. Já planejava fazer aquilo. Penny e Mika haviam combinado: Mika ia buscar Penny de carro no aeroporto, depois a levaria para o alojamento na Universidade de Portland e a ajudaria a se acomodar. E, se Penny quisesse, jantariam fora e passariam um tempo juntas.

Em seguida, ele enviou outra mensagem:

*Ela nunca viajou de avião sozinha. Me ofereci para ir com ela. Ela recusou. Foi um "não" rápido e enfático.*

Mika o imaginou no escritório dele. Sentado diante de uma mesa enorme de mogno. De terno e gravata. E a testa bem franzida. Ele a odiava?

Gus, seu chefe, passou pela sua mesa. Mika largou o celular, pôs as mãos de volta no teclado e acenou para ele.

— Não trabalhe demais — disse o chefe, dando um sorriso genuíno.

Ela sorriu, forçou uma risada e esperou até ele ir embora para responder Thomas:

*Pode deixar comigo.*

Vinte minutos depois, ele enviou outra mensagem:

*Tem certeza? Não vai ser um incômodo?*

Mika respondeu:

*Tenho, não tem problema. Já planejamos o que fazer de tarde. Prostitutas, drogas, o pacote completo.*

Mika mordeu o lábio e digitou novamente:

*Foi uma piada. Muito cedo para brincar com isso?*

Mais uns minutos se passaram. Mika continuou trabalhando em uma planilha até que recebeu outra mensagem de Thomas: *Cedo até demais.* Ou seja, ele a odiava. Sem dúvida, odiava.

*Por favor, não se preocupe, ela vai estar em boas mãos, prometo,* respondeu Mika

*Pede para ela me mandar mensagem quando chegar,* foi a resposta de Thomas.

• • •

No domingo, Mika parou em frente ao terminal de desembarque do aeroporto. Penny estava na calçada e acenava para ela; com a outra mão, segurava a alça de uma mala bordô. Tinha prendido o cabelo em um rabo de cavalo brilhoso. Mika abriu o porta-malas e saiu do carro. As duas disseram "oi" ao mesmo tempo e logo caíram uma nos braços da outra. Mika prolongou o abraço por um segundo além da conta. Depois, jogou a bagagem de Penny no porta-malas, e ambas entraram no Corolla enferrujado.

Penny pôs o cinto de segurança. Ou ela não reparou no para-brisa quebrado e a fita segurando o retrovisor, ou ignorou por educação.

— Ufa. Quase que eu não chego. Meu pai me levou hoje de manhã, e juro que ele quase chorou. Tenho quase certeza de que chegou a pensar em me sequestrar. Dá para sequestrar a própria filha?

Mika conferiu o retrovisor

— Ele me mandou várias mensagens.

Uma foi para lembrar a Mika o horário de chegada do voo: *Ela chega às 12h15.* Uma hora depois, avisou: *O voo da Penny está atrasado.* Mika respondeu com palavras otimistas, na esperança de acalmá-lo. Tinha reconquistado a confiança de Penny, mas seria mais difícil fazer o mesmo com Thomas. Justo. *Eu sei. Sem problemas. Já estou aqui no aeroporto, esperando no estacionamento*, digitou ela, do mesmo lugar onde havia parado o carro semanas antes para enviar um áudio desconexo para Penny. *Estarei aqui quando Penny chegar, seja lá qual for a hora.*

— Eu sei. Ele é péssimo. Mandei mensagem para ele assim que o avião pousou — reclamou Penny, depois se abanou. — Está quente. Pode ligar o ar-condicionado?

— Claro — respondeu Mika. — Abaixa o vidro aí.

Penny ficou mais vermelha ainda e girou a manivela para abrir o vidro. Elas saíram da faixa especial do aeroporto e passaram por uns hotéis e por uma loja sueca de móveis. Mika observou Penny, enquanto dividia a atenção com o trânsito. Penny abaixou o quebra-sol, deixando metade do rosto na sombra. O vento no cabelo dela e o cheiro de verão lembraram Mika de sua adolescência. Na época em que dirigia pelas ruas sem rumo ou ficava de bobeira com Hana no primeiro Starbucks 24 horas.

— Quer arranjar confusão — dissera Hiromi, certa vez.

Mas, na verdade, elas só queriam arranjar algo para fazer, ponto.

Penny pegou um gloss na bolsa e passou. Mika não se lembrava de vê-la maquiada. Contraiu os lábios, sem dizer nada. Seguiram pela Avenida 82, rumo à região norte da cidade. A Universidade de Portland ficava no bairro de St. Johns, em uma ribanceira com vista para o rio Willamette. O campus podia ser confundido com um lugar da Costa Leste, com seu vasto gramado verde e prédios de tijolos, com acabamentos em branco. Uma universidade parceira da Notre Dame, ostentava uma placa na entrada. Penny tirou uns papéis da mochila, sendo um deles um mapa.

— Aqui está dizendo que é para a gente ir até o Corrado Hall fazer o check-in e ver em qual quarto vou ficar.

Ela apontou para a direita, e Mika girou o volante para entrar na ruazinha. Encontraram uma vaga não muito longe do alojamento. Mika abriu o porta-malas e pegou a mala de Penny.

— Aqui, isso aqui também é para você.

Ela se esticou para alcançar o banco traseiro e puxou de lá um travesseiro e um jogo novo de roupa de cama de solteiro, que havia comprado e lavado. A estampa era fofa, com pequenos crisântemos amarelos.

— Para mim?

O sol da tarde atrapalhava a visão de Penny.

— É. Eu sei que eles falaram que iam fornecer tudo, mas achei que você ia gostar de um tecido com um número de fios maior e de um travesseiro novo. Roupa de cama é muito importante — comentou Mika, como se estivesse partilhando uma sabedoria milenar.

Penny pegou os lençóis e o travesseiro e ficou olhando para eles.

— Valeu. É muito fofo da sua parte. Mas você tinha dinheiro? — Ela se apressou para explicar. — Quer dizer, seu carro...

— Shhh. — Mika fez um carinho no Corolla, perto de uma mossa enferrujada. — Assim vai magoar os sentimentos dela. Se quer saber se troquei a janta de hoje pela roupa de cama e pelo travesseiro, a resposta é não. Eu tinha dinheiro. Juro.

Apenas dois dias antes, Mika inclusive havia entregado mais um cheque para os pais. Hiromi tinha segurado o pedaço de papel e o analisado, desconfiada, como se previsse que aquilo entraria em combustão de repente. Em seguida, ela o enfiara no bolso do avental e perguntara sobre a bebê, sobre quando Mika a levaria para jantar lá. Marcaram o jantar para a semana seguinte. Penny ficou extasiada com a perspectiva de conhecer os avós biológicos. Mika, nem tanto. Quase nada.

Penny sorriu e abraçou as roupas de cama. Mika trancou o carro e voltou para perto de Penny.

— Pronta? Ei, tá tudo bem? — perguntou ela, notando uma apreensão no lábio inferior de Penny.

— Tá. É só que... — Penny apertou mais ainda as roupas de cama, como quem se ajeita debaixo de uma coberta antes da tempestade chegar. — Vai ter atletas do país inteiro aqui. Todo mundo é muito bom... É por isso que, tipo, foram aceitos para o curso.

A vulnerabilidade gritante remexeu algo dentro de Mika. Ela segurou os ombros de Penny.

— Você vai se sair muito bem — afirmou. Se existisse um poder como a confiança de uma mãe em seus filhos, talvez o mundo fosse diferente. — Diga. Diga: "Vou me sair muito bem."

— Vou me sair muito bem — murmurou Penny.

Estava corada, com vergonha.

— O que você disse? — Mika sacudiu Penny e falou mais alto. Alunos perambulando por ali se detiveram para prestar atenção: uma mulher asiática transtornada e sua versão em miniatura. — Não consigo ouvir pessoas que não acreditam em si mesmas — disse ela, quase aos berros.

— Vou me sair muito bem! — praticamente gritou a menina.

Mika sorriu e a liberou.

— Bem melhor.

Foram caminhando juntas até o alojamento. No lobby, um banner dourado e roxo dizia: BEM-VINDOS À UNIVERSIDADE DE PORTLAND. Uma garota de cabelo comprido e ondulado fez o check-in delas.

— Penelope Calvin. Você vai ficar no quarto 205. É só subir a escada e virar à esquerda.

Ela lhes entregou um molho de chave e foi atender o próximo da fila. Em meio a outras famílias, as duas subiram até o segundo andar e encontraram o quarto de Penny no alojamento. Mika notou que o corredor estava lotado de adolescentes, meninas *e* meninos, arrumando suas coisas nos quartos.

— Você não comentou que seria tudo misturado — afirmou Mika.

Ela observava um quarto, onde um garoto de olhos encovados e cabelo bagunçado de artista pop mirim esticava um edredom xadrez na cama, enquanto a mãe dele guardava bebidas no frigobar.

— Não comentei? — Penny colocou a chave na fechadura e girou para entrar no quarto. — Que engraçado... Achei que tivesse falado.

— Com certeza absoluta, você não falou.

Mika arrastou a mala de Penny para dentro do quarto. Só tinha uma janela e duas camas, uma de cada lado. Eram altas, acessíveis por escada. Abaixo de cada uma, havia uma escrivaninha e um armário suspenso. O banheiro compartilhado ficava do lado de fora, no corredor, mas o quarto tinha uma pia e, acima dela, um espelhinho. Apesar de tudo, aquela era a melhor parte dos alojamentos. O quarto em que Mika havia morado ficava em um prédio mais antigo, pouco maior do que uma caixa de sapato, e ela já o achava enorme, cheio de potencial. Penny arrastou a mala até o meio do quarto e abriu o zíper, revelando um monte de roupa. A maioria era de corrida: tops de lycra e shorts. Por cima, estava a camiseta do campeonato de roller derby que Mika lhe dera. Penny sacudiu e dobrou a peça de novo, com cuidado, para colocá-la em uma gaveta do armário.

A colega de quarto de Penny chegou, uma ruiva com sardinhas cujo nome, Olive, combinava com ela. Ela parecia a personificação de um ponto de exclamação: seu corpo era longo e firme, cheio de energia.

— Ai, meu Deus! A gente vai se divertir tanto! Qual foi sua rotina de treino no verão passado?! Na segunda, eu fazia doze quilômetros de fartlek. Aí, na terça, uma corridinha de oito a onze quilômetros, com uns sprints de oitenta metros. Na quarta, um treino em subida...

Mika não entendeu nada, mas Penny assentiu como um cachorrinho ávido. Ela ouviu parte da conversa enquanto colocava a roupa de cama no colchão gasto de Penny.

— E aí?

O garoto com cabelo de cantor pop se apoiou na porta, com os dedos enfiados no bolso. Descolado. Tão descolado... Mika quase revirou os olhos.

— Devon.

Ele levantou o queixo.

— Penny.

Ao responder, Penny ajeitou a postura. Olive se apresentou de um jeito bem parecido.

— Olha, a galera vai sair para comer e jogar frisbee depois. Vocês duas querem ir? — perguntou Devon.

Penny olhou de relance para Mika, em dúvida.

— Eu meio que já tinha combinado uma coisa...

Mika ergueu as mãos e abriu um sorriso, apesar da descarga de decepção.

— Sem problemas. Depois a gente coloca o papo em dia.

— Sério, não se importa?

— Claro que não.

Mika se esforçou para sorrir, escondendo as emoções por trás de uma fachada feliz.

— Legal — falou Devon. — Já encontro vocês lá fora.

— Valeu. — Penny deu um abraço em Mika. — Eu te ligo.

Em seguida, começou a bater papo com Olive sobre sprints, e Mika se deteve por um segundo para observá-las, sentindo um fascínio melancólico. Então, saiu do quarto.

A porta ficou entreaberta, e Mika escutou a pergunta que Olive fez para Penny, assim que ela saiu.

— Ela é, tipo, sua mãe? Ela é superbonita.

— Tipo isso. É minha mãe biológica.

— Saquei. É uma história profunda — disse Olive. — Você pode me contar enquanto a gente estiver comendo.

Mika deixou o prédio e perambulou pelo campus por uns minutos, sentindo-se uma senhora velha e esquisita, apesar de seus meros trinta e cinco anos. Pensou em si mesma antes e depois, e uma flecha afiada de nostalgia transpassou seu peito. Refletiu sobre o quanto tinha mudado, mas queria ter continuado igual. Sentou-se em um banco. Um gramado verdejante e espaçoso se espraiava em sua frente.

— Mika.

Ela ouviu seu nome pairar na brisa de verão. Não disse nada e se perguntou se aquilo poderia ser real. *Não*, só uma lembrança. Apareceu diante dela como um holograma. Era primavera, em seu primeiro ano de faculdade, e ela ainda conseguia esconder a barriga debaixo de moletons maiores que ela. Mas tinha começado a sentir o peso extra, a pressão que Penny fazia em suas costas, e precisou se sentar em um murinho de cimento para retomar o fôlego.

— Mika — chamou a voz, outra vez.

Dessa vez, estava mais perto. Ela olhou para cima. Marcus.

— Estava na dúvida se era você.

Ele parara em frente a ela. Tinha uma bolsa carteiro atravessada no peito e manchas de tinta nas mãos.

— Por onde você andou? Nunca mais apareceu nas minhas aulas. — Ela fitara Marcus, sem palavras. O sol brilhava atrás dele, traçando um caminho pela sua maçã do rosto. Aquilo a fez se lembrar do autorretrato de Rembrandt. — Está tudo bem? Você não arranjou outro mentor, não, né? Porque se estiver fazendo Pintura IV com Collins...

Mika puxou a mochila para o colo e a abraçou.

— Eu não... Não estou...

Tropeçou nas palavras. Foi aí que sentiu. O fantasma da mão de Peter pressionando sua boca. O cheiro de terebintina. Ela não conseguia falar. O coração acelerou, ameaçou explodir no peito. Penny deu um chute. Ela se levantou e quase derrubou Marcus, que havia se aproximado.

— Parei de pintar — falou, se afastando dele. — Não sou boa o suficiente...

— Isso não é verdade. Nunca vi ninguém com um talento tão genuíno quanto o seu.

Ela fixou o olhar nos próprios pés. Os tênis enlameados. Havia jogado fora as roupas que usara na festa. Prometeu nunca mais usar salto alto, saia, maquiagem. Não queria mais ser bonita. Tinha medo. Ser bonita era um convite. Não, ela se corrigiu. Ser mulher era um convite. Marcus dera um passo em sua direção.

— Tenho que ir — murmurara ela, e saiu em disparada.

Correu naquela manhã de céu azul homogêneo, até chegar ao seu quarto no alojamento. Trancou a porta e desabou nela: parecia que o teto estava abaixando, que as paredes comprimiam o espaço. Suas mãos tremeram, o coração bateu mais rápido, a respiração ficou acelerada. Não sabia quanto tempo havia durado aquela crise. Só se lembrava de ter acordado um tempo depois na cama, grogue e faminta. Foi sua primeira crise de pânico.

Mika ficou sentada ali no banco por mais um instante, esperando o holograma desaparecer. Nos meses seguintes ao estupro, ela sentia como se estivesse fora de si. Como se sua alma tivesse se separado de seu corpo e vagasse por aí. A maioria de suas lembranças fora registrada não da sua, e sim da perspectiva de um espectador que observava tudo de cima.

Depois de um tempo, Mika dirigiu até em casa e aplicou uma máscara facial, como planejara fazer com Penny naquela noite. Quando começou a arder, removeu-a, tirou uma foto de seu rosto avermelhado e mandou para Hana. *Acha que está muito ruim?*, digitou ela. O rosto de Mika já tinha começado a voltar ao normal quando a resposta de Hana chegou:

*Já viu O Homem da Máscara de Ferro?*

Mika deu um sorriso, e o celular dela tocou. O nome de Hana brilhava na tela.

— Oi — disse Mika.

Ela se sentou no sofá e aproximou os joelhos do peito para abraçá-los.

— Penny não está aí? — perguntou Hana, em um local silencioso. — Achei que vocês iam jantar e fazer algum programa depois. Me lembro de você fazendo planos especiais de ir a um restaurante que corta a carne na frente do cliente, depois fazer uma noite de spa.

Mika brincou com os dedos do pé.

— Ela me trocou pela colega de quarto, que tem a energia de um golden retriever. Prometeu que depois a gente colocava o papo em dia.

Mika não sabia muito bem como estava se sentindo. Meses antes, tinha sido a estrela do universo de Penny.

— Ui — exclamou Hana. — Então encontrou uma usurpadora?

— Acho que sim — respondeu Mika, desolada.

Talvez houvesse sido assim que Thomas se sentira. Faria um brinde sozinha à própria martirização. Estava com vontade de chorar, mas seu rosto podia arder mais ainda.

— Tenho umas novidades que podem te animar.

— Eu aceito umas novidades para me animar.

— O Pearl Jam vai tocar em Seattle daqui a duas semanas, uma quinta-feira. Depois, vai rolar uma folga no fim de semana. Vou sair com Josephine na sexta à noite, mas reservei o sábado à noite para minha piranha preferida. Se prepara aí para tomar umas decisões bem erradas.

Mika esticou as pernas e se encostou no sofá. Ela repassou mentalmente sua agenda. Havia reservado o fim de semana seguinte para Penny: elas iam jantar na casa dos pais de Mika. No outro fim de semana, Thomas ia estar na cidade, então era provável que Penny passasse o sábado com o pai. E, quando ele fosse embora, no domingo, Penny pegaria um ônibus com a equipe para participar de uma corrida nas dunas, no litoral. *Dunas*. Para Mika, era algo tão absurdo quanto alguém sugerir que Russell Crowe refizesse seu papel em *Os Miseráveis*.

— Na verdade, isso é perfeito, e eu acho ótimo. Não vejo a hora. A gente devia chamar o Hayato e a Charlie. Ir a umas boates, talvez.

— Com certeza.

Elas conversaram por mais um tempinho. O assunto principal foi a relação de Hana e Josephine. Pelo visto, a coisa estava ficando séria. Depois, seu celular vibrou com uma mensagem:
*Está tudo bem com a Penny?*
Era Thomas. Mika respondeu:
*Eu a ajudei a se instalar e conheci os colegas de alojamento dela.*
*Ela me mandou mensagem, mas foi só um joinha*, contou Thomas. Ao ler aquilo, Mika riu, mas não escreveu nada. Ela pensou em Thomas. No que é criar um filho. Na ligação inseparável com o bebê. Mika sentira aquela conexão quando carregava Penny no ventre, por mais que já soubesse que não ficaria com ela. Uma vez, ela leu que os bebês não sabem onde termina seu corpo e começa o da mãe. Para eles, os dois são uma coisa só: como o sal e o mar.

## Capítulo VINTE

Na segunda-feira de manhã, seu chefe, Gus, enfiou a cabeça em sua estação de trabalho.

— Com licença — pediu ele. — O que acha de fazer umas horas extras essa semana? Preciso montar um modelo de colaboração para um de nossos investidores. Shelly estava cuidando disso, mas precisou tirar folga por causa de um problema familiar. Passaram a bola para mim, e qualquer ajuda seria bem-vinda!

Ele falou com vontade e levantou as mãos para enfatizar o argumento. Mika empurrou o celular para longe e se empertigou.

— Claro. Sem problemas.

Uma distração viria a calhar. Ela vinha se sentindo um tanto sozinha sem Hana por perto. E pensando demais na próxima vez que veria Penny, que seria na sexta-feira, no jantar na casa dos seus pais — só de pensar naquilo, já ficava nervosa. Como ia se sentir quando pisasse de novo na casa onde tinha crescido? Fazia quanto tempo que não entrava lá? Dez anos, no mínimo.

E, mais importante, como sua mãe ia tratar Penny? Mika imaginou Hiromi à espreita. Prometeu que não a deixaria machucar sua filha com seu gênio difícil.

— Ótimo! Deve estar tudo no servidor compartilhado. Pode dar uma olhada lá, e nos reunimos depois do almoço para falar sobre isso.

Ele foi embora, e Mika esboçou um sorriso. Ela mergulhou de cabeça na tarefa. Até chegou mais cedo na terça e na quarta para adiantar as coisas. E ainda conseguiu almoçar com Hayato, e os dois aproveitaram para stalkear Seth na internet, o cara com quem ele estava saindo.

A sexta passou voando. Às 15h05, ela enviou um e-mail para Gus informando-lhe que todos os documentos estavam prontos e só faltava ele revisar. Ele disparou uma resposta no mesmo minuto: *Ótimo trabalho, pode ir embora. Descanso merecido.*

Então, Mika chegou um pouco mais cedo no campus para buscar Penny. Pensou que ia esperar no carro e talvez mandar uma mensagem para Hana dizendo que estava muito ansiosa para vê-la no fim de semana seguinte. Mas não pensou que ia ver Penny no maior chamego — Mika não tinha certeza se já tinha usado a palavra "chamego" alguma vez na vida, mas estava usando naquele momento, e não poderia ter ficado mais surpresa ou triste — com Devon, o garoto do cabelo bagunçado de cantor pop. Os dois estavam em pé, a uma distância curta demais. As mãos dele no quadril dela. As mãos de Penny no... peito *dele*? Mika não conseguia acreditar. Sua primeira reação foi interromper aquilo. Ela meteu a mão na buzina. Os pedestres pararam. Penny se afastou de Devon, que fez a gentileza de também dar um passo para trás e, sem graça, passar a mão no cabelo. Penny murmurou alguma coisa para ele e se abaixou para pegar a mochila e ir até o carro.

— Oi — disse Mika.

Penny entrou no carro.

— Oi. Chegou cedo.

Penny afundou no banco e cobriu o rubor do rosto com as mãos.

— Não leve a mal, mas isso foi superconstrangedor.

— Foi mal. Minha mão escorregou. — Mika foi um tanto ligeira na resposta. — Carro antigo, buzina delicada, sabe?

Na verdade, era preciso fazer muita força para buzinar. Ela havia derramado algo no volante sabia-se lá quantos anos antes, e, desde então, a buzina tinha ficado travada. Ótimo saber que ainda funcionava. Mika começou a dirigir, ainda de olho em Devon, pelo retrovisor.

— Então, hummm... amigo novo?

Já estavam fora do campus, e Penny se remexeu no assento para se sentar reta. Hesitou por uns instantes.

— Ele é meio que meu namorado.
O sinal amarelo ficou vermelho, e Mika pisou no freio.
— Namorado? É algo recente?
*Que rápido*, pensou Mika. Mas quem era ela para julgar? Foi morar com Leif depois de um mês dormindo com ele.

Penny deu um sorrisinho. Ela sentou em cima das mãos.
— A gente oficializou no fim de semana. Estamos namorando.

Mika não estava muito por dentro dos estágios de namoro dos adolescentes, mas sabia que "namorar" significava algo sério. Pelo menos era assim quando tinha dezesseis anos. Ela arriscou olhar para Penny.

— É uma novidade e tanto.
O sinal ficou verde, e Mika acelerou para pegar a estrada.
— Não é nada de mais — disse Penny, bancando a descolada. — Escuta, a gente pode deixar isso quieto? Pode ficar só entre nós?
— Ou seja, não contar para o seu pai — concluiu Mika, enquanto elas passavam por uma ponte.

Penny assentiu uma vez, para confirmar.
— Ele vai reagir todo estranho, já que Devon e eu estamos no mesmo alojamento.
— Não sei...

Mika ficou quieta. Ela queria que Penny se sentisse à vontade para lhe contar as coisas. E Devon não parecia ser tão ruim assim... Paixonite adolescente, diria Mika. Ou ia acabar dali a umas semanas, ou não. *Que mal poderia ter?* Além disso, ela quase não falava com Thomas. Se ele não perguntasse, ela não ia tocar no assunto. *Ainda é mentira se for por omissão?* Mika estava na dúvida. Já havia repetido em filosofia.

— Tá bem, não vou falar nada.

Mika se perguntou se Caroline e Penny tinham segredos. Se já acontecera de Caroline buscar Penny mais cedo na escola e levá-la para tomar sorvete. *Não conta para o seu pai*, ela poderia ter dito. *Fica só entre a gente, as meninas.* Uma parte de Mika queria ter algo assim. Uma conexão daquele tipo.

— Obrigada — disse Penny. — Obrigada por confiar em mim.
— Por pouco, Mika não disse: "Confio em você, mas não no mundo." Mas segurou a língua. — Então, me fala sobre seus pais. Tem algo que eu precise saber antes de conhecer os dois?
Agora, já estavam longe de Portland, em uma área afastada da cidade. Passaram pelo mercadinho coreano que não conferia a identidade. Pelo Starbucks 24 horas, onde Mika e Hana se encontraram para chorar quando Kurt Cobain morreu. Pelo colégio onde Mika costumava andar levando um cigarro em uma mão e seus sonhos na outra. Ela sentava na arquibancada e desejava estar em outro lugar. Inspirava e acreditava que estava destinada a fazer coisas grandiosas. Que *podia* fazer coisas grandiosas.
— Estou nervosa — completou Penny.
Mika virou em uma rua secundária. Crianças brincavam ali com uma mangueira.
— Não fique — falou Mika, estacionando em frente à casa dos pais. Ao ver as telhas verde-musgo, sentiu uma dor súbita e aguda, a parte dolorosa de sua infância sendo cutucada. — Eles não são muito de abraçar. Se inclinarem o corpo para cumprimentá-la, é só retribuir o gesto. — "Eu te amo" nunca era falado na casa de Mika. O amor estava nas ações. Trabalhar para proporcionar uma renda. Cozinhar refeições caseiras. Obedecer aos pais. — E, se minha mãe perguntar se quer beber algo, não tome a água da garrafa. Não é água nova. Quando a água acaba, ela enche as garrafas e põe de volta na geladeira. — Hiromi não lavava as garrafas antes de reabastecê-las. — Aliás, faça isso com qualquer garrafa, veja se está lacrada. Uma vez, ela comprou um refrigerante de limão genérico para o meu aniversário e colocou na garrafa de Sprite.
— Ok... — disse Penny, cautelosa, olhando para a antena parabólica gigante na lateral da casa.
As duas caminharam devagar até a porta e se detiveram mais uma vez. Mika viu um movimento nas cortinas. Sua mãe estava observando.
— Eles já perguntaram alguma coisa de mim?

Mika estudou a ansiedade no rosto de Penny. Não queria mentir, mas sabia que a verdade ia magoá-la. Decidiu não falar nenhum dos dois.

— Eu nunca dei muita informação. Falar sobre você era difícil para mim. — Ela fez uma pausa. — Tá pronta?

Penny olhou para a frente.

— Tô.

Mika colocou a mão na maçaneta e se virou para Penny.

— Uma última coisa. Não esqueça que a gente pode ir embora a qualquer momento. É só me falar, e damos o fora daqui. Você está no controle.

Estava dizendo aquilo a si mesma ou a Penny?

— Entendi — afirmou Penny.

Mika abriu a porta. Seus pais aguardavam. Ela tirou os sapatos no genkan improvisado, e Penny fez a mesma coisa. Mika foi transportada ao passado. Para a época em que seu pai comprara a casa. Ela segurou a mão da mãe quando foram visitá-la. O gramado ainda exibia a placa de "À venda". Hiromi empinava cada vez mais o nariz a cada quarto que olhavam. Estava tudo errado. As portas abriam e fechavam, em vez de deslizar. Hiromi não estava nem aí para o conjunto de banheira e chuveiro na suíte master, nem para a despensa na cozinha, nem para os fundos que davam para o norte — daquele jeito, a roupa nunca ia secar.

Ao lado de Penny, Mika sorria sem graça, se perguntando se Penny conseguia notar a infelicidade de Hiromi pulsando nas paredes.

— Okāsan, Otōsan. — "Mãe, pai", disse Mika. — Essa é a Penny.

Ela quase incluiu "minha filha" na frase. Hiromi e Shige fizeram uma reverência, dobrando o corpo, e Penny respondeu de acordo.

— É um prazer conhecê-los — disse ela.

Depois, um silêncio se seguiu, enquanto todos se encaravam. Sua mãe estava arrumada. Usava sua roupa mais bonita: um vestido levemente acinturado, com pregas na cintura. O pai estava de terno. Ambos usavam pantufas. O carpete felpudo fora aspirado, e a mesa estava posta com uma dezena de pratos elaborados: tofu com gergelim, arroz servido em esferas perfeitas, aspargos com dashi — os favoritos de Mika. Provavelmente, Hiromi passara horas cozinhando.

A mãe de Mika falou primeiro. Ela abriu as mãos.

— Mi-chan falou que você atleta.

— Que você *é* atleta — corrigiu Mika.

— Foi isso que eu disse — rebateu Hiromi. — Shige, não foi isso que eu disse?

— Sou atleta, sim. Eu corro — interrompeu Penny. Hiromi olhou fixamente para ela, analisando-a. — Vim fazer um programa de treinamento na Universidade de Portland. Minha escola é da divisão um. Entrei para a equipe principal no meu segundo ano.

— Você é rápida? — perguntou Shige.

Havia uma faísca de aprovação em seu olhar. Penny assentiu.

— Rápida e constante, isso que importa.

— Deve ser boa, para estar em um programa da Universidade de Portland. Li que é uma universidade parceira da Notre Dame — comentou Hiromi, impressionada.

— Eu tento.

Penny se gabou levemente.

Outra vez, um silêncio tenso se seguiu. Eles poderiam muito bem ser desconhecidos em um ônibus, com aquele tanto de ar entre eles.

— Está com fome? — perguntou Hiromi, enfim.

— Claro — soltou Penny. — Quer dizer, já posso comer, ou podemos esperar. Como preferirem.

— Vamos comer, vamos comer — disse Shige.

Até parecia que era o responsável por toda aquela comida. Eles foram até a mesa. Penny, Mika e Shige se sentaram.

— Que beber alguma coisa? Água, ocha? — perguntou Hiromi.

Ela observava Penny com certa curiosidade.

— Água está ótimo — disse Penny, pegando o guardanapo da mesa e o estendendo no colo.

— Do filtro — disse Mika.

Penny abriu um sorriso, que foi retribuído por Mika. Hiromi encheu os copos de água e os pôs na mesa.

— Fiz todos os pratos favoritos da Mika, de quando ela era criança — explicou Hiromi, puxando uma cadeira.

Logo em seguida, Mika, Shige e Hiromi seguraram as mãos uns dos outros e disseram:

— Itadakimasu.

Shige pegou os hashis e começou a se servir de um pouco de teba shichimi, um frango temperado com uma especiaria de sete ingredientes.

— Pode se servir — disse Hiromi. — Experimenta o aspargo, eu mesma fiz o dashi.

Penny olhou para baixo. Hiromi só tinha posto hashis na mesa. Mika levantou-se e pegou dois garfos na gaveta de talheres na cozinha. Ela entregou um para Penny e ficou com o outro.

— Você nunca usa hashi? — indagou Hiromi.

Parecia ofendida.

— Okāsan — afirmou Mika, em tom de alerta.

Ela se perguntou se a mãe estava culpando Penny por não ser japonesa o suficiente.

— Vou te mostrar. Foi assim que ensinei para a Mi-chan.

Shige chegou mais perto de Penny.

— Vai, tenta — falou ele, com uma voz gentil, acolhedora e encorajadora.

Penny demorou um instante para pegar os hashis. A mente de Mika foi para outro lugar, deparou-se com um passado esquecido. Quando ainda moravam no Japão. Em Daito, uma cidadezinha na província de Osaka. Ela usava um suéter amarelo e estava sentada sobre os joelhos a uma mesa baixa, na qual havia uma tigela de edamame. Era para praticar o uso dos hashis. Seus pais estavam em outro quarto. Discutindo. Mika se levantou e foi até lá de fininho. Os pés ficaram a um centímetro da faixa de luz amarela que atravessava a porta entreaberta.

— Não quero morar nos Estados Unidos — dissera a mãe, com a voz arrastada, suplicante.

Ela usava um quimono. Uma vez por mês, almoçava em Quioto com uma amiga, colega do treinamento como maiko. Ambas trajavam seus melhores quimonos e levavam as crianças. Mika se lembrava de brincar com um garotinho no chão do restaurante. A mãe dela usava tabi e zōri nos pés. Quando chegaram em casa, viram que Shige havia voltado mais cedo. Estava cabisbaixo.

— Precisa achar outro emprego, em outra empresa — insistira Hiromi.

Pelo jeito que falara, era assunto encerrado. O pai gesticulou com a mão, bravo. Ele também era mais novo. As rugas não marcavam seu rosto tão profundamente.

— Está faltando emprego. Essa é nossa única opção. Vamos nos mudar. Fim de papo.

Mika apoiara as costas na parede. A casa fora construída com estrutura de metal, feita para resistir a terremotos ou a uma esposa furiosa com o marido.

— O que eu vou fazer lá? — questionara, desolada.

— Vai fazer seu trabalho. Ser uma boa esposa para mim e uma boa mãe para nossa filha — respondera Shige.

E Hiromi ficou quieta. A cultura não lhe permitia desobedecer ao marido.

— Viu, nunca é tarde demais para aprender uma coisa nova — disse Hiromi naquele instante, no jantar.

Mika se deu conta de que o comentário tinha sido para ela. Era tiro e queda. Hiromi sempre conseguia fazê-la se sentir pequena, insignificante como um espirro.

Eles comeram. Penny usou os hashis com a elegância de um cervo andando no gelo. Mas perseverou, e Hiromi acompanhou tudo sem nem piscar, como se tentasse absorvê-la. Na sala, o telefone tocou várias vezes.

— Shige — repreendeu Hiromi.

Ele foi buscar o celular.

— Recebo ligação de telemarketing o dia todo. Oferecem um monte de coisas para eu comprar.

Colocou no modo silencioso.

— Você pode bloquear essas ligações — comentou Penny. — Aqui. — Shige entregou seu celular a ela, e Penny pressionou uns botões na tela. — Também pode colocar seu nome em um cadastro de quem não quer receber essas ligações — sugeriu ela, devolvendo o aparelho para Shige.

— Você é inteligente.

Hiromi sorriu e apertou o antebraço de Shige.

Após o jantar, Mika ficou parada no corredor com painéis de madeira, observando Penny perambular pela casa. No olhar dela, ardia um desejo de abrir as portas que Hiromi mantinha perfeitamente fechadas. Penny queria desvendar coisas.

— Seu quarto era qual? — indagou Penny.

— Aquele ali.

Mika apontou para a porta com maçaneta de cobre, à direita de Penny.

— Posso ver?

Ali do lado, Hiromi estava ocupada na cozinha, ao som de barulhos de pratos e água escorrendo da torneira. Shige havia se recolhido em sua poltrona, para ver o jornal da noite com o volume na metade da altura que costumava ouvir.

— É, acho que sim.

Mika só disse aquilo porque não tinha conseguido dizer não. Bem em frente a elas, estava o banheiro de azulejos verde-limão, cuja pia seu pai costumava desentupir com um par de hashis, enquanto resmungava que Mika tinha muito cabelo e usava rímel demais. Penny abriu a porta e entrou no quarto. Continuava igual. O carpete felpudo cor de vômito da sala e do corredor. Uma luminária antiga de vidro leitoso, que emitia uma luz amarela e aconchegante. Só cabia um futon espremido entre a parede e a escrivaninha. Mika ficava horas desenhando na mesa.

— Não tem muito o que ver — comentou ela.

Anos antes, Hiromi havia arrancado das paredes os pôsteres de revistas adolescentes e os retratos feitos por Mika.

Penny caminhou pelo pequeno espaço.

— Era aqui que você dormia?

Mika a observava da porta. Ver seu antigo quarto lhe dava um nó na garganta.

— Era.

— Mas você tinha uma cama, né?

Penny parou perto do futon azul-marinho, todo irregular. Mais acima, havia uma foto de Mika no jardim de infância. O primeiro dia em que Hiromi ficou isolada em um canto da sala de aula, enquanto as outras mães falavam pelos cotovelos das viagens que tinham feito a Sunriver no verão. Ela não se sentia à vontade com aquelas mulheres, de pele branca, que faziam aula de aeróbica, trabalhavam até tarde e preparavam comida no micro-ondas.

— Isso aí abre e vira uma cama — explicou Mika.

Caroline havia compartilhado fotos do quarto de Penny. Papel de parede de flores de cerejeira, o qual ela viu no fundo das conversas delas por vídeo, ainda com um aspecto impecável, perfeito. Móveis brancos vultosos. Uma cama com dossel de babados. Mika havia imaginado que Caroline e Thomas dariam a Penny todas as coisas que ela não poderia bancar. Mas então se lembrou de Penny na mesa de jantar com Shige, aprendendo a usar hashis. *Tem coisas que o dinheiro não compra.*

— Você estudava aqui.

Penny estava na escrivaninha, passando os dedos pelos veios falsos, pintados.

— "Estudar" é um termo generoso.

Estava mais para arquitetar a própria fuga. Naquele momento, ela se sentia constrangida por ter sonhado tão alto. Foi a insensatez da juventude, imaginava ela, isso de pensar que somos maiores do que de fato somos.

Penny meio que sorriu para Mika, depois abriu uma gaveta. Ali dentro estavam os cadernos de Mika. As páginas com esboços.

— Posso ver? — pediu Penny.

Ela segurava um caderno de desenho da Arches. Mika havia juntado moedinhas para comprar aquelas dezesseis páginas. E usou o caderno para pintar uma série de retratos em guache, a maioria de pessoas que conhecia. O primeiro era de Hana, com as tranças jogadas para trás e as bochechas voltadas para o sol.

— Ai, meu Deus, é tudo seu? Foi você que pintou?

Mika pegou o caderno, fechou as páginas com força e o pôs de volta na gaveta.

— Não é nada de mais. As proporções estão todas erradas.

Ouviu a voz de sua mãe ecoar. *Essa aqui era para ser quem? Sua amiga? Você fez o rosto dela redondo demais. Ela ficou gorda.*

Era por isso que odiava ir ali. As paredes estavam impregnadas demais com memórias, com palavras que Mika não queria ouvir nunca mais.

— Eu sabia do seu amor por arte e pintura, mas achei que você só, tipo, *gostava* dessas coisas, não que tinha dons artísticos — disse Penny, apontando para a gaveta fechada. — Isso é absurdamente bom.

— Faz muito tempo.

— *Você* deveria ter feito uma exposição na galeria.

Penny cruzou os braços e ficou séria.

— Parei de pintar — confessou Mika, um nó se formando na garganta, e seus olhos arderam.

— Por que parou?

O olhar de Penny passou por Mika, a atravessou. Ela olhou para os pés e cruzou os braços.

— Eu cresci. O dinheiro virou uma questão. — *A vida nos dá porrada e nos força a abandonar objetivos bobos para buscar outros mais práticos.* Penny mordeu a bochecha por dentro. Abriu a boca para dizer algo, mas Mika se adiantou. — Eu tentei por um tempo e fiz algumas aulas no primeiro ano da faculdade, mas não deu em nada.

— Qual é a sua história? — perguntara-lhe Marcus.

— Você me teve no primeiro ano da faculdade — afirmou Penny.

Mika percebeu a qual conclusão sua filha estava chegando. A de que Mika havia desistido por causa de Penny.

— Desisti antes de ter você. — Mika tocou a ponta de uma mecha de cabelo de Penny e a enrolou nos dedos. — Depois, não queria mais pintar. O que eu posso fazer? Dei todas as minhas cores para você. — Ela se inclinou para ficarem bem próximas, queria que Penny tivesse certeza de que não era responsabilidade dela carregar os fracassos da mãe. — Eu faria tudo de novo. — Penny sorriu. Mika suspirou, sentindo-se cansada e emocionalmente esgotada. — É melhor irmos nos despedir. Já está ficando tarde.

Ela saiu do quarto e encontrou a mãe na cozinha.

— Temos que ir — anunciou.

Hiromi pousou na mesa uma bandeja de pudim japonês. Fixou em Mika seu olhar frio e decepcionado.

— Fiz sobremesa.

Mika esfregou o nariz, viu Penny se aproximando pelo canto do olho.

— O trânsito pode estar ruim, e estou cansada.

Penny deu um passo à frente.

— Foi um prazer conhecê-la, sra. Suzuki. Obrigada por me receber para o jantar. Eu adorei.

De repente, Mika se sentiu culpada.

— A gente volta — prometeu ela.

— No sábado que vem — soltou Hiromi. — Vou fazer tsukemono. Posso ensinar para você.

Penny estufou o peito, empolgada.

— Sério? Vou adorar.

Virou a cabeça em direção a Mika.

— Sábado que vem? Seu pai vai estar aqui — objetou Mika.

*E vou ficar bêbada até cair com Hana*, completou mentalmente.

Penny franziu a testa, pensativa.

— Droga. É mesmo.

— Que tal à noite durante a semana? — sugeriu Hiromi.

Mika havia se esquecido da tenacidade de buldogue de sua mãe quando queria alguma coisa. Mika tinha uma lembrança da tensão da mãe ao volante, enquanto atravessava a cidade dirigindo, enfrentando trinta centímetros de neve, para levar Mika para a aula de dança.

— Shige pode buscar você — completou Hiromi.

Penny se animou.

— Sim, quero muito fazer isso.

Mika percebeu tarde demais que não tinha sido convidada. Os lábios de Hiromi se contraíram em um esboço de sorriso.

— Vou te passar meu número. Agora sei mandar mensagens. Vou embrulhar a sobremesa para você.

Após trocarem as informações, Hiromi colocou pudim em um pote de *sour cream* para Penny.

Mika conduziu o carro, serpenteando pelo bairro. Deu a seta para entrar na avenida principal que dava na estrada.

— O que achou? Tranquilo? Pesado? — perguntou.

Olhava fixamente para a frente. Já havia escurecido; as estrelas mais brilhantes cintilavam no céu.

— Eles são ótimos — comentou Penny, abrindo o pote de *sour cream* para dar uma espiada. — Seu pai é muito fofo, e sua mãe é intensa, mas de um jeito legal, tipo o meu treinador lá de Dayton. É de boa mesmo eu ir lá sozinha essa semana?

Mika parou para pensar. Preocupava-se com a possibilidade de Hiromi atropelar o espírito frágil de Penny. Mas a mãe de Mika tinha agido diferente com Penny. Sido mais calorosa. Mais leve. Mais disponível. Mais benevolente. Mika acelerou para pegar a estrada. Engoliu o receio e disse:

— Claro. Com certeza.

Quem sabe, talvez, daquela vez fosse diferente? Mika se concentrou na estrada, no céu, no escuro infinito. Refletiu sobre recomeços. Sobre a possibilidade de começar de novo. Ela queria mais do que tudo que sim.

## Capítulo VINTE E UM

— Dá vinte e sete pratas. Quer abrir uma conta?

O barman sem camisa e peludo falou aos berros por causa da música, ao servir três shots de tequila no balcão de madeira e empurrá-los em direção a Hana, Mika e Hayato. Um baixo grave sacudia o chão, e luzes estroboscópicas piscavam. O tema da festa era anos 1980. Remixes de músicas pop de Whitney Houston e Cyndi Lauper tocavam alto nas caixas de som.

Hana se enfiou entre duas banquetas de couro sintético preto e entregou seu cartão ao barman.

— Eu pago essa. Pode deixar aberta — gritou.

O sujeito já estava de costas. Os três pegaram os drinques e fizeram um brinde.

— Kanpai! — exclamou Hayato.

E espremeu um limão na boca, depois de virar o shot. Mika e Hana seguiram o exemplo dele. O líquido queimou a garganta delas. Foram abrindo caminho em meio à multidão e passaram por duas drag queens de collant e por um mural da Lady Gaga envolta em um manto, segurando o menino Jesus.

— A gente deveria ir ao Golden Eagle depois daqui — sugeriu Hana, mencionando o bar gay na região nordeste de Portland. — É mais descontraído. Muitos gays ursos que curtem rockabilly.

Hayato pegou na mão de Mika e a fez dar uma voltinha. Ele havia incorporado o tema e estava com um terno branco à la *Miami Vice* e uma camisa verde-azulada por baixo.

— Quero dançar.

Mika tinha ido com um look de *Flashdance*: um blusão longo de moletom, que deixava os ombros à mostra, polainas e salto

alto. Acompanhou Hayato até a pista de dança. Caras em gaiolas rodopiavam no pole dance, a pintura corporal reluzindo na luz ultravioleta. Os três ficaram juntos um tempo, mas não demorou para Hayato e Hana acharem um par. Mika descansou um pouco, ao encontrar um cantinho na parede para se encostar.

— Adorei seu look.

O comentário foi de um cara magro e loiro, que passava com uma fantasia exatamente igual.

O celular dela vibrou no sutiã. Ela pegou o aparelho e se surpreendeu ao ver o nome de Thomas na tela. Grudou-o na orelha e foi andando em direção à área externa.

— Thomas? — berrou, em meio à barulheira.

— Mika, tá me ouvindo?

— Peraí.

Conseguiu sair. Havia grupinhos fumando e conversando. Ela foi até um canto, o mais próximo da rua. Naquela noite de junho, fazia um calor de matar.

— Está me ouvindo agora?

— Estou. Olha, me desculpa ligar assim, mas aconteceu um vazamento de gás no meu hotel.

— Ah, não.

— Tá tudo bem. Bem, na verdade, não está. Estou ligando para vários lugares para reservar outro quarto, mas está tudo lotado por causa de uma convenção de quadrinhos.

Verdade... A Comic Con de Portland era naquele fim de semana. Bem nessa hora, passou um casal na rua com fantasias combinando de Thor.

— Conhece algum lugar onde eu possa ficar? Alguém que alugue um Airbnb que por acaso esteja livre?

Mika tocou o lábio com o dedo.

— Não... Foi mal.

— Merda.

Se bem que... Hana ia dormir na casa de Josephine, e o quarto dela estava sem ninguém havia um tempo, desde tinha ido trabalhar na turnê.

— Hum, isso pode ser meio estranho, mas Hana não tem parado em casa ultimamente. Tenho um quarto sobrando.
Mika largou a oferta no ar. Thomas hesitou.
— Não sei.
— Esquece o que eu falei, então.
Mika bateu com a cabeça na parede de tijolos.
— Não, foi ótimo você oferecer. Não acharia estranho? Não ficaria desconfortável com isso?
— Só vai ser estranho se você fizer por onde — afirmou ela.
— Por mim, não tem problema, desde que não tenha para você e para Penny.
Thomas bufou.
— Prefiro nem incomodá-la com isso. Ela estava animada porque ia sair com uns amigos hoje à noite para ver *Rocky Horror Picture Show*. Mas tenho certeza de que não teria problema para ela. Enfim, não quero deixá-la preocupada.
Mika se ajeitou.
— Tá bem. Então vou aí te buscar. — Ela estava de carro e tinha estacionado na rua, planejando pegar um Uber na volta se fosse necessário. Mas não havia bebido muito. — Me manda uma mensagem com o endereço do hotel e me dá uns minutinhos para eu me despedir dos meus amigos.

• • •

O hotel em que Thomas estava ficava perto da Universidade de Portland. Ele aguardava do lado de fora quando Mika encostou o carro. Ela não se deu ao trabalho de sair, só abriu o porta-malas — dessa vez, com êxito — para Thomas colocar a bagagem.
— Obrigado — disse ele, sentando-se no banco do carona.
— Imagina.
Mika seguiu em frente.
— Esse é outro carro — observou Thomas.
Ao olhar de esguelha, Mika notou que ele cutucava o assento desgastado.

— Esse é meu carro de verdade — explicou Mika. — O que usei para rodar com você e Penny pela cidade é da minha amiga Charlie. Ela tinha me emprestado por uma semana.

— Certo — disse Thomas. — É um bom carro.

Mika riu.

— É horrível. Só está tudo no lugar à base de fita, cola e uma boa reza... Mas faz tempo que estamos juntos.

Ela fez carinho no painel.

— Não, é ótimo. Sério. O cheiro é especial, tipo...

Tentou se lembrar da palavra.

— Mofo. Esqueci as janelas abertas na chuva. — Pararam no sinal vermelho, e ela flagrou Thomas olhando seu ombro exposto. Puxou o blusão para cima. — Eu estava no centro. Está tendo uma festa dos anos 1980 no Cockpit. — Thomas não disse nada. — Então, Penny foi assistir *Rocky Horror Picture Show*?

Mika já tinha ido a algumas sessões especiais com Hana. Muito tempo antes, emperiquitava-se com meia arrastão e batom vermelho. Mika queria saber se Devon também estava lá. Imaginou o garoto com cabelo de cantor pop em um colete acinturado de couro sintético e sorriu sozinha.

— Pois é. Eu não sabia o que era. Quer dizer, conheço o filme, mas, pelo jeito, existe todo um "universo" — explicou ele, ao fazer um sinal de aspas com os dedos. — Ela tem um talento incomparável para me fazer me sentir totalmente antiquado.

Thomas franziu os lábios, um tanto contrariado. Um minuto depois, chegaram em casa. Mika lhe mostrou onde ficavam as coisas e trocou a roupa de cama de Hana. Tirou o salto alto, pôs uma calça de moletom e prendeu o cabelo em um coque alto.

— Quer comer ou beber alguma coisa? — Foi até a geladeira dar uma espiada. Havia poucas opções. Uns ingredientes para salada. Duas IPAs de Hana. — Tem alface, cerveja e água.

— Cerveja está ótimo.

Thomas ficou de pé na sala e enfiou as mãos no bolso. Mika abriu a cerveja e a entregou para ele, depois se encolheu em um canto do sofá com um copo de água. Thomas se acomodou no outro lado, com as pernas abertas. Mika estudou o perfil dele, o contorno das bochechas, o nariz romano retilíneo. Tinha proporções perfeitas para servir de modelo para uma escultura.

Ele olhou a porta do quarto de Hana.

— Aliás, onde Hana está? Você não chegou a comentar.

Mika se alongou e apoiou os pés na mesinha de centro.

— Bom, ela está aqui nesse fim de semana, mas vai ficar na casa da namorada. Está fazendo uma turnê com o Pearl Jam, já tem um mês, mais ou menos.

— Nossa, que incrível.

— É, sim. Ela é intérprete de Língua de Sinais Norte-Americana.

— Ah, é mesmo. Ela contou quando fomos no jogo de roller derby.

— É bem impressionante vê-la trabalhando, ver os movimentos do corpo dela. É tipo uma arte performática. Ela me chamou para a turnê, mas não fui.

Thomas torceu a boca. Ele deu um gole na cerveja.

— Como assim?

Ela franziu a testa.

— Já fui a turnês com ela. É uma loucura, muito divertido, mas decidi ficar para... acertar as coisas com Penny e focar no meu trabalho.

Ele assentiu, pensativo. Os dois compreendiam. Penny sempre seria uma razão para ficar.

— Penny falou que vocês tiveram uma conversa muito boa depois — comentou Thomas.

Ele fez um gesto com a mão, referindo-se à bagunça que tinha acontecido, à inauguração da galeria, às mentiras de Mika, à mensagem de voz caótica que ela havia mandado para Penny.

— Falou, foi?

Mika engoliu em seco, discretamente, e desviou o olhar por uns instantes. Pousou o copo na mesa. Estava aguardando a hora em que Thomas ia tocar no assunto da noite na galeria e suas consequências. Ela e Penny haviam esclarecido as coisas. Thomas queria seu próprio acerto de contas?

Ele se afundou mais no sofá, espalhou um pouco mais as pernas.

— Falou. Com essas palavras: "Tivemos uma conversa muito boa." Foi só isso.

— Acho que foi uma conversa boa. Uma conversa sincera, pelo menos — acrescentou Mika.

Ele passou um minuto calado.

— Penny me deixou ouvir seu áudio.

Mika sentiu uma queimação no estômago. Por dentro, foi tomada pela vergonha.

— Foi algo corajoso, se abrir daquele jeito — afirmou Thomas, sério, o olhar atento a ela.

Surpresa, Mika arregalou os olhos, mas não queria se gabar daquilo. Em seguida, ficou um pouco desconfortável.

— Eu queria consertar meu erro, só isso.

Ela não chamaria aquilo de coragem. Lembrava-se de ter saído correndo do apartamento de Peter. Desde então, não havia parado de correr: com medo do tempo e de si, preocupada em não se machucar de novo. Mas, naquele momento, parecia que havia diminuído o passo para permitir que Penny entrasse em sua vida. Contemplou quieta a vulnerabilidade súbita, o medo.

— Obrigada, mesmo assim. E obrigada por deixá-la vir pra cá.

Foi a vez de Thomas de ser humilde.

— Acho que eu não conseguiria impedi-la, mesmo se eu tentasse. — Ele tomou o restante da cerveja e se recostou, suspirando.
— Fiquei desconfiado quando vocês duas voltaram a se falar.

Mika soltou um longo suspiro.

— Eu entendo.

— Ela falou que você a levou para conhecer seus pais. Também fiquei nervoso em relação a isso. Na última vez que vi sua mãe... Ela praticamente ficou encarando Penny como se a menina tivesse três cabeças.

Mika hesitou por um segundo. Ficou na dúvida sobre o que deveria falar para Thomas a respeito de sua relação com a mãe. Até que ponto deveria revelar detalhes para ele?

— Minha mãe não queria que eu tivesse Penny — confessou Mika, baixinho. Thomas respirou fundo. — Ela, hummm... Achou que eu não daria conta de criar uma criança e não me apoiou durante a gravidez.

— Sinto muito — disse Thomas.

Havia um resquício de algo no olhar dele. Tristeza? Pena?

— Está tudo bem — afirmou Mika. — Agora isso é passado. — Não era bem assim, mas Mika não queria se aprofundar. Qualquer coisa que desenterrasse seria complicado. Muito difícil de explicar.

— Também estava preocupada com esse encontro de Penny com meus pais. Mas correu tudo bem. Melhor do que eu imaginava. Acho que minha mãe gosta da Penny.

— Ela me ligou depois, toda feliz. Falou que vai cozinhar alguma coisa com sua mãe...

— Tsukemono. Vegetais em conserva — esclareceu Mika.

— Penny também falou que, pela primeira vez na vida, está se sentindo japonesa.

Mika congelou por um instante, surpresa.

— Puxa. Sinto muito.

Ela lamentou porque sabia como era aquele sentimento. Tentar dar de tudo para os filhos e saber que ficou faltando algo. Que não foi o bastante. Que eles precisavam de mais. Um filho era a pior e a melhor coisa que poderia acontecer com alguém.

Thomas deu de ombros.

— Nada disso é fácil.

— Não mesmo — concordou Mika. — Thomas — chamou e aguardou até ter a atenção dele. — Estou trabalhando muito na minha relação com a Penny. Eu não deveria ter mentido. Estava insegura com... um monte de coisas — admitiu. — Eu queria estar à altura de Penny.

*De você. De todo mundo. Do mundo.* Mas essa parte ela não falou. Ele assentiu, em um movimento longo e lento.

— Acredito em você. — Ele cutucou o rótulo da cerveja com o dedão. — Mas eu poderia ter te avisado: não cai bem mentir para a nossa menina. — Ele bateu no peito. — Experiência própria.

— Ah?

— A gente tinha um gato, que desapareceu quando Penny tinha cinco anos. Um dia, de manhã cedo, Caroline e eu acordamos com uns barulhos estridentes horrorosos. Acho que um coiote o pegou. Mas, em vez de falar para Penny que o gato tinha morrido, contamos que ele tinha fugido. Ela ficava procurando pelo bicho o tempo todo. Até que um dia encontrou a coleira dele, suja e com um pouco de sangue. Provavelmente, aquilo a traumatizou para sempre. Caroline tinha dificuldade de conversar sobre coisas pesadas. Inclusive quando descobriu que estava com câncer. Não queria contar logo de cara para Penny. E eu aceitei. Mas, depois que passa, é fácil a gente enxergar onde errou. A gente deveria ter contado para Penny sobre o gato. Deveria ter contado para ela sobre a mãe. — Thomas sorriu, sentido, e aquilo tocou Mika lá no fundo. — Mas com certeza não vou contar para ela quanto eu bebia na faculdade. — Ele projetou o corpo para a frente e brincou com a garrafa de cerveja vazia. — Enfim, mentir para os filhos não é nenhuma novidade. Você não inventou isso, então não pegue tão pesado com você mesma.

Sem saber o que fazer com a benevolência de Thomas, como retribuí-la, Mika falou algo simples:

— Se quiser outra cerveja, tem mais na geladeira.

Thomas se levantou do sofá e apontou para o copo de água dela, quase vazio.

— Quer mais?

— Melhor não — respondeu ela. — Fico desidratada de propósito antes de deitar.

Thomas usou a bancada para abrir a cerveja.

— Estou com medo de perguntar por quê — comentou ele.

Mika se alongou, lenta e cansada.

— Se eu tomar muito líquido, faço xixi a noite toda.

A bexiga solta tinha sido um presente da gravidez. Um lembrete de que o corpo de Penny havia existido dentro de Mika. Ela poderia ter se esquecido dos detalhes daqueles nove meses. A maioria das coisas vão embora com o tempo, até mesmo aquilo a que tentamos nos agarrar com todas as forças. Mas o corpo dela nunca esquecia. Talvez seja isso que nos faça envelhecer. O peso dos acontecimentos abate os ombros, entalha as linhas do rosto. É, era isso. A cabeça pode até esquecer, mas o corpo sempre lembra.

## Capítulo VINTE E DOIS

Na cozinha, Mika dava um gole em seu café quando Thomas surgiu do quarto de Hana, passando a gola da camiseta azul-marinho pela cabeça. Ela se virou e hesitou, após ver a barriga sarada dele, a faixa estreita de pelos que ia sumindo na direção da cintura. O caminho da felicidade.

— Bom dia — disse Thomas, com a voz rouca, de quem tinha acabado de acordar.

— Oi. — Mika se encolheu ao escutar seu tom estridente. — Fiz café.

Ela pegou uma caneca no armário e a entregou para Thomas.

— Obrigado.

Ele se serviu.

— Tem leite na geladeira — comentou Mika, apoiando as costas na bancada e cruzando os braços, ainda com a caneca na mão.

Usava uma calça legging e uma camiseta larga. Em uma manhã comum, andaria pela casa de calcinha.

— Puro está ótimo.

Thomas deu um gole no café e abaixou a caneca. Havia uma fruteira com três laranjas na bancada, e ele fez uma careta para elas. Um gosto imaginário de algo azedo contorceu seus lábios.

— Meu café está tão ruim assim? Aqui na rua tem um estúdio de ioga com cabras que também é uma cafeteria — sugeriu ela.

— Não. Não é isso. Eu...

Ele hesitou.

— O quê?

Thomas cerrou os lábios.

— Não, nada.

Deu outra olhada nas laranjas.
— Fala — insistiu ela.
Por fim, ele resolveu falar:
— São as laranjas. Estão todas erradas.
— Ok... — disse Mika, devagar.
— Odeio esse umbigo que ela tem.
Deu para ver que ele estremeceu e ficou meio pálido.
— Está falando disso aqui?
Ela pegou uma laranja e examinou o umbigo dela. Costumava ter limões falsos na fruteira.
— É — afirmou ele, sério.
— Hum. — Ela devolveu a laranja para a fruteira, com o umbigo para baixo. Em seguida, virou as demais para baixo. — Mais alguma aversão à comida que eu deva saber?
— Não, mas também tenho medo de ganso. — A cor voltou às bochechas de Thomas. Mika estava prestes a deixar o assunto pra lá, mas ele fez outro comentário: — Prefiro não falar sobre isso.
— Agora eu preciso saber.
Mika o fitou por cima da borda da caneca. Ele se apoiou na bancada.
— Uma experiência ruim na infância. Eu tinha um ganso de pelúcia que adorava, até meu irmão me perseguir com ele pela casa, ameaçando bicar meus olhos. Depois, quando vi pessoalmente um bando de gansos de verdade, eles me perseguiram. E, desde então, morro de medo.
— Adoro saber todos esses detalhes da sua vida. Muito útil em termos psicológicos — falou Mika, para provocar.
Eles sorriram. Uma luz atravessou a janela da cozinha e pairou no ar, densa como mel. Mika pigarreou.
— Então, é... Que horas é seu voo?
Penny tinha ido correr nas dunas. Como a porta do quarto de Hana estava aberta, ela viu que a bolsa de Thomas já estava arrumada. Ele conferiu o relógio no pulso.

— É só no fim da tarde. Devo ir cedo para o aeroporto. Lá eu procuro um canto para esperar. Estou revendo *O Senhor dos Anéis* desde o começo.

Mika ficou boquiaberta.

— Nossa. Isso deve ser a coisa mais triste que já ouvi na vida.

Thomas se inclinou para a frente, com os cotovelos na bancada.

— Estou pensando em aprender élfico.

Mika suspirou.

— Esquece o que eu falei. *Isso* é a coisa mais triste que já ouvi na vida.

Thomas deu uma risada curta.

— É uma língua muito conhecida.

— É. Por virgens solitários que não conseguem ter uma barba — soltou Mika.

Ela sentiu as bochechas ficarem quentes. Realmente tinha dito aquilo? A boca de Thomas permaneceu em linha reta, mas ele sorriu com os olhos.

— É um estereótipo muito injusto. — Fez uma pausa. Ocorreu-lhe algo. — Posso consertar seu buraco para você.

Mika engoliu em seco.

— Oi?

Thomas apontou com o queixo a janela que dava para o quintal.

— O buraco no seu jardim, uma forma de te agradecer por ter me deixado dormir aqui.

O dia em que Penny e Thomas tinham ido jantar lá veio à mente de Mika. Quando Thomas cutucou o solo com o pé e perguntou se havia roedores no jardim. Pois bem.

Mika umedeceu os lábios.

— Não precisa. Na verdade, já consertei.

Ela havia plantado o bordo lá, aquele que Hiromi achou que tinha fungo. Thomas caminhou até a janela.

— Ficou bom.

Ela pensou em Thomas. Na conversa deles na noite anterior. Na sensação de aquela manhã ser um recomeço e no que aquilo significava.

— Certo — disse Mika, terminando seu café e colocando a caneca na pia de porcelana. — Vamos lá, homem triste.

Thomas se virou para ela.

— O quê?

— Vou te levar a um lugar.

Ele fez uma cara de quem não estava entendendo nada.

— Sei que tivemos nossas diferenças, mas acho que assassinato já é um pouquinho demais.

— Muito engraçado — reagiu Mika, com ironia.

Thomas pousou a caneca.

— Aonde a gente vai?

Mika pegou sua chave, abriu a porta e deu um sorrisão.

— Você vai ver.

• • •

— Donuts? — Thomas apoiou o peso na outra perna, com as mãos enfiadas no bolso. — É melhor do que Mordor e aprender élfico.

Dois caras de calça jeans skinny, na frente deles, viraram para trás e olharam Thomas de cima a baixo, do topo da cabeça com fios grisalhos à ponta dos sapatos.

— Dá para maneirar nas referências de *O Senhor dos Anéis*? — pediu Mika. — Vai que tem algum conhecido meu aqui.

"Aqui" era o Voodoo Doughnut, em Old Town. Nos primeiros anos, a loja de donuts só abria das nove da noite às duas da manhã. Na época da faculdade, Hana e Mika iam lá depois de tomar umas para devorar donuts com cobertura de baunilha, polvilhados com cereal Cap'n Crunch, e doces com cobertura de xarope de bordo e bacon. Pouco depois, o estabelecimento passou a abrir durante o dia, e lá estavam Mika e Thomas, aguardando na fila por uma das cobiçadas caixas rosa de donuts.

— Temos que trabalhar sua espontaneidade — comentou Mika.

A fila andou. Mika e Thomas avançaram.

— Eu sou muito espontâneo — reagiu Thomas, com orgulho, apoiando-se nos calcanhares. — Não arrumo minha cama no fim de semana. E, de vez em quando, Penny e eu jantamos comida de café da manhã.

Ele ergueu as sobrancelhas, como quem diz "toma essa".

— Caramba! — Mika levou a mão ao peito, fingindo espanto. Os dois caras da frente riram baixinho. — Acho que meu coração parou com o susto que eu levei. — Aos poucos, Thomas abriu um sorriso acanhado. Ela deu uma cotovelada nele. — Bora, vamos nos encher de açúcar e depois dar uma volta na cidade.

A fila andou mais, e eles entraram na loja. O chão era de ladrilhos de linóleo nas cores rosa, amarelo, marrom e bege. As paredes haviam sido pintadas de amarelo e rosa. Um horror. Mas o cheiro era maravilhoso, como nadar em um tonel de açúcar, canela e fermento de pão. Eles pediram seis donuts de sabores mais populares ao cara no balcão, cujas pontas do bigode faziam uma curva para cima, e voltaram para o carro. Ajeitaram-se e colocaram a caixa rosa de donuts em cima do painel. Mika esperou para ligar o carro, olhando para a margem do rio diante deles.

Ela abriu a caixa e pegou um Old Dirty Bastard, um donut de cobertura de chocolate, com biscoito Oreo e manteiga de amendoim.

— Ainda acho que deveria ter me deixado comprar aquela camiseta pra você.

No balcão, Mika havia tentado empurrar uma camiseta para Thomas. A estampa era a logo do Voodoo Doughnut — uma versão do Barão Samedi, com um banner dizendo: A MAGIA ESTÁ NO BURACO. Como aconteceu com as laranjas, Thomas ficou visivelmente pálido. Não usava camisa com estampa. Muita rebeldia para ele. Talvez Mika já tivesse considerado essa peculiaridade de Thomas algo que os distanciava, mas passou a achá-la cativante.

— Já estamos tomando um café da manhã acompanhado de um infarto, já basta.

Thomas pegou da caixa um donut frito, com cobertura glaceada de maçã, e deu uma mordida generosa.

— Meu Deus! — exclamou ele, com a boca cheia, enquanto revirava os olhos. — É o melhor donut que eu já comi.

— Viu? — Mika sorriu de orelha a orelha. — Também acho. Antigamente, vinha sempre aqui com a Hana.

Thomas engoliu.

— Muito bom.

Ele escolheu um de limão, que deu conta em duas mordidas. Lambeu a geleia dos dedos.

— Vamos trazer Penny aqui da próxima vez que eu vier na cidade. Ela ama comer e nunca falou desse lugar. Vai achar que eu sou *cool* porque conheci antes dela.

Mika sorriu de novo. Conferiu a hora no painel. Ainda estava cedo. Faltavam seis horas para o voo de Thomas. Pensou aonde poderia levá-lo em seguida. O Freakybutttrue Peculiarium, a feira dos produtores rurais, outro lugar para comer... O que Thomas gostaria de fazer? Olhou fixamente para a água, enquanto os barcos passavam velozes, formando ondas. Ligou o motor.

— Podemos ir?

Thomas fez um barulho, concordando. Pelo menos foi essa a interpretação de Mika. Era difícil ter certeza, já que a boca dele estava cheia de donut com Cap'n Crunch.

Trinta minutos depois, Mika parou em um estacionamento. O chão era de cascalho e havia sombra por causa dos pinheiros imponentes. Ali ficava uma loja de conveniência, cuja placa, feita à mão, anunciava: OS MELHORES SANDUÍCHES GOURMET DESSE LADO DO RIO, E AINDA TEMOS ALUGUEL DE CAIAQUE.

— Caiaque? — indagou Thomas.

O tom foi diferente do jeito como ele tinha perguntado sobre os donuts. No caminho até lá, devorara mais dois, e sujou o joelho com uma camada fina de açúcar polvilhado.

— Caiaque — confirmou Mika.

Ela lembrou que Thomas havia feito remo na faculdade.

— Não entro na água faz... Não, nossa. Não sei nem quanto tempo faz. — Ele estalou os dedos, franziu a testa. — É, beleza. Estou animado.

Alugaram os caiaques, depois se encontraram na areia da margem com um cara parrudo e barbudo, que os equipou com uma bolsa à prova d'água, coletes salva-vidas e um apito vermelho.

— Caso vocês esbarrem com Roslyn — comentou ele.

— Roslyn? — perguntou Mika.

Enquanto isso, vestia o colete salva-vidas.

— É. Um jacaré. A gente acha que ela era o animal de estimação de alguma criança. — Ele deu uma risada e fez um gesto com a mão. — Enfim, é provável que não a vejam, mas têm o apito caso isso aconteça.

— O apito, sei — disse Mika, parando para fechar o colete.

Thomas pegou o apito e o pendurou no pescoço.

— Mais alguma coisa?

Ele estava pronto, quase saltitando. Não olhou para o relógio nenhuma vez desde que haviam chegado nem mencionou o trânsito e o aeroporto.

— Não. Os caiaques são seus pelas próximas três horas. Mas a manhã está com pouco movimento, então podem ficar um pouco mais — explicou o sujeito.

Thomas lhe agradeceu e foi andando com certa dificuldade até um caiaque laranja. Mika o seguiu, enquanto ainda terminava de ajeitar o colete.

— Hum, Thomas... Acho que a gente deveria ir para outro lugar.

— O quê? Por quê?

Ele olhou rápido para ambos os lados.

— Por causa da... — Ela baixou a voz, para o cara barbudo não escutar, mas ele já estava subindo os degraus de volta para o estacionamento. — Roslyn.

— O jacaré? Peraí, você está com medo? — indagou ele, sem acreditar, como se conseguisse imobilizar um jacaré na maior facilidade.

— Claro que estou com medo.

— Entendi. — Thomas tentou disfarçar que estava achando engraçado. — Tenho certeza de que ele estava só brincando. O apito é para caso a gente vire o caiaque ou se perca. Além do mais, se tivesse mesmo um jacaré, não acha que haveria placas avisando?

— Verdade. Aquilo fazia todo o sentido. — E não dariam para a gente algo além de um apito? — Mais coberto de razão ainda. Thomas olhou para a água, já com a tristeza estampada no olhar.

— Mas se você *realmente* não quiser ir...

Ele deixou no ar, inclinou a cabeça e olhou para Mika com a maior cara de cachorrinho pidão que ela já tinha visto.

— Hummm... Tá bem — bufou Mika. — Mas se a gente avistar uma escama que seja, você fica na minha frente.

Thomas prometeu que ficaria.

— Vou implorar a qualquer criatura que encontrarmos que me leve primeiro.

Cada um entrou em seu caiaque e começou a remar. Thomas assumiu a dianteira, com ar de profissional experiente, enquanto a proa ia cortando o espelho d'água brilhoso. Ela observou os movimentos e as contrações dos músculos dos braços de Thomas, conforme ele usava os remos para conduzir a embarcação. Cada vez mais longe do cais, ambos seguiram em frente, dando remadas sem destino. Thomas estava que nem pinto no lixo, e sua empolgação era como uma corda — enlaçando Mika.

— Penny ia adorar isso aqui — berrou Thomas para ela.

— É — concordou Mika.

Ela sorriu e visualizou a cena: os três remando e deslizando na água, a risada contagiante de Penny flutuando rio abaixo, sempre tão pronta para uma aventura. Mika tirou umas fotos e as enviou para Penny, depois guardou o celular de volta na bolsa impermeável.

Thomas avançou mais com o caiaque pelo rio. Mika estava satisfeita em ficar atrás dele, imitando seus gestos. Volta e meia, ele parava e olhava para trás, para ter certeza de que ela estava no mesmo ritmo. Um sorriso jovial transformou seus traços: ele parecia anos mais novo, nem um pouco estressado. O sol estava intenso, os pássaros piavam, e a sensação era de que eles dois eram as únicas pessoas em um raio de quilômetros.

Quando alcançaram um aglomerado de lírios-aquáticos, Mika pousou o remo nos joelhos e se recostou, contente em boiar na água, enquanto desfrutava do sol e da felicidade de Thomas.

*Bum*. Alguma coisa bateu na parte de trás do caiaque de Mika. Ela virou na direção do som. *Roslyn?* O caiaque balançou, inclinou para o lado. Mika entrou em pânico e jogou o peso do corpo para o lado contrário, em um movimento ligeiro. O caiaque virou, levando Mika junto. Ela soltou um grito muito alto quando caiu na água. Ficou submersa por um segundo. Sua cabeça afundava e subia, e ela arfava. Por meio da cortina de cabelo preto ensopado, avistou Thomas remando em sua direção.

— Cruzou com Roslyn?

Ele remou até ela e, com o remo, apontou para algo. Mika tirou o cabelo do rosto. Quase na altura de seu olhar, um castor a encarava. O focinho se contraiu e revelou dentes longos e amarelados. A criatura a estudou por um momento, depois se virou e foi batendo com a cauda na água, nadando para longe.

— Peludo demais para ser um jacaré — afirmou Thomas, com a maior naturalidade.

Mika deu uma encarada em Thomas, virou as costas e nadou até seu caiaque. Tentou, sem sucesso, içar o corpo para cima. Ela demorou para lembrar que flexões básicas já haviam lhe feito gritar de dor. Levar seu corpo, com as roupas molhadas, de volta para o caiaque era praticamente impossível. No fim das contas, Thomas precisou entrar na água para ajudá-la. Nadaram juntos e foram levando os caiaques até um recanto com areia ali perto. Arrastaram-se até a margem, com as roupas encharcadas e coladas no corpo.

Thomas tirou a camisa, e, de repente, Mika achou o chão muito fascinante. Ele a torceu, a água escorrendo na areia, e a pôs de volta. Mika cruzou os braços em volta do peito e tremeu. Era um dia quente, mas estavam na sombra. A cada brisa, ela sentia um friozinho chicotear a pele.

Os olhos claros de Thomas analisaram Mika de cima a baixo.

— Peraí — pediu.

Ele percorreu a distância até a floresta e voltou com galhos secos, folhas e umas cascas de árvores. Mika observou conforme ele usava a corda de nylon do apito para fazer algo parecido com um laço. Por fim, agachou-se, montou outra engenhoca e moveu o laço para a frente e para trás. Começou a sair fumaça das folhas, até pegarem fogo. Thomas assoprou, e a chamas aumentaram. Ele jogou dois pedaços maiores de madeira na fogueira.

Mika chegou perto para aquecer as mãos, acima das chamas.

— Isso foi muito Bear Grylls — comentou Mika, de um jeito sugestivo.

— Esse cara? Aquilo lá é tudo armado.

Pelo visto, Thomas tinha se ofendido.

— Ah, é? — perguntou ela. Thomas assentiu e não disse mais nada. — Então como é que se aprende a transformar galhos, folhas e uma corda de nylon em fogo?

— Fui um Eagle Scout, a maior classificação que um escoteiro pode chegar — respondeu ele, sem dar muita importância. Ficou em silêncio por um instante. — Fique aqui e se aqueça. Vou buscar mais madeira.

— Escoteiro, maior classificação — sussurrou Mika para si mesma, enquanto via Thomas catar troncos no arvoredo. — Bem a sua cara mesmo.

Minutos depois, o fogo queimava com intensidade. Eles tiraram os sapatos e os escoraram para secar. As bochechas de Mika ficaram quentinhas. Thomas se sentou em frente a ela, com os joelhos dobrados para cima e os cotovelos apoiados neles. Mika ouviu o canto dos pássaros e olhou para o fogo, hipnotizada pelas chamas.

— Foi mal pela coisa do castor.

— Relaxa. Tenho certeza de que confundem castor com jacaré toda hora.

Thomas desviou o olhar. Comprimiu os lábios, tentando não rir. Ela o viu abaixar a cabeça. Os ombros dele sacudiram. Ele estava rindo — *dela*.

— Muito engraçado — disse Mika, indiferente.

Ele sorriu para ela, com ar de superioridade.

— Não. Eu entendo. Sério. Ele era aterrorizante. Entendo por que você entrou em pânico. Não foi nem um pouco exagerado.

Mika enterrou os dedos dos pés na areia.

— Era um castor grande.

— Quando contar essa história, vou descrever um castor imenso, de quase cinquenta quilos — prometeu Thomas.

— Tenho quase certeza de que eles mal passam dos vinte. Mas agradeço sua versão do castor mutante. — Mika também estava grata pela camiseta úmida dele ter ficado colada nos ombros. Para se distrair disso, encontrou um galho e o atirou no fogo. — Pois fique sabendo que, se aparecer outro castor grande que pode ou não ser um jacaré, vou te empurrar com o maior prazer para cima dele. Vai ser uma pena a Penny perder alguém da família, mas... — Mika ficou quieta, percebeu o que tinha dito. Embolou-se para consertar. — Merda. Desculpa — pediu, atrapalhada.

Ela havia esquecido. *Caroline*. Encarou ele, sem saber o que fazer. Por cima do fogo, Thomas lhe olhava com os olhos ardentes.

— Está tudo bem — disse ele, enfim.

A expressão em seu rosto era indecifrável. Mika enfiou as mãos na areia e cerrou os punhos.

— Não, não está. Sou uma babaca insensível. Desculpa — afirmou ela, sem graça. — Penny falou que você não gosta de falar sobre isso. Eu entendo. Ainda não superou.

Os olhos dele tremeluziram, e alguns segundos de tensão se passaram até vir uma resposta.

— Será que um dia a gente supera a morte de alguém que amamos?

— Acho que não.
Mika olhou para longe. A iluminação estava perfeita. As árvores ao redor espelhadas na água, com suas folhas verde e vibrantes, sorrindo para o verão. Dali a pouco, iam se curvar, ficar marrons, definhar com a queda. A maior parte das vidas é desenhada em linhas frágeis. Os ataques de pânico haviam piorado depois que Mika teve Penny. No começo, Hana era paciente e gentil. Sentava-se ao lado de Mika, enquanto ela sofria e entrava em curto-circuito, desmoronava em diversos pedaços.

— Acho que vou morrer — dizia para Hana.

E tentava respirar. Mas, na verdade, Mika achava que aquilo era sua alma tentando voltar para um corpo no qual não se encaixava mais. Após uma meia dúzia de episódios, Hana foi perdendo a paciência. Tornou-se adoravelmente má. Calçava os sapatos nos pés de Mika, arrastava o corpo dela pelo campus atrás de serviços gratuitos de apoio psicológico. Foi assim que Mika conheceu Suzanne, uma aluna de pós-graduação em psicologia que se aproximou de Mika como se ela fosse um cavalo arisco que fora chicoteado. Suzanne ensinou Mika a respirar mesmo estando com medo. Quando se acalmava, Mika cerrava os punhos e socava os joelhos. *Só preciso superar isso.* Foi algo que sua mãe havia inculcado nela. Ser maior que as adversidades. Assim como existiam narrativas sobre ser uma boa mãe, existiam as sobre ser uma boa vítima. Não deixe que isso a defina. Seja valente. E não uma vítima.

Suzanne se curvara, o colar de macramê pendendo no ar, e, com toda a empatia do mundo e talvez um pouco de pena, dissera a Mika:

— Querida, isso não é algo que superamos. É algo pelo qual precisamos passar.

Diante da fogueira, Mika repetiu aquelas palavras:

— É uma coisa pela qual a gente precisa passar — sussurrou para Thomas.

Ele a encarou, com um olhar afiado e flamejante.

— É exatamente isso. — Um sorriso quase imperceptível, triste, surgiu em seu rosto. — Tinha uma piada que Caroline sempre fazia. Pensando melhor agora, era meio mórbida. Mas ela costumava brincar comigo dizendo que eu estava em coma, preso em um sonho. Às vezes, me abraçava por trás e dizia: "Acorda, Thomas, eu te amo. Preciso de você." Aí ria como se fosse a coisa mais engraçada do mundo. Eu estava ao lado dela quando ela faleceu. Tinha um bando de enfermeiras em volta, mas não resisti. Sussurrei no ouvido dela: "Acorda, Caroline, eu te amo. Preciso de você." — Ele fez uma pausa. Os olhos estavam avermelhados e marejados. Os de Mika também. — Nunca contei isso para ninguém.

— Depois que tive Penny, eu tinha o hábito de conversar com ela — confessou Mika.

— Oi, neném, hoje você está fazendo duas semanas, e espero que esteja bem. Já eu não ando lá grandes coisas... — dizia Mika.

Era a única coisa que ela podia fazer para não se autodestruir completamente.

Thomas assentiu, concordando.

— Eu também tinha o hábito de conversar com Caroline. Com o tempo, foi ficando menos frequente. Até que um dia eu parei de falar com ela totalmente. — Ele pigarreou e passou a mão no nariz. — Enfim, é algo pelo qual passei. Agora estou do outro lado. Não fico mais carregando isso para todos os lugares comigo. Sou grato por Caroline, pela vida que construímos juntos, por Penny. Não me arrependo de nada. Mas... — Ele respirou e continuou: — Penny falou que eu não gosto de falar sobre ela?

— Pois é.

— A culpa é minha. — Ele alimentou as chamas com outro tronco. — Fiquei tão puto quando ela morreu... Totalmente perdido na minha própria tristeza, não facilitei as coisas para Penny.

— Como ela era?

As palavras escapuliram, e, se pudesse, Mika voltaria atrás. Ela queria gostar de Caroline, mas também tinha uma vontade profunda de encontrar defeitos nela, naquela mulher que tinha sido a outra mãe de Penny.

Enfim, Thomas sorriu de novo.

— Caroline era incrível. Era doce, generosa e gentil. Quando trabalhava como enfermeira, ficava depois do turno dela para visitar pacientes que não tinham família. Era uma esposa e uma mãe maravilhosa. A gente formava um bom time. Queria que ela estivesse aqui para ver Penny. Ver quão boa ela é.

— Ela me parece perfeita.

Mika tentou não deixar a inveja transparecer no tom de voz. Como poderia chegar aos pés dela? Thomas estudou Mika.

— Na verdade, não era. Muito pelo contrário. Era temperamental e usava o silêncio para se vingar de mim.

Mika pensou na infelicidade silenciosa de sua mãe. Em como Penny se recusava a falar sobre Caroline. Na própria falta de disposição de denunciar Peter. Em todas as formas como as mulheres exerciam o silêncio ou se silenciavam. Em como isso podia ser perigoso.

— Uma vez, ela ficou sem falar comigo por dois dias porque eu bebi demais com uns amigos.

— Nossa — disse Mika.

Ele assentiu e cutucou a areia com o dedo. Deu um sorriso sarcástico.

— Ela gostava de estar no controle. Era obsessiva com limpeza e um tanto perfeccionista. Tinha horas que eu achava que nunca seria bom o suficiente para ela. Mas, mesmo assim, ela me amava, e eu a amava.

Mika examinou Thomas. Refletiu sobre o amor, em suas diferentes formas — sobre a sensação de tê-lo, de perdê-lo. Os dois tinham aquilo em comum.

Um barulho de motor se aproximava, espantando os pássaros das árvores. Agora desligado, um barco de pesca chegou até a margem só com o impulso.

— Ei! — O cara barbudo da loja de aluguel de caiaque juntou as mãos perto da boca para gritar: — O tempo de vocês já acabou, e não pode fazer fogueira nessa praia. É um terreno público.

Thomas e Mika se levantaram. Thomas jogou areia nas chamas, e o cara barbudo chegou mais perto com o barco. Juntos, eles colocaram os caiaques na embarcação.

— Desculpe — disse Thomas. O vento esvoaçava seu cabelo na volta para o cais. — Tivemos um desentendimento com Roslyn.

O sujeito soltou uma gargalhada gostosa, depois levantou o braço para indicar um bordo de videira que crescia na margem arenosa. Os galhos arqueavam em direção à água, e de um deles pendia um jacaré, empalhado e sujo de lama, com um pedaço de papelão no pescoço, no qual estava escrito com caneta o nome "Roslyn".

— Roslyn ataca novamente — comentou ele.

• • •

Mika aguardou, de costas, enquanto Thomas trocava a roupa molhada e vestia peças limpas e secas, dentro do carro. Ele saiu de lá segurando um casaco de moletom.

— Aqui.
— Ah, obrigada.

Ela pôs o casaco com o emblema do time de remo de Dartmouth estampado no peito. Mika o levou até o aeroporto e os dois se despediram. Ela se ofereceu para lavar o moletom e enviar para ele, mas Thomas disse a ela que lhe devolvesse quando ele voltasse, dali a umas semanas. Em casa, Mika tomou um banho. Quando terminou, havia uma mensagem de Thomas esperando por ela: *Vou embarcar daqui a pouco. Obrigado pelo dia de hoje. Tinha me esquecido de como é bom estar ao ar livre, na água.*

Ela se lembrou de Thomas no caiaque. Ele manteve um sorriso leve no rosto, contagiante, de uma confiança excessiva, enquanto ficava de olho no rio sinuoso. Mika conhecia aquele olhar, aquela sensação. Era igual à que tinha quando contemplava uma pintura. Como se algo a pertencesse. *Estou à disposição*, respondeu ela.

*Foi muito incrível. A gente acaba ficando ocupado com a família e tal, mas acho que ainda levo jeito*, comentou ele.

*É, sem dúvida, você é foda no caiaque*, devolveu ela.

Ele digitou uma única palavra: *Foda?*

Ela amarrou o nó do roupão antes de esclarecer: *Claro, você é foda, o maior atleta de todos os tempos.*

*Estou sentindo um sarcasmo aí. Ainda está chateada por causa do castor?*, perguntou ele, para provocar.

*Não sei do que você está falando*, respondeu Mika, com um sorriso surgindo em seu rosto.

*Obrigado*, disse ele, simplesmente.

*Imagina. Que bom que você se divertiu*, respondeu ela.

Mika recolheu as roupas do chão, inclusive o moletom dele, e colocou tudo para lavar. Ela recebeu outra mensagem de Thomas: *É sério, te devo uma.*

**ASSISTÊNCIA SOCIAL**
Escritório Nacional
Avenida 57, nº 56.544, sala 111
Topeka, KS 66546
(800) 555-7794

**Querida Mika,**

Como você está?! É inacreditável como o tempo voa, né?
   Penny fez treze anos, e tem sido uma alegria acompanhar o crescimento dela com você. Como sempre, seguem em anexo os itens exigidos pelo acordo entre você, Mika Suzuki (a mãe biológica), e Thomas Calvin (o pai adotivo) para a adoção de Penelope Calvin (a criança adotada). O material contém:

- Uma carta anual do pai adotivo, a respeito do desenvolvimento e do progresso da criança adotada;
- Fotos e/ou outras recordações.

Qualquer dúvida, me liga.

Um abraço,

**Monica Pearson**
Assistente social

### Cara srta. Suzuki,

Penny comemorou o aniversário de treze anos na semana passada e está na sétima série. Ela está bem e se destaca na maioria das aulas. Tem pensado em entrar para a equipe de corrida e pediu um gatinho de Natal. Também estou enviando algumas fotos de um projeto recente dela para a feira de ciências.

Abraço,
**Thomas**

## Capítulo VINTE E TRÊS

Mika ficou espiando as laranjas empilhadas.

— Perdi alguma coisa? — Penny inclinou a cabeça, e sua boca formou um pequeno "o". — Viu uma aranha gigante ali? Já vi uma notícia sobre aracnídeos tropicais que pegam carona em carregamentos de fruta.

Mika chegou mais perto das laranjas, para desviar de um pai com três crianças bagunceiras no carrinho. O Uwajimaya, um mercado asiático, estava barulhento, claro e abarrotado de gente naquela manhã de sábado.

— Não, nenhuma aranha gigante.

Penny fez beicinho.

— Droga.

Mika pegou uma laranja para examinar e a rodou entre os dedos.

— Sabia que seu pai não gosta do umbigo da laranja?

— Ah, é. Ele é muito esquisito.

Penny se abaixou e deixou no chão a cesta repleta de barras de chocolate Meiji, de palitinhos de chocolate Pocky e de bala White Rabbit — uma dieta balanceada, sem dúvida. Em seguida, virou as laranjas de uma seção, para todas ficarem com o umbigo para cima.

Mika pegou o celular no bolso de trás da calça e tirou uma foto.

— Será que a gente manda uma foto para ele?

— Com certeza — respondeu Penny.

Meio que sorrindo, ela pegou a cesta. Mika apertou o botão de enviar, com um sorriso malicioso no rosto. As duas riram e compraram mais algumas coisas. Penny ficou maravilhada com os pacotes de lula seca, os tanques de uni vivo e as montanhas de bok choy. Absorvia as imagens e os cheiros como uma haste de bambu sedenta por chuva. Thomas respondeu à mensagem com a foto de um castor, cujos olhos, por algum motivo, coloriu de verde-neon. Mika optou por não mostrar para Penny. Como ia explicar? *Achei que tinha visto um jacaré, mas, na verdade, era um castor. O caiaque virou junto comigo, e seu pai teve que me resgatar.* Primeiro que era muito constrangedor. Mika sentiu uma quentura nas bochechas só de pensar naquilo. E, em segundo lugar, a história das laranjas era compartilhada pelos três, mas a piada sobre o castor... era algo só entre Mika e Thomas. Talvez aquela situação toda parecesse totalmente descabida para Penny — esquisita ou, pior, *íntima*.

Quando estavam de saída, Mika insistiu que provassem takoyaki.

— Salgadinho de polvo, uma comida de feira de rua — explicou a Penny.

Sentaram-se nas cadeiras da praça de alimentação. No Japão, era falta de educação comer andando. Mika colocou os salgados redondos no meio da mesa e destacou alguns ingredientes: massa de farinha, um pedaço de polvo que servia de recheio, farelo de tempura, gengibre em conserva e cebolinha. Penny abriu um par de hashis e já foi provando um bolinho. Mika adorava ver quão destemida a filha era.

Penny mastigou devagar, saboreando.

— Que delícia! Adorei — anunciou. Assim que terminou o primeiro, já pegou mais um e fez outro anúncio, de boca cheia: — Estou pensando em dormir com o Devon.

Mika engasgou, tossiu e cuspiu, depois tomou uns goles de água. Penny a observou de canto de olho.

— Você tá bem?

Mika deu umas batidinhas no peito.

— Desculpa. *Dormir* com ele? — perguntou, pausadamente.

Sua garganta ainda ardia um pouco. Talvez ela tivesse escutado errado. Talvez tivesse escutado direito, mas não compreendido. Talvez dormir com alguém não significasse o que Mika estava pensando. Talvez, na linguagem dos jovens, tivesse a ver com uma festa do pijama, tipo, se cobrir e ficar deitado ao lado da pessoa, em silêncio, no escuro, sem nenhum tipo de contato físico.

— É, *sexo* — esclareceu Penny, falando mais baixo.

Mika tomou outro gole de água e tentou reunir forças para sorrir de forma encorajadora.

— É um grande passo.

Foi a única coisa que lhe ocorreu dizer naquele momento, além de lembrar a Penny que a filha tinha dezesseis anos. Um bebê. *Meu bebê*. Penny enrolou um guardanapo e apertou a bolinha.

— Estou pronta. Tenho certeza. Tipo, acho que o amo.

Talvez Devon não sentisse a mesma coisa, mas Mika não teve coragem de dizer aquilo. Seria muito insensível da parte dela partir o coração de Penny, expressar seu receio de que talvez ela não fosse amada do jeito que queria ou merecia. Por isso, acabou falando outra coisa:

— O amor nem sempre é um pré-requisito.

Ela encarou Penny. Pensou na filha, na visão de mundo da menina — reduzida, única e um tanto ingênua. Era aquilo que Hiromi achava de Mika quando a filha era adolescente? Mika se ajeitou na cadeira. Quão perturbador é pensar na possibilidade de sermos iguais a nossa mãe.

Penny mordeu o lábio inferior e ergueu o olhar, de um jeito tímido, para encontrar o de Mika.

— Posso perguntar...? Quer dizer, como foi sua primeira vez?

Mika se concentrou em um tanuki na seção de itens para a casa. Os olhos do guaxinim dançarino estavam marcados com um xis e, entre suas pernas, havia testículos enormes — sabe como é, para dar sorte.

— Minha primeira vez?

Ela piscou e visualizou o Tartaruga Alegre, um bar no campus. Lembrou-se de seu quadril balançando como um pêndulo, de sorrir para um cara bonitinho no meio da multidão. Ele se chamava Jordan e fazia ciências políticas. Usava sandálias

Birkenstock com meias, dividia o apartamento com outros quatro caras e, no quarto dele, em vez de uma luminária, havia um refletor para áreas externas.

— Não foi nada muito memorável ou romântico. Mas foi divertido. — A resposta de Mika foi sincera, e ela sorriu, com um ar nostálgico. — Doeu um pouco.

Sentiu as bochechas esquentarem, sentiu Penny ficar mais atenta. Só depois contou para Jordan que era virgem. Ele insistiu em ir devagar, em tentar de novo. Ouviram Wilco enquanto ele fazia um oral nela. Mika examinou a mesa.

— Penny — disse ela, buscando um tom tranquilo, sem julgamento. — Tem certeza? Sobre Devon? Você o conhece há pouco tempo.

Quatro semanas apenas, queria completar Mika. Ela se sentiu totalmente hipócrita. Mas, meu Deus, para que ter filhos se não podemos poupá-los de cometer os mesmos erros que nós?

— Absoluta — afirmou Penny, com um olhar resoluto. Aqueles olhos que ainda não tinham visto o suficiente, pelo contrário. — A gente passa muito tempo junto, quase o dia inteiro, todos os dias. Fora que, sabe, já fiz outras coisas...

Mika ficou paralisada.

— Não preciso saber.

Quanto menos detalhes, melhor.

— Estou pronta. Sei que estou — insistiu Penny.

— Tudo bem.

Conforme Mika foi cedendo, abrandando o tom, Penny também foi.

— Devon é um cara legal. A gente conversou muito sobre isso. Ele não está me pressionando nem nada.

— Tudo bem — repetiu Mika.

Ela inspirou, aceitando o inevitável. Aquilo ia acontecer. Tinha algo de atemporal na recusa dos filhos de escutar os pais. E Mika se sentia bastante inserida naquele ciclo infinito.

— E sobre preservativo? Vocês conversaram?

Duas manchas vermelhas surgiram nas bochechas de Penny. Talvez estivesse pensando em Mika, no fato de ela ter engravidado muito nova. De que não queria ser igual à mãe biológica: uma adolescente com escolhas limitadas.

— Ele disse que vai usar camisinha, e eu tomo pílula há uns dois anos... Minha menstruação era horrível.

— Pelo visto, já pensaram em tudo.

Mika se levantou para limpar a mesa. Hiromi jamais havia conversado com ela sobre sexo. E o que tinha aprendido na escola era basicamente saber dizer não e como prevenir uma gravidez e as ISTs. Ninguém lhe contou quão divertido poderia ser. E complicado.

— Pensamos, juro — reforçou Penny, ainda sentada. — Ei, mas acha que podemos deixar isso quieto? Só entre nós?

Mika parou, com um prato de papel e hashis usados na mão.

— Ou seja, não contar para seu pai?

Penny fez um gesto com a mão.

— Não é nada de mais. É só que tem certas coisas que ele simplesmente não precisa saber.

Mika se sentou na cadeira de novo. Penny queria que a mãe mentisse para Thomas. *Não posso*. O pensamento atingiu Mika como um raio.

— Não estou muito confortável com isso, Penny. Não precisa ter uma conversa sobre virgindade com ele, mas precisa contar sobre Devon. Pelo menos, dizer que está namorando. Quer dizer, por experiência própria, sei que a verdade sempre aparece.

Ela tentou deixar o clima mais leve com uma piada. Penny ficou séria. Não olhava para Mika de jeito nenhum.

— Melhor eu voltar para o alojamento.

— Quê?

Mika estremeceu. Penny não tinha nada para fazer no fim de semana. Ia dormir na casa de Mika.

— É, acabei de lembrar que prometi a Olive que íamos treinar nossos tempos juntas.

— Sério?

Mika ergueu uma sobrancelha.

— Sério. — Penny se levantou e pegou com força sua sacola de compras. — Vamos?

As duas caminharam até o carro, e a sombra da raiva de Penny as seguiu. Mika estava sem palavras. *O que foi isso?* A viagem em si foi pior. Muda e pulsante com o descontentamento de Penny. Mika jurou ter escutado o som de algo rasgando, um rombo em sua relação com Penny. Como ela ia remendá-la? Estacionou o carro no alojamento e se virou para falar com a filha.

— Eu...

Tarde demais. Penny bateu a porta com força.

• • •

Horas depois, Mika não estava mais confusa. Após repassar a conversa diversas vezes em sua cabeça, na tranquilidade de casa, só não havia decidido se tinha ficado profundamente magoada com Penny ou com raiva dela.

— Ela ficou brava comigo? — esbravejou sozinha, ao sentir coisas indizíveis a respeito de Penny. A respeito, por exemplo, da teimosia e da petulância enormes da filha. Mas então... — Ela ficou brava comigo — repetiu, mais baixo.

Cogitou ligar para Thomas. Conversar com ele sobre qual seria a melhor maneira de abordar Penny. Mas era com Penny que realmente queria, aliás, *precisava* falar. Assim, no fim da tarde, Mika ligou para a filha. Não queria dormir sem resolver aquilo. Não existia um ditado sobre nunca dormir brigado com alguém? De todo modo, Mika não queria se esconder, acovardar-se diante das mudanças de humor de Penny.

O telefone tocou algumas vezes, e Mika se abraçou para acalmar os nervos.

— Oi — disse Penny.

E mais nada.

— Não quero que você fique brava comigo — soltou Mika.

Ela se encolheu e aguardou. *Eu dei à luz essa menina. Ser mãe deveria ser um dom inerente a mim.*

— Também não quero ficar brava com você — admitiu Penny.

Mika inspirou e olhou fixamente para a janela da sala, para a calçada escura do lado de fora.

— Bem, agora que já esclarecemos essa parte... — Pausou. — Quero que você possa me contar as coisas. Quero que você me consulte, que possa me perguntar qualquer coisa, mas também sou sua... — Por pouco, não disse "mãe". — Sou adulta, e mentir para seu pai me coloca numa situação difícil.

Após um segundo, Penny suspirou.

— Entendo, eu acho. — *Onde ela está?* Mika tentou visualizar Penny no corredor do alojamento. Torcendo o nariz, que estaria um pouco vermelho por causa do choro; talvez Devon estivesse ali ouvindo. — Vou falar com meu pai sobre o alojamento misto e Devon. Não porque você me falou...

— Claro que não — reforçou Mika, interrompendo-a.

— Mas porque quero que ele conheça o D. — Ela soltou outro suspiro. — Provavelmente ele vai dizer que não está chateado. Que só está decepcionado. — Mika fez um beicinho. Ela imitou direitinho o jeito de Thomas de falar. — Mas acho que não vou falar com ele sobre a parte do sexo — observou Penny.

Foi como se estivesse demarcando seu limite. Embora Penny não pudesse ver, Mika assentiu, com convicção.

— Seu corpo, suas escolhas.

— A gente se gosta muito, de verdade. Sei que sou adolescente, e provavelmente é só isso que você enxerga...

— Não é só isso que eu enxergo — contestou Mika. — Você é inteligente e sabe o que quer.

— Valeu. Significa muito para mim.

— Reconheço que seja meio estranho. — Mika precisou engolir em seco, ao sentir, de repente, uma pressão na garganta. — Mas me prometa que vai falar comigo se precisar de alguma coisa. Não tem problema querer e depois mudar de ideia. Mesmo se estiver no meio do negócio e você achar que ele vai ficar com raiva. Um homem de verdade não fica.

Mika curvou os dedos até cerrá-los. Lembrou-se de empurrar o peito de Peter com o punho fechado. *Não*. Um sentimento intenso de proteção se acendeu dentro dela.

— O D não é assim — insistiu Penny. — Não estou com dúvida. Eu quero.

— Tudo bem — disse Mika, baixinho.

As duas continuaram conversando e Penny contou histórias sobre as conversas com Hiromi por videochamada. Em certa ocasião, Hiromi tapou a câmera com o dedo o tempo inteiro. E Mika se sentiu leve de novo, como se tivesse avistado o primeiro raio de sol após uma tempestade forte e terrível.

• • •

Thomas ligou na segunda-feira à tarde, bem na hora em que Mika pendurava a bolsa no ombro para atravessar os prédios da Nike e ir almoçar com Hayato. Eles tinham grandes planos: ver com muita atenção todas as fotos do último casamento real e comer torta de chocolate. Grandes planos.

Thomas nem esperou Mika dizer alô.

— Penny está namorando — disse, assim que ela atendeu.

— Ela te contou.

Mika passou por uns caras que tinham quase o dobro de seu tamanho e sorriu para eles, quase certa de que eram jogadores famosos de basquete.

— Ela quer que eu conheça o namorado dela na próxima vez que eu for aí. Você o conheceu?

— Não oficialmente. Já o vi algumas vezes.

Mika parou em frente às portas de vidro de correr, na entrada do Prédio Mia Hamm, e acenou para Hayato, que já estava esperando por ela. Ela ergueu o dedo para pedir um minuto. Ele moveu os lábios para dizer "sem problemas" e ficou mexendo no celular.

— Você já percebeu algum comportamento depravado dele? — questionou Thomas, em um tom frio.

Às vezes, parecia que estava dentro de um filme preto e branco. Provavelmente não ia gostar caso Mika o chamasse de "antiquado". Ela torceu o nariz.

— Quer saber se ele anda com um canivete, caçando confusão por aí?

Thomas respirou pesado.

— Adoraria rir nesse momento.

— Desculpa.

Mika cruzou os braços. Ali perto havia uma instalação gigantesca, com uma fonte espirrando água e tudo. Patos nadavam e flutuavam na superfície agitada.

— Mas fico feliz que ela tenha contado para você — completou Mika. — A gente estava comendo takoyaki...

— Takoyaki?

— Bola frita de polvo.

— Hã?

Mika imaginou Thomas sério, com a expressão que fazia quando ficava confuso e levemente irritado com algo.

— Não a bola do polvo, tipo, os testículos dele... — Ela afastou o celular da orelha e contemplou o céu por um instante. Estava desviando completamente do assunto. — Deixa pra lá. Fomos comer, e Penny falou sobre Devon, contou que a coisa entre eles estava ficando séria. Quando fiquei sabendo, eu a incentivei a te contar.

Um silêncio se seguiu.

— Então... — Ele falou bem devagar. — Você já sabia há um tempo que Penny estava saindo com alguém? — indagou Thomas.

Mika soltou um suspiro quase imperceptível.

— Só tem duas semanas. Ela me pediu para não contar. Desculpa. Ela ficou muito brava comigo quando falei que era melhor contar para você. — Mika se lembrou da raiva que Penny sentiu. Do jeito como ela a sustentou, como um par de botas de couro surradas. E usou-as para pisar em Mika. — Comecei a me sentir pouco à vontade com o fato de você não saber. — Mais silêncio. — Não fique bravo — concluiu Mika.

— Não estou — disse Thomas, após um momento. — Fico feliz por ela conversar com alguém em quem posso confiar.

Então, Mika foi invadida pela sensação de soltar um grande peso após carregá-lo por bastante tempo. Murmurou um "obrigada".

Minutos e horas após eles desligarem, durante o almoço com Hayato e pelo restante do dia, aquelas cinco palavras preciosas ressoaram na cabeça de Mika: "Alguém em quem posso confiar."

## Capítulo VINTE E QUATRO

Três dias depois, Thomas enviou uma mensagem para Mika: *Estou pensando em deixar meu bigode crescer.*

Mika estava sentada em uma sala de reuniões envidraçada, com um monte de papéis espalhados em volta dela. Gus tinha gostado tanto de seu trabalho para o modelo de colaboração que havia pedido a ajuda dela em outro.

— Sei que você consegue — dissera ele, com a voz transbordando confiança.

Mika achou necessária uma resposta imediata à mensagem: *Não faz isso, eu imploro.*

*Tem razão*, comentou ele, duas horas depois. *Eu deveria colocar um piercing na orelha, isso, sim.*

*Penny ia odiar*, escreveu Mika, quando estava saindo do trabalho.

Eis a resposta dele: *Mais um motivo, então.*

*Já que vai fazer isso, melhor se jogar de verdade e colocar um piercing nas duas orelhas, não acha?*, perguntou Mika, ao chegar em casa. Esquentou uma comida congelada e se sentou para comer, com o celular na mesa, na frente dela, enquanto aguardava a mensagem seguinte de Thomas.

*Que declaração ousada*, disse ele, assim que ela deu a primeira garfada.

Ela mastigou com calma e respondeu: *Você bancaria esse visual.*

Uma semana depois, na quinta-feira, Mika estava desligando o computador quando Thomas mandou outra mensagem: *O namorado vai fazer um programa com Penny o dia inteiro no sábado. Vão fazer trilha em uma cachoeira. Perguntei a ela se eu poderia ir também. Até me ofereci para pagar.*

Mika deu tchau para Gus pelas paredes de vidro da sala dele.

— Bom fim de semana — disse ele, atencioso.

Ela lhe desejou a mesma coisa. *Espero que você esteja brincando*, escreveu.

*Só um pouquinho*, devolveu ele, quase de imediato.

*Então você não vem nesse fim de semana? Não vai ter igreja?*, indagou Mika, ao entrar no carro, com as janelas escancaradas. O céu ainda estava claro e fazia um calor de matar. Ela aguardou a resposta dele. Tinham feito planos juntos para o fim de semana. No domingo, Penny, Thomas e Mika iriam à missa com Hiromi e Shige.

*Não vou deixar de ir. Nem faltar à igreja. Vou manter o horário do voo, chego hoje à noite. Tarde demais para trocar*, respondeu Thomas.

Mika mordeu o polegar enquanto pensava. No sábado, ela tinha marcado de ir a uma vinícola com Charlie, Tuan, Hayato e o novo namorado dele, Seth.

*Ei, tive uma ideia*, digitou ela.

*Adoro ideias*, disse Thomas.

*Já que Penny vai estar ocupada no sábado, você quer sair comigo e com meus amigos? Vamos a uma vinícola de tarde, e talvez a uns bares depois, ou seja, vamos encontrar um bando de caras com pelos faciais engraçados.*

Mika contraiu os dedos dos pés dentro dos sapatos, gesto de quem estava prestes a brincar com fogo. Aquilo era diferente da decisão de última hora de ir andar de caiaque. Era convidar Thomas para sair com os amigos dela, para fazer parte de sua vida. Mas, ao mesmo tempo, também parecia algo natural, certo. Sentiu um aperto forte no peito, enquanto aguardava uma resposta.

*Sempre tive vontade de me aprofundar na cultura dos pelos faciais engraçados*, disse ele.

Mika deu um sorriso afetuoso e respondeu: *Olha aí sua chance. Aproveita. Topa?*

A mensagem seguinte de Thomas foi quase instantânea: *Topo*.

● ● ●

*O que devo vestir?*, mandou Thomas por mensagem no sábado de manhã. *Terno e gravata?*

Mika sorriu. A cada mensagem de Thomas, ficava mais animada, mas fingia que não. Aquilo não era um friozinho na barriga. Imagina. *Por acaso você trouxe um smoking?*, disse ela.

*É sério?*, perguntou ele.

*Não*, respondeu ela, embora não fosse se incomodar de vê-lo de smoking. Thomas de calça jeans e camiseta também estava ótimo. Ela se lembrava bem até demais do momento em que o vira sair do quarto de Hana, no dia em que ele havia dormido na casa delas, daquela parte da barriga dele enquanto vestia a camisa. *Quer dizer, se você for de boina, eu não acharia a pior coisa do mundo,* brincou Mika.

*Vou de calça jeans*, avisou Thomas.

*Quem sabe uma echarpe jovial?*, sugeriu ela, com um sorriso no rosto, mordendo o lábio.

*Te vejo às 13h*, respondeu Thomas.

Mika buscou Thomas no hotel e foi dirigindo para a casa de Charlie.

— Sinto muito por Penny não querer sair com você — disse.

Passaram por um banco, por um cara andando de monociclo. Thomas esticou as pernas.

— Eu não deveria me sentir mal. Acho que é para ser assim mesmo. Vamos guiando nossos filhos em uma direção, e aí descobrimos que eles querem seguir sozinhos, pular do barco. Você só espera que tenha passado a eles sabedoria suficiente para que fiquem bem.

Mika franziu a testa.

— Parece que, basicamente, você treina alguém que ama para o dia que ele ou ela te deixar.

Thomas olhou nos olhos de Mika de forma penetrante durante alguns segundos de tensão. Na lateral do rosto, ela sentiu o calor do olhar fixo dele.

— Exato.

— Não sei se gosto disso.

Ela se ajeitou no banco, concentrada na estrada. De soslaio, viu Thomas sorrir com o canto da boca.

Quando Mika estacionou, uma van cor de uva já estava à espera no acostamento, assim como Charlie. Ela acenou para Mika e abriu ainda mais o sorriso ao ver Thomas no banco do carona. Logo que Mika saltou do carro, Charlie foi falar com ela.

— Mika — disse, em um tom um tiquinho mais alto e eufórico do que o de costume. — Que surpresa! Não sabia que você ia trazer alguém. Oi, sou a Charlie.

Ela estendeu a mão. Thomas a aceitou, apertando.

— Thomas — se apresentou ele.

— Ah, o pai da Penny. Muito prazer — afirmou Charlie, dando um sorriso ofuscante.

— Imaginei que não teria problema, já que pagamos por oito.

Era a quantidade de lugares na van. Os amigos haviam dividido o valor igualmente entre eles.

— Ah, não tem problema — confirmou Charlie. — Pelo contrário. Por mim, quanto mais, melhor.

Ela fitou Thomas, cheia de expectativa. Thomas ficou inquieto e desviou o olhar. Mika interveio:

— Vamos indo, então?

— Hummm, claro — respondeu Charlie, voltando à ativa de repente. — Vamos lá. Todo mundo já está na van. Não que vocês estejam atrasados ou algo assim. Eu sempre digo, por mim, antes tarde do que nunca... — Ela foi diminuindo o tom. — Vão lá. Vocês primeiro.

Eles começaram a caminhar em direção à van, com Thomas à frente. Mika parou no degrau para entrar no veículo. "O que é que deu em você?", perguntou para a amiga enlouquecida, mexendo só os lábios, sem emitir som.

A boca de Charlie espichou outro sorriso. "Ai, meu Deus", ela devolveu, também sem emitir som.

— Ei, pessoal, Mika trouxe um amigo.

E Mika agradeceu pela escuridão no interior da van, que talvez escondesse que estava vermelha de vergonha. Não deveria ter convidado Thomas. O que tinha na cabeça? Agira por impulso, algo que não fazia havia muito tempo, desde Penny, desde Peter.

Mika se afundou em um assento preto acolchoado, e Thomas se acomodou ao lado dela.

— Desculpa — disse Mika. — Charlie está esquisita. Deve ter começado a beber cedo.

— Não tem problema — afirmou Thomas, meio tenso.

Bem, o começo foi tortuoso. Hayato pigarreou, então se iniciou a sequência de apresentações. Tuan se apresentou a Thomas. Thomas a Hayato. E Seth, o namorado novo, loiro e bonito, apresentou-se a todos.

— Muito prazer, cara — disse Seth para Thomas.

E lhe deu um aperto de mão.

— Igualmente — respondeu Thomas.

Eles se afastaram. Seth voltou para seu lugar, ao lado de Hayato. A van estava em movimento, e todo mundo meio que ficou ali, sentado, calado.

— Ei, acho que tem uma coisa em você. — Seth cortou o silêncio ao se dirigir a Thomas — Aí na sua gola.

Ele sacudiu a parte de trás da própria camisa. Intrigado, Thomas tateou a nuca e voltou com uma etiqueta entre os dedos.

— Ah, é. Camisa nova — admitiu ele, sem rodeios. — Comprei hoje de manhã em uma loja perto do hotel. Parece que agora está na moda blusa para fora da calça...

Ele tamborilou os dedos nos joelhos.

— Eu gostei. — Charlie entrou na conversa. — Tuan deveria pegar o nome da loja com você.

Tuan se inclinou para a frente e perguntou o nome da loja e do hotel em que ele estava ficando, e a opinião de Thomas a respeito da região. Mika soltou o ar, um tanto insegura, e se virou para Hayato e Seth. Bateram um papo que fluiu com facilidade, e, uma hora depois, a van começou a subir uma ladeira, em um caminho sinuoso, como o rabo de um gato preguiçoso que o balançava para lá e para cá.

A van desacelerou e, com um chiado, parou. Assim que saíram do veículo, eles se depararam com um sol forte de fim de tarde. A sommelier os cumprimentou. Ela usava um colete de fleece, com o nome da vinícola bordado, e os conduziu até um mirante, de onde dava para ver todo o vale lá embaixo e as inúmeras videiras exuberantes alinhadas. Uma brisa suave passou pelos cabelos de Mika. A sommelier anunciou que o almoço e a degustação iam começar em breve e os convidou a aproveitarem os jogos disponíveis no gramado: croquet, jogo da ferradura e até uma torre gigante de Jenga.

— Olha só isso. — Seth apertou a mão de Hayato. — Jogo do saco. Alguém quer jogar?

Seth olhou para o grupo, claramente procurando um parceiro. Thomas levantou a mão.

— Faz tempo, mas eu jogava muito isso na faculdade.

Seth deu um beijo em Hayato, que lhe deu um tapinha no bumbum.

— Boa sorte, amor.

Mika meio que se despediu de Thomas.

— Divirta-se.

Eles foram ajeitar as tábuas e os saquinhos de feijão. Não demorou para Charlie, Tuan e Hayato cercarem Mika.

— Eita. — Mika deu um passo para trás. — Custa respeitar o espaço do outro?

Charlie sorriu gentilmente.

— Ele comprou uma camisa nova — declarou ela.

Mika deu de ombros.

— É, e daí?

A alguns metros dali, a sommelier dispôs na mesa deles os vinhos, as taças e os pratos.

— Ei, Tuan, não quer dar uma voltinha com a Charlie pela vinícola antes de começar a degustação? Parece super-romântico.

— Não. — A ansiedade transparecia no sorriso de Tuan. — Vim para isso aqui.

— Então vamos falar de Seth — sugeriu Mika.

— Seth é ótimo. Estou tão na dele. Acho que ele está na minha também — contou Hayato. E acrescentou: — Sabe para que eu compro uma camisa nova?

O vento carregou o som da risada de Thomas, envolvendo Mika, ameaçando levá-la para longe. Ela firmou os pés no chão.

— Você compra camisa nova toda hora — rebateu Mika, incisiva.

Era verdade. Os dois passavam o almoço navegando por sites, vendo roupas masculinas e femininas, decidindo quais cores combinavam mais com a pele deles — amarelo, jamais.

— Para encontros — esclareceu Hayato. — Eu compro camisa nova para ir num encontro.

— Isso é diferente — replicou Mika, rápido demais. — Ele é o pai da Penny.

Charlie inclinou a cabeça.

— E daí?

— E daí? — repetiu Mika. — Não estou disposta a passar dos limites. Além disso, não sei nem se ele quer passar...

— Ah, ele quer — afirmou Hayato, com ar de sabe-tudo. — Camisa nova. Para fora da calça ainda. Homem usa camisa para fora da calça para chamar atenção para o...

Deu uma olhadinha para baixo, confiante. Mika ficou na ponta dos pés.

— Acho que a mesa está pronta.

Em outra vida, ela poderia ter sonhado com alguém como Thomas. Com uma família da qual Penny fizesse parte. Mas isso era o universo a provocando outra vez, um maremoto a esperando, prestes a afogá-la. Ela não ia molhar os pés na água de novo.

Mika saiu e se sentou à mesa, sozinha, até Charlie se juntar a ela. Elas observaram Thomas e Seth por um minuto. Mika se concentrou em Thomas, nas mangas arregaçadas dele, na flexão do pulso conforme jogava os saquinhos.

— Dá um medinho, não é? — perguntou Charlie.

— Repetindo, não sei do que você está falando.

Às vezes, dava mais medo admitir que estava sentindo medo. Mas a verdade era que... A verdade era que Mika estava apavorada. Desde Peter, ela se sentia subjugada pela futilidade, amedrontada a ponto de não pintar, viajar, amar, rir, tampouco se arriscar. Havia se fechado, dobrando-se como uma folha de origami. Foi se fazendo cada vez menor, um pedacinho de papel se perdendo nas lacunas da vida.

— Está tudo bem querer algo, sabia? — disse Charlie, baixinho. — E está tudo bem se ficar complicado. As coisas acabam se resolvendo e dando certo no fim.

*Disse a otimista*, pensou Mika.

— Mas e se não der?

Charlie arqueou a sobrancelha, não recuou.

— Mas e se der?

*Touché.* Elas ficaram em silêncio. Mika voltou a observar Thomas. Ela pensou em Penny, naquele dia no museu em que observou a pintura retratando a queda de Ícaro. Permitiu-se contemplar a queda. Será que poderia valer a pena?

• • •

— Hoje vamos oferecer uma degustação de pinot e torta. — A sommelier ergueu uma garrafa e serviu uma dose cor de rubi em cada taça. — Vocês talvez sintam os aromas de frutas frescas. — Ela bochechou um gole e cheirou o vinho para demonstrar. — O cheiro de framboesa e morango é acentuado pelas ervas e especiarias saborosas.

— Saúde! — Charlie ergueu a taça. Os seis deram um gole e cuspiram. — Ah, quase me esqueci — comentou Charlie. — Trouxe lembrancinhas.

Ela saiu correndo da mesa e voltou com uma sacola. Remexeu lá no fundo e sacou várias boinas pretas de feltro.

— Você não estava brincando sobre a boina — sussurrou Thomas.

Mika deu uma risadinha contida. Ele tinha deixado as mangas arregaçadas, e havia um brilho mínimo de suor em sua testa, fruto da partida com Seth.

Charlie levantou um pouquinho e distribuiu as boinas de onde estava sentada. Ela adorava lembrancinhas, fantasias e comidas temáticas — tudo que fosse um pouco espalhafatoso. Passou uma para Mika, com um sorriso no rosto.

— Vai ficar ótima em você — declarou Charlie, sorrindo ao dar uma boina para Thomas.

— Eu preciso usar? — perguntou ele, e girou a boina no dedo.

— Não — disse Mika.

— Sim — Charlie respondeu ao mesmo tempo.

— Quem tá na chuva é pra se molhar.

Thomas ajeitou a boina na cabeça, e Mika precisava admitir: ficou bem charmoso. Charlie se sentou de novo ao lado de Tuan, feliz da vida.

— Também trouxe um jogo — contou Charlie, alegre, ao sacar da bolsa um bloco de fichas pautadas. Resmungos circularam na mesa. — Calados. Vamos estreitar nossos laços. Começando com... — Ela virou a primeira ficha e leu o que estava escrito: — "Sua casa pega fogo. Todos os seus pertences estão lá dentro. Depois de salvar as pessoas que ama e seus bichinhos de estimação, você tem tempo para dar uma última corrida e salvar um item qualquer. O que você salvaria e por quê?"

Eles ficaram em silêncio, enquanto a sommelier apresentava outro pinot, energético, com toque de frutas intensas e especiarias amadeiradas. Tuan tomou um gole do vinho seco e engoliu.

— Eu começo — sugeriu ele. — Só uma coisa? — perguntou.

— Só uma coisa e por quê — confirmou Charlie.

— Sem dúvida, meu Transformer Bumblebee. Tenho desde os doze anos e, um dia, quero dá-lo aos meus filhos — contou Tuan.

Charlie sorriu, e Hayato se ofereceu para ser o próximo.

— Acho que eu salvaria minha coleção de mangá — disse ele.

— Estou com vocês — concordou Seth. — Sou do time das recordações de infância. Eu pegaria meus cartões de beisebol.

Era a vez de Thomas. Ele esticou as pernas, e seu joelho bateu no de Mika. Ela sentiu um frio na barriga.

— Bem, na verdade, a maioria dos meus documentos importantes, a papelada do seguro, os passaportes, as certidões de nascimento, esse tipo de coisa, está em um cofre à prova de fogo — explicou Thomas, encabulado. O grupo inteiro desaprovou a resposta. — Ok, ok. — Thomas levantou as mãos. — Eu salvaria as cinzas da minha esposa. Por motivos óbvios.

Foi como se tivessem jogado um balde de água fria na cabeça de Mika. Não culpava Thomas por querer salvar as cinzas da esposa dele. Mas, para ela, era inevitável sentir a presença de Caroline à espreita. Caroline, a esposa ideal, a mãe ideal, a mulher ideal. Todas as coisas que Mika não era e jamais conseguiria ser.

— E você, Mika? — indagou Charlie.

Ela contemplou o vale. Pensou nos pacotes enviados por Caroline. Nas cartas e nas fotos de Penny guardadas na gaveta da cômoda. Ela podia viver sem todo o resto: roupas, maquiagem etc.

— As fotos. — Ela fez uma pausa, o mal-estar no estômago estava piorando. — As fotos de Penny. Isso me fez lembrar que eu deveria digitalizá-las. Hana com certeza vai incendiar aquela casa um dia.

Thomas sorriu para Mika, e ela sentiu o calor do gesto se irradiar pelo seu corpo.

— Eu também pegaria meu violão — completou Tuan. — Enquanto a casa estivesse pegando fogo, eu faria uma serenata para você.

Pelo jeito, Charlie tinha ficado felicíssima com a declaração. Mika fingiu que estava vomitando no colo.

— Se você disser que fica vendo ela dormindo, vou me jogar daqui de cima.

— Foi só uma hipérbole. Péssima, aliás — reagiu Charlie, séria.

Mika suspirou. Eles esperaram a sommelier servir as taças para a última degustação: outro pinot, caracterizado pela elegância e pela finalização suave.

— Muito bem. Próxima pergunta. — Charlie pegou uma ficha pautada para ler. — "Pelo que você se sente mais grato na vida?"

— Por ter bons amigos — respondeu Hayato.

— Por fazer novos amigos — falou Seth.

Os dois se beijaram.

— Pela Charlie, é claro — disse Tuan.

— Ah, com certeza vai ter música lenta hoje à noite — afirmou Charlie, ao beijar Tuan. — E vocês?

Ela se virou para Thomas e Mika.

— Essa é fácil — comentou Thomas. Seus lábios estavam levemente manchados de roxo. — Pela minha filha, Penny.

Mika esticou as pernas; seu olhar se conectava ao de Thomas.

— Digo o mesmo — afirmou ela.

Eles sorriram um para o outro. Cúmplices. O amor por Penny aninhado entre os dois.

## Capítulo VINTE E CINCO

Charlie e Tuan ficaram altinhos e dançavam uma música lenta no Alison, um hotel fofo perto da vinícola, onde todos decidiram jantar. A poucos metros de distância, Hayato e Seth conversavam com o barman.

— Oi.

Thomas sentou-se à mesa ao lado de Mika, no sofazinho.

— Oi — respondeu ela. — Onde você estava?

Thomas sorriu. Suas pálpebras estavam mais relaxadas do que o normal, cortesia das três vinícolas que haviam visitado.

— Fiz uma coisa.

Ele se mexeu e tirou do bolso de trás um montinho de fichas pautadas para pôr na mesa.

— Não acredito! — exclamou Mika, de olhos arregalados, que rapidamente procuraram por Charlie. O rosto dela estava bem acomodado no peito de Tuan. — Ladrão de fichas — acusou, boquiaberta. — Jamais esperaria de você um comportamento depravado como esse.

— Não foi nada premeditado. Tenho como me defender no tribunal. — O sorriso de Thomas se alargou. — Enfim, estava indo ao banheiro e notei a van estacionada lá fora. A porta estava simplesmente aberta. Quer dizer, se Charlie não quisesse que roubassem as fichas dela, deveria ter ficado de olho.

— Verdade — concordou Mika, sabiamente.

Ela colocou o dedo na ficha de cima e a puxou. Virou-a para ler em voz alta:

— "Em quatro minutos, conte sua história de vida para seu parceiro com o maior número de detalhes possível."

Thomas sorriu, um pouco lento, e o ato a tocou de um jeito diferente. Mika ajeitou o celular na mesa. Deslizou o dedo pela tela até encontrar o aplicativo do timer e o programou para quatro minutos.

— Você primeiro — falou para Thomas.

Thomas se alongou no banco, para ficar confortável. Coçou o queixo.

— Nasci em Dayton, Ohio. Meus pais foram casados durante vinte e três anos, e tenho um irmão mais velho. — Ele se inclinou para a frente e, embaixo da mesa, sua coxa encostou na de Mika. Nenhum dos dois afastou a perna. — Tive uma infância bem normal, eu acho. Jogos de futebol americano no inverno. Partidas de beisebol na primavera. Meu pai amava esportes e o fato de ter filhos para levar aos jogos. Acho que ficou decepcionado quando comecei a fazer remo na faculdade. Ele infartou e morreu quando eu tinha dezenove anos.

— Sinto muito — afirmou Mika.

Pelo relógio, ainda restavam dois minutos e vinte segundos.

— Obrigado — respondeu Thomas. — Enfim, conheci Caroline um pouco depois disso. A gente se pegou em uma festa, e chorei depois de transarmos. Achei que ela nunca mais ia querer me ver, mas... ela foi legal pra caralho em relação a isso. E foi uma sensação muito boa saber que eu não estava sozinho. — Mika sentiu o estômago revirar ao ver a dor no rosto de Thomas. — Nos casamos logo depois que nos formamos, depois completamos os estudos juntos. Ela me ajudou a estudar para a prova de admissão na faculdade de direito. Eu a ajudei a estudar para tirar o certificado dela. Também começamos as tentativas de ter filhos. Meus pais me tiveram jovens, e os pais de Caroline a tiveram jovens também. Ela tinha tudo planejado. Engravidar cedo, ter filhos e se aposentar assim que eles entrassem na faculdade. A gente ia viajar juntos.

— Thomas não estava olhando para Mika. Ele coçou a testa. — Como a gravidez não vinha, primeiro botamos a culpa no estresse. Nos estudos, nas provas, nisso tudo. Um ano se passou, dois. O médico de Caroline recomendou um especialista. Após uns exames, os resultados foram inconclusivos. Ainda me lembro da expressão no rosto dela, da frustração e do sofrimento dela. Se sentiu traída pelo próprio corpo. "É um direito biológico meu", ela falava. Eu estava mais tranquilo em relação a isso. Me convencendo de que "se for para sermos pais, vamos ser". Mas Caroline tinha um objetivo. Ela queria um filho. Queria ser mãe. Depois de conversarmos muito, decidimos nos informar sobre adoção. Tivemos dois momentos de expectativas frustradas. Uma grávida de Nova York que acabou decidindo ficar com o bebê. Uma adolescente da Flórida que tinha entregado o bebê de seis meses, mas queria que a criança ficasse em um orfanato, na esperança de depois ficar com ela...

O tempo acabou.

— Continua — afirmou Mika.

Ela queria ouvir mais. Perguntava-se a respeito da infertilidade de Caroline. "Traída", aquela havia sido a palavra que ela usara, segundo Thomas. Mika também sentiu isso em relação a seu corpo. Que ele havia aceitado o bebê de Peter, sendo que Mika dissera: "Não, eu não quero isso." Ao mesmo tempo, tinha Caroline, que dissera "sim", mas o corpo dela não obedeceu. Teve a sensação de que, a partir daquele momento, as duas tinham algo em comum, o fato de ambas enxergarem o próprio corpo como um ambiente hostil. O de Caroline, por causa da infertilidade. O de Mika, por causa do estupro.

— Não, não — protestou Thomas. — Agora é sua vez. — Ele deu uns tapinhas no peito. — Eu sigo as regras, lembra? Me fala de você. Quero saber como era a bebê Mika.

Ele programou quatro minutos no timer e o acionou.

— Bem... — Mika deu um gole no vinho. — Nasci em Osaka, mas longe do centro da cidade.

— Espera aí.

Thomas pausou a contagem.

— Ei. Isso não é justo.

Mika franziu a testa.

— Você não nasceu nos Estados Unidos?

— Não. Nos mudamos para cá antes de eu entrar no jardim de infância. — Mika era pequenininha e magra que nem um palito quando a família deixou o Japão. Ela acionou o timer de novo. — Meu pai trabalhava para uma empresa de tecnologia, que faliu logo depois do colapso da bolha financeira no Japão. — Shige foi vítima da era sem criação de empregos. — Ele deu sorte que outra empresa ofereceu uma vaga aqui nos Estados Unidos.

Mika teve outra memória vívida. Ela estava no carro da família, na estrada, a caminho do aeroporto. Caminhonetes passavam fazendo barulho, e eles avistaram um vinhedo. As videiras, cheias de uvas do tamanho de bolas de golfe, tinham sido cobertas com sacos de papel branco, para protegê-las dos pássaros e das tempestades.

— Levamos nossa própria comida para o avião.

Hiromi não comia nenhum tipo de noz ou castanha, nem os biscoitos de chocolate, por mais que fossem de graça. Desconfiava de tudo que era americano. Mika assistiu pela janela à aterrissagem. A água marrom do rio Columbia, conforme o avião descia, e a corrente seguindo para o oeste. Ela continuou a história:

— Minha mãe não estava animada com a mudança para os Estados Unidos, mas eu estava. Um lugar novo, parecia um mundo novo. — Foi aí que os caminhos de Mika e de Hiromi se separaram. Mika se jogou, imprudente. Hiromi não conseguiu sequer dar uns passinhos tímidos. — Alugamos um apartamento para os primeiros dois meses. Minha mãe não saía de casa. Me dava um dinheiro e me mandava ir à loja. Um policial me parou uma vez e me levou até em casa.

Mika fez uma pausa para conferir o tempo. Faltava menos de um minuto para acabar.

— O que aconteceu?

Ela inspirou, torceu o nariz.

— Ele acionou o serviço social. Foi a maior confusão. Não conseguiram achar um tradutor, mas entraram em contato com meu pai no trabalho. Ele conseguiu apaziguar a situação. Quando foram embora, minha mãe continuava sem entender. "Em Tóquio, as crianças andam de metrô sozinhas", ela falou. "Ela é minha filha. Quem são eles para me falar o que posso fazer com minha própria filha?" — Mika viu os segundos se esgotarem. Três. Dois. Um. O relógio apitou. — Acabou o tempo — anunciou ela, antes que Thomas pudesse protestar. Pegou outra ficha da pilha. — Qual é o seu maior medo?

Thomas parou para pensar.

— Essa é difícil. Acho que tenho medo de morrer novo, como meu pai e Caroline, morrer sem ter feito tudo o que eu queria fazer... Talvez seja daí que venha minha necessidade de controlar tudo. — Ele olhou para Mika. — E você?

Ela pensou logo em Peter, mas ignorou a lembrança. Não tinha medo dele. Tinha medo da violência. Porém, havia uma ameaça maior e mais imediata à espreita.

— Acho que tenho medo da minha mãe.

Em algum momento da conversa de Mika com Thomas, taças reabastecidas de vinho surgiram na mesa. Ela deu um gole na dela.

Thomas chegou mais perto. Os joelhos e os cotovelos deles estavam se encostando.

— Preciso que você desenvolva isso — falou.

Mika inspirou, o nó de seu ressentimento em relação à mãe a apertando mais.

— Talvez eu tenha medo de ser como ela. — Não existe um ditado sobre o filho cometer os pecados do pai? Estava mais para filha e mãe. — Ou só tenha medo dela de um modo geral... A censura dela é tipo uma maldição. Quando eu era mais nova, nada parecia ser bom o suficiente para ela. A casa onde morávamos. O trabalho do meu pai. Eu. Sei lá. Acho que ela deveria ter ficado no Japão.

Hiromi queria morar no Japão. Para que sua filha fosse japonesa. Mas Mika era nipo-americana, e era a parte americana que a mãe mais odiava.

Thomas inclinou a cabeça.

— Talvez ela não tenha sabido lidar com a mudança para outro país.

— Com certeza, não soube. — Mika não conseguiu pensar em mais nada para dizer, mas fez um comentário, baixinho: — Tenho quase certeza de que minha mãe me odeia.

— Você vai acabar com a sua vida — dissera Hiromi, a respeito das pinturas de Mika.

Mas, no fundo, ela queria dizer: "Vai acabar com a minha vida."

— Talvez ela não saiba te amar — disse Thomas.

— E tem diferença?

— Acho que sim. — Uma pausa. — Pais cometem erros — concluiu ele.

— Isso é diferente de dar uma festa da menstruação a Penny.

Mika se sentiu frustrada. Pensou na relação dela com a mãe. Pontuada por silêncios. Quando foi flagrada furtando em uma loja. Quando estava carente e procurou a mãe. *Estou grávida.*

— Sei que é diferente. Só estou dizendo que agimos com muita convicção de tudo e criamos expectativa demais de que o melhor vai acontecer, e depois nos planejamos para pagar a terapia deles mais tarde, quando tivermos ferrado com tudo. — Ele ficou em silêncio. — Foi uma piada.

— Rá.

Mika pensou sobre o que os pais transmitiam para os filhos. Peter e o abuso tinham passado a integrar o DNA dela, explicara Suzanne.

— Está gravado em você. Isso reprogramou seu sistema nervoso central.

O que acontecera com Mika ficara incrustado nela. Então, o que Hiromi transmitira para Mika? Que cruzes dera para a filha carregar? Assim como Mika, Hiromi tinha os próprios sonhos: criar sua filha no Japão, uma vida que lhe fora prometida, depois arrancada de suas mãos por circunstâncias para além de seu controle. Talvez o ikigai dela não fosse ser dona de casa. Hiromi tinha sido maiko. Havia morado em uma casa que amava, teve um "antes". Sua própria vida-fantasma.

— É uma realidade muito difícil — disse Mika.

O joelho de Thomas pressionou o dela. Seu olhar cruzou com o dele. Em seguida, ela o sentiu roçar a mão na dela por baixo da mesa. Automaticamente, a abriu, e Thomas entrelaçou seus dedos nos de Mika. Ficaram sentados ali por um tempinho, de mãos dadas, agarrados um ao outro. As palavras de Charlie lhe vieram à mente. *Está tudo bem querer algo... Está tudo bem se ficar complicado... As coisas acabam se resolvendo e dando certo no fim.*

Pouco depois, Thomas ergueu sua taça com a mão que estava livre.

— Aos laços que nos unem.

Mika encostou sua taça na dele para brindar.

— Aos laços que nos unem.

● ● ●

A felicidade ainda radiava de Mika quando ela entrou na van e se sentou ao lado de Thomas, no fundo. E, sem nenhum motivo aparente, acabou apoiando a cabeça no ombro dele. Do outro lado da janela, as estrelas passavam feito um borrão, como em uma pintura de Van Gogh. Ela escutou os beijos de Tuan e Charlie. Sussurros de Hayato para Seth. Os barulhos do trânsito e o chacoalhar das janelas, sacudidas pelo vento forte.

Na casa de Charlie, Hayato e Seth pegaram um Uber. Thomas perguntou se Mika queria dividir um.

— Claro — concordou ela.

Na verdade, não fazia nenhum sentido. Mika morava daquele lado do rio. O hotel de Thomas ficava no centro, do outro lado. Era o mesmo hotel boutique que ele sempre ficava. Mas ela queria passar mais tempo com ele. E, se sabia que iam desviar do caminho de Mika, Thomas não demonstrou.

Sentaram-se no banco de trás de um SUV, rumo ao hotel. Ela viu as luzes da cidade refletidas no rosto de Thomas, enquanto ele confirmava o destino para o motorista. Uma música tocava, uma batida pesada com muito baixo. O carro balançou ao passar por um quebra-molas, e Mika deu um solavanco. Thomas estendeu o braço. Sua mão envolveu o joelho dela. Ele se virou para ela.

— Tudo bem aí?

— Tudo — respondeu ela.

Sentia a boca seca e como se não tivesse controle nenhum sobre ela. Ele continuou com a mão nela, e, conforme atravessavam uma ponte, ela deu um pulinho no banco. De novo, ele a olhou.

— Tudo bem?

— Tudo — sussurrou ela.

Os olhos dele brilhavam, como duas esmeraldas na noite. Ela sentiu um calor. Ele abriu e segurou a porta quando chegaram ao hotel.

— Quer subir para uma saideira? — perguntou.

Mais um drinque não faria mal a ninguém. Ela concordou outra vez e sentiu uma agitação, uma lufada de ar, o restante de sua guarda baixando. Ícaro estava decolando.

Como se estivesse enfeitiçada, seguiu-o pelo lobby pouco iluminado, até o elevador. O espaço de dois metros quadrados era mais claro. Isso lhe trouxe um pouco de sobriedade. Um casal mais velho foi com eles. Thomas olhava fixamente para a frente, e Mika permitiu que seu olhar fosse descendo pelo corpo dele e parasse na barra da camisa para fora da calça. Adrenalina e ansiedade pulsavam em suas veias. O casal saiu do elevador, e, de repente, parecia que estava mais difícil respirar, o ar repleto de magia. Música saía dos alto-falantes. Uma música clássica que Mika reconheceu, mas não sabia o nome.

E foram subindo.

Quinto andar.

Sexto.

Sétimo.

— Mika — chamou Thomas.

Seus olhos brilhavam, e não era da bebida. Em seguida, suas mãos estavam agarrando o quadril dela. Ela levantou o queixo. Encontraram-se no meio do caminho, as bocas abertas, cheias de desejo. Cinco horas tensas de luxúria e vontade exalando deles e de um para o outro. Ele colou o corpo no dela, e Mika o recebeu, envolveu a cintura dele com a perna, conforme era pressionada na parede revestida de veludo. Os dedos enrolados no cabelo dele. *Ding*. "Vigésimo primeiro andar", anunciou a voz robótica. Deram um jeito de não se desgrudarem. Tropeçaram pelo corredor, de mãos dadas. Era uma reta comprida. Comprida demais. Thomas desistiu de andar e procurou por Mika mais uma vez. Ela encostada na parede, a porta dos quartos ao redor, enquanto Thomas tomava posse da boca de Mika.

Ele interrompeu o beijo para respirar e sussurrou no pescoço dela:

— Parece que estou te atacando.

— Tá tudo bem — murmurou ela, em um gemido.

E estava mesmo. Nossa, quanto ela o queria... Ardia de vontade. Ele deu uma mordida na orelha dela, mais forte. Mika gemeu de novo, enquanto ele beijava seu pescoço. Ela inclinou a cabeça para facilitar. Queria mais. Isso, por favor e muito obrigada. Pelas pálpebras semicerradas, avistou a porta de um quarto. Lembrou-se de Penny abrindo a porta, de roupão, e esticando o braço para pegar o pacote de absorventes. De repente, caiu a ficha, de forma impiedosa, de que Thomas era o pai de Penny. Suas mãos serpentearam em direção ao peito de Thomas, agarraram sua camisa.

— Espera. Para.

Ela ficou meio zonza, enquanto ele dava um passo para trás.

— Certo. Desculpa — disse ele.

— Não, não precisa pedir desculpa — respondeu ela, na mesma hora. Havia meio metro de distância entre os dois, mas parecia ser maior que isso, do tamanho do Grand Canyon. — Só acho que a gente precisa conversar.

Ele passou a mão no cabelo.

— É. Tem razão, provavelmente. Vamos tomar alguma coisa.

Mika assentiu.

— No lobby. Um drinque lá embaixo, no bar — observou ela.

Naquele momento, a equação Thomas e Mika mais uma cama não era uma boa ideia.

Ele estudou Mika, com uma expressão tensa.

— No bar.

• • •

No bar, Mika se sentou de frente para Thomas, o mais longe possível sem precisar mudar de mesa. Ele se lembrou do que ela havia tomado na outra vez, um vinho tinto local, e repetiu o pedido para o garçom. As bebidas chegaram rápido. Ficaram um minuto se encarando. Thomas flexionou a mão, enquanto segurava a taça. Mika fechou as pernas, imaginando aquela mesma mão em sua perna, seu quadril, a sensação de senti-la por baixo de sua saia.

— Thomas — disse Mika, séria.

— Mika.

Thomas a imitou, com a voz ainda cheia de desejo.

— A gente se beijou.

Ela se sentou direito.

— Sim.

Desde quando Thomas concordava tão facilmente?

— Eu gostei.

— Eu também. — Ele deu um gole no uísque, de olho em Mika. — Queria te beijar mais.

Ela passou a língua na ponta dos dentes.

— Eu sinto o mesmo. — Thomas deu um sorriso malicioso. — Mas e a Penny?

Pronto, tinha falado. Havia cutucado o elefante na sala. Ele suspirou. O desejo desapareceu de seu olhar.

— E a Penny? — murmurou para si mesmo.

Mika manuseou a base da taça de vinho. A inquietação deixava seu estômago sensível.

— Estou me dedicando bastante à minha relação com ela. Não quero perdê-la. Mas você e eu...

Na rouquidão de sua voz, Mika deixou transparecer sua sede por ele.

— Eu também sinto — disse Thomas. — É óbvio que tem algo entre a gente.

Mika se sentiu aliviada. Então não era tudo coisa da cabeça dela. Era mútuo. Thomas *gostava* dela. Ele estendeu o braço por cima da mesa, pegou a mão dela e a virou para acariciar a palma com o polegar.

— Se quiser falar para Penny, podemos falar. Mas acho que é melhor manter isso entre a gente, por enquanto. Sem dúvida, sentimos atração um pelo outro e nos divertimos. — Ele umedeceu os lábios. — Vamos explorar isso sozinhos. Ver se é algo real, e aí se for...

— Contamos para ela — falou Mika, interrompendo-o.

— Contamos para ela — concordou ele, solene.

Mika assentiu, devagar.

— Beleza.

Ele sorriu, ela retribuiu. Um contentamento se expandiu em volta deles. Após terminarem as bebidas, Thomas lhe deu um beijo demorado e doce em frente ao hotel e segurou a porta do táxi para ela entrar. Ele se curvou e disse:

— Te vejo amanhã.

— Amanhã? — perguntou ela.

Suas pálpebras pesavam com o cansaço.

— Na igreja? Com Penny e seus pais? — Thomas a lembrou do combinado.

Os olhos de Mika se arregalaram no mesmo instante.

— É mesmo — confirmou ela.

Thomas a beijou outra vez e fechou a porta do táxi. Mika tocou os próprios lábios, conforme o veículo dava a partida, e apenas um pensamento estonteante se repetia em sua mente: *Talvez, talvez, talvez.*

## Capítulo VINTE E SEIS

No dia seguinte, assim que despertou, Mika leu uma mensagem de Thomas: *Dormi pensando em você ontem à noite.*
Ela virou de barriga para cima. Sentia a cabeça latejar um pouco, mas isso não era nada comparado ao que as palavras de Thomas fizeram com as demais partes de seu corpo. O celular vibrou ao receber outra mensagem dele: *Eu realmente roubei as fichas do jogo da sua amiga?*
Ela abriu um sorriso e respondeu: *Sim. E usou uma boina.*
*Tenho certeza de que a boina se divertiu bastante*, disse Thomas.
*Não duvido nada.* Mika visualizou Thomas colocando aquele chapéu, o sorriso descontraído dele. Cochilou por um instante, desejando que Thomas estivesse a seu lado, até receber outra mensagem: *Vou buscar a Penny daqui a pouco. Me manda o endereço da sua igreja?*
Na mesma hora, Mika se sentou na cama. Igreja. Thomas conhecendo os pais dela. Na presença de Penny. Um simples programa pareceu, de repente, muito complicado. Penny notaria a mudança na relação de Thomas e Mika? O celular vibrou de novo. Uma mensagem de Thomas para confirmar tudo: *Tá aí? Penny está muito ansiosa.*
*Estou*, respondeu Mika, enquanto catava as roupas do chão, cheirava e as descartava. Digitou o endereço. *Até daqui a pouco.*

• • •

De banho tomado e com um copo de café na mão, Mika estacionou na igreja dos pais e acenou para Thomas e Penny, parados do lado de fora. Ela os cumprimentou ao sair do carro.

— Oi.

Mika ainda estava com o cabelo meio molhado e derrubou um pouco de café ao andar. Lambeu a borda do copo.

— Oi — disse Thomas, receptivo.

Eles se curvaram como se fossem dar um abraço, mas não chegaram a completar o gesto. Penny ficou ali. Observando. Thomas acabou colocando o braço em volta de Penny e a puxou para perto dele.

— Pai. — Ela revirou os olhos e se esquivou dele. — Vou ver se Hiromi e Shige estão lá dentro.

Penny escapou pela porta e sumiu. Mika e Thomas a seguiram, em um ritmo mais devagar. Ele estava maravilhoso de terno azul-escuro e gravata, e Mika só conseguia pensar no que havia por baixo da roupa. Pensou no que acontecera no elevador do hotel, no corredor. Nas veias das mãos dele, que seguravam firme seu quadril. No caminho que a língua dele traçou na lateral do pescoço dela. Falando em pescoço, ela viu, por acaso, o próprio reflexo em uma porta de vidro: próxima à clavícula, havia uma marca vermelha inconfundível, de pele irritada pela barba de Thomas. Ela pôs a mão no local.

Thomas riu de um jeito malicioso. *Malicioso.*

— Dormiu bem? — perguntou ele, demonstrando nenhum arrependimento.

— Que nem um bebê — retrucou Mika, enquanto alisava o machucado. Em seguida, desistiu e tirou a mão dali. — E você?

— Fiquei virando de um lado para outro durante um tempinho, mas consegui descansar um pouco.

— Encontrei os dois. — Penny tinha voltado rápido. — Eles já estão sentados, mas guardaram nosso lugar no segundo banco. Bora — chamou ela. Pelo tom, estava implícito: "Vocês estão muito devagar." Mika não tinha contado para Penny que os pais sempre chegavam cedo e se sentavam no mesmo lugar. — Pai, não esquece: eles não são do tipo pegajoso. Se inclinarem o corpo para te cumprimentar, faça a mesma coisa.

— Entendi — respondeu Thomas.

Uma mecha de cabelo caiu na testa dele, uma tinta derramada que Mika queria arrumar. Chegaram ao santuário, e os pais de Mika estavam de pé os esperando. Na primeira vez que Mika fora à missa com os pais, o antigo pastor os chamou para participar, na semana seguinte, de uma festa de ano-novo. Os próprios convidados iam levar os comes e bebes. Por dentro, Hiromi ficou muito animada. Após meses morando nos Estados Unidos, à deriva em uma solidão, a pequena família encontrara um lugar onde se encaixava.

Nos dias que antecederam a festa de ano-novo, Hiromi passou o tempo todo preparando um osechi ryori para levar e compartilhar. Mika ajudou a mãe a embrulhar a comida e colocar cada item — omelete em camadas adocicado, bolinho de peixe, conserva de raiz de lótus — no devido compartimento das caixas de laca, como se fossem pequenas joias. No dia da festa, Mika ajudou a mãe a vestir seu quimono mais bonito. Shige colocou um terno. Quando chegaram ao evento, foi como se estivesse tocando uma música e ela parasse do nada, fazendo um som de disco arranhado. Nenhuma das fiéis estava de quimono. Mesmo assim, os três ficaram até o final. Os membros da congregação foram simpáticos, educados e receptivos. Depois, Mika ajudou a mãe a tirar o quimono. Observou Hiromi dobrar com cuidado as laterais e, então, o meio, como um papel de origami, para guardá-lo em uma caixa de plástico no armário dela. Foi a última vez que ela o vestiu.

Thomas cumprimentou os pais de Mika.

— É um prazer conhecê-los. Obrigado por receberem Penny tão bem.

— Claro, claro.

Hiromi deu um sorriso delicado. Shige estendeu a mão para Thomas. Se Thomas se surpreendeu, ele não demonstrou. Não teve dificuldade em dar um aperto de mão no pai de Mika. A pastora Barbara foi até o púlpito, e eles se acomodaram em seus lugares. Mika se sentou ao lado da mãe. E Penny ficou entre Mika e Thomas. Era a primeira vez que Mika estava levando alguém para a igreja. Nunca levara Leif. Nem Hana. Era um território novo, não desbravado, desconhecido.

— Que bom ver todos aqui hoje, inclusive umas carinhas novas no meio da multidão — disse a pastora Barbara.

Hiromi cutucou Mika.

— Ele é muito alto — disse, em voz baixa, em japonês.

— Hai.

"Sim", respondeu Mika.

— Muito alto — afirmou Hiromi, mais uma vez em japonês.

— Muito difícil falar com ele olhando nos olhos. A altura ideal para um homem é menos de 1,80 metro. Seu pai tem 1,70 metro.

Mika não sabia o que responder, então ficou quieta. O sermão continuou, e eles cantaram duas canções sobre amizade. Os comunicados ficavam para o final.

— O Obon já está chegando. Ainda precisamos de dançarinos para a apresentação.

Hiromi cutucou Mika de novo.

— Você devia dançar — afirmou ela, em inglês, de propósito, só para Penny escutar.

Quando largou a dança, Mika desafiou a mãe pela primeira vez. Recusou-se a entrar no carro e ir para a aula, enquanto fechava a cara e tentava se libertar da mão de Hiromi em seu braço. Bateu o pé e gritou um "não".

Na missa, Mika respondeu baixinho:

— Acho que não.

Penny se virou, com a boca aberta, como se fosse dizer algo, mas não disse. A pastora concluiu a celebração, e Penny e Mika foram se fartar com os doces, felizes da vida. A pastora Barbara chegou perto deles para se apresentar.

— Obrigada por vir hoje — disse ela a Thomas.

Ele deu um gole no chá verde. Sua postura era casual e relaxada, embora se destacasse como um eucalipto em meio aos bonsais. Por outro lado, Penny estava se sentindo em casa e não conseguia parar de sorrir.

A sra. Ito, a arqui-inimiga de Hiromi, foi falar com o grupo. Ela se curvou para cumprimentar Hiromi.

— Suzuki-san, tudo bem? Vim conhecer seus convidados.

Mika chegou mais perto de Penny.

— Sra. Ito, essa é a minha filha, Penny, e esse é o pai dela, Thomas.

A sra. Ito abriu e fechou a boca. Em seguida, sorriu.

— Ah, sim. É uma dessas coisas de irmã mais velha e irmã mais nova.

— Não — objetou Mika. — Engravidei quando tinha dezoito anos e dei a criança para adoção. Penny é minha filha biológica.

— Minha neta — declarou Hiromi, com orgulho.

Mika olhou para ela, desconfiada. *Ok, então.*

— Thomas é o pai adotivo — completou Mika.

— Bem... — disse a sra. Ito, com um brilho no olhar. *Que baita fofoca! Será que ela já podia ir contar para todo mundo?* — Que maravilha, não? Eu devia ter desconfiado. Vocês são muito parecidas. — Mika odiava quando as pessoas diziam que ela era parecida com Hiromi. Só conseguia enxergar os defeitos da mãe. — E, pelo visto, as duas comem coisas saudáveis.

Foi perceptível que a sra. Ito olhou para os pratos que Penny e Mika seguravam. De soslaio, Mika notou que Thomas estava tenso e inquieto, pouco à vontade. Ele balançou a cabeça discretamente para ela. Melhor não se meter.

— Penny corre — interveio Hiromi. — Ela precisa de energia. E Mika ainda é nova. Ainda pode se dar ao luxo de comer o que quiser por um tempo. Sabe, agora ela tem um emprego importante na Nike. — Mika não classificaria seu emprego como "importante", mas era sábia o bastante para não corrigir Hiromi enquanto ela se gabava sem parar. — Anda o dia inteiro por aqueles prédios da empresa. Fico preocupada se ela está se alimentando bem, com o tanto de trabalho que faz. Aliás, quis levar para ela uns biscoitos amanteigados da missa da semana passada, mas notei que seu filho, Kenji, pegou tudo e levou para casa. Não sei por que ele precisava daquela quantidade. Ainda está morando sozinho, não? Pode ter sido para os gatos dele.

Os olhos da sra. Ito cintilaram. Os de Hiromi também. Enquanto as duas japonesas pequenininhas se encaravam, Mika teve uma visão súbita do filme *Gladiador*. A parte em que Russell Crowe enfrenta Joaquin Phoenix na última cena. "Meu nome é Maximus Decimus Meridius..."

— Vocês vão ao Obon? — soltou a pastora Barbara.

Ao longo dos anos, ela convivera bastante com a sra. Ito e a sra. Suzuki. Mika se perguntou se todas as mães faziam aquilo de tentar se provar em um trabalho cujas funções não foram elas que definiram.

— Acho que não... — começou Hiromi, de cara fechada.

Penny baixou a cabeça. A sra. Ito deu um sorriso largo, vitorioso.

— Estaremos lá. — Mika teve a audácia de se intrometer, solidarizando-se com as inseguranças de Hiromi. — E vamos dançar.

— Nós vamos? — indagou Penny, surpresa.

— Vamos. — Mika assentiu. — Nas próximas duas semanas, toda noite, vou ensinar a você os passos que precisa saber. — Ela deu uma cotoveladinha em Penny. — Beleza?

— Beleza. — O rosto de Penny se iluminou de alegria. — Pai, você precisa estar aqui para ver.

O rosto de Thomas também se iluminou. Ele lançou um olhar penetrante para Mika, e os dois compartilharam um sorriso escondido. Então, ele voltou sua atenção para a filha.

— Eu não perderia por nada, filhota.

## Capítulo VINTE E SETE

Na quarta-feira, Mika saiu do trabalho às cinco da tarde, em ponto. Buscou Penny no alojamento e, enquanto ela entrava no carro, acenou para Devon. Pediram comida para viagem, e, enquanto saboreavam os rolinhos primavera, Mika explicou detalhadamente o que era o bon-odori para Penny. Contou que os movimentos eram passados de uma geração para outra. Que muita gente acreditava que, naquele dia sagrado, era possível dançar com os ancestrais. Como Penny poderia visualizar aquilo? Os fantasmas das eras passadas colados a ela? Acompanhando suas mãos conforme as levantava para o céu?

— Peraí — pediu Mika.

Foi interrompida por uma mensagem. Era de Thomas. Uma foto de uma das fichas, na qual estava escrito: "Bem no fundo, você tem um pressentimento de como vai morrer?"

*Você as levou para casa?*, respondeu Mika. *Roubar do ônibus é uma coisa, mas isso aí é outro nível de depravação.* Ela olhou para Penny, que praticava os movimentos, e acompanhou o giro que ela deu, os cabelos esvoaçando no ar, em um leque escuro. *Tenho certeza de que vai ser algo humilhante, tipo se afogar por acidente em uma privada*, digitou ela. *E você?*

Ele já devia ter uma resposta à mão. *Ataque de urso, certeza absoluta.*

Mika gargalhou. *Não sabia que havia tantos ursos assim em Ohio*, retrucou ela.

*Você não faz ideia*, disse Thomas.

Penny parou e sorriu, intrigada. Ela havia flagrado algo no olhar de Mika e no sorriso tímido.

— É a Hana. — Após essa mentira, Mika guardou o celular. — Desculpa. — A voz saiu mais grossa devido ao conflito de emoções. Não deveria ter mentido. Sentiu-se culpada, mas não estava preparada para explicar sua relação com Thomas para Penny. — Tenta esse passo de novo. Dessa vez, foca em um ponto no horizonte, em vez de olhar para baixo.

Penny assentiu e voltou a treinar. Na sexta-feira à tarde, Mika e Penny ensaiaram de novo.

— Quer fazer alguma coisa amanhã? — perguntou Penny.

Ela estava saltando do carro.

— Quero — falou Mika. — Me liga, que eu passo aqui.

— Beleza — disse Penny.

E bateu a porta. O celular de Mika tocou e exibiu na tela o nome de Thomas. Ela observou Penny desaparecer pela porta de vaivém, depois atendeu a ligação.

— Oi — disse ela, enfim.

— Oi — respondeu Thomas.

— Acabei de deixar Penny no alojamento. Hummm, caso seja por isso que esteja ligando, por não ter conseguido entrar em contato com ela.

O carro de Mika continuava estacionado. O último raio de sol desapareceu no horizonte. Com a escuridão, vinha o silêncio, uma quietude que Mika sempre curtiu.

— Falei com Penny mais cedo.

Houve um barulho de tilintar. Cubos de gelo caindo no fundo de um copo.

— Falou?

— Falei. Queria conversar com você. — Thomas fez uma pausa. — Tudo bem?

Mika esboçou um sorriso.

— Tudo.

— Ótimo.

— Como foi seu dia? — perguntou Mika.

Ela se recostou no banco, feliz por ficar mais um tempo ali. Thomas suspirou.

— Meu dia ainda não terminou. Ainda estou no escritório. Talvez eu durma aqui hoje.

— Você parece cansado — comentou Mika.

— E estou. Venho trabalhando em um caso que está levando mais tempo do que eu pensava. Estou representando uma empresa de design que está processando uma grande rede de lojas por reproduzir uma criação dela. Era para ser um caso simples. Em geral, empresas grandes preferem chegar a um acordo para não ter uma ação judicial, mas essa decidiu bater de frente com todo mundo — explicou ele. — Enfim, preparada para mais uma ficha?

— Sim — confirmou Mika.

As luzes dos postes piscavam, uma após a outra.

— "Compartilhe com seu parceiro um momento constrangedor da sua vida" — disse ele, lendo a frase na ficha.

Mika gemeu.

— Passo.

— Não vale — anunciou ele. — Mas posso ser o primeiro, se isso fizer você se sentir melhor.

— Sou toda ouvidos.

— Perdi uma aposta na faculdade e agora tenho uma tatuagem pequena no quadril.

— Do quê?

— É um tiranossauro rex tentando amarrar os sapatos. — Ele fez uma pausa. — Meus amigos acharam hilário porque ele tem braços curtos.

Mika soltou uma gargalhada.

— Ah. Entendi.

— Você agora — disse ele.

— Bem. — Ela enrolou por uns segundos, enquanto alisava o volante. — Uma vez, meu pai levou a gente para acampar quando eu tinha dez anos. — Hiromi odiou. — Acho que foi uma tentativa dele de conhecer mais a cultura, sabe, fazer coisas que os americanos fazem. Eu estava muito apertada para ir ao banheiro, mas o camping era bem rústico. Não tinha banheiro. — Ela parou de falar, as bochechas pelando. — Preciso falar mesmo?

— Ah, precisa. — disse Thomas, com carinho. — Não vou conseguir voltar a trabalhar sem saber.

— Droga. Tá. Eu calcei os chinelos do meu pai para ir até a floresta e me agachei lá, só que... não pensei que meu pai calçava mais do que eu e acabei fazendo tudo em cima do chinelo.

Mika fechou os olhos, deixando o calor do constrangimento atravessá-la. Thomas deu uma gargalhada.

— O que é que seus pais fizeram?

— Nada — respondeu Mika. — Enterrei os chinelos e fingi que não sabia de nada quando eles ficaram procurando de manhã. Em algum canto da Floresta Nacional de Monte Hood, um par de chinelos Adidas jaz em uma cova rasa.

Depois disso, não houve mais trocas de mensagens. Mika ligava para Thomas, ou vice-versa. Ele mandava áudios para Mika nos dias de semana. "Oi. Tô pensando em você." "Aconteceu uma coisa muito engraçada... Queria te contar..." Jantavam ao mesmo tempo, enquanto estavam ao telefone. Conversavam até tarde da noite, trilharam juntos o caminho das fichas.

Um dia, já bem tarde, ele perguntou:

— Tem alguma coisa que, durante muito tempo, você sonhou em fazer?

Mika se encolheu, deitada de lado. Estava em seu quarto, com as luzes apagadas. Na janela, a lua era um tracinho no céu.

— Antigamente, eu queria viajar. Iria primeiro para Paris. Ao Louvre, ao Museu d'Orsay.

— Por que não foi?

Do outro lado da linha, houve um farfalhar. Thomas também estava na cama?

— Sei lá — disse ela.

Ela colocou a mão debaixo do travesseiro. Imaginou como seria se Thomas estivesse ali, ao seu lado. A sensação de apoiar a cabeça no ombro dele. De sentir o calor do hálito dele no cabelo dela. Seria legal ter alguém em quem confiar, que estivesse sempre ali por ela.

— Dinheiro? — indagou Thomas.

— Não, foram mais as circunstâncias mesmo.
Peter tinha lhe ensinado que o mundo era um lugar cruel e hostil. Havia uma profusão de sombras nas quais as pessoas se escondiam. De rochedos bruscos dos quais despencar.
— Não quer explicar?
— Não muito. E você?
— Viajar me parece ótimo. Ultimamente, tenho pensado em fechar o escritório. Foi o arranjo ideal para uma família, mas agora estou achando que tenho mais tempo para mim e que minha situação financeira me permite ir atrás de outras coisas. Mas tenho dúvida do quê.
— Virar atleta profissional de caiaque? — perguntou Mika, num tom de brincadeira.
— Quem sabe. Também não desisti do élfico — disse ele. Houve um farfalhar. Barulho de papel. — Você gostaria de ser famoso? De que maneira? — Outra ficha. Thomas respondeu primeiro: — Acho que não. Estou feliz onde estou. E você?
Mika dobrou os dedos, lembrando-se da sensação de segurar um pincel.
— Não sei quanto à fama, mas queria ser bem-sucedida. Conhecida, pelo menos. Eu... Eu pintava.
— Nunca vi ninguém com um talento tão genuíno quanto o seu — dissera Marcus.
Ela suspirou.
— Era só um hobby — completou.
— Não é o que parece. — A voz de Thomas soou mais grave. — Paris faz mais sentido agora. Já estou vendo nós dois lá.
O coração de Mika quase saiu pela boca.
— Você já tem a boina — comentou ela.
Mas isso lhe atiçava a imaginação. Ela se atrevia a sonhar. Em seus devaneios, sempre se via andando sozinha nas ruas de paralelepípedos. Mas talvez houvesse outra pessoa com ela. Segurando sua mão. Tomando café a seu lado, debaixo de um guarda-chuva de listras vermelhas. Beijando-a em frente ao Louvre.

— Então temos um encontro marcado. Você, eu e Paris.

As palavras de Thomas seduziram Mika e a atraíram como o canto da sereia. Ela inspirou e expirou.

— Ok, Thomas — concordou, sonolenta e feliz. — Você e eu. Paris, aí vamos nós.

Ela adormeceu com um sorriso no rosto.

● ● ●

O tempo foi passando. Mika e Penny tiveram um dia de senhorinhas. Montaram um quebra-cabeça de mil peças, cochilaram no sofá, jogaram bingo em uma galeria da cidade e jantaram às cinco da tarde. Penny aperfeiçoou os movimentos do bon-odori e, para comemorar, foi dormir na casa de Mika. Comeram tamales quentes e tubinhos de bala de alcaçuz enquanto assistiam a um casal que vendia produtos na TV, com o qual estavam obcecadas.

— Eles parecem irmãos — comentou Mika, fascinada.

— E o que é que eles estão vendendo? Suplementos em pó? Para as pessoas não terem que comer vegetais? — questionou Penny.

— Não consigo parar de assistir.

— Né? É como se eu estivesse hipnotizada.

Quarenta e oito horas antes do Obon, Thomas ligou para Mika.

— Oi — disse ela. — O que está fazendo?

Ela estava sentada em cima das pernas, descansando no sofá. Só havia uma lâmpada ligada, e o sol estava se pondo do lado de fora.

— Acabei de chegar em casa — contou ele. — E estou conferindo uma pilha de correspondências que ignorei ao longo da semana.

— Quer me ligar depois?

— Não. Eu...

Ele se calou de repente.

— Está tudo bem?

— Tudo — respondeu, após uma longa pausa. — Tem uma carta da assistência social.

— Ah, é?

Mika chegou para a frente e se sentou na beirada do sofá. Que realidade mais estranha, e até bela, a de Mika.

— Deve ser um lembrete sobre o prazo do meu relatório anual para você.

— Não vejo a hora. Vou ficar de olho na minha caixa de correio para ver se chegaram suas próximas cinco linhas sobre a Penny.

O tom do comentário saiu mais cruel do que ela esperava — e um decibel mais alto. O contraste era gritante entre as cartas sucintas de Thomas e as de Caroline. Nas entrelinhas, quase dava para Mika ouvir Caroline sussurrando para ela, abordando sua angústia. *Não se preocupe. Estou tomando conta da nossa filha. Fique tranquila. Eu a amo do mesmo jeito que você.*

Thomas respirou fundo, incomodado.

— Notei um tom diferente. Não gostava das minhas cartas? — questionou ele.

Havia uma chateação em sua voz. Dúvidas. Ela brincou com os dedos dos pés.

— As cartas de Caroline... eram mais longas. Me davam mais a sensação de fazer parte da vida de Penny.

— E as minhas, não?

Mika soltou o ar.

— Não.

Resistiu à vontade de se desculpar. De arranjar desculpas para Thomas. De dizer: "Tudo bem. Você estava passando por muita coisa, com certeza." Seis meses antes, ela teria deixado aquilo de lado, mas Thomas e Penny, aquela coisa toda que tinha acontecido e ainda estava acontecendo entre eles, tudo fazia Mika se sentir mais importante. Mais corajosa. Mais disposta a exigir coisas. A querer coisas.

Um silêncio prolongou-se na linha, e Mika sabia que ele estava escolhendo as palavras com cuidado.

— Merda. Desculpa. — A voz saiu trêmula, um misto de arrependimento e aflição. — Não sei fazer essas coisas muito bem. Estou acostumado com contratos e concisão. Para que usar seis palavras se duas já dão o recado? — Ele ficou quieto, deu uma risada, meio irritado. — Mas foi insensível da minha parte. Fui um babaca.

— Acho que babaca não é a palavra certa. Pelo menos, não mais.

— Me perdoa?

Mika inspirou devagar. Aquilo não necessariamente curava sua dor. Sempre haveria uma ferida aberta por ter perdido coisas da vida de sua filha. E Thomas havia contribuído para aquilo, guardando informações. Porém, ainda assim... o vento que inflamava a raiva de Mika perdeu a força.

— Já perdoei.

— Certo — disse Thomas, usando um tom neutro, embora passasse a impressão de não acreditar nela. — Então, está pronta para mais uma ficha? É a última pergunta.

Mika se recostou no sofá e enganchou os dedos dos pés na mesinha de centro.

— Estou.

— "Complete a seguinte frase: eu gostaria de ter alguém com quem pudesse compartilhar..."

Ele ficou em silêncio. Mika respondeu de imediato:

— As pequenas coisas da vida. Tipo, os dias ruins, os dias bons, as séries favoritas, histórias constrangedoras.

Ela parou de falar e corou. Porque a verdade verdadeira era que Mika *já* vinha compartilhando aquelas coisas com Thomas. Àquela altura do campeonato, não havia como negar. Thomas fazia parte da vida de Mika. Ela estava profundamente envolvida. Dobrou os dedos, sentindo um calor. Ícaro se aproximava do sol. Tocava-o. Que sensação gostosa... A luz. A quentura. Como não querer desfrutar disso para sempre?

Thomas respondeu, e as palavras dele foram como um abraço apertado.

— Eu também.

## Capítulo VINTE E OITO

Na noite anterior à apresentação, Mika e Penny cruzaram a cidade de carro, rumo à casa de Shige e Hiromi.

— Nunca mais toquei nesses quimonos — explicou Hiromi.

Enquanto isso, tirava a caixa de plástico do armário. Havia uma rapidez em seus movimentos, uma leveza. Como se o quadril, os joelhos e as costas tivessem parado de doer. Como se tivesse voltado a ser jovem. Mika já tinha visto a mãe tão empolgada? Então, Hiromi completou o raciocínio.

— Desde que Mika parou de dançar.

Ah, sim, ali estava o golpe verbal, já esperado. Na época em que Mika dançava, Hiromi tinha um brilho no olhar. Orgulho. Mika não demorou muito para acabar com aquilo.

— Vocês parecem fogo — afirmara Shige. — Sempre queimando tudo ao redor.

Ela disse a si mesma que havia desistido da dança para focar em outros objetivos, na pintura, mas, na verdade, tinha sido para contrariar Hiromi, para magoá-la da mesma forma que havia sido magoada por ela.

— Pode deixar que eu pego.

Mika deu um passo à frente e poupou Hiromi do peso da caixa, colocando-a em cima da colcha, na cama dos pais. Tirou a tampa, e o cheiro de naftalina inundou o quarto.

Penny foi espiar o que havia ali dentro.

— São lindos.

Por cima, estava o quimono que Hiromi tinha usado na festa de ano-novo na igreja, anos antes, quando Mika tinha seis anos. Um dégradé rosa-claro que ia virando roxo, com garças bordadas à mão. Mika se lembrava de abraçar a perna da mãe quando criança, de sentir o bordado na altura da coxa dela em sua bochecha.

— O yukata está lá no fundo — avisou Hiromi.

Para o Obon, elas usariam quimonos mais leves de algodão. As mãos de Hiromi tremiam conforme ela retirava a peça. Talvez pelas lembranças de ter sido maiko, de um dia sua estrela ter brilhado. Hiromi pegou os três yukatas e ajudou Mika e Penny a se vestirem. Primeiro, vinha a roupa de baixo totalmente branca, depois o yukata.

— Braços para cima — pediu Hiromi a Penny.

Mika se viu aos treze anos: esticando os braços, segurando a ponta das mangas do quimono, vendo o tecido acumular em volta de seus pés e achando impossível ficar parada. Mas Penny ficou rígida como uma pedra e assimilou cada palavra de Hiromi como se fosse o evangelho. Hiromi dobrou o quimono, na altura da cintura, para que a barra ficasse rente aos tornozelos de Penny.

— Agora eu fecho — disse Hiromi.

Com mãos experientes, ela levou o lado direito do yukata até a lateral esquerda do quadril de Penny, depois fez o inverso. Amarrou uma corda roxa para manter o yukata fechado. Por último, vinha o obi. Mais uma vez, Mika se lembrou de quando era criança e ficava alternando o peso do corpo de uma perna para a outra por estar muito tempo de pé, e de quando ficava sem ar por causa do obi apertado na cintura, preso em um laço perfeito. Naquele dia, Hiromi fazia a mesma coisa com Penny. Os olhos de Mika ficaram marejados, mas ela não sabia por quê. Então, o olhar de Penny cruzou com o dela. Também estavam cheios de lágrimas. Mika ficou muito emocionada.

— Como estou? — perguntou Penny, insegura.

— Veja você mesma — sugeriu Hiromi.

Havia um espelho de corpo inteiro no canto do quarto. Elas foram se olhar.

*Lá estavam elas.* Hiromi ainda estava com roupas comuns, mas Penny e Mika estavam arrumadas, com o yukata. Seus cabelos longos e escuros escorriam pelos ombros, uma cascata do anoitecer.

— Para o festival, vamos prender seu cabelo — afirmou Hiromi. E foi até a caixa para buscar um hana kanzashi, um enfeite de cabelo tradicional com flores. — Esse aqui era da minha mãe — disse.
Ela enrolou o cabelo de Penny para cima e o prendeu.
— O que acha? — perguntou Mika.
Elas olharam para o espelho: três gerações de mulheres da família Suzuki. Mika conseguia visualizar os jardins no Japão, onde ela e a mãe passavam as tardes. As fileiras de árvores bem cuidadas. Os sinos do templo tocando. O som do aviso nos alto-falantes, conforme o trem se aproximava. Houve um tempo em que Mika achava que não tinha nada em comum com Hiromi — eram alheias uma à outra, orbitavam planetas diferentes. Que ledo engano… E, naquele instante, elas tinham algo novo em comum: as correntes da maternidade as levando na mesma direção. Até Penny. Até uma criança que ambas veneravam. Que inspirava um tipo de amor que arrebatava — era assim que Hiromi se sentia a respeito de Mika?
Shige bateu na porta.
— Passei na loja.
Ele estendeu o braço, revelando um monte de varetinhas de pinheiro embrulhadas. Uma expressão alegre se espalhou pelo rosto de Hiromi.
— O que é isso? — indagou Penny.
— Mukaebi. Dar boas-vindas ao fogo — explicou Mika. — É para mostrar aos espíritos o caminho de casa.
Nos fundos do quintal, Shige ateou fogo ao feixe de varetas e o colocou em um prato de cobre. Todos se reuniram ao redor das chamas. Os pés de Mika tapavam a mancha no local onde Hiromi tingia o cabelo de Shige a cada dois meses. No Japão, eles teriam ido à antiga casa da família para acender o fogo. Teriam visitado túmulos, limpado as lápides e colocado melancia e docinhos no shouryoudana. Haveria comida para celebrar com os parentes. Mas, como moravam nos Estados Unidos, abriam mão de vários aspectos culturais.

Assistiram à queima do feixe, e as correntes da tradição atravessaram gerações e conectaram os quatro. Mika estudou Penny, os clarões das chamas projetadas nas bochechas dela. Depois, olhou para cima, para o céu. A sombra dos quatro crescia em direção à noite, ao breu da escuridão, alongando-se de seus corpos como esqueletos. Ela se perguntou se Penny estava pensando em Caroline, evocando seu espírito. Se ela estava mais perto de responder àquela pergunta. *Quem sou eu? Quem sou eu?*

• • •

*O voo está atrasado*, Thomas mandou por mensagem na manhã seguinte, o dia do Obon. *Te encontro lá.* Hiromi pôs os yukatas em Mika e Penny mais uma vez, e dedicou um tempo extra a Penny, para paparicá-la. Quem imaginaria que Hiromi daria uma obāchan tão maravilhosa? Elas foram em carros separados para o festival. O pátio do templo budista de Portland era outro. O clima estava alegre: tocadores de taiko batucavam no palco, o yagura; lanternas de papel, penduradas para o evento, balançavam com a brisa de verão; barraquinhas montadas ofereciam jogos e guloseimas.

Hiromi, Mika e Penny se juntaram imediatamente às dançarinas no círculo. Cada uma bateu palmas e uniu as mãos em concha, para fazer o gesto de pegar uma porção de carvão. *Cavem. Cavem. Carreguem. Carreguem.* Elas dançaram no ritmo dos tambores. Após um tempo, Hiromi cansou e saiu para se sentar com Shige, debaixo da sombra do templo.

Com o pôr do sol, o céu foi banhado por tons alaranjados e flamejantes. A claridade das lanternas atraía mariposas e outras criaturas da noite. Mais uma volta, e o sorriso de Mika ganhou a amplitude do céu. Ela avistou um vulto familiar na multidão. Thomas se destacava num canto, os lábios curvados, dando um sorrisinho. Ele acenou para ela.

— Seu pai está aqui — gritou ela para Penny.

Penny acenou para ele.

— Vou continuar aqui.

— Vou lá dar um oi — comentou Mika, ao sair da roda.

Fazia calor naquela noite, e fios curtos do cabelo colaram em seu pescoço, após escaparem do coque.

— Oi — disse Thomas.

Ela ficou derretida com o sorriso simpático dele, com a lentidão com que seu olhar se fixava no dela, cintilando com um calor sútil. Thomas estava com uma roupa simples: camiseta e calça jeans.

— Isso é incrível. — Ele fez um movimento em círculo com o dedo no ar, referindo-se ao festival. — Seus pais estão aqui?

— Lá no templo. — Mika fez um gesto com a cabeça, para indicar o prédio todo branco. Ela alisou o tecido do quimono, de estampa azul-marinho com papoulas vermelhas. — Penny é uma dançarina nata. Eu já deveria esperar, ela é tão atlética.

Se tivesse que escolher um momento para reviver eternamente, Mika escolheria aquele. Exatamente ali, naquele momento. A leveza de seu corpo. A alegria em seu coração.

Thomas jogou o peso do corpo para os calcanhares. O cabelo havia crescido naquelas poucas semanas, e ele ajeitou os fios com a mão grande.

— Ela está fazendo o que gosta.

Observaram Penny fazendo movimentos fluidos, como se tivesse dançado odori a vida inteira.

— Para te falar a verdade, isso meio que me faz sentir um merda.

— Por quê?

— Eu... Nós... *Nós*... nunca fizemos nada desse tipo para Penny.

Como poderiam ter feito? Mika ficou sentida por Thomas. E se sentiu tão mal quanto ele. Porque parte disso também era sua culpa. Ela deu Penny para um casal branco, ciente de que faltaria algo. Deveria ter exigido mais deles durante o processo de adoção. *Comprem livros com personagens japoneses. Achem uma boneca com cabelo escuro e lindos olhos castanhos. Façam com que ela saiba de onde veio. Aprendam japonês, estudem kanji.* Mika não tinha dúvidas do amor de Caroline e Thomas por Penny. Eles correram pelos corredores enquanto acalmavam Penny, pelando de febre. Matricularam-na no futebol e foram torcer por ela em todos os jogos. Compraram ingredientes no mercado para ela explorar seu talento como confeiteira — ou a falta dele. Mika tinha cartas e fotos para provar tudo isso. Penny foi tratada como se fosse sangue do sangue da família. Mas isso foi suficiente? Seria suficiente algum dia?

— Está falando de coisas japonesas? Penny contou que vocês a levavam para os festivais.

Thomas abaixou a cabeça.

— A gente levava, mas não era desse jeito. Não era como se ela fizesse parte daquilo. Um dia, fomos de carro até Cincinnati para ir a um festival das flores de cerejeira. Caroline e Penny foram com suéteres que combinavam. Passamos pelas barraquinhas, e as senhoras japonesas adoraram Penny, depois perguntaram a mim e a Caroline onde tínhamos arranjado a menina.

— E o que vocês disseram?

— Que ela era adotada. Mas Caroline se fechou. Ela quis ir embora logo depois disso.

Mika engoliu em seco e conteve a vontade de bater o pé. *Não é justo. Não é justo.*

— Vocês conversaram sobre isso, né? Antes de a adotarem? Sobre ela ser japonesa, sobre não ser parecida com vocês?

— Conversamos. Caroline falou que não faria diferença. Que nós iríamos criá-la do nosso jeito...

Era a primeira vez que Mika ouvia aquilo. Seu peito queimava de raiva.

— Isso é completamente errado — ralhou.

Idealizara Caroline na sua cabeça. A mãe que queria para Penny. A mãe que ela desejava para si. A mãe que ela tinha vontade de *ser*.

— Eu sei. E peço desculpas. Eu te falei, pais cometem erros. É por isso que fiquei tranquilo com isso da Penny passar o verão aqui. Ela precisava de algo que não pude dar. Por favor, não fique brava — disse Thomas, baixinho. — Amo a Penny. Estou tentando consertar isso.

Diante da súplica meiga de Thomas, uma parte da raiva de Mika arrefeceu. O que fazia alguém ser uma boa mãe? Talvez não existisse uma mãe perfeita. Quem sabe era só uma questão de fazer o seu melhor. Essa descoberta a atormentou. Mika teria sido uma boa mãe? Ela não sabia o que dizer. E não sabia se conseguiria eximir a culpa de Thomas. Se conseguiria eximir a dela mesma, inclusive.

— Vocês me viram?

Penny andou até eles, as bochechas rosadas de orgulho. Ao vê-la feliz, a tensão que permanecia em Mika abrandou.

— Claro que sim, filhota. Filmei e tudo. — Thomas mostrou a tela do celular. — Vocês querem ficar mais ou estão com fome? — Eles haviam combinado de sair para jantar, só os três. — Seus pais estão mais que convidados. É por minha conta — disse Thomas a Mika.

— É muito gentil da sua parte, mas acho que eles devem estar cansados, vão querer ir para casa já, já — respondeu Mika.

Shige tinha o hábito de dormir vendo os programas da NHK. Ela gostava da ideia de serem só os três, com seu próprio ecossistema familiar delicado.

Penny tinha pegado o celular e estava mandando mensagem para alguém.

— Se importam se eu deixar para uma próxima? — disse ela. — Olive está vindo para cá.

— Mas e o restaurante que faz a comida na nossa frente? — questionou Thomas, a decepção evidente em sua voz.

Uns dias antes, ele havia reservado uma mesa em um restaurante de teppanyaki e enviado o link para Mika e Penny. *Eles têm uma torre de cebolas que vira um vulcão flamejante*, escrevera ele, todo orgulhoso e animado.

— Ah — disse Penny, tirando os olhos do celular. — Você quer muito que eu vá? Quer dizer, eu vou se você quiser muito, muito...

Ela deixou no ar. Era óbvio que não queria ir. Preferia estar com os amigos. Ser uma adolescente.

— Não, claro que não — reagiu Thomas. — Vá se divertir com seus amigos.

Ao ser liberada com tanta facilidade, Penny ficou sorridente.

— Vocês dois deveriam ir mesmo assim.

— Tem certeza?

No mesmo instante, Thomas olhou para Mika, que se concentrou nos próprios pés.

— Tenho — confirmou Penny, digitando no celular. — Vão vocês. Divirtam-se bastante.

Thomas seguiu Mika até o carro, com uma bolsa pendurada no ombro. Ela o sentia. O calor, a presença dele logo atrás. Seu coração batia rápido, no ritmo dos tambores do taiko. O sol podia estar mais fraco, mas ela ainda sentia um calor nos ossos. Thomas pegou a mão de Mika e a segurou. Ela parou. Virou-se. Ela a examinou com aqueles olhos verde-claros.

— Oi — disse ele, com as sobrancelhas levemente franzidas.

— Oi — devolveu ela.

— Será que eu sou uma péssima pessoa por ter ficado feliz que Penny deu um bolo na gente?

— Se você é uma péssima pessoa, então eu também sou — admitiu ela, carinhosamente.

## Capítulo VINTE E NOVE

O trajeto até a casa de Mika foi percorrido em silêncio. Thomas ficou contemplando a paisagem pela janela, batucando um ritmo na coxa. Nos sinais fechados, Mika o espiava furtivamente. As veias das mãos subindo pelos braços, a curva das maçãs do rosto, o cabelo bagunçado, com alguns fios grisalhos, que refletiam a luz fraca do fim do dia. Ele a flagrou uma vez, e ela disfarçou rápido. Ainda assim, viu o sorriso malicioso que surgiu no rosto dele.

— Já volto — disse ela, quando entraram na casa, já tentando desamarrar o obi. — Na verdade, pode me ajudar?

Ela se aproximou de Thomas. Tirou as mãos ao sentir os dedos fortes dele, trabalhando para desamarrar o nó. Ele ficou em silêncio enquanto a faixa se soltava da cintura dela. Mika segurou o quimono, para evitar que abrisse, e se curvou para pegar o obi. Ela girou para olhá-lo e, com os braços dele ainda nela, disse:

— Obrigada.

— Disponha.

A voz dele soou rouca, e as mãos alisaram as laterias de seu corpo.

— Volto num instante — afirmou ela, devagar.

Relaxou a mão que segurava o quimono e, assim, expôs a roupa branca por baixo.

— Tá bem — disse ele.

A voz saiu ainda mais rouca.

— Tá bem.

Ela apoiou as mãos no peito dele e sentiu, na ponta dos dedos, sua pele em chamas. Doía se afastar dele. Mas ela precisava de um minuto. Precisava de um tempinho, de uma pausa para respirar fundo. Deu passos ligeiros até seu quarto, fechou a porta e desabou contra ela. Despiu-se de um jeito lento e metódico. Dobrou o quimono da maneira que a mãe lhe ensinara. Dava para ouvir Thomas na casa. Circulando, conferindo a geladeira, abrindo uma cerveja. Quando ela reapareceu de calça jeans e camiseta, ele se sentou no sofá. Havia uma sacola de papel pardo em cima da mesinha de centro.

— O que é isso?

— Um presente, mas antes... — Ele segurava um pedaço de papel. — Para você.

E estendeu o braço em sua direção.

— Estou intrigada.

Ela abriu a carta e começou a ler.

---

Querida Mika,

Penny vai fazer dezessete anos daqui a pouco. Tivemos um ano e tanto. Para manter a tradição da preocupação que as crianças dão aos pais, Penny comprou uma passagem para Portland para conhecer você, a mãe biológica dela. Lembra da primeira vez que te liguei? Eu lembro. Na verdade, não lembro tudo que falei. Só do medo. De estar perdendo minha filha — não para você, mas para o mundo. E eu... simplesmente não estava preparado.

Caramba. É difícil reconhecer, mas faz muito tempo que sinto medo. Que me sinto apavorado com o futuro. Não lido bem com mudanças. O que é complicado quando a única coisa que nosso filho quer fazer é mudar. Parece que, quanto mais eu tento segurar algo, mais tudo escapa pelas minhas mãos. É um lembrete para mim sobre a impermanência da vida.

Todos os dias, o desejo de Penny de se transformar nela mesma fica aparente para mim. Conversamos cada vez menos, principalmente nesse verão. Ou ela saiu para correr ou está com o namorado — que está planejando visitá-la quando as aulas voltarem. Estou fingindo que sou um pai legal. Até ofereci o sofá para ele. Veja só a minha evolução. (Embora, cá entre nós, eu tenha ficado parado na sala, estudando possíveis locais para instalar uma câmera escondida.)

Ela está fazendo planos de se inscrever em várias faculdades — muitas em outros estados. Entendo que Penny cresceu e ficou grande demais para a casa que construí. Sei qual é o papel que devo desempenhar. Tenho que ajudá-la a se desenvolver até ela não precisar mais de mim. Cabe a mim oferecer recursos a ela e aceitar que não posso ficar com ela para sempre. É outro tipo de morte, eu acho. O adeus final da vida que eu tive com Caroline. Era para nós dois termos levado Penny para a faculdade juntos. Era para termos ficado sentados no carro, na garagem, não suportando o fato de entrar em casa sem ela e de reconhecer que, da próxima vez que ela estivesse em casa, seria só como uma visita. Era para termos sentido saudade dela durante uma semana e, depois, concordado discretamente, com um pouco de vergonha, que até que era bom ficarmos sozinhos. Como minha vida passou de três para dois e agora para um? Sei a resposta, é claro. A morte. O amadurecimento.

Está ficando mais fácil, e, em parte, é graças a você. Você aliviou o aperto que eu tinha no peito. Durante um tempo, só conseguia olhar para trás. E agora, de forma totalmente repentina, olho para a frente. Estou empolgado para ver aonde essa coisa entre nós vai dar. Empolgado para ver aonde Penny vai chegar, o que ela vai descobrir, quem ela vai se tornar. Também me dei conta de que, embora os ventos da mudança possam levá-la para longe de mim, sempre serei o pai dela.

Poderia falar muito mais. A verdade é que não sei como terminar esta carta. Acho que vou concluir dizendo só que desejo que os dias que nos esperam sejam mais felizes do que os que ficaram para trás — aliás, só para você saber, acredito que serão.

**Thomas**

Quando terminou de ler, Mika olhou para Thomas com os olhos arregalados. Abriu a boca para falar, mas as palavras não saíam. Estava completamente atônita pelo gesto incrivelmente generoso de Thomas. Não era fácil para ele fazer aquilo. E ele fez por ela, se abriu tão espontaneamente.

— Sua carta anual — disse ele, meio sem jeito, esboçando um sorriso. — Entregue em mãos e com mais de cinco frases. Você vai ter que esperar as fotos, ainda estou juntando tudo. Por incrível que pareça, é difícil imprimir foto hoje em dia. Vou ficar parecendo um velho se eu perguntar "lembra quando a gente ia a uma loja e revelava o filme da câmera?"? As coisas eram bem mais simples nessa época.

— Vai — respondeu Mika, retribuindo o sorriso dele. — Mas não vou contar pra ninguém. — Ela fez um gesto para ele com a carta na mão. — Não precisava ter feito isso — disse ela.

Mas, na verdade, queria abraçá-lo. Era o melhor presente que já tinha ganhado na vida. Mika havia pedido a Thomas por mais, e ele lhe deu. Ela segurou a vontade de chorar.

— Precisava, sim. — Thomas juntou as mãos. — Agora, seu próximo presente. Ainda não terminei de cortejá-la, longe disso.

Ele pegou a sacola de papel pardo na mesinha. Ela vibrava por dentro ao abrir as mãos para aceitar o pacote.

— Para mim?

— Para você — confirmou ele, subindo o olhar, do corpo dela até os olhos.

— Posso abrir?

Ela se acomodou no sofá, ao lado dele.

— Não é nada de mais. Só uma coisa que eu vi e me fez lembrar de você. — Ele abriu um sorriso franco. — Desculpa não estar embrulhado para presente.

Mika sentiu um frio na barriga. Ela tirou o que havia dentro da sacola.

— Tintas a óleo — disse, suspirando.

A caixa era um kit para introdução à pintura. A marca era de qualidade. Nove tubos de puro pigmento: amarelo cádmio, carmim de alizarina, azul ultramar, verde esmeralda, sombra queimada. Ela olhou para a janela. Viu seu reflexo. *Quem sou eu? Quem sou eu?* Suas mãos não paravam de suar.

Thomas chegou mais perto dela. Os joelhos deles se tocaram. Ele pousou a mão na coxa dela e a apertou.

— Você trouxe o remo de volta para a minha vida. Eu também queria trazer algo de volta para a sua.

Ela empurrou as tintas para longe e ficou fria, do nada.

— Que legal. Obrigada.

Ele franziu a testa.

— Não gostou?

— É só que eu não faço mais isso.

Virou para o outro lado, para esconder a saudade, a dor no coração.

— Por que não?

Ela sentiu um aperto no peito. Uma secura na garganta.

— Mika? — chamou Thomas, inclinando-se. Seus olhos claros não compreendiam. — O que foi? — Ele a puxou para abraçá-la. — Pode me falar.

Ela enterrou a cabeça no peito dele. Ele acariciou as costas dela, para acalmá-la e se aproximar mais. Ele fez sons para tranquilizá-la e cheirava a sabonete e café. Ela molhou a camisa dele, enquanto chorava baixinho. Liberando toda a mágoa. Deixando tudo sair.

Ela recuou.

— Eu quero...

E não chegou a falar.

— O que você quer?

Ele estava sério. Contraía a testa como se estivesse estudando Mika por meio da lente de um microscópio, adentrando a casca sob a qual ela se escondia. Sua mão deslizou pelo cabelo dela e acariciou sua nuca.

Ela sustentava o olhar dele enquanto pensava. *Eu quero que me devolvam tudo. O tempo que perdi. Quero que me devolvam meu futuro, minha inocência, minha coragem, minha sensação de segurança.*

*Quero me apaixonar de novo. Quero me libertar da jaula que Peter construiu à minha volta.* Ela queria tudo aquilo. Penny. Família. Pintura. Viagem. A vida-fantasma. Mas começaria com Thomas...

— Você. Só você.

— Mika. — Ele deu um beijou na testa dela. Em seguida, em suas bochechas. — Mika. Você me tem.

Ele a puxou para si. Foi se curvando devagar, o mais devagar possível, até seu nariz roçar o dela.

— Tudo bem? — perguntou ele.

Estava pedindo permissão. Ela fechou as mãos, apertando a camisa dele.

— Sim — disse ela.

Ele investiu com tudo. No começo, seus lábios capturaram os dela com delicadeza. De um jeito gostoso e lento a ponto de Mika achar que fosse explodir. Ele mudou de posição, as mãos sagazes deslizando pela cintura dela. Então, foi subindo, por baixo da camisa, bem abaixo dos seios. Mika se arqueou ao sentir o toque, pressionando o corpo no dele. Thomas a apertou mais forte, beijando-a agora de língua. Ela suspirou, abrindo a boca para um beijo mais intenso.

Instintivamente, atravessaram o tempo e o espaço até caírem na cama dela. A janela estava aberta, assim como as cortinas estampadas, o que revelava o céu do verão em Portland — poucas nuvens, uma borda nebulosa acima da copa das árvores devido à poluição de luz, a lua em ascensão. O coração dela batia rápido, como se fossem milhares de cavalos trotando. Thomas se afastou um pouco, com a postura ereta. Passou o dedo nos lábios dela. Beijou-a de novo. Ela esticou os braços para pegar a barra da camisa dele e puxá-la para cima, até tirá-la.

— Você também — pediu ele.

Mika obedeceu e jogou sua blusa no chão. Ele enganchou o dedo na tira do sutiã dela e o puxou para baixo, o músculo da mandíbula dele pulsando.

— Nossa...

— Acho que isso é bom? — perguntou ela, sorrindo.
— Muito bom.
Ele beijou os seios dela. Ela envolveu a cintura dele com a perna e o puxou para perto. Sentindo o quanto ele a queria. Seus corpos se roçaram. Trocaram mais beijos úmidos e quentes, com vontade. Ele foi descendo pelo corpo dela, deixando rastros de fogo. Abriu o botão da calça dela, depois a tirou.
— Peraí.
Ela se sobressaltou — o calor pulsava dentro dela. Ele parou na hora.
— Te machuquei?
Não, mas poderia. Ela passou as mãos pelo cabelo dele.
— Eu quero fazer isso. Quero você. Mas tenho algumas regras.
A expressão dele era indecifrável e, quando respirava, fazia cócegas na barriga dela.
— Tudo bem.
— Não tem problema você ficar por cima, mas não tampe minha boca.
— Eu não faria isso. — Ele fez uma pausa. — O que mais?
O coração dela sacudia como um barco na crista da onda.
— Tenho alguns traumas — confessou ela.
— Eu também — disse ele. Mika sabia disso. Era uma das coisas que os unira. Dois corações partidos formam um. — Acho que é melhor você saber que faz um tempo que eu não... — contou ele.
Ela se moveu um pouco.
— Quanto tempo?
— Saí umas duas vezes com uma mulher há um ano, transamos...
— Trezentos e sessenta e cinco dias. É muita pressão.
— Eu não gostei. — Thomas olhou no fundo dos olhos de Mika. — Simplesmente não consigo estar com alguém por quem eu não... Por quem eu não sinta um carinho.
Mika se apoiou no cotovelo e acariciou o cabelo dele.
— Nem eu — disse ela.

— Que bom que a gente se entende. — Ele descansou o queixo na barriga dela, bem ao lado do umbigo. — Mais alguma regra?

— Não... Não — respondeu Mika.

— Beleza — disse ele. — Mas, só para esclarecer, acredito que toda mulher deveria ser tocada do jeito que ela quiser.

Ele falou com tanta sinceridade que Mika se derreteu e se deixou cair de costas.

— Ótima resposta. Pode continuar.

Thomas riu e beijou a barriga dela.

— Está bom assim?

Ela se mexeu por baixo dele.

— Está.

Ele foi descendo o beijo, percorrendo a barriga dela.

— E assim?

— Ah, também.

E desceu mais um pouco. Abaixou a calcinha e agarrou suas coxas, enquanto sentia o gosto dela. A respiração dela acelerou, e a pressão subiu.

— E agora? — perguntou ele.

Seu hálito aquecia o ventre dela. Ela não conseguiu responder. Rebolou, querendo chegar mais perto, buscando se libertar.

Por fim, ela clamou por ele:

— Thomas.

Ele escalou o corpo dela, enquanto tirava as calças, a cueca.

— Você tem camisinha?

Ela agarrou a cintura dele com as pernas.

— Humm, não. Não tenho. — Ele passou a mão no cabelo. — Merda.

— Eu devo ter. Na primeira gaveta.

Em um segundo, Thomas saiu de cima dela. Puxou a gaveta com força e acabou tirando-a do trilho.

— Por que tem tanta roupa de lycra aqui? — Eram de Charlie, as roupas de ciclista que Mika não chegara a devolver. — Achei.

Ele jogou as roupas no chão e voltou para a cama, segurando um pacotinho metalizado. Rasgou a embalagem com os dentes, depois colocou a camisinha. Voltou a se aninhar entre as pernas dela, beijou-a com carinho e devagar, enquanto a penetrava. Ela gemeu. *Arfou*. Um prazer disparou pelo seu corpo. Suas mãos percorreram as costas dele, arranharam sua pele. Ele foi deslizando a mão entre seus corpos e a tocou lá embaixo. E continuou com um ritmo alucinante. Esperou que ela liberasse a tensão primeiro. Ela gozou com um gemido, dizendo o nome dele. Depois, ele meteu mais fundo, mais forte, afundando o rosto no pescoço dela e estremecendo.

No fim, Thomas se jogou ao lado dela. Os lençóis formaram um emaranhado em volta deles. Ela puxou as cobertas para cobrir seu corpo nu e fitou o teto.

A mão dele encontrou a dela por baixo do tecido. Ficaram deitados ali por uns instantes. Esperando o coração desacelerar. A respiração acalmar. A mente se reconectar com o corpo, para compreender a grandeza daquele momento.

— Caralho! — exclamou ele.

Seu polegar acariciava a palma da mão dela.

— É.

Mika suspirou. Ele se apoiou no cotovelo, de lado, e pousou a mão na bochecha dela. Passou o dedo nos lábios de Mika, e ela lhe deu um beijo. Ele se inclinou, a boca roçando na dela. Ela arrastou o pé pela panturrilha de Thomas, e ele segurou o quadril dela. Thomas desabou na cama, de costas.

— Água. Preciso de água.

Ele se levantou da cama, e, quando estava vestindo a cueca boxer, Mika soltou uma gargalhada.

— Sua tatuagem. — Ela rolou para ficar de barriga para baixo, alcançou o elástico da cueca dele e puxou. Lá estava: um tiranossauro rex tentando amarrar o sapato. — Achei que você estivesse brincando.

— Homem não brinca sobre tatuagens humilhantes — declarou ele, com muita seriedade. E lhe deu um selinho. — Já volto.

Quando ele retornou, Mika tinha acendido a luminária da mesa de cabeceira e vestido a calcinha e uma camiseta larga. Ele segurava um copo de água gelada e deu um gole demorado antes de passá-lo para Mika. Algo naquele gesto de compartilhar um copo de água era ainda mais íntimo do que o que tinham acabado de fazer.

O zumbido do celular chamou a atenção de Thomas. Ele catou o aparelho no bolso das calças jeans.

— Penny mandou uma mensagem. — Ele franziu a testa. — Olive não estava se sentindo bem e foi para casa. Ela quer saber onde estamos. Vai pegar um Uber para encontrar a gente.

Mika sentiu o calor evaporar do corpo. Do lado de fora da casa, alguém bateu a porta de um carro. Parecia que o tempo havia parado e, então, avançado rápido demais.

— Você trancou a porta? — perguntou ela.

E saiu toda atrapalhada da cama.

— Quê?

Thomas estava atrás dela. Alguém bateu na porta.

— Mika? Pai? Vocês estão aí? Vi a localização de vocês no celular — falou Penny, do lado de fora.

Thomas e Mika saíram correndo em direção à porta. Mas não foram rápidos o bastante. A maçaneta virou. Penny entrou, com um sorriso estampado no rosto.

— Oi, achei vocês. Vamos sair pra comer.

Ela parou, absorveu a situação: Thomas, de cueca; Mika, de calcinha e camiseta. Os dois ficaram imóveis, dois coelhos pegos em uma armadilha. O sorriso de Penny se desvaneceu, seu semblante ficando confuso.

— O que está acontecendo? — indagou ela.

No entanto, era bem óbvio. Penny ainda estava de quimono, mas havia soltado o cabelo. Seus lábios se descolaram. Ela cobriu os olhos e se virou de costas.

— Ai, meu Deus. So-cor-ro. Vocês estavam fodendo?

— Penny, olha a boca — grunhiu Thomas.

— Tá falando sério? — zombou Penny. — Ela se virou mais uma vez, para confrontá-los. Uma mancha avermelhada, intensa de raiva, surgiu em suas bochechas. Seu queixo tremia, e Mika ficou angustiada, querendo confortá-la. — Como puderam fazer isso comigo?

Ao ouvir isso, Mika estremeceu. Não sabia o que dizer. O que poderia dizer, afinal? Explicar o contexto para que Penny, talvez, compreendesse.

— Não era nossa intenção. Só aconteceu...

A justificava soou fraca até para ela, negar o que sentia em relação àquela situação, a Thomas. Talvez ela devesse se corrigir. *Deixamos nossa relação em segredo para fazer o que consideramos que seria melhor para você.* Por algum motivo, ela sabia que Penny interpretaria isso da maneira errada. Que adolescente gosta de ouvir que não é maduro o suficiente para lidar com uma situação?

— Penny — interveio Thomas.

Penny direcionou toda sua insatisfação ao pai.

— Poderia escolher qualquer pessoa no mundo, mas escolheu *ela*, minha mãe biológica?

— Não... Você está com raiva agora, e é totalmente compreensível. Vamos conversar sobre isso.

Com o celular na mão, Penny digitou algo.

— Penny — disse Thomas.

— Caralho, não dá pra acreditar — murmurou ela, para si.

— Penny. Para. Larga o celular por um minuto — falou Thomas, em tom de ordem. Passou a mão no rosto, em um gesto exasperado. — Penny, olha para mim.

Enfim, Penny se virou, e seu olhar grave e fulminante parecia um punhal, dos mais afiados.

— Quer saber? Não estou a fim de ficar perto de nenhum de vocês dois agora.

O celular dela vibrou. Ela colocou a mão na porta e abriu. Do lado de fora, havia um carro encostado na calçada, com o vidro aberto.

— Penny? Pediu um Uber? — berrou um homem.

— Aonde é que você vai? — Thomas deu um passo à frente. — Penny, não passe por essa porta.

Ela olhou para o pai de cima a baixo.

— Ou o quê? O que você vai fazer?

Thomas se deteve, derrotado.

— Foi o que eu pensei.

Após esse contra-ataque, Penny saiu correndo para a calçada e entrou no carro. Mika e Thomas não puderam fazer nada além de assistir à cena, estáticos, conforme ela sumia de vista.

## Capítulo TRINTA

Mika entrou em ação.

— Onde está a chave? — indagou, procurando pela sala, atrás do encosto do sofá. Levantou as revistas. Derrubou a caixa de tintas a óleo. — Vou atrás dela. Merda.

O controle remoto caiu em seu pé, e ela saiu pulando pela casa.

— Aqui.

Thomas pegou a chave em cima da mesinha de centro. Quando Mika estendeu a mão, ele recolheu a dele.

— Thomas, me dá minha chave.

Ela tentou dar um bote.

— Para. Respira fundo — pediu Thomas, com firmeza. — Pensa um pouquinho. Você vai atrás dela e vai fazer o que quando encontrá-la?

— Vou conversar com ela, eu vou...

Mika foi parando de falar. Na verdade, ela não fazia a menor ideia. Sua reação foi ir atrás de Penny. Ela decidiria o que fazer quando a achasse. Talvez conseguisse colocar a cabeça dela no lugar, mas era mais provável que Mika se ajoelhasse e implorasse por perdão.

Thomas a observou.

— Deixa a Penny ficar um pouco sozinha. Dá tempo para ela se acalmar. Agora ninguém está pensando direito.

Mika não gostou da ideia, ia contra seu instinto natural.

— Não sei...

Thomas pôs a chave na mesa.

— Confia em mim. Vamos esperar o tempo dela.

Mika parou para refletir sobre o conselho dele. Penny voltaria para casa. Os jovens sempre voltam para casa. Não voltam?

— É. Tudo bem.

Thomas puxou Mika para perto dele, a abraçou e lhe deu um beijo no topo da cabeça. Tentaram ver televisão, uma série de comédia, mas nenhum dos dois estava no clima para dar risadas. Thomas mandou algumas mensagens para Penny. Às 21h: *Ei, filhota, me avise se chegou bem.* Às 22h: *Sei que deve ser muita coisa para processar. Me ligue quando estiver pronta para conversar.* Às 22h45: *É a última vez que vou ligar, prometo. Não vou te incomodar de novo.* Às 23h: *Só me mande uma mensagem para avisar que está bem.*

Thomas largou o celular.

— Penny desativou a localização no celular dela, então não consigo ver onde ela está pelo aplicativo. Mas o Uber a levou para o alojamento.

— Ela deve estar dormindo — supôs Mika, com um sorriso abatido, injetando toda a confiança que não sentia em seu tom de voz, para não transparecer a preocupação. — Ela vai acordar renovada, e nós vamos ter passado a noite inteira acordados à toa.

— Vem cá.

Thomas levantou o braço, e Mika recostou a cabeça no peito dele. Fizeram de tudo para continuar acordados, mas acabaram cochilando no sofá. As luzes permaneceram acesas na varanda e na sala, para caso Penny voltasse. Às duas da manhã, acordaram, no susto, com o celular de Thomas tocando.

— Alô — disse ele, grogue de sono.

— Alô, estou falando com o pai ou o responsável de Penelope Calvin? — disse uma voz monótona do outro lado da linha.

Thomas se endireitou.

— Aqui é o pai dela.

— Aqui é o dr. Nguye, sou médico aqui na emergência do Hospital St. Vincent. — Mika dobrou o corpo, uma faca girava em sua barriga. Penny, não. Sua bebê. Não. — Penelope está aqui conosco, com suspeita de intoxicação alcoólica.

— Desculpa? O quê? — indagou Thomas.

— Intoxicação alcoólica — repetiu ele. — Gostaríamos de ter permissão para tratá-la com acesso intravenoso, oxigênio e, possivelmente, uma sonda nasogástrica. Temos o seu consentimento?

— Sim, sim, é claro, têm meu consentimento.

O médico passou mais informações para Thomas. Confirmou o nome do hospital. Explicou como localizar Penny.

— Mas ela está bem? — questionou ele.

Havia desespero em sua voz.

— Os amigos dela fizeram a coisa certa ligando para os paramédicos.

Quando Thomas desligou, Mika já estava de moletom, indo em direção às chaves.

— Eu dirijo.

— Sabe onde fica esse hospital?

Thomas andava de um lado para o outro, calçando os sapatos, pegando sua mala.

— Sei, você já esteve lá. Foi onde a Penny nasceu.

Mika ignorou o fato de seu coração ter disparado por um instante. Nunca mais tinha voltado àquele hospital.

No carro, Thomas ficou quieto, o que não era muito normal. Cerrou os punhos, depois relaxou os dedos.

— Penny estava bebendo? Quem é que daria álcool para uma menina de dezesseis anos?

*Muita gente*, pensou Mika. Ela já tinha passado um tempo considerável abordando pessoas na rua — ficando em frente a lojas de conveniência e pedindo para clientes mais velhos comprarem cerveja para Hana e ela quando tinha quinze anos. Mika segurou firme o volante. O trânsito fluía, e eles voavam pela via expressa. Não respondeu Thomas. Não conseguiu. Estava presa em um furacão de orações. Falando de novo com Penny, como fizera muitos anos antes, após tê-la entregado para adoção. *Por favor, fique bem. Você está aí? Acorde, Penny. Vamos sempre precisar de você.*

• • •

— Penelope Calvin.

Thomas informou o nome da paciente na recepção. Mika ficou parada atrás dele. Exaurido e desgrenhado, parecia que Thomas envelhecera vinte anos em vinte minutos.

— Faz uma hora que a trouxeram para cá.

Eles haviam estacionado e ido direto para a sala de espera da emergência. Bem ao lado de Mika, estavam um homem com um sangramento feio no nariz e uma mulher que gemia enquanto amparava o próprio braço.

— E qual é seu parentesco com a paciente? — perguntou a funcionária cansada.

A lentidão dos movimentos dela deixou Mika ainda mais agitada. *Penny poderia estar morrendo neste exato momento. Penny poderia estar doente. Penny poderia estar perguntando por Mika.* Após o parto, Mika pensava em Hiromi constantemente. Queria que a mãe aparecesse. Que a curasse ou, pelo menos, a abraçasse.

— Eu sou o pai dela — afirmou Thomas.

No mesmo instante, Mika falou:

— Eu sou a mãe dela.

Ela nunca tinha dito aquilo em voz alta. *Eu sou a mãe dela.* Parecia tão monumental quanto alcançar o pico de uma montanha. Ainda mais após Thomas apertar a mão dela. A mulher pediu as identidades deles, e Thomas tirou a carteira do bolso de trás para mostrar a habilitação. Mika também pegou a dela na bolsa.

A mulher conferiu os documentos.

— Quarto cinco — disse ela.

Apertou um botão, e as portas de correr automáticas se abriram. Thomas guardou a carteira no bolso de trás, e eles passaram imediatamente pela porta e foram contando as placas numeradas na entrada dos quartos — cada um daqueles cubículos abrigava uma vida que estava passando por um momento crítico. Mika parou entre os quartos quatro e cinco, onde havia uma figura familiar sentada com uma péssima postura em uma cadeira de plástico: Devon.

— Oi, sr. Calvin, srta. Suzuki. — Devon se levantou e bloqueou a passagem de Mika e Thomas para o quarto de Penny. Seus olhos estavam avermelhados. — Ela está bem. O médico acabou de vir aqui e disse que ela está bem. Não precisaram fazer aquela coisa lá do tubo. Ela está no banheiro se ajeitando. — Ele segurava um boné e torcia a aba entre os dedos. — Sinto muito. Penny voltou para o alojamento muito chateada. Queria ir para uma festa, e eu fiquei, tipo, beleza, tudo bem. Uma festa de faculdade, sabe? — Ele passou a mão no rosto. — Sinto muito — repetiu.

Seu hálito tinha um cheiro sutil de álcool. O estômago dela se revirou. Imaginou Penny em uma festa, com um daqueles copos vermelhos na mão. Afastou a imagem da cabeça e se esforçou para se acalmar. A experiência de Penny naquela noite não era igual à que Mika tivera muitos anos antes no apartamento de Peter.

— Nem percebi o quanto ela estava bebendo, aí ela desmaiou, e não consegui fazer com que ela abrisse os olhos — continuou ele.

É lógico que Devon estava envolvido na história. Não tem sempre um menino envolvido?

— Você saiu para beber com minha filha de dezesseis anos? — questionou Thomas, incisivo.

Devon ficou branco como um fantasma, e Mika pegou menos pesado. A maioria dos garotos que ela conhecera no colégio corria ao primeiro sinal de problema, mas Devon parecia ser um bom rapaz. Ele ficou ali, e isso já era alguma coisa.

— Sinto muito. Penny... Ela... Quando ela quer uma coisa...

Ele baixou a cabeça. Mika chegou para a frente e falou com delicadeza:

— Acho que você já pode ir para casa, Devon. Você ficou a noite toda aqui. — Ela olhou para ele. — Tenho certeza de que Penny vai te ligar. Você tem como voltar para o alojamento?

— Hum, tenho. Beleza. Posso chamar um Uber. — Devon pôs o boné de volta na cabeça. — Penny sabe que eu estive aqui. Eu gosto... Eu gosto muito dela.

— Eu percebi — disse Mika. Ela teve vontade de acariciar o ombro dele. Dizer que tinha feito besteira, mas que ela estava contente por Penny estar com ele. No final, ele havia agido da forma certa. — Boa noite pra você.

Devon foi embora, e Thomas balançou a cabeça.

— O que ele tinha na cabeça pra fazer isso? O que ela tinha na cabeça?

Mika esfregou as mãos.

— Não sei. — Jovens fazem coisas idiotas toda hora. *É inevitável*, pensou Mika, ao se lembrar de si mesma na adolescência, em sua crença de que era invencível. Por que algumas lições precisam ser aprendidas do jeito mais difícil? — Vem, vamos entrar para vê-la.

Ela acompanhou Thomas, que deu uma batida leve na porta do quarto cinco.

— Filhota, sou eu.

Ele entrou, e Mika foi atrás, em silêncio.

Penny estava na cama, diante de uma bandeja com comidas intocadas. Um cobertor branco a cobria até a cintura, e ela usava a camisola do hospital. Nossa, a estampa era a mesma da que Mika tinha vestido anos antes. Mika se viu aos dezenove anos, deitada na cama do hospital. Tocando a bochecha de Penny, ainda bebê, esfregando o nariz no dela.

— O que vocês estão fazendo aqui?

A voz de Penny saiu rouca. As olheiras estavam escuras. Seu rosto, abatido e pálido.

Thomas encostou a porta até fazer um clique. Colocou as mãos na cintura.

— Que tipo de pergunta é essa? Viemos ver como você está.

— Já me viram. Estou viva — retrucou Penny.

Em seguida, virou a cara para a parede. Diante do silêncio que se seguiu, Mika e Thomas se entreolharam, na dúvida do que fazer. No canto do quarto, havia uma lata de lixo, na qual o quimono estava todo amassado.

Thomas deu um passo à frente.

— Foi burrice isso que você fez, Penny.

Ela voltou a encará-los e revirou os olhos. Uma vez, Hiromi quase deu um tapa em Mika por ter feito a mesma coisa, voou nela como uma valquíria vindo do céu.

Mika suspirou. Pôs a mão no braço de Thomas e se colocou na frente dele. Sabia que, naquele momento, não podia conduzir a situação com raiva. Sabia como eram os adolescentes. A teimosia que cabia no belo coração deles.

— Você deu um susto na gente — falou Mika, baixinho. — Devon também estava bem assustado. — Ao ouvir isso, Penny se encolheu. Mika havia tocado em um ponto sensível. — Você poderia ter morrido. — Mika se aproximou um pouco. — Você está chateada. E provavelmente está se sentindo uma merda — completou, ao dar uma certa leveza ao tom. — Escuta, dá para ver que está com raiva. Sinto muito pelo que você viu. Nunca foi nossa intenção você descobrir daquele jeito. A gente queria ter certeza de que era algo sério antes de te contar. Por favor, Penny.

Mika se sentou na cadeira ao lado da cama do hospital e pousou a mão no dorso da mão de Penny.

Penny a olhou e se desvencilhou. Seu corpo inteiro ficou tenso.

— O que você pensou? — questionou ela, em tom de desprezo, de ameaça. — Que poderia dormir com meu pai e virar minha mãe? Que seria capaz de substituí-la? Olha só que novidade: eu tinha uma mãe. Ela morreu — afirmou ela.

Mika não disse nada.

— Penny.

Foi o que ela ouviu Thomas falar. Mika se levantou devagar. Levou a mão ao peito e esfregou o ponto onde, do nada, despontara uma sensação de queimação.

— Ah... Humm...

Atordoada, ela andou até a porta; a mão alcançou a maçaneta. Uma olhada rápida em Thomas mostrou que a boca dele se mexia, mas Mika não conseguia distinguir as palavras. Era como se estivesse submersa na água, e os sons estivessem abafados, tudo ficasse embaçado.

— Só vou... — disse ela.

Ela levantou o queixo e se viu no corredor em frente ao quarto de Penny. Os sons retornaram, com a velocidade de um grito. Máquinas apitavam. Enfermeiras conversavam sobre os pacientes. O alto-falante chamava pela segurança. A flecha das palavras de Penny lhe perfurou mais a carne. Ela disse que Mika era uma substituta. Que não era boa o suficiente. Em um momento ofuscante, todos os medos de Mika se concretizaram. Bastavam segundos para aniquilar uma pessoa, e Penny tinha feito aquilo como uma profissional.

Mika identificou odores de café requentado e de antisséptico no ar. Odiava cheiro de hospital. Desde o nascimento de Penny. Cerrou os punhos, sentiu falta de ar e começou a respirar com dificuldade. Sentiu uma tontura, um *mal-estar*. Começou a andar. Apressou-se em direção à saída. Precisava ir embora dali.

Passos fortes em seu encalço.

— Mika — chamou Thomas.

Ela passou pelas portas de correr. E mais uma barreira idêntica, até, finalmente, chegar ao ar puro. Fazia frio nas noites de verão de Portland. Ainda mais de madrugada. O céu estava pintado com aquele azul do comecinho da manhã, como um hematoma entre a noite e o dia.

— Mika, para — pediu Thomas.

Sua mão agarrou o braço dela, e ela girou para ficar de frente para ele. No alto, a luz de um poste atraía várias mariposas. Ele a soltou e coçou a testa.

— Merda. Aquilo foi pesado. Ela está muito brava. Mais brava do que eu imaginava... Sinto muito, Mika. Ela não queria dizer aquilo.

— Acho que talvez ela quisesse. Tudo isso... — Ela apontava para o espaço entre os dois, o sangue subindo para as bochechas. — Você, eu, Penny, é muita informação.

Thomas olhou para os próprios pés e assentiu.

— Eu entendo, mas podemos dar um jeito.

As palavras de Penny ecoavam nos ouvidos de Mika. *Eu tinha uma mãe. Ela morreu.* Mika podia ter desejado Penny, mas isso não significava que Penny a desejava. Que Mika era boa o suficiente para ela. Havia fodido com a cabeça de Penny, assim como Hiromi tinha feito com a dela. Cruzou os braços, como um escudo, por cima da barriga — um gesto de proteção.

— Não sei se podemos — disse Mika, com um tom vacilante.

Não tinha condições de olhar para Thomas. Para o que estava prestes a perder.

— Ela tem razão, sabia? Penny tinha uma mãe mesmo, que a amou e cuidou dela durante dezesseis anos. Não sou... Não posso... Não posso substituir Caroline. Não podemos simplesmente virar uma família instagramável. Não é assim que funciona.

Mika se sentiu pequena, uma adolescente de novo. Uma garota tola com sonhos tolos. O que ela estava achando? Que poderia ser mãe de Penny, namorada de Thomas... que, juntos, talvez eles curassem uns aos outros? Naquele momento, ela passou a enxergar tudo muito claro. Penny e Thomas buscavam algo, alguém que os guiasse para fora da escuridão do luto. Poderia ter sido qualquer pessoa. Por um acaso do destino, calhou de ser Mika. Eles se esbarraram em momentos cruciais da vida, mas o lugar dela não era com eles. O lugar deles não era com ela. Thomas e Penny formavam um mundo, e Mika foi só uma turista.

Thomas andou de um lado para outro.

— Penny está chateada agora, ela só precisa de tempo para se acostumar com a ideia — disse ele, rápido. — Ela vai superar. Ela é adolescente. Adolescentes mudam de ideia o tempo todo.

Mika sentiu um frio na barriga.

— Thomas... Eu acho que... Eu acho que isso não vai dar certo.

A expressão dele anuviou-se.

— Não fala assim.

O celular dele vibrou, mas Thomas ignorou. Mika respirou fundo e soltou o ar devagar. *Você não a merece*, sussurrou uma voz em sua cabeça. *Você não o merece. Não os merece.*

— Olha só para a gente. Para onde estamos. Estamos no hospital. Hoje à noite, Penny poderia ter morrido. Ela não está preparada para nada disso. — Outra notificação no celular dele. — Deve ser Penny — afirmou Mika, apontando com o queixo e engolindo o nó na garganta. — Você deveria ir ficar com ela. Penny está precisando de você agora.

— Está bem — falou Thomas. Um músculo pulsou em sua mandíbula. Ele estendeu a mão. — Vamos lá.

— Não. Você sozinho. Minha presença só vai aborrecê-la mais ainda. E falando nisso... — Ela parou e contemplou o céu, ciente de que existia um fato imutável. Era melhor para Penny que Mika não fizesse parte de sua vida. Era hora de se retirar em silêncio. — Acho... Acho que é melhor a gente parar de ser ver.

— Mika — disse ele, indignado. — Não faz isso. Não depois de tudo que a gente compartilhou. Por favor.

— Já está decidido — afirmou ela.

Mika olhou para o chão, com medo de encarar Thomas, o mundo. Quantas vezes uma pessoa precisa apanhar para continuar com a cabeça abaixada?

Ele recebeu outra mensagem.

— Estão dando alta para Penny — avisou ele. — Tenho que ir lá assinar uns papéis.

Mika assentiu, quieta.

— Claro, vai lá — concordou ela. — Aqui. — Ela levantou a mão, segurando a chave. — Pode usar o meu carro. Acho que Penny não vai querer me ver. Eu volto de táxi. Depois, só me avisa onde vai deixá-lo, que eu busco.

Thomas não se mexeu. Passaram-se alguns segundo agoniantes.

— Eu me viro para arranjar um transporte — afirmou, de modo categórico.

— Certo.

Ela recolheu a mão que segurava a chave. Ele a observou por um instante. Esperou. Diante do silêncio resoluto dela, soltou um palavrão e foi embora, nervoso. Depois que Thomas se afastou,

Mika desabou em um banco próximo, fechou os olhos, bem apertado, inspirou, expirou e só depois os abriu.

Aquela área do hospital era familiar.

Estava em frente à ala da maternidade, onde dera à luz, onde aguardara com Hana após entregar Penny, sem condições de dar os últimos passos até o ônibus. Quando pensou que talvez fosse morrer da dor que sentia por não estar com Penny e se deu conta de que existiam coisas piores que a morte. Dezesseis anos haviam se passado, e lá estava ela de novo. Sinos tocaram. Os mesmos que escutou no dia em que Penny nasceu. O mundo realmente dá voltas.

Todas as sensações no corpo de Mika se intensificaram. Algo rachou dentro dela. A fusão estava falhando. Ícaro, despencando. Ouviu vozes-fantasmas, e lembranças a sugaram para dentro de um redemoinho.

Hiromi torcendo a cara diante de um desenho de Mika. *Essa aqui era para ser quem? Sua amiga? Você fez o rosto dela redondo demais. Ela ficou gorda.*

Sua arte sendo amassada nas mãos de Marcus. *Qual é a sua história?*

A mão de Peter cobrindo sua boca.

*Você está fazendo uma coisa ótima,* disse a sra. Pearson, enquanto Mika assinava a papelada da adoção.

*Quer segurá-la mais uma vez?* A pergunta de Hana, enquanto ajeitava a touquinha na cabeça de Penny.

Memórias surgiam e inundavam sua mente. Seus pensamentos a estavam sobrecarregando. Ela tentava respirar. Tudo se convergiu. Seu passado, seu presente. *Estou falando com Mika Suzuki? Que deu um bebê para a adoção?* Penny doce, depois tão ácida. *Eu tinha uma mãe. Ela morreu.* Mika deveria ter imaginado que as coisas terminariam daquele jeito. *O que você sabe sobre criar uma criança?* Foi o que Hiromi dissera.

Ela se curvou, soluçando com as mãos no rosto, naquela manhã pacata, e desejando que a terra a engolisse. Pegou o celular e conferiu a agenda do Pearl Jam. Queria Hana. Queria ir para longe dali.

Viu que eles iam tocar em Eugene. Foi aos tropeços até o carro, ligou o motor e partiu.

— Lutar ou fugir é uma reação natural. — Foi o que Suzanne, sua psicóloga, disse quando Mika explicou que havia fugido do apartamento de Peter. O que Peter tinha feito transformara Mika em sua versão mais primitiva, explicou ela. — Sua mente não conseguia processar nada. Seu corpo assumiu o comando. Foi assim que você se manteve segura — afirmara ela.

Foi assim que Mika se manteve viva.

## Capítulo TRINTA E UM

No caminho para Eugene, Mika fez uma parada. *Advinha quem está indo aí te ver?*, escreveu para Hana. A leveza da mensagem contradizia a escuridão que se infiltrava.

Hana respondeu duas horas depois, assim que Mika chegou nos arredores do centro da cidade. *Crlh. Você está vindo para Eugene?*

Mika parou embaixo de um viaduto, pressionou os olhos com a palma das mãos. O carro balançava por causa dos caminhões passando lá em cima. *Corrigindo, estou em Eugene. Nome do hotel, por favor.*

Ela apoiou as mãos nos joelhou e flexionou os dedos, enquanto aguardava. Enfim, Hana mandou um link do mapa, com uma mensagem: *Vou estar no lobby.*

• • •

Mika passou pela porta giratória de vidro do hotel mais elegante de Eugene. Fazendo jus a suas palavras, Hana estava esperando, de braços cruzados, tamborilando com os dedos no bíceps.

— Oi!

Mika sorriu, mas imaginou que estava com uma cara esquisita. Sentia-se esquisita, como se estivesse caindo de um lugar muito alto, sem poder fazer nada para impedir a queda.

— Oi — disse Hana, meio cabreira. — Que surpresa...

Eram sete horas da manhã, e sobretudo famílias circulavam pelo lobby luxuoso. Mika inspirou. Um cheiro de frutas cítricas, bem melhor do que o antisséptico do hospital.

— Pois é. Simplesmente pensei: "Que se dane! Estou com saudade da Hana."
— Aham. — Hana a observou, desconfiada. — Aí você largou tudo em um domingo, às cinco da manhã, para dirigir até aqui?
— Exatamente. Não é divertido? Quero beber alguma coisa. Vamos tomar alguma coisa.
Mika olhou ao redor, tentando localizar o bar.
— São sete da manhã, os bares estão fechados.
— Frigobar do quarto, então?
Mika se sentiu muito esperta. Tinha uma solução para tudo. Hana revirou os olhos.
— Está bem — disse ela. — Mas só porque eu acho que você não está em condições de ficar em um local público.

O quarto de Hana era sofisticado e moderno, com uma cama king, uma mesa pequena e janelas que iam do chão ao teto com uma vista para um rio barrento. Mika contemplou a vista por um total de dois segundos e foi procurar o frigobar, engenhosamente escondido em uma cômoda. Catou a primeira garrafinha que viu, abriu e virou tudo. Uísque. Limpou a boca com o dorso da mão. A garganta ardeu, e ela gostou. Isso a distraía da dor que consumia sua alma.

— Falando sério agora. — Hana se encostou na parede. — Você não está me passando uma energia lá muito tranquila e estável.
— Não me diga.

Mika não se sentia estável. Sentia-se bem instável, aliás. Como quem se pendura em galhos quebrados. Abriu de novo o frigobar. Outra garrafinha de uísque goela abaixo. Será que deveria comer alguma coisa? Não. Que besteira. Poderia cortar a onda.

Hana andou pelo quarto e pegou uma garrafa de água no frigobar.
— Toma um pouco entre uma dose e outra, pelo menos.
— Valeu.

Mika tomou um bom gole de água. Quando o uísque acabou, passou para a vodca. Era de uma marca boa, que ficava ainda melhor misturada com cranberry, mas ela tomou pura.

Hana se sentou na beirada da cama.

— Vai me contar o que aconteceu? Não te vejo assim desde o primeiro ano de faculdade.

Mika bateu no próprio nariz.

— Ding, ding, ding. Acertou! O que aconteceu? Fiz merda de novo. Foi isso que aconteceu. Não tem um ditado que fala que o passado sempre se repete?

O álcool estava começando a fazer efeito. O estômago dela esquentou. Braços e pernas ficaram dormentes. Era isso que ela queria: não sentir nada, como não sentiu nos dezesseis anos anteriores — era bem mais seguro desse jeito. Mais uma conferida no frigobar. Outra vodca? Tequila? Por que não?

— Mika — falou Hana, com calma. — Mika!

Ela bateu palma. Mika inclinou a cabeça.

— O quê?

— Senta.

Hana deu a ordem como se a amiga fosse um cachorro. Mika desabou no chão, perto do frigobar. Melhor ficar perto. Aquela tequila precisava de alguém para tomá-la. Alcançou a garrafinha.

— Não! — A mão de Hana envolveu o pulso de Mika. Como conseguiu ser tão ligeira? Ou era Mika que estava se movendo muito devagar? — Só quando me contar o que está acontecendo.

Hana fechou o frigobar. Mika apoiou as costas na cômoda e dobrou as pernas junto ao peito, para abraçá-las.

— Transei com Thomas, e Penny nos viu... — Ela fez uma pausa dramática. — Depois, quando ele estava de cueca, e eu, de calcinha.

— Puts.

Hana escorregou até o chão e se sentou de frente para Mika.

— Fica pior.

— Muito?

— Quero beber mais.

— Só depois que terminar de me contar.

Mika ficou um tempo de bico, mas depois explicou que ela e Thomas tinham se beijado um tempo antes, no hotel dele. Que haviam concordado em guardar segredo sobre a relação. Que não queriam que Penny se preocupasse à toa e achavam melhor esperar até que eles tivessem certeza de que algo estava realmente acontecendo entre os dois — até que eles *fossem* alguma coisa. E que, quando ficaram sozinhos pela primeira vez depois disso, se agarraram como dois namorados se vendo depois da guerra. Então, Penny chegou e ficou transtornada de raiva.

— Tentamos ficar acordados, mas capotamos no sofá. — Ela pensou na ideia de deitar-se nos braços de Thomas. Apesar da preocupação de ambos, até então ainda parecia que tudo ficaria bem. — Penny saiu para beber, eu acho. — Ocorreu a Mika que ela estava fazendo a mesma coisa que Penny tinha feito. Afogando as mágoas. Mas afastou essa comparação da cabeça. Tinha trinta e cinco anos, não dezesseis. Porra, podia fazer o que lhe desse na telha. — Ela foi parar na emergência, em coma alcoólico. Fomos lá vê-la e... ela estava com *muita* raiva. Disse coisas horríveis.

*Eu tinha uma mãe. Ela morreu.* Mika ficou apavorada ao lembrar-se do veneno nas palavras de Penny.

Olhou para o teto.

— Eu tinha a Penny. — Ela abriu e fechou as mãos. — Depois de dezesseis anos, eu a *tinha* e fiz a única coisa que, sem dúvida, a afastaria de mim. Sabia que era um risco e, mesmo assim, fui lá e fiz. — Mika já deveria saber. Se tocarmos o Sol, vamos nos queimar. Ela esfregou os olhos com a palma das mãos. — Por que fui achar que poderia me relacionar com Penny *e* Thomas? Sou muito burra.

— Peraí — disse Hana, séria. — Do que está falando?

— Olha só a minha vida, Hana. Olha só a confusão da porra que ela é. Olha só a confusão da porra que está a vida de Penny e Thomas agora. Sabe qual é o denominador comum? Sou eu.

Ela apontou o polegar para o próprio peito. Também havia causado a infelicidade da mãe. Se não tivesse Mika, uma filha para sustentar, Hiromi teria ficado no Japão? Vivido a vida que ela queria? Tudo indicava que sim.

— Beleza, concordo que não seja o melhor cenário. — Hana esticou as pernas e cruzou uma por cima da outra. — Com certeza é complexo, e você e o Thomas não pensaram em todas as consequências. Mas, querida, acredita mesmo que, de certa forma, você arquitetou isso? Que tem o poder de estragar tudo?

Mika assentiu, calada.

— Qual é — falou Hana, com desdém. — Você é bem menos poderosa do que acha.

Mika fechou a cara.

— Não importa.

— Importa, sim — reforçou Hana. — O que você quer? Thomas? Penny?

*O que você quer?* Thomas lhe fizera a mesma pergunta. Em seguida, ela o beijou. Porque estava com vontade, mas também para fugir da pergunta. Para não precisar ser sincera com ela mesma.

— Eu quero a Penny. E quero o Thomas também. E mais do que isso... — Deu soquinhos nos joelhos com o punho cerrado. — Quero ser feliz e parar de ter medo.

Ela pensou no kit de tintas a óleo jogado no chão da sala. "O que vai fazer com um diploma de artes?", questionara a mãe. E, pouco depois, Mika conheceu Marcus. Na época, via esse acaso como um prêmio por ter enfrentado a mãe. Porém, quando Marcus levou Peter para sua vida, acabou se tornando um castigo. Por ter desprezado a mãe, por ter ido contra as vontades dela. Como não enxergou antes a ligação entre aquelas duas coisas? Tudo que havia acontecido com ela reafirmava o que a mãe sempre lhe dissera. Que ela não era digna de nada. Que ia cair se tentasse voar. Era melhor continuar no chão.

— Fala sobre o medo — pediu Hana, com carinho.

Uma dor profunda latejou pelo corpo de Mika.

— Nunca teve aquela sensação de que a vida está passando e você não está fazendo nada? Você nunca parou pra pensar em como a gente era no colégio? A gente tinha certeza de tudo, e aí... Sei lá. É só que puxaram meu tapete, Hana. E eu tenho um medo enorme de que isso aconteça de novo.

Amar significava sofrer. Viver significava sofrer. E acontecera mais uma vez. Mika pressionou os dedos no carpete.

— Não é como eu me sinto. Mas entendo que você se sinta assim.

— Às vezes, eu queria voltar no tempo, mas isso significaria desejar que Penny nunca existisse, e eu jamais... Mas tudo isso dói muito. Quando me reconectei com ela, parecia uma segunda chance. No começo, só queria saber se eu não tinha ferrado muito com a cabeça dela, mas aí ela quis me conhecer. Quis estar comigo. Era ótima a sensação de fazer parte da vida dela.

Era como se Mika tivesse reencarnado. De repente, parecia que sua vida não precisava ser um trem passando depressa.

— Sua autoestima não pode depender do outro — falou Hana. — Isso precisa vir de dentro. — Ela sentou-se por cima das pernas, diante de Mika, e pousou as mãos nas bochechas da amiga. — Sabia?

Mika olhava para todos os cantos, menos para os olhos de Hana, que apertou suas bochechas mais forte.

— Ai — reclamou Mika.

— Olha pra mim, pinguça. Quero que não se esqueça disso. Você merece existir. Merece ocupar seu espaço. Merece ter as coisas que quer. — Ela soltou Mika, mas depois apoiou a mão no peito dela. — Eu te entendo. Toda essa vontade, de viajar, de pintar, ainda existe aí dentro. Está consumindo você, e tenho medo do que vai acontecer se guardar tudo para si. Não dá para voltar atrás. Nunca dá para voltar atrás. Mas você pode decidir o que fazer daqui pra frente.

Mika se recusou a assimilar as palavras de Hana. A ferida ainda estava em carne viva, inflamada e aberta.

— O que aconteceu comigo? — perguntou, resignada.

— A vida te deu uma porrada.

Mika assentiu.

— Talvez eu acabe indo com você nessa turnê.

Hana voltou a sua posição anterior.

— Não. Não vou deixar. Você começou a construir algo em Portland. — Ela mexeu na orelha. — Além disso, Josephine vem pra cá hoje à noite. E, com todo o carinho do mundo, você é meio que uma empata-boceta.

Mika deu uma risadinha e soluçou.

— Empata-boceta?

— Empata-aranha? — Hana torceu o nariz. — Melhorou?

— Bastante. — respondeu Mika — Agora posso beber mais?

— Não. — Hana engatinhou até os pés de Mika. Tirou os sapatos dela e a ajudou a tirar o casaco de moletom pela cabeça. — Agora você pode dormir. Preciso ir para o ensaio.

Mika se levantou e deu uma desequilibrada. Sua cabeça latejava; lágrimas e álcool eram uma péssima combinação. E dormir até que parecia uma boa ideia.

— Talvez uma sonequinha.

Mika fez um sinal para indicar que seria coisa rápida e cambaleou até a cama. Enfiou-se debaixo das cobertas e sentiu como se estivesse em uma nuvem.

Hana ajeitou o cobertor em volta dela.

— Quando acordar, pode tomar banho e pegar uma roupa emprestada. Mas não usa minha escova de dente. Liga para a recepção e pede uma.

— Aff — reclamou Mika. — A gente usa a escova de dente da pessoa quando...

— Limites. Toda amizade bacana precisa ter limites.

Hana apertou os pés de Mika, por cima das cobertas.

— Amo sua fuça — disse Mika, aconchegando-se.

Hana fechou as cortinas, desligou as luzes. O quarto estava fresco e escuro.

— Amo sua fuça — devolveu ela.

A porta se fechou e Mika adormeceu.

## Capítulo TRINTA E DOIS

Mika dormiu cinco horas. Acordou grogue e desorientada. Por uns instantes, ficou deitada no escuro, escutando a própria respiração. Contando quantas vezes o peito subia e descia. Por fim, levantou-se e abriu as cortinas. Era comecinho de tarde. O sol brilhava e refletia as ondulações do rio. Primeiro, preparou uma xícara de café, depois remexeu a mala de Hana para achar roupas limpas. Escovou os dentes com o dedo. Depois, comeu um hambúrguer e tomou um sundae no restaurante do hotel.

Do carro, mandou uma mensagem para Hana: *Tô indo pra casa. Obrigada. Aliás, a comida vai ser cobrada na conta do seu quarto. Imaginei que você fosse querer me paparicar.*

A resposta de Hana chegou quando ela já tinha saído de Eugene: *Que bom que não perdeu o apetite.* Outra mensagem veio logo em seguida: *Só não se esquece: tem gente que morre no meio do mato porque não muda de direção.*

Mika fez o trajeto de duas horas em uma hora e quarenta minutos. Estacionou na frente de casa e resmungou ao ver um carro conhecido parado na entrada da garagem. O Honda antigo de sua mãe. Hiromi estava no banco do motorista. Mika recebeu uma mensagem Thomas: *Estou levando Penny para casa. Para Dayton. O voo é daqui a umas duas horas. Só queria te avisar.*

Mika mordeu o lábio e digitou: *Obrigada. Penny está bem?*

Ele respondeu na hora: *Está. Mas ela precisa ter mais educação. Posso te ligar quando a gente chegar? Gostaria de continuar nossa conversa.*

Hiromi saltou do carro e a observou pelo para-brisa. *Acho que não é uma boa ideia*, respondeu Mika.

*Então é isso?*, indagou Thomas.
*Por enquanto*, confirmou ela, mas corrigiu-se mentalmente. *Para sempre*.

Largou o celular e esfregou os olhos. Apesar da conversa com Hana, ainda parecia estar tudo... *uma merda*. Enfim, abriu a porta do carro.

— Mãe, o que está fazendo aqui? — perguntou, em inglês.

Abaixou-se para pegar no banco traseiro as roupas sujas que havia trocado pelas peças limpas de Hana.

Virou-se, e Hiromi a encarou com seus olhos pretos e pequenos.

— Agora você não fala mais japonês?

Mika deu de ombros e passou pela mãe, com os punhos cerrados em volta da blusa e das calças amarrotadas. Hiromi a acompanhou até a porta. Mika largou a roupa suja no sofá. Hiromi torceu o nariz e caminhou até a cozinha para conferir o quintal.

— Eu te falei que aquela árvore precisava ser regada.

As folhas do bordo tinham se curvado e ficado marrons. Havia certa ironia em Hiromi dizer que, quando negligenciamos algo, quando nos recusamos a nutri-lo, ele morre.

Mika parou e encarou a mãe, com as mãos na cintura. Ficou imóvel, como uma equilibrista na beira do abismo.

— Tem algum motivo para ter vindo até aqui?

Hiromi franziu a testa.

— Vim buscar o quimono. Liguei para você e para Penny. Ninguém atendendo minhas ligações — afirmou ela.

Hiromi havia escorregado na gramática. Jamais aceitara se aprofundar na língua inglesa, algo que deixava Mika furiosa.

Mika passou a mão no rosto.

— Maravilha. Vou pegar.

Foi até o quarto pegar o quimono. Ao segurá-lo por um instante, olhou para os lençóis desarrumados. Lembrou-se de Thomas. Do corpo dele. De sua reação a ele. Do jeito como Penny falou com ela no hospital. Seu coração se partiu mais um pouco. Quando aquilo se tornaria irreparável?

— Estava em Eugene visitando Hana. E Penny está voltando para Ohio.

Ela entregou o quimono.

— Por quê? — Hiromi fez uma cara intrigada. Pegou a peça e sentiu o tecido de algodão com os polegares. — Falta uma semana para o fim do curso dela. A gente combinou de se ver quarta-feira. Eu ia fazer sukiyaki.

Mika ignorou a mãe.

— O quimono que Penny usou ficou todo estragado. Vou te dar o dinheiro.

Caminhou até a porta e a abriu — um convite para a mãe se retirar. *Por favor, vá embora logo.*

Hiromi não se moveu, segurando firme o quimono, junto ao peito.

— O que aconteceu com o outro quimono? Por que Penny está indo embora?

Ela quebrou o último galho que Mika tinha para se pendurar.

— Já que você quer saber, Penny foi a uma festa ontem e bebeu demais. Foi parar no hospital e ficou internada por causa de uma intoxicação alcoólica.

— Por que você a deixou ir a uma festa? Deveria estar no hospital com ela. — Hiromi fez uma expressão de censura — Não, não... O que você fez?

É claro que Hiromi a culparia. Mika soltou a mão da porta e a deixou aberta. Que a vizinhança inteira escutasse. Não estava nem aí. Estava farta de permanecer em silêncio. Não aguentava mais.

— Por que você acha que *eu* fiz algo? Porque a culpa sempre é minha, né? Você nem se importa com o quão difícil foi ter dado Penny para a adoção.

Mika se lembrou do banco, da ala da maternidade, do cheiro de antisséptico.

— Não quero falar sobre isso.

A mãe fez um movimento para ir embora, mas Mika a impediu, colocando o braço na frente da porta.

— A gente nunca fala sobre nada! — exclamou ela, de modo incisivo. Lágrimas começaram a rolar por seu rosto. Avançou em direção à mãe, que recuou. — E acho que esse é o problema. Então, vamos falar sobre isso. Sobre eu ter entregado uma criança para a adoção. Sobre eu ter ficado sozinha no hospital. Sobre eu ter sido estuprada. — Mika se acalmou um pouco, e uma pontada se espalhou por seu abdome. A palavra ficou pairando no ar, caiu no chão e saiu rolando. Sua voz ficou mais suave. — Sabia disso? Eu fui estuprada — repetiu ela.

E se sentiu bem por ter falado. Talvez os segredos que ela guardava fossem, na verdade, mentiras. Mentiras que contava para si mesma. Mentiras que contava para a mãe. *Ninguém nunca me machucou. Você nunca me machucou.*

Os olhos de Hiromi brilharam, cheios de lágrimas. Ela reagiu rápido, piscando para afastá-las.

— E daí? Coisas ruins acontecem o tempo todo. Você precisa seguir em frente. Esquecer isso. Eu não queria ir embora do Japão, mas fui. — As palavras dela fizeram Mika estremecer. Ela temia que a mãe reagisse exatamente assim quando lhe contasse a verdade. *Reaja, vamos. Não faça papel de vítima.* — Por que está me contando tudo isso? — finalizou ela.

— Sei lá. — Mika soluçou, depois se acalmou. — Sei lá. Acho que eu queria contar para você. — Precisava tirar aquele peso das costas. — Acho que eu queria que você me amasse independentemente disso.

Hiromi abriu as mãos, aproximando-as de Mika, sem saber muito bem o que fazer.

— Então está tudo bem agora. Tem um emprego bom, tem Penny. Você sempre reclama. Nada é bom o suficiente para você.

Mika riu. Essa foi boa.

— Nada é bom o suficiente para *você*. — Ela apontou para a mãe. — E não está tudo bem porra nenhuma. — Mika enxugou as bochechas. Encarou a mãe. A mulher que lhe dera a vida. A mulher que passara anos e anos fazendo Mika duvidar de si. Hiromi. Mãe. Criadora. Destruidora. — Você nunca acreditou em mim.

Ser filha de Hiromi e ser uma menina que foi estuprada dava uma sensação de passar de uma prisão para outra. Era isso que acontecia com as meninas? Essa era a vida delas? Pular de uma cela para outra?

Os muros de Hiromi se reergueram. Mika praticamente via os tijolos nos olhos dela. Impenetráveis. Nunca iam se entender.

— Você nunca acreditou em si mesma — disse Hiromi.

Um silêncio se seguiu, pesado e denso. A iluminação do ambiente diminuiu quando uma nuvem cobriu o sol. *Como isso termina?*, perguntou-se Mika. Não do jeito que ela queria. Pensou em Caroline vestindo Penny com roupas que combinavam com as dela. Em Hiromi obrigando Mika a fazer aula de dança. No fato de as mães enxergarem as filhas como uma extensão delas, uma segunda chance, uma versão mais jovem de si mesmas, como uma pessoa que pode ter a vida que elas não tiveram ou ter uma vida igual, porém melhor. *Mas filho não é uma segunda chance*, concluiu Mika, com um sobressalto. Era injusto Hiromi acreditar que seus desejos deveriam viver dentro de Mika. Filho é feito para receber o amor dos pais e distribuí-lo.

— Sinto muito por não ter conseguido ser a filha que você queria — falou Mika.

Sua voz soou fina e fraca, mas, por dentro, sentiu-se aliviada. Uma represa rompendo. A última amarra à aprovação da mãe finalmente se partiu. Tinha uma expectativa irreal a respeito do que mães deveriam ser, uma fantasia sua. Não mais. A partir de então, pararia de se perguntar o que havia de errado com ela.

— Agora, se não se importa, preciso trabalhar amanhã — completou, afastando-se e liberando a passagem.

Hiromi hesitou, mas foi embora, de cabeça baixa. Mika fechou a porta devagar assim que ela saiu. Puxou a cortina e observou pela janela a mãe entrar no carro e partir. Ajeitou as cortinas e as fechou completamente. Trancou a porta e desabou de costas na madeira. Seu olhar se voltou para o sofá, para as tintas a óleo que tinham sido empurradas para baixo do móvel. Ela se agachou e pegou o kit. Após abrir a embalagem, desenroscou a tampa, colocou um tiquinho de amarelo no dedo e esfregou a tinta entre o polegar e o indicador. Levantou-se. Parecia que um feitiço tinha sido quebrado. A verdade fora revelada. E Mika ainda estava de pé.

## Capítulo TRINTA E TRÊS

Ela dormiu de novo, um sono profundo e tranquilo — água cristalina, calma. Quando acordou, as tintas a óleo estavam na mesinha de centro, onde as deixara. Observou-as por um tempo, com a cara amassada, sonolenta. O estômago roncou. Mas ignorou a fome. Outra coisa a satisfaria mais.

Era tarde, estava quase na hora de fechar, quando Mika entrou no Art Emporium. Um rapaz jovem, de cavanhaque, atendia no balcão, sentado em um banquinho. Tirou os olhos de um exemplar surrado de *I Capture the Castle* para cumprimentá-la.

Ela pegou um carrinho e começou a enchê-lo. Cavalete. Paleta. Verniz. Telas. Primer. Pincéis. Já tinha um kit de tintas a óleo, então passou direto por essa prateleira. Congelou diante dos solventes. *Terebintina*. Embora as garrafas estivessem tampadas, um tênue cheiro de resina de pinho permeava o ar. Ela se engasgou. Cedo demais. Só conseguia enxergar Peter. Só conseguia sentir a mão dele tapando sua boca.

— Posso ajudar?

Era o cara do balcão. Na prateleira mais baixa, havia uma garrafa de aguarrás mineral. Ela a abriu e cheirou. Um cheiro similar a querosene emanou. Melhor, porém forte demais. Não era isso.

— Humm, não era para você ter aberto isso. Não viu o rótulo dizendo para usar em áreas bem ventiladas? — perguntou o sujeito.

Mika colocou a tampa de volta. Escolheu outra marca de aguarrás mineral, abriu e cheirou. Mesma coisa. Devia ter imaginado.

— O que está fazendo?

O vendedor se aproximou, com as mãos para cima. Ela tinha visto um policial fazer algo semelhante em um trem, ao abordar um morador de rua que havia tirado todas as suas roupas.

Olhou para ele, com a garrafa na mão.

— Acho que eu estava ignorando peças do quebra-cabeça do meu passado, sem perceber que eram fundamentais para o meu futuro.

O vendedor ficou confuso.

— *Táááá* — disse ele, com um tom de quem está pisando em ovos.

Mas ele não precisava se preocupar com Mika.

— Quais outros solventes posso usar sem ser terebintina e aguarrás mineral?

Mika botou a aguarrás mineral de volta no lugar.

— Óleo de lavanda, na prateleira lá de cima. — Ele apontou para cima. — É mais caro que terebintina, então temos um estoque menor.

Mika ficou na ponta dos pés. Os dedos resvalaram na garrafa, sem conseguir alcançá-la direito.

O vendedor deu um passo à frente.

— Quer ajuda?

— Não, valeu.

Mika deu um pulinho e derrubou a garrafa da prateleira, que caiu em suas mãos.

— Estou me ajudando. — Sorriu, vitoriosa. — Acho que não preciso de mais nada.

Seu carrinho estava cheio. Seu coração estava cheio. Ela havia esquecido como materiais de arte lhe proporcionavam uma alegria imensa e a deixavam mais empolgada para criar algo.

O cara registrou todos os itens. Ao conferir o valor total, ela precisou se virar um pouquinho e transferir dinheiro da poupança.

— Foi mal.

Ela entregou o cartão de débito e o vendedor passou na maquininha.

— Tranquilo. Aparecem muitos artistas esquisitões por aqui.

Ele tinha interpretado errado o pedido de desculpa. Atrás dele, havia uma parede com citações de artistas famosos. "A arte lava da alma a poeira da vida cotidiana", Pablo Picasso. "A arte não é o que você vê, mas o que você faz os outros verem", Edgar Degas. "A pintura é uma autodescoberta, todo bom artista pinta o que ele é", Jackson Pollock. "Os espelhos são usados para ver o rosto; a arte, para ver a alma", George Bernard Shaw.

— Obrigada.

Ela juntou tudo numa sacola e a colocou no banco traseiro do carro. O dia estava quase chegando ao fim, mas, para ela, a sensação era de estar apenas começando. Renascendo. A última parada era no mercado. Café, precisava de café. Andou depressa pelo Rare Earth, um mercado de produtos orgânicos que vendia sardinhas selvagens e bania qualquer item com gordura hidrogenada, xarope de milho de alto teor de frutose ou aromatizantes artificiais. Pegou o primeiro pacote de café que viu e esbarrou em alguém quando se virou para ir embora.

— Desculpa — murmurou ela.

— Mika?

Ela parou e olhou para cima. Um loiro gigante e familiar estava diante dela, coçando o ombro.

— Leif.

— Achei que você odiava essa loja — observou ele, com uma cesta na mão.

Os dois costumavam frequentar a loja quando estavam juntos. Mika lembrou que tinha sido lá que Leif pedira para o caixa digitar manualmente os códigos de barra, para que o laser não encostasse na comida.

— Como você tá? — perguntou ele, enquanto a avaliava. — Não te vejo desde a inauguração da galeria.

O dia em que tudo deu errado.

— Tô bem. — Ela fitou Leif, pensando em sua relação com ele. O que tinha acontecido com os dois? — Obrigada mais uma vez pela ajuda. Você não tinha nenhuma obrigação.

— Claro que tinha — respondeu ele, logo depois. — Eu me importo com você, Mika.

Ela olhou fixamente para o chão.

— Também me importo com você. Sinto muito por tudo. — Gesticulou para ele, com o pacote de café na mão. — Por não ter apoiado seus sonhos, por ter feito e falado tanta besteira...

Ela havia se dado conta de que o segredo para a segurança era parar de se arriscar. De se apaixonar. De criar qualquer expectativa que fosse além das vinte e quatro horas seguintes. Era libertador ter sonhos. E ela sentia-se ofendida por Leif ter os dele.

Ele bufou.

— Acha que a fodida é você? Eu passava o tempo inteiro doidão, infeliz comigo mesmo, com o que estava fazendo da minha vida. Não era só você, Mika. Nós dois estávamos estagnados.

Mika assentiu e engoliu em seco.

— Eu deveria ter te contado sobre a Penny.

Ela deveria ter baixado a guarda para ele. Nunca dera uma chance a Leif. Nunca oferecera a ele o que ofereceu a Thomas. Nunca fora inteiramente sincera com ele. Escondera uma parte de quem ela era. A gravidez. A adoção. Até fingiu os orgasmos. Havia aprendido com a mãe que, para um relacionamento dar certo, era preciso sublimar os próprios desejos. Não fique brava. Não fique triste. Mika tinha sido condicionada a manter a paz, a ficar calada. Nunca fora autêntica com ele. E agora enxergava isso. Antes, estava totalmente presa à desaprovação da mãe, com um medo enorme de mostrar quem ela realmente era. Como aceitar o amor do outro se você não acredita que o merece?

Alguém passou por eles no corredor, e, para dar passagem, chegaram para o lado e ficaram colados na fileira de caixas de cereal.

— Eu te amei, Mika — falou Leif, baixinho. — Mas às vezes... — Ele suspirou e prosseguiu: — Às vezes, isso não é suficiente. A gente precisava fazer outras coisas, ser outras pessoas. Estar com outras pessoas.

O que ele disse era verdade. Ficar estagnado com companhia foi melhor do que ficar sozinho. Mas eles não progrediram. Ficaram, no máximo, parados.

— A gente deveria ter tido essa conversa um ano atrás — comentou Mika. — Você é uma pessoa incrível, Leif. Só te desejo o que há de melhor.
— Eu também.
— Amigos?
Ela ofereceu um aperto de mão. Ele aceitou.
— Amigos.

● ● ●

Ao chegar em casa, Mika despejou o pó na cafeteira e colocou para ferver. Depois, empurrou o sofá e a mesinha de centro para a parede. Com os dentes, abriu a embalagem plástica do pano e o estendeu no chão para não fazer sujeira. Em seguida, montou o cavalete, no qual apoiou uma tela tensionada em um chassi de madeira. Encarou-a por uns instantes. *Existe algo mais assustador do que uma tela em branco?*

Tirou da caixa um bastão de carvão de videira e se viu dezesseis anos antes, na sala de Marcus. *A história é o seu poder.* Não hesitou no primeiro traço nem no segundo. Se entregou ao querer. A cada traço, ela seduzia a vida que queria tirar daquele esconderijo. Eles ainda estavam ali. Todos os seus sonhos. Tinham ficado acuados em um canto no escuro, com receio de voltar aos holofotes. Com medo de que aquilo pudesse queimá-los ou feri-los. Mas essa era a ideia, não era? Sentir, deixar a ferida ser tocada e saber que ia sobreviver. Pela primeira vez depois de muito tempo, Mika voltou a viver. *Viver.* Era algo a se admirar.

Mais um traço, e mais outro, até uma figura ganhar forma. Uma cabeça virada em direção a uma luz de palco. Uma perna dobrada. Uma vez, ela leu sobre uma autora que comparou sua necessidade de escrever com a imagem de dois corações dentro do peito. Um servia para a vida cotidiana. Outro, para sua arte. Mika arrancou do corpo aquele coração ensanguentado e o colocou à mostra. Porque criação exige sacrifícios. Terminou o esboço em questão de horas e adormeceu no sofá.

Na segunda-feira, foi trabalhar, como de costume, e se concentrou em planilhas, enquanto organizava a agenda de Gus. Quando voltou para casa, o mundo ao seu redor sumiu. Mika e a pintura dançaram. Tinha passado *muito tempo* sem aquilo. Elas pareciam cantarolar uma para a outra, capturadas em uma valsa particular. A melhor coisa que Mika segurou em suas mãos foi Penny, mas a segunda, com uma diferença pequena, foi um pincel.

Ela contava os segundos para poder ir para casa. Emoções foram inflando dentro dela. Seu corpo e sua mente não estavam mais estéreis, e sim repletos de solo rico que, enfim, dava frutos. A primavera havia chegado mais cedo. E ela não parou. Pintava até altas horas da madrugada e ia para o trabalho durante o dia. Dedicou-se de corpo e alma. As mãos, os ombros, as pernas, as costas — tudo doía. A mente havia esquecido algumas técnicas, mas o corpo, não. Lembrava-se de como segurar o pincel. Lembrava-se do jeito correto de misturar as cores. Lembrava-se da técnica para criar gradações e sombras. *Seu corpo lembrava.*

A semana passou em um turbilhão intenso de criatividade. Thomas enviou mais duas mensagens, mas Mika o ignorou. Estava integralmente tomada por aquele furor. Muito ocupada com seu progresso, com sua caça pelo futuro que havia perdido. Finalmente, no meio da tarde de sábado, ela deu um passo para trás, com o pincel na mão. Terminou. A febre cessou. Ela se jogou no sofá para observar o que havia produzido.

• • •

Hayato assobiou baixinho.

— Você pintou isso?

Segurou o quadro, depois o colocou de volta no lugar e se afastou, para apreciar o trabalho de Mika de outro ângulo.

— Pintei — respondeu Mika.

Os dois estavam no escritório dele na Nike.

— E vai simplesmente dar para alguém?

Ele coçou a testa. *Por que alguém faria uma coisa dessas?*

— Acertou de novo. Quero mandar para minha filha, Penny.

— Quantos anos ela tem mesmo?

— Dezesseis, quase dezessete.

Faltava uma semana para o aniversário dela.

— Jovem demais para apreciar as belas-artes. — Ele respirou fundo. — Um dia, isso aí vai valer uma grana. Te pago cinco mil dólares pelo quadro.

Mika deixou escapar uma risada, apesar de não ter achado graça.

— Não está à venda.

— Tudo está à venda.

Hayato não conseguia desviar os olhos da tela.

— Nem tudo.

— Falou como uma artista de verdade.

Ela olhou bem para Hayato.

— Vai me ajudar a enviar?

— Ou seja, enfiar isso no meio das encomendas da Nike e, portanto, violar dezenas de regras no meu contrato?

Ela descobriu que enviar um quadro pelo correio custava uma grana. E, pouco antes, Mika havia gastado boa parte de seu dinheiro com materiais de arte e uma passagem para Paris. Ela havia marcado suas férias e ia passar uma semana na cidade. O plano era se jogar e não ter medo.

— Não precisa...

Quando Mika foi pegar o quadro, a mão de Hayato no braço dela a impediu.

— Estou brincando. Sempre envio coisas pessoais. Até para os meus parentes no Japão. Se alguma vez for a Tóquio e vir um monte de senhorinhas perambulando com roupas da Ralph Lauren, elas provavelmente me conhecem. — Ele deu uma piscadinha. — Vamos embrulhar isso.

Mika foi buscar um rolo de plástico-bolha no armário.

— Peraí. — Hayato a fez parar. — Deixa eu olhar de novo. — Ficaram parados, ombro a ombro. — É você? — perguntou, por fim.

Era difícil dizer quem era. Poderia ser Mika. Poderia ser Hiromi. Poderia ser Penny. A bailarina solitária no palco, na ponta do pé, equilibrada em uma só perna, de braços abertos, com o rosto virado para a luz no alto. Uma réplica perfeita de Degas, mas com olhos castanhos, inconfundivelmente japoneses, e cabelo preto refletindo a luz. Uma pequena bailarina. Como Caroline chamava Penny. Como Hiromi queria que Mika fosse quando era criança.

— Não faço interpretações do meu trabalho.

— Aff.

Hayato revirou os olhos. Mais um minuto se passou, e eles começaram a embalar o quadro com todo o cuidado, usando plástico-bolha, papel pardo e uma caixa gigantesca. Na parte exterior, Mika prendeu com fita um envelope contendo uma carta escrita por ela na noite anterior.

---

**Querida Penny,**

Chovia no dia em que você nasceu. Do lado de fora da maternidade, o céu estava cinza e havia uma plaquinha com os dizeres: ANIVERSÁRIOS SÃO NOSSA ESPECIALIDADE. Foquei nela durante o parto, enquanto a médica e as enfermeiras gritavam ao meu redor. Uma delas berrou: "Falta pouco!"...

---

Mika se consolou pensando que tinha feito o que podia. Ofereceu a Penny o que Hiromi nunca lhe ofereceu. Um lar ao qual retornar. Um lugar para fazer um pouso suave. Uma garantia de que sempre seria recebida de braços abertos. Esperava que isso fosse suficiente. Era a única coisa que tinha para dar. A única coisa que sempre teve para dar. A promessa de um amor imperfeito, porém incondicional, e isso bastava.

Mika deu um passo para trás e observou o rapaz do correio levar o quadro embora. Para Ohio. Esperava que a tela respondesse à pergunta de Penny. *Quem sou eu?* Mika achava que tinha encontrado a resposta.

*Você é uma cisão de átomos, um solo que voltou a ser fértil, quimonos de seda, azaleias no parque, bento para o almoço, blusa de flanela e calças rasgadas na coxa, tintas a óleo, uma enfermeira em vigília, casal queridinho da faculdade, silêncio rompido. Atleta. Exploradora. Dançarina. Um sonho adiado. Um sonho realizado. Uma encarnação do amor.*

## Capítulo TRINTA E QUATRO

A chuva havia começado a cair em Portland. As primeiras semanas de setembro eram sempre úmidas. Mas Mika não ligou para aquilo. Abriu as janelas para ouvir o tilintar dos respingos e sentir o cheiro de terra molhada. Seu celular vibrou ao receber um e-mail. Era da transportadora. Uma cópia digital da nota fiscal do quadro. Tinha chegado em Dayton, e a assinatura era de Thomas. Mika fechou o e-mail e deixou o celular de lado. Então era isso. A próxima atitude partiria de Penny.

Começou a devorar o sanduíche em sua frente, sem notar que a fome era grande. Comeu na bancada porque não havia mais lugar para se sentar. O sofá abrigava telas. A mesa de jantar estava coberta por diversos materiais. A paixão, a necessidade de pintar, era uma taça cheia que Mika esvaziava a cada pincelada. Mas, então, a taça começava a encher outra vez. Um ciclo infinito, doloroso, exaustivo, revigorante e inegável. Era a gravidade, e Mika não tinha outra escolha senão obedecer. A maçaneta da porta girou, e Mika congelou, enquanto mastigava um pedaço grande de pão.

A porta se abriu, e Hana entrou, com uma mala pendurada no ombro.

— Querida, cheguei — berrou ela.

Ela largou a bolsa no chão, e uma nuvem de poeira se levantou ao redor. Hana parou, a uns centímetros de pisar no pano estendido.

— Nossa. Adorei o que você fez aqui. É um misto da última fase do Van Gogh com *Grey Gardens*.

Mika mastigou e engoliu. Imaginou que havia um toque de loucura na aparência da casa. Mas a loucura não nos leva sempre a uma descoberta?

— Ué, você disse que voltaria para casa daqui a duas semanas.

— É, e isso foi há quase duas semanas — afirmou Hana, pronunciando bem cada palavra.

Já havia passado tanto tempo assim? Mika não tinha certeza. Continuava indo para o trabalho, mas tudo parecia meio nebuloso.

— Humm.

Foi tudo que ela disse. Hana abriu um sorriso largo para a amiga. Pisou no pano. Mika havia comprado mais cavaletes. Teve vontade de trabalhar em mais de um quadro ao mesmo tempo. Continuou com aquele tema. Pintou Hiromi e Shige em *Gótico americano*. Inseriu Josephine e Hana em *O beijo*, de Gustav Klimt. Hayato e Seth em *Rua parisiense, dia chuvoso*, de Caillebotte. Hana caminhou de uma tela a outra, como se faz em uma galeria chique. Parou e examinou o quadro que a retratava ao lado de Josephine.

— Gostei desse aqui. Acho que você capturou minha essência.

Mika sentiu um quentinho no coração.

— Obrigada.

Hana se aproximou de Mika e apoiou os cotovelos na bancada.

— Você mudou de direção — declarou ela.

Mika mexeu os lábios num movimento suave, em um esboço de sorriso.

— Mudei. Ou estou mudando. Acho que está em andamento. — O mundo estava diferente, mais claro. Melhor. — Humm, também vou ficar fora por um tempo.

— Vai?

Hana arqueou a sobrancelha, de modo expressivo.

— Vou. — Mika assentiu. — Só uma semana. Mas vou para Paris. E... — Um misto de emoções formou um nó em sua garganta. Pensou em Thomas. *Já estou vendo nós dois lá.* Tentou não chorar... Tem coisas que precisamos fazer sozinhos. — Tenho pensado em morar sozinha. Sabe, arranjar um lugar onde eu possa realizar meus sonhos mais loucos de *Grey Gardens* e Van Gogh. — Mika deu um sorrisinho. — Mas preciso de tempo para guardar dinheiro, uns meses.

— Então é isso.

— É.

— Ótimo. — Com um dedo, Hana puxou o prato de Mika e deu uma mordida enorme no sanduíche dela. Mastigou, cobriu os lábios com os dedos e falou: — Vou dar uma cochilada. E espero que esse lugar esteja limpinho quando eu acordar.

Mika soltou uma gargalhada.

— Não prometo grandes coisas.

— Amo sua fuça.

Hana se ergueu.

— Amo a sua mais — disse Mika.

Hana se fechou no quarto. Mika tirou fotos das pinturas e acessou sua conta no Instagram. Aquela que havia abandonado e Penny encontrou. Postou as imagens e prometeu que haveria outras em breve. E, como não conseguiu se conter, conferiu seus seguidores — todos os trinta e dois que ela tinha. O nome de Penny continuava na lista.

Mika mordeu o lábio enquanto olhava para a mesa de jantar. Os tubos de tinta a óleo estavam espremidos, quase vazios. Era melhor comprar mais logo, caso quisesse pintar a noite inteira mais uma vez. Pendurou a bolsa no ombro e abriu a porta, com a chave na mão. Avistou uma cabeça preta. Hiromi estava abaixada, deixando no degrau uma sacola de plástico com um pote de iogurte. Mika sentiu cheiro de bento. A mãe se endireitou, surpresa. Elas se encararam — mãe e filha.

Hiromi foi a primeira a falar:

— Você parece cansada. — Involuntariamente, Mika apalpou as olheiras. — Está comendo direito?

O estômago de Mika roncou. Ela havia abandonado o sanduíche na bancada.

— Não.

— Então aqui está — falou Hiromi.

Empurrou a sacola para a filha. Mika a pegou. Dava para sentir o calor que emanava do plástico. Hiromi tinha cozinhado e levado a comida fresquinha.

— Eu estava saindo, mas quer comer comigo rapidinho?
— Claro.
— Hana está tirando um cochilo. Se importa se ficarmos aqui fora? Como a varanda era grande, cabiam duas cadeiras vermelhas de metal e uma mesinha de bistrô no meio.
— Claro que não.
— Ok, vou só pegar os hashis.

Mika entrou depressa em casa, pegou os utensílios e voltou assim que Hiromi se acomodou na cadeira.

Após abrir a sacola de plástico, Hiromi retirou o pote e abriu a tampa. O vapor do bento subiu.

— Está frio hoje.

Hiromi colocou o pote na frente de Mika, que observou as mãos da mãe, a pele seca bem esticada por cima dos ossos, como uma tela na estrutura de madeira. Naquela noite, as mãos de Mika estavam assim, ásperas e ressecadas.

Mika assentiu, hesitante. Com os hashis, levou à boca um pedaço de arroz grudadinho.

— Pelo menos, não está chovendo.

O céu estava nublado. Alguns minutos se passaram.

— Você fala com a Penny? — perguntou Hiromi, finalmente.

Ela olhava para a rua. A pele abaixo de seus olhos estava roxa e inchada. Um carro passou, jogando pedrinhas na calçada.

— Não. Ela não está falando comigo.

Hiromi franziu os lábios.

— Agora sabe como eu me sinto.

De fato, Mika sabia. Ter uma filha traz vulnerabilidade.

— Acho que sei.

Hiromi cruzou os tornozelos. Levantou o queixo.

— Fiz o melhor que pude — declarou ela.

O tom foi como se estivesse diante de um tribunal. Mika pensou em sua relação com Penny. Pensou na relação de Penny com Caroline. Era inevitável. Toda filha se decepciona com a mãe, nenhuma mulher consegue fazer tudo certo. Eram expectativas inalcançáveis.

Mika pousou os hashis no prato e observou a mãe. Enxergou a mortalidade dela, em seu 1,58 metro.

— Eu acredito.

Sua mãe lhe dera amor. Nos sacrifícios que fizera por Mika. Nas manhãs em que levantara cedo, nas marcas de óleo nos dedos por causa da panela wok, nas noites em que lavara roupa à mão até tarde. Foi a aprovação de Hiromi que escapou de Mika. O que ela mais almejava, mas nunca conseguia conquistar ou atrair porque isso seria trair a si mesma. O que Hiromi desejava era um conflito direto com o que Mika desejava e com *quem* ela era. Mas agora Mika festejava consigo mesma. Com todas as suas facetas: pintora, mãe, sonhadora, filha.

Hiromi suspirou, a expressão em seu rosto tornando-se pensativa.

— Shouganai — disse ela.

Significava mais ou menos como "não tem muito o que fazer". Trabalhadores assalariados murmuravam isso quando ficavam presos no trânsito. Uma mãe poderia falar para uma filha que passou por uma decepção amorosa. Ou um policial para uma mulher quando a apalpassem no trem. Funcionava como um lembrete de que os ambientes eram inconstantes, incontroláveis e, às vezes, cruéis. Melhor seguir em frente sem arrependimentos. Mika não respondeu. Não queria mais brigar. Apenas pegou os hashis e continuou comendo.

— Voltou a pintar?

Hiromi observou as roupas de Mika, as mãos com respingos de tinta.

— Voltei. — Ela fez uma pausa. — Quer entrar para ver?

— Melhor não. Preciso voltar para casa, seu pai está esperando.

Hiromi se levantou.

— Tudo bem. Obrigada pela comida — disse Mika.

Ela se surpreendeu ao constatar que tinha falado de coração. Que o choque elétrico devido à rejeição de Hiromi não se fez presente.

Hiromi foi andando, mas se deteve.

— Cuidado para não perder o pote — pediu, virando o rosto para falar com Mika. — Me devolve na próxima vez que for lá em casa.

— Devolvo.

Mika sabia que ia rever a mãe. Que ia à igreja com os pais e jantaria na casa deles. Querendo ou não, talvez ela nunca conseguisse cortar aquele laço. Mas poderia seguir em frente, livrar-se do medo de que, sem a mãe, não seria nada. Entendeu onde deveria procurar o amor e onde deveria desistir de procurá-lo.

Já no carro, Hiromi acenou para a filha. Mika acenou de volta. Duas velhas inimigas, cansadas dessa rivalidade. Mika ficou mais um tempinho na varanda, se recostou e viu a chuva cair.

Talvez nunca fosse superar tudo. A agressão. A adoção. Mas poderia dar sentido àquilo. Encontrar sentido. Poderia alcançar a escuridão e voltar de mãos cheias. Havia enxergado Peter e a adoção como um castigo. Por ter sido uma filha ruim. Por ter sido desobediente. Tinha se culpado. Pensou que havia algo de errado com ela. Que não merecia ser amada, que não merecia ser feliz. Mas essa era a verdadeira mentira. Não sofreria mais pela insatisfação da mãe. Não precisava se apropriar indevidamente da vida infeliz de Hiromi.

Thomas fora uma distração maravilhosa. Assim como Penny. Ainda queria os dois, com uma intensidade que a deixava sem ar. Era doloroso sentir a grandeza do amor que tinha para compartilhar. Mas havia outra coisa de que precisava naquele momento. Hiromi não conseguira se desapegar de sua vida-fantasma, mas talvez Mika conseguisse. Levantou-se, pegou a bolsa de novo e dirigiu até a loja de materiais de arte. *Mergulhe fundo*, um desejo seu para Penny, mas que deveria ter desejado a si mesma. Chega de nadar em águas rasas. De constantemente ser carregada até a margem. De ficar ofegante, sem saber quais ondas a haviam arrastado até ali. De ter ilusões enganosas do antes, do que queria ou de quem era aos dezoito anos, tentando capturar o que poderia ter sido. Hora de criar novas lembranças. Hora de adentrar o oceano.

## Capítulo TRINTA E CINCO

Mika colocou suas telas no chão, apoiadas no carro. Avistou Leif, do outro lado do estacionamento de cascalho, e acenou. Leif deu uma corridinha até ela.

— Muito bem. Vamos ver.

Ele esticou o braço para pegar os quadros, mas Mika o impediu.

— Antes de você ver, quero te agradecer pela ajuda.

Leif fez um gesto com a mão.

— Imagina. O espaço está vazio desde que Stanley se mudou para Mount Hood. Já tem duas semanas. É um prazer deixar você usá-lo. Além do mais, vou anunciar que o lugar está disponível. Você atrai a multidão, e talvez eu arranje um novo inquilino. Todo mundo sai ganhando. Agora vai me deixar ver?

Mika respirou fundo e deu um passo para o lado. Havia finalizado nove pinturas. Dez seria o ideal, mas os eventos na primeira quinta-feira do mês terminariam em novembro. Se quisesse expor seus trabalhos, teria que ser agora ou esperar até a primavera.

— Ainda estou um pouco enferrujada — comentou, enquanto Leif virava a pintura.

Era a segunda que ela havia feito. Hana e Josephine em *O beijo*, de Klimt. Mika apertava as próprias mãos. Expor seu trabalho gerava um medo natural. Galeria é um lugar aonde as pessoas vão para julgar o artista.

— Estou pensando em me inscrever em algumas matérias noturnas na Universidade de Portland — completou.

Leif esticou o braço, para Mika ficar quieta. Abaixou a pintura e foi para a seguinte. Um quadro de Shige e Hiromi como personagens de *Gótico americano*. Foi vendo obra por obra. A última era um autorretrato. Mika como a Virgem Maria — ela tinha concluído essa pintura poucos dias antes, após voltar de Paris.

A viagem foi mais que uma realização de todos os seus sonhos. Ela ficou em um quartinho pequeno, cujo colchão era molenga, localizado no coração da cidade. Andou para tudo quanto era lado e viu a *Mona Lisa*, *A coroação de Napoleão*, o autorretrato de Van Gogh... Mas foi uma escultura que a fez, enfim, chorar: a *Vitória de Samotrácia*. Uma mulher sem cabeça, com asas emplumadas abertas, livres, enfrentando o vento de pé. Destemida.

— Ficaram incríveis — disse Leif.

Mika abriu um sorriso enorme.

— Valeu.

Ela não demorou para pendurar as pinturas. Todas as nove obras foram posicionadas na altura dos olhos. Mika arrumou uma mesa com comes e bebes e deu uma volta no local, para observar os artistas preparando seus estandes do lado de fora. Chegou ao lugar onde havia rolado o primeiro clima entre ela e Thomas, quando eles estavam rindo e seus corpos quase se encostaram. Então, ela sentiu: o peso das noites solitárias e carentes. Mas não era sufocante. Quem sabe, um dia, Mika encontraria alguém para compartilhar a vida. Ela estava pronta. Mais disposta. De coração aberto. Mika havia entregado Penny, mas o que ela precisava mesmo era se entregar, se render à vida. À inevitabilidade da dor e do sofrimento, da felicidade e da alegria.

Penny não havia falado nada em relação ao quadro ou à carta. Mas Mika ainda tinha esperanças. Penny poderia levar décadas para aparecer, ela ainda estaria ali. *Vou esperar por você*. Não tinha dito tudo aquilo da boca para fora.

— Oi! Estava te procurando. O que está fazendo aqui fora? — Hana foi até Mika e a envolveu com seu casaco. — As pessoas estão chegando.

Mika soltou todo o ar, tirando Thomas e Penny da cabeça.

— Vamos.

● ● ●

A sensação foi de que a galeria lotou em poucos segundos. Todos foram lá celebrar Mika e comer o queijo de aparência duvidosa que ela ofereceu. Tuan e Charlie adoraram a silhueta deles em *Noite de verão*, de Homer. Mika estava numa conversa profunda com outro artista, explicando como tinha desenvolvido seus conceitos.

— É uma espécie de reinvenção do cânone europeu — observou ele. — Você realmente deveria conhecer meu agente...

Mika ficou corada. Quando abriu a boca para responder, alguém tocou seu ombro.

— Licença — pediu ao artista, virando-se para o outro lado. Seus lábios se entreabriam diante do inesperado. Cabelo escuro. Olhos escuros. Um rosto que se assemelhava ao dela. — Penny! O quê... O que está fazendo aqui?

— Surpresa — disse Penny, de um jeito manso.

Mika reagiu rápido e a conduziu para um canto tranquilo.

— O que está fazendo aqui?! — perguntou de novo. — Peraí. Seu pai sabe que você está aqui?

Mika imaginou Penny embarcando no avião sozinha. Thomas chegando do trabalho e encontrando a casa vazia. Ela estava morrendo de vontade de sentir Penny. De acariciar o cabelo dela. De dar as mãos. Mas se segurou. Não queria afugentar Penny. Não queria desrespeitar os limites dela. Apesar de se perguntar se ainda existia um espaço guardado para ela no coração de Penny. Apesar de só querer dizer: *Me deixa te amar.*

Penny revirou os olhos.

— Lógico que ele sabe. Aliás, ele está aqui. Bem, no hotel. Achou que talvez a gente quisesse conversar primeiro. — Thomas estava *lá*? Em Portland? — Enfim, vi seu post no Instagram sobre sua primeira exposição hoje. — Penny mordeu o lábio. — Eu quis vir, achei que talvez você fosse querer aquilo. — Ela apontou para a porta, onde estava encostado o quadro da bailarina de Mika, embrulhado com cuidado, pronto para ser exibido. Mika sentiu um nó apertado na garganta. Olhou para Penny com intensidade. — É tranquilo eu ter vindo, né? Li sua carta e achei que fosse meio que um convite...

— É. — A voz de Mika soou frágil e fraca, alegre e aliviada. — Claro que é. Estou muito feliz de te ver.

*Você voltou para mim.*

— Então ótimo.

Penny jogou seu peso para o calcanhar. As duas ficaram paradas se olhando por uns instantes. O sorriso que compartilhavam parecia atrair toda a luz do ambiente para elas.

— Vamos pendurá-lo? — perguntou Mika, depois de um tempo.

Encontraram um espaço vazio na parede e colocaram o quadro da bailarina ali. Com isso, tinha chegado à décima pintura. A coleção estava finalizada. *Completa.*

Penny inclinou a cabeça.

— É uma bela pintura. Estava pendurada no meu quarto. Toda vez que eu vejo é como se fosse a primeira vez. Descubro algo novo.

Mika deu um sorrisinho.

— E me faz lembrar da minha mãe. Na verdade, vocês duas. As minhas mães.

Penny olhou para Mika, incerta. Mika mordeu a bochecha por dentro.

— Esse era o propósito, eu acho. Às vezes, só depois do processo de criação descobrimos o que a obra é. O significado, sabe? Mas agora acho que isso acabou de se concretizar para mim. Acho que você tem focado na busca, e não na perda.

Para Mika, tinha sido o contrário. Concentrou-se na perda, no que tivera, na filha da qual havia aberto mão. Jamais recuperaria aquele tempo com Penny. Nem o tempo que tinha perdido longe da pintura. *O passado está definido, mas o futuro é fluido.*

— Explica isso aí — falou Penny, séria.

Mika olhou para Penny.

— Você mergulhou de cabeça nessa relação com Portland e comigo e encontrou algo, eu acho, que te preenchesse. Quando, desde o início, acho que você deveria ter focado no que perdeu... no luto. Sua mãe adotiva morreu. Eu não pude ficar com você. Tem o direito de ficar triste.

Penny refletiu sobre as palavras de Mika por um bom tempo. Inspirou.

— Sinto muita falta da minha mãe. Quando eu era criança, sentia muita falta de você, embora não a conhecesse. Faz sentido? — perguntou, falando rápido.

— Faz todo o sentido.

— Sei lá... — Uma lágrima escorreu pela bochecha de Penny, seguida por uma respiração para se acalmar. — Nem sei por que estou chorando. Não é por estar triste. Ou talvez eu esteja. Mas também estou com raiva.

Mika respirou fundo.

— De mim?

— De você, de mim, da minha mãe, do meu pai. Do mundo inteiro.

— Justo. — Mika assentiu. — Ajuda saber que também estou com raiva da minha mãe?

— Por que está com raiva dela?

Mika olhou por cima do ombro de Penny e cruzou olhares com Hana e Charlie. Elas estavam acompanhando a cena e, por meio de sorrisos, perguntavam se a amiga estava bem. Mika retribuiu o sorriso e voltou-se para Penny.

— Por que estou com raiva da minha mãe? — repetiu Mika. Não sabia muito bem para qual caminho sinuoso Penny iria levá-la, mas seguiria em frente. Todas as estradas levavam até Penny. Ela sempre tinha sido o destino. — Por ela não acreditar em mim.

Por ter raiva. Por ser infeliz. Por ser incapaz de lidar com o que havia acontecido com a filha. Porém, da mesma forma que sentia raiva, Mika também compreendia. Hiromi não conseguiu suportar o peso, a informação de que a filha dela tinha sido ferida. Fez o melhor que pôde. Mika também fez o melhor que pôde. Quase sempre, as mães são vilãs ou santas. Essa história começou com os contos de fada. A madrasta má com tanta inveja da filha que a faz dormir ao lado da lareira e a proíbe de ir ao baile. Ou a fada madrinha que realiza todos os sonhos da heroína. Por que não existe um meio-termo?

— Por que está com raiva da sua?

— Por ela ter morrido. Por ter escrito uma carta idiota pra mim, uma carta que eu nem posso responder. Por nunca ter me levado a um mercado asiático.

As lágrimas haviam diminuído. Penny respirou para se acalmar.

— Penny — sussurrou Mika.

Ela sentiu uma dor aguda. A morte de Caroline havia levado Penny para o mesmo caminho de Mika. Ambas tinham se desconectado da própria mãe. A perda era imensurável. Elas se viram no meio do mato e tiveram que desvendar a vida sozinhas. Sem uma mãe para lhes ensinar. Tiveram que se virar sem a ajuda de ninguém. Penny procurou Mika por uma razão. E Mika aceitou porque também queria algo de Penny. Um jeito de consertar tudo. Via uma salvação em Penny. Uma redenção. Mas isso não era justo.

— Me conta mais. Por que está com raiva do seu pai?

Mika imaginava o motivo, mas não queria que sua relação com Penny se assemelhasse à que tinha com Hiromi: formal e permeada de silêncio, onde as coisas se deterioravam como uma ferida infeccionada.

— Vocês transaram — disse Penny, sem rodeios.

— Não estou negando, mas o que exatamente te incomoda? Sou eu? Seria diferente se fosse outra mulher? Uma desconhecida?

O espaço estava começando a ficar vazio — estava ficando tarde.

— É bem desconfortável conversar sobre isso — admitiu Penny.

Mika refletiu sobre o silêncio mais uma vez. Sobre quebrá-lo.

— Não precisamos conversar, mas acho que deveríamos.

Penny ficou calada por um tempo.

— Era para você ser só minha. Não dele. Por outro lado, não sei se teria sido melhor se fosse uma desconhecida. Provavelmente eu também ficaria chateada. Meu pai é o lado coerente. Posso contar com ele, sabe? Penso nos meus pais como uma história de amor incrível e vê-lo com outra pessoa me pareceu algo errado.

— Então você quer mudar, mas quer que as pessoas continuem a mesma coisa?

— É bem isso — respondeu Penny, atrevida.

Mika sorriu, mas não demonstrou isso no tom de voz.

— Parece um tiquinho injusto.

— A vida é injusta.

— Verdade.

— Enfim, mas o que está rolando entre vocês dois? Tipo, era algo... sério?

Mika não soube o que responder. Se desejava que Penny fosse um livro aberto, ela precisava ser recíproca. Mesmo que não quisesse admitir a verdade para si mesma.

— Era, pelo menos da minha parte. Não posso falar pelo seu pai. — "Não consigo estar com alguém por quem eu não sinta um carinho", afirmara Thomas. A garganta de Mika parecia que ia fechar. — Eu gostei dele. Ele é engraçado e divertido. No começo, acho que ficamos solitários sem a sua companhia. Você deixou um vazio e tanto. Mas depois evoluiu para outra coisa. Deveria conversar com ele sobre isso — aconselhou Mika.

— Já conversei — contou Penny. — Ele disse que você o fazia feliz.

— Ele também me fazia feliz — afirmou Mika.

Não existia um provérbio que dizia que devemos buscar um parceiro com base em quem nos transformamos ao lado da pessoa?

— Bem, estou emocionalmente esgotada.

Penny enxugou as lágrimas que sobraram após parar de chorar.

— Eu também. Mas estou muito feliz que você está aqui. E a escola?

Mika levantou uma mecha de cabelo de Penny e a olhou, absorta.

— Shhh — disse Penny. — Estou matando aula para emendar com o fim de semana. O último ano não faz muita diferença mesmo...

— Acho que não é bem assim — replicou Mika.

Penny abriu um sorriso largo e entrelaçou o braço no de Mika.

— Me apresenta as suas obras. Quero saber tudo sobre os quadros. Principalmente o fato de eu ter sido a inspiração e ter me tornado sua musa eterna a partir de agora.

Mika conduziu Penny pela galeria e a apresentou para Hayato, que passou por lá com Seth. Pouco depois, acabaram o vinho e o queijo de aparência duvidosa. Os amigos de Mika se despediram dela com beijinhos na bochecha; Leif foi embora para receber uma encomenda na loja dele. Da multidão, restaram Hana, Penny, Charlie, Tuan e Mika.

Hana ergueu uma taça.

— A Mika! — exclamou mais alto do que o barulho ao fundo. — Por um tempo, fiquei com medo de ter que resgatar o corpo dela na floresta, mas agora sinto que minha passarinha finalmente abandonou o ninho. Minha tartaruguinha está vendo como é dar os primeiros passos em direção ao mar.

Com a taça na mão, Mika brindou com Hana.

— Acho que já chega de metáforas.

Elas beberam. Penny tomou refrigerante. De repente, a expressão alegre de Hana se transformou em surpresa. Mika se virou para acompanhar o olhar da amiga, direcionado para a porta. Thomas tinha acabado de chegar.

● ● ●

Ele ficou lá parado. Usava um suéter azul-marinho, e as mãos estavam enfiadas no bolso da calça jeans. Assentiu para Hana, Tuan, Charlie e Penny, mas parou em Mika.

— Oi, Mika — falou.

Olhava diretamente para ela. Mika ficou sem palavras por uns instantes.

— Oi — respondeu ela.

Ele deu uns passos à frente.

— É muito bom te ver.

Mika sentia que todo mundo os observava.

— É bom te ver também — conseguiu dizer.

— Esses retratos... — Thomas deu uma voltinha na galeria e apoiou a palma da mão na nuca. — Você é uma pintora incrível. Não fazia ideia de que era tão talentosa. Fiquei abismado quando vi o quadro que mandou para Penny, e agora... Estou um tanto impressionado.

Mika engoliu em seco.

— Estou trabalhando em umas coisas novas. Fazendo experimentos com a espátula da paleta, usando diferentes formatos de espátulas de obra para criar pinceladas com textura, focando em mais cores... — Sua voz foi sumindo. Um silêncio se seguiu. Mika tentou preenchê-lo: — Obrigada por trazer a Penny.

Thomas falou ao mesmo tempo que ela:

— Quer ir para algum lugar?

Os dois ficaram quietos. Sorriram um para o outro. Thomas foi o primeiro a falar:

— Posso te levar para tomar um café e comemorar?

Mika deu uma olhada para Penny. Sua filha não disse nada, deu um leve sorriso e abaixou a cabeça. Mika voltou sua atenção para Thomas.

— Vou adorar.

— Ok.

Em seguida, ele atravessou a sala e segurou a porta. Mika procurou seu casaco e o vestiu. Mas parou perto da saída. Provavelmente deveria ficar para arrumar tudo. Também não havia se despedido dos amigos.

— Está pronta? — perguntou Thomas.

— Estou — afirmou ela.

Ela respirou, e a palavra teve uma sensação gostosa em sua boca, como ar puro. E saiu pela porta, seguida por Thomas.

## Querida Penny,

**Hoje você faz dezesseis anos, e não estarei aí para ver.** Quando te segurei pela primeira vez, encostei minha bochecha na sua, depois contornei as curvinhas da sua orelha com o dedo, enquanto sussurrava promessas. *Serei forte por você. Vou te amar incondicionalmente. Sempre estarei aqui.* Sinto muito por não termos mais tempo juntas.

No avião, voltando para casa do hospital, há exatos dezesseis anos, me recusei a te soltar. Você era tão pequenininha. Eu tinha medo de todas as coisas que poderiam dar errado, de todas as coisas que poderiam te machucar. Ao longo dos anos, te vi crescer. Você engatinhou aos sete meses e, dois meses depois, já estava andando. Espalhamos itens de segurança pela casa: tapamos as tomadas, cobrimos quinas pontiagudas, colocamos grade nas escadas. Mas você era curiosa e persistente. Derrubou a grade. Removeu os protetores de tomada. Mordeu os protetores de quina. Parecia mais um cachorrinho do que um bebê. Eu me perguntei como faria para te manter viva. E assim continuou sua sede pelo desconhecido. Nenhum obstáculo era grande demais. Eu te imaginei conquistando qualquer coisa, escalando uma montanha, batendo no peito — sempre vitoriosa.

Quando tinha um ano e meio, você corria pelas calçadas. Aos dois, andou de patinete pela primeira vez. Eu corria atrás de você no asfalto e te pegava antes que caísse no chão, ou chorava quando eu não era rápida o suficiente para evitar a queda. E assim foi: o tempo passou em um borrão cheio de alegria. Eu ficava embaixo do trepa-trepa enquanto você se pendurava. Acompanhava a trave de equilíbrio enquanto você a percorria com cuidado. Sempre ali, de dentes cerrados, a postos para te salvar. "Toma cuidado", eu dizia. "Vai mais devagar." Era tudo uma tentativa equivocada minha de desacelerar o tempo, de ter você, minha menininha, por mais tempo. Mas não podemos deixar de seguir em frente, de envelhecer, de morrer.

Quando tinha quatro anos, você começou a perguntar por quê. Por que preciso escovar os dentes? Por que preciso parar de brincar? Por que não pareço com a mamãe e o papai? Foi então que minha ficha caiu, como um raio atingindo em cheio o âmago das minhas inseguranças. Tinha medo de não ser o bastante para você. De nunca ser capaz de responder a certas perguntas suas. De alguém tirar você de mim. Apesar de ser minha, você foi primeiro de outra pessoa, e eu também tinha medo disso. Quando sentimos algo escapar pelos nossos dedos, cerrar os punhos é um instinto natural. Eu te disse que não importava a nossa falta de semelhança. Que o importante era o amor que compartilhávamos. Vi a insatisfação em seus olhos. No decorrer dos anos, você fez mais perguntas. Eu respondi, mas não do jeito que deveria. Notei que você sentiu isso, meu desconforto. Sinto muito por isso também, por todas as coisas que nunca disse.

No armário do nosso quarto, na prateleira mais alta (atrás daquele chapéu horroroso que seu pai trouxe das nossas férias no México), tem uma caixa. Lá dentro está sua certidão de nascimento original, os documentos da adoção e cópias das cartas e fotos que mandei para sua mãe biológica. O nome dela é Mika Suzuki. Só para você saber, nós concordamos com uma adoção sigilosa. Não tenho certeza se ela será receptiva a você. Mas espero que seja.

    Espero que ela te ajude a saciar sua sede pelo mundo. Espero que ela responda a todas as perguntas que eu nunca consegui responder. Não quero mais te impedir de nada. Não deixe que eu te impeça. Tem minha permissão para correr. Para partir. Não que você precise. Mas aqui está. Minha bênção para você procurar sua mãe biológica. Para perguntar o que eu nunca pude responder. Agora eu entendo. Desculpe, querida, antes eu não entendia. Acho que ter um filho tem tudo a ver com isso — com amar uma coisa e deixar que ela siga seu caminho.

Te amo,
**Mamãe**

# Agradecimentos

Escrevi este livro em um surto de empolgação. Entre publicar um livro e escrever outro, escrevi *Mika na vida real*. Fui além dos meus limites psicológicos e físicos para terminá-lo.

Também pressionei minha família a ir além dos limites dela: ficava desligada de tudo na mesa de jantar, buscava correndo o celular para fazer anotações para o livro, largava o que estava fazendo só porque me ocorrera um diálogo perfeito. Este livro me permitiu explorar o que eu ainda não tinha conseguido na escrita: o laço entre pais e filhos. Desde quando dei à luz meus gêmeos, quatro anos atrás, fico fascinada com a intensidade do amor que sinto por eles. A maternidade é extremamente assustadora de diversas maneiras. Como Caroline escreve no final do romance, é, de fato, a arte de amar uma coisa e deixar que ela siga seu caminho. Sou grata por meus filhotes e meu marido, Craig, pela paciência que eles tiveram comigo enquanto eu desenvolvia esta história. E por quão pacientes eles têm sido comigo desde que comecei a escrever outro livro (pelo visto, esta não será uma experiência isolada). Craig, você sempre foi a pessoa que mais me incentivou. Você me mostrou, com palavras, ações e um amor incondicional, que já sou suficiente do jeito que sou — obrigada. Também sou profundamente grata a meus pais e minha família, que sempre foram minha base.

A Erin e Joelle, agentes e amigas, agradeço por terem me acompanhado na viagem louca que foi este livro. Além disso, obrigada por amarem esta obra tanto quanto eu. E, sobretudo, obrigada por aguentarem meus e-mails com perguntas do tipo: "Já leram essa parte?" O trabalho de edição de vocês levou este romance a um patamar que eu não imaginei que fosse possível. Erin, você me ajudou a achar a história que eu queria contar. Joelle, é difícil encontrar as palavras certas, então só vou dizer: às segundas chances! E obrigada ao pessoal da Alloy e da Folio, que acreditou neste livro desde o início.

À minha editora, Lucia, agradeço por ter lido esta história e enxergado sua alma. Toda minha gratidão também a toda a equipe da William Morrow: Liate Stehlik, Asanté Simons, Kelly Rudolph, Jennifer Hart, Jes Lyons, Amelia Wood, Ploy Siripant (quando vi a capa, fiquei sem ar) e Jessica Rozler.

A Tami, agradeço por não ter virado médica, e sim advogada. Obrigada por trabalhar com tanto afinco a meu favor. Agradeço a você (e a Randy) pelos telefonemas tarde da noite, fora do expediente. Você me deu muito mais do que pode imaginar.

E, por último, agradeço do fundo do meu coração aos leitores, aos clubes de leitura e aos livreiros: é por causa de vocês que posso fazer o que amo.

|               |                                      |
|--------------:|:-------------------------------------|
| *1ª edição*   | ABRIL DE 2024                        |
| *impressão*   | SANTA MARTA                          |
| *papel de miolo* | LUX CREAM 60 G/M²                 |
| *papel de capa* | CARTÃO SUPREMO ALTA ALVURA 250G/M² |
| *tipografia*  | GARAMOND PREMIERE / FUTURA PT        |